ARND RÜSKAMP

DIE TOTEN VON LABOE

Küsten Krimi

AF204661

emons:

Bibliografische Information der Deutschen Nationalbibliothek
Die Deutsche Nationalbibliothek verzeichnet diese Publikation
in der Deutschen Nationalbibliografie; detaillierte bibliografische
Daten sind im Internet über http://dnb.d-nb.de abrufbar.

© Emons Verlag GmbH
Alle Rechte vorbehalten
Umschlagmotiv: AdobeStock/Lars Gieger
Umschlaggestaltung: Nina Schäfer, nach einem Konzept
von Leonardo Magrelli und Nina Schäfer
Umsetzung: Tobias Doetsch
Gestaltung Innenteil: DÜDE Satz und Grafik, Odenthal
Lektorat: Hilla Czinczoll
Druck und Bindung: CPI – Clausen & Bosse, Leck
Printed in Germany 2023
ISBN 978-3-7408-1755-8
Küsten Krimi
Originalausgabe

Unser Newsletter informiert Sie
regelmäßig über Neues von emons:
Kostenlos bestellen unter
www.emons-verlag.de

Für die, die Freiheit schützen

Denn dieses ist der Freien einz'ge Pflicht,
Das Reich zu schirmen, das sie selbst beschirmt.

Friedrich Schiller

Nyx [1] – Vorbereitungen

Sie hatte die Tür geschlossen. Für einen Moment umfing sie makellose Dunkelheit. Für einen Moment war alles still. Die junge Frau hielt inne, ließ ihren Atem verstreichen. So musste es sein, das Paradies. Bar jeder Störung. Ohne Licht, ohne Geräusch, ohne Fehler.

Ein elektrisches Brummen, ein technisches Klicken. Der Starter erzeugte eine Spannung von tausend Volt. Das Gas der Leuchtstoffröhren entzündete sich. Flackernd erschien der Metallschrank, in dessen Glastüren sie eine Spiegelung ihrer selbst erkannte. Kurz strich sie über den angenehm glatten Stoff des weißen Kasacks, den sie stets bei fünfundneunzig Grad wusch. Sie hatte ihn für das Praktikum im Krankenhaus gekauft, aber nie getragen. Dienstkleidung war gestellt worden. So war er unbeschmutzt geblieben. Die Seitentaschen waren tief genug für Utensilien, die sie nicht in der Instrumentenschale ablegte. Rechts gab es eine doppelte Tasche, eine Tasche in der Tasche, die sie zur Aufbewahrung der Fernbedienung nutzte. So konnte sie stets auf die Kameras am neuen Tor und die zentrale Schließanlage zugreifen. Neugierige Blicke von Passanten oder gar Personen auf dem Gelände waren nicht akzeptabel. In der Brusttasche, die etwa in Höhe des linken Schlüsselbeins aufgenäht war, steckten Haargummi und eine frische OP-Haube.

»Thanatos, spiele Playlist ›Creation‹.«

Den Sprachassistenten hatte sie nach dem griechischen Gott des sanften Todes benannt. Ihn empfand sie als natürlichen Weggefährten. Klänge füllten den Raum, die an das sanfte Rauschen des Windes erinnerten. Sie nahm ihre Stellung ein, orientierte sich dabei an der Windrose, die sie auf den Boden gezeichnet hatte. Sie richtete ihren Blick nach Anatole aus. Die Schutzgöttin für den Sonnenaufgang zeigte mit ausgestrecktem Arm den Osten an. Sieben Minuten hielt sie die aufrechte Grundposition des Balletts, die Körper und Geist einstimmte. Die Ziffern der Uhr sprangen auf vier Uhr fünfundvierzig. Sonnenaufgang. Mit klarer Stimme sagte sie: »Die Kreation beginnt.«

Vier rote Leuchtdioden signalisierten, dass ihr Tun nun aufgezeichnet wurde. Die Kameras schauten aus den vier Himmelsrichtungen auf sie. Sie griff nach der schwarzen Kladde, auf deren Deckel in goldenen Buchstaben das Wort »Kreationen« geprägt worden war, und ging zwei Schritte nach vorn. Mit einer zarten Bewegung ihrer linken Hand strich sie Leander Mäkinen eine Haarsträhne aus der Stirn und las, was den Ablauf der Kreation zwangsläufig bestimmen würde.

Anfahrt

Wie im Himmel. Marie schloss die Augen, lauschte den Möwen, dem Wind, den Kindern, dem Surren der Elektromotoren, die ungefähr so viel Leistung hatten wie fünf R4 GTL. Andreas hatte das ausgerechnet, als sie zu Ostern mit seinem französischen Oldtimer drüben vor den Brückenterrassen geparkt und sich auf Kaffee und Kuchen gefreut hatten.

Ihr Liebster hatte sie mit dem Café-Besuch in Rendsburg ablenken wollen. Noch immer gab sich Marie die Schuld am Tod des Polizisten, der angeschossen worden war. Hätte sie ihre Dienstwaffe wegen der Rückenschmerzen nicht im Auto liegen lassen – der Ex-Kollege wäre vielleicht noch am Leben. Nicht der einzige Konjunktiv, der sie heimsuchte. Hätte sie nicht den Dienst quittiert, könnte sie noch immer annehmen, sie diene der Gerechtigkeit. Nun diente sie dem neudeutschen Wunsch nach »NC«, sprich »Encie«, ein zusammengeschobenes Hauptwort. Kurt Tucholsky hätte seine Freude an Idee und Schreibung gehabt. Neudeutsch war ihm schon 1918 ein Stachel im Fleisch des Sprachgefühls gewesen. »Das Neudeutsch aber soll der Teufel holen. Und der wird sich schwer hüten, denn der Teufel ist ein Mann von Jahrhunderte altem Geschmack.«

Marie legte das Schleibook beiseite, in dem sie neuerdings Zitate sammelte, die ihr Herz und Hirn öffneten. »NC« also. »Nicht, dass ich lache«, murmelte sie. Nach der Political Correctness hatte die Nutritional Correctness Einzug gehalten und war dann aber rasch zu »Adäquat-Ernährung« eingedeutscht worden, um auch solche Menschen »mitzunehmen«, die des Englischen nicht mächtig waren. Hatten sie jedenfalls behauptet, die Hipster in ihrer Kreuzberger Bubble. Marie schaute sich ängstlich um. Nicht, dass hier im Himmel jemand ihre Gedanken mitlas. Sich zu erheben, führte womöglich zu Ärgerem als bloßem Thought Shame.

»Pommes, Currywurst.« Marie sagte das laut. Wann immer sie von inneren Wirren spazieren geführt wurde, zwang »Pommes, Currywurst« sie auf den Boden der Tatsachen. Sie roch, schmeckte und erinnerte sich ihrer Existenz als kleines Licht.

Die Schwebefähre schwebte von Osterrönfeld nach Rendsburg. Drei Meter unter Marie in ihrem E-Transporter der Nord-Ostsee-Kanal. Sie schaute nach links und sah das weiße Heck der »SC Potomac«, die Container von Ost nach West transportierte, möglicherweise mit Krempel, den die Welt ebenso wenig brauchte wie das vegane, mit Zimtstaub aus einer integrativen Kooperative in Sri Lanka veredelte Fingerfood in den Kühlboxen hinter ihr.

Reichte denn nicht lecker und satt? Sie würde mit Frauke sprechen. Sie jedenfalls war entschlossen, ihren Kunden künftig kein Essen zu liefern, das aus Fett, Eiweiß, Kalorien, nicht zuletzt aber auch aus Image bestand.

Im Lager

Frauke mochte den Moment des Erkennens, war es doch auch der Augenblick der Erkenntnis, die über den Moment hinausreichte: Schlitter war einer jener Mitmenschen, die sie Schwefelköpfchen nannte. Einmal angerissen, brannten sie heiß und hell, bedankten sich für all die Ideen, baten um ein Wiedersehen in der Hoffnung auf gemeinsames Tun. Was nach einer kurzen Phase des Flackerns blieb, waren Asche und ein übler Geruch.

Schlitter schob sich schütteres Resthaar in die Geheimratsecken. Schöner wurde er durch dieses Manöver nicht. Er glaubte, Zeit zu gewinnen. Tatsächlich verlor er Zeit. Zeit, so es sie denn gab, unterwarf sich nicht den Regeln des Schlitter'schen Konzepts von Locken und Hinhalten. Frauke unterwarf sich diesen Regeln auch nicht, schloss die Tür und beobachtete durch das Sichtfenster, wie Farbe aus der infolge von Hypertonie rot gefärbten Gesichtshaut des Restpostenhändlers wich.

»Verzockt«, sagte Frauke, zuckte mit den Schultern und schaltete das Licht im Kühlhaus an. Aufgrund eines Farbkonzeptes, das sich Marie ausgedacht hatte, konnte sie den Grad der Bevorratung je Artikel auf einen Blick erkennen. In den Regalen warteten Milchprodukte, Fisch, Blumenkohl, Fenchel, Spinat, Birnen, Kirschen und Lamm. Sie würde bis zum Nachmittag Erdbeeren besorgen müssen.

Heute galt es, gleich drei Veranstaltungen mit einem besonderen Catering zu versorgen. »Kunstsommer Nord« hatte Sandro Hackmann, ein aufstrebender Kurator, die interaktiven Ausstellungen in Kiel, Büdelsdorf und Flensburg im Rahmen der NordArt getauft. Den geladenen Gästen würde man zur Begrüßung Erdbeeren servieren, die zuvor mit einer Chilifüllung präpariert werden sollten. Das Motto der landesweiten Kunstaktion lautete »HotArt«. Marie hatte ob des müden Bezuges zwischen Motto und scharfen Erdbeeren die Augen gerollt und gesagt: »Solange niemand zu Schaden kommt. Meinetwegen.« Sie hatten den Auftrag angenommen, und bis auf die noch fehlenden Erdbeeren waren alle Produkte geladen.

Nachdem Marie in das von Frauke gegründete Unternehmen eingestiegen war, hatten sie Fraukes alten Transporter verkauft und zwei neue, elektrisch angetriebene Lieferfahrzeuge angeschafft. Auf den Hecktüren stand jetzt: »Geschmacksverstärker:innen«. So hieß auch das neue Unternehmen der beiden Frauen.

Frauke griff zum Telefon und bestellte Bio-Erdbeeren in Schwedeneck. Dann wandte sie sich wieder den Regalen zu. Es hatte sie Wochen gekostet, bis sie ein Lagerungssystem ausbaldowert hatte, das all den Produkten gerecht wurde, die sie kauften, bereithielten und verteilten.

Von exotischem Obst und Gemüse abgesehen, hatte Frauke über die Jahre für jede Leckerei einen idealen Lieferanten im Land zwischen den Meeren gefunden. Von Beginn an gehörten auch verarbeitete Produkte zu ihrem Portfolio. Der Ziegenkäse aus Sörup war ein Gedicht, der Katenschinken, den sie aus Ostholstein bezog, ließ nicht nur ihr das Wasser im Munde zusammenlaufen. Ihre Kunden, Gastronomen und Veranstalter zwischen List und Lauenburg, schätzten Fraukes und inzwischen auch Maries Expertise bei der Zusammenstellung der Produkte. Ihr Überblick war das beste Pferd im Stall. Wie sie mit dem Wunsch mancher Kunden nach »nie da gewesenen« Geschmackserlebnissen umgehen sollte, war ihr allerdings noch nicht klar. Sie würde das bei Gelegenheit mit Marie besprechen. Gegen einfache, gut gemachte Gerichte aus ebensolchen Zutaten war doch nichts einzuwenden. Ein Schritt zurück konnte auch einer nach vorn sein.

Hinter ihr riss jemand die Tür auf. Es war Jan, einer der freundlichen und hilfsbereiten Mitarbeiter des Baumarktes, auf dessen Gelände sie hier in Neumünster ihr Lager hatte errichten können.

»Da liegt einer.«

Frauke atmete die kalte Luft ein und dachte an Schlitter.

Es war Schlitter, der auf dem schmalen Stück Rasen zwischen Zufahrt und Kühlhaus lag.

»Du bist doch Doktor, oder?«

»Ärztin, Jan, ich bin Ärztin.«

Frauke kniete sich neben ihren Lieferanten. »So kurz kann der Weg von der Hypertonie zur Hypotonie sein«, murmelte sie. »Jan, reich mal eine Kiste Bier aus dem Kühlhaus raus. Und eine Flasche stilles Wasser.«

Frauke kontrollierte Puls und Atmung, lagerte Schlitters Beine hoch. »Schlitter, du alter Verbrecher, hörst du mich? …

Jan, im Transporter steht meine Arzttasche. Magst du mir die mal holen?«

Jan umrundete das Lagerhaus und war keine Minute später zurück. »Ist aber eher eine Ärztinnentasche, oder?« Er grinste und deutete auf einen Anhänger an einem der ledernen Griffe. »Eisprinzessin, ne? Hat meine kleine Schwester auch mal gehabt.«

»Geschenk einer Patientin.«

»Ich mein ja nur.« Jan wirkte zufrieden.

Frauke öffnete die Tasche, entnahm das Blutdruckmessgerät und legte die Manschette um Schlitters linken Oberarm. Mit dem Stethoskop lauschte sie den Korotkow-Geräuschen, die der Blutfluss verursachte. »Er wird es überleben.«

Schlitter schlug die Augen auf, brauchte einen Moment, um sich zu orientieren.

»Sie sind es nicht gewohnt, Absagen zu kassieren, Herr Schlitter. Schock, Blutdruckabfall, kurze Ohnmacht. Ich werde meine Bemühungen nicht in Rechnung stellen. Am besten, Sie bleiben noch ein paar Minuten liegen.«

Sie wandte sich Jan zu. »Hast du ein Auge? Ich muss los.«

Echos

Eine Glocke ertönte, die Schranken der Schwebefähre öffneten sich, Ende der Himmelfahrt. Marie trat sanft aufs Pedal, das kein Gaspedal mehr war. Es war ein Fahrpedal, und schon eine vorsichtige Berührung mit dem rechten Fuß bewirkte, dass sich der neue E-Transporter ruckfrei in Bewegung setzte.

Sie hatte es noch niemandem gesagt, aber sexy fand sie diese sterile Art des Fahrens nicht. Okay, der Verbrennungsmotor war ein Anachronismus, Kartoffeln in Öl zu frittieren war sicher auch nicht die schonendste Art der Zubereitung, und Sinnlichkeit war zur Arterhaltung nicht unbedingt erforderlich. Marie schüttelte unwillig den Kopf. Sie war schon immer der Typ

Sahnetorte gewesen, und zum Intervalltraining hatte sie allein die Vernunft getrieben. Sie wollte Fußball spielen, als Siegerin vom Platz gehen. Mit den besten Laktatwerten rumzuprotzen, fand sie langweilig. Immer diese Notwendigkeiten. Stets forderte die Realität ihren Tribut.

Der Gedanke an das kommende Wochenende zauberte ihr ein Lächeln in die Seele und aufs Gesicht. Livemusik. Draußen. Laut und fröhlich. Die Silberstedter Goldkehlchen hatten einen Auftritt in Wacken, und sie war eingeladen.

Kaum dass sie mit der Vorderachse festen Boden erreicht hatte, sprang von rechts ein Mann vors Auto. Marie trat mit aller Kraft auf die Bremse, der Transporter verzögerte, Marie hörte einen Schlag, und dann tauchte Jupp an der linken Fahrzeugseite auf. Jupp war Rheinländer, eine Frohnatur. Mit dem Eintritt ins Rentenalter hatte er rübergemacht, wie er zu sagen pflegte. Vom Rhein über den Nord-Ostsee-Kanal nach Rendsburg. Und nun begrüßte er Schiffe. Mit Kompetenz und mit Leidenschaft.

»Jupp, du hättest tot sein können. Bist du von Sinnen?«

»Marie, ich freue mich auch, dich zu sehen. Nein, ich bin nur von den Socken. Ich habe dich ja schon auf der anderen Seite gesehen. Ich hatte gerade das Fernglas zur Hand genommen. Wo ist denn das EMO?«

Jupp hatte in einem Fall von Waffenschmuggel vor ein paar Jahren ausgesagt, und so hatten sie sich kennengelernt. Im ersten Leben war Jupp Physiotherapeut bei einem Fußballverein gewesen, dessen Name Marie nicht über die Lippen kam. Er war trotzdem ein netter Kerl. Nett und gesprächig.

»Jupp, wir halten hier den Verkehr auf.«

»Ich komm rum.« Er umrundete den E-Transporter, öffnete die Beifahrertür und stieg ein. »Dann mal los. Bin gespannt, was das Teil hier unter der Haube hat. Elektrisch. Sachen gibt's. Aber nun mal zurück zu unserem Thema. Wo ist dein EMO?«

Jupp kannte Maries früheres Ermittlungsmobil und hatte sogar mal ein Kaufangebot unterbreitet.

»EMO ist in den Ruhestand gegangen.«

»Und du ermittelst jetzt mit diesem Stromer?«

»Nein.«

»Wie, nein?«

Jupp war hartnäckig, und Marie erzählte, warum sie keine Polizistin mehr war.

»Drieß op d'r Driss. Mach dir keine Vorwürfe, Mädchen. Gegen Rückenschmerzen ist kein Kraut gewachsen. Ich hatte mal einen Bandscheibenvorfall und habe im Dom zu unserem Herrgott gebetet. Selbst das hat nicht geholfen. Was soll ich sagen? Operation. Das Schlimmste: auf der schäl Sick.«

»Jupp, auch wenn ich nicht mehr beim LKA bin. Ich habe zu tun. Ich komme demnächst mal wieder auf Kaffee und Schnack. Aber jetzt muss ich los.«

»Ja sicher. Ich ja auch. Gleich kommt ein Kreuzfahrer aus Kiel. Das wird ein Gewinke. Italienische Nationalhymne. Ich find die ja nicht schön. Aber wie sagt ihr Norddeutschen immer? Hilft ja nix. Marie, mein Mädchen. Maach et joot, ävver nit zo off.«

Inzwischen hatte Marie den Transporter auf den Parkplatz der Brückenterrassen gesteuert und angehalten. Jupp stieg aus und verschwand in Richtung der Schiffsbegrüßungsanlage.

Marie nahm den Fuß von der Bremse. Der Transporter, der noch immer keinen Namen hatte, rollte los. Gleichzeitig erklang der Titelsong von »Babylon Berlin«. Marie tippte auf die kleine Taste am Lenkrad, und Frauke, die Maries Klingelton kannte, sang: »Zu Asche, zu Staub, dem Licht geraubt.« Marie antwortete: »Doch noch nicht jetzt. Wunder warten bis zuletzt.« Beide waren große Fans der Serie und insbesondere der Musik, und je nach Laune sangen sie einander an.

»Moin, Marie, darum rufe ich an.«

»Wegen der Wunder?«

»Genau. Ich bin gerade auf Gut Birkenmoor und muss feststellen, dass wir nicht genug Erdbeeren für Flensburg bekommen. Ich schlage vor, dass du und ich in Büdelsdorf und Kiel jeweils zehn Kilo zurückhalten, oder wir hoffen auf ein Erdbeerwunder auf dem Weg an die Förde.«

»Ich rufe mal bei Bunde Wischen an. Bis gleich.«

Marie legte auf und versuchte ihr Glück. In ihrem Wohnort

Schleswig war sie gut verdrahtet, und zwei Minuten später war das Problem gelöst.

»Frauke, die Erdbeeren für Robbe & Berking besorge ich auf dem Weg.«

»Wunderbar.«

»Jo. Bis nachher.«

Die beiden pflegten einen ökonomischen Kommunikationsstil, wenn es um die Organisation ihres Arbeitsalltags ging. Jenseits des Jobs war das anders. Maries Mann Andreas hatte auf einen Gesprächsmarathon in Fraukes Garten unlängst dünnhäutig reagiert und unterstellt, Marie habe im Verlaufe eines Jahres mehr mit Frauke gesprochen als in den letzten zehn Jahren mit ihm. So launig und augenzwinkernd er das vorgetragen hatte, so deutlich hatte Marie gespürt, dass er in Frauke eine Konkurrentin um die Gesprächshoheit sah.

Marie fuhr am Kreishafen entlang, parallel zum Kanal Richtung Westen. Fernweh empfand sie in jedem Hafen, das lag nahe. Aber auch der Kanal ließ sie eine Verbindung mit der Welt spüren. Und nur wenige hundert Meter voraus mit bestem Blick auf Wasser und Schiffe lag das legendäre Eisstübchen. Mit ihrem überproportional großen Appetitzentrum war sie sowieso 24/7 verbunden, aber Marie blieb hart und lenkte den E-Transporter nach rechts in die Friedrich-Voß-Straße.

Friedrich Voß, das hatte Marie mal gelesen, als sie einen Verdächtigen in der Rendsburger Bibliothek unauffällig beobachtet hatte, war ein Brückenbauer im Sinne des Wortes gewesen. Er hatte die Hochbrücken über den Nord-Ostsee-Kanal entworfen, aber auch Klappbrücken gingen auf sein Konto. Marie fragte sich, was aus dem Brückenfotoprojekt ihrer ehemaligen Kollegen Gregor und Elmar geworden war, als das Telefon klingelte. Marie entschied sich für die nächste Parklücke.

»Moin, Marie, hier ist Gregor.«

»Nein.«

»Doch.«

»Oh. Aber ganz ohne Louis-de-Funès-Späße: Ich habe gerade an dich gedacht. Wirklich wahr.«

»Umso besser. Ich würde gern wissen, ob du am diesjährigen Bouleturnier in Sehestedt teilnimmst. Mit deinem alten Team. Wir würden uns sehr freuen. Übernächsten Sonntag.«

»Ja.«

»Yippie.«

»Sonst noch was?«

»Training ist am Freitag vorher wie immer in Eckernförde. Du weißt schon, wo. Achtzehn Uhr pünktlich.«

Marie wusste, wo, und sie wusste auch, dass sie die Einzige wäre, die im Park am Borbyer Ufer pünktlich einträfe.

»Tschüss, Gregor, grüß den Rest.«

Marie hatte sich um einen zwanglosen Ton bemüht. Tatsächlich schmerzte noch immer jeder Gedanke ans LKA und die alten Kollegen.

Sie fuhr wieder los. Der E-Transporter war auf den ersten Metern eine ziemliche Rakete. Ein Radfahrer querte von links kommend die Straße, ohne auch nur einen Blick an den Restverkehr zu verschwenden. Für einen Moment schwebte Maries Hand über der Hupe. Sie ließ es. Der zweite Sieg über sie selbst innerhalb nur einer Minute. Der Tag würde ein erinnerungswürdiger Tag werden.

Sie lächelte und sang: »Erkenne mich, ich bin bereit und such mir die Unsterblichkeit.« Tom Tykwer war einer der Songschreiber für »Babylon Berlin« gewesen. Marie bewunderte die kreative Leistung und hatte schon oft gedacht, dass ihr Leben ohne Musik sehr viel ärmer wäre. Im Vorbeifahren sah sie, dass der Radfahrer fette Kopfhörer trug und den Mund bewegte. Er wäre wohl gut gelaunt unter ihre Räder geraten. Immerhin.

Nyx [2] – Unausweichlich

Menschen, denen sie so nahekam, nannte sie Subjekte. Aufmerksam las sie abschließend die Notizen des Subjekts: »Meine als Selbst empfundene innere Einheit ist multipel, ist Orient und Okzident, ist Eva, Adam, ist analog und digital.«

Sie schloss die schwarze Kladde und sagte: »Das verstehe ich. Ihrem Selbst fühle ich mich verpflichtet.« Subjekte konnte sie nicht mit Du ansprechen. Respekt war auch in dieser Situation unerlässlich.

Sie schlüpfte in Latexhandschuhe, die sich nicht ideal anschmiegten. Ihre Hände waren klein. So klein, dass auch die kleinste Größe nicht optimal passte. Ein neues Subjekt. Sie verriegelte das Tor. Ein neues Subjekt. Unangemeldet, wie immer. Eine reizvolle Herausforderung. Aber nicht jetzt.

Sie war ärgerlich und zog das bereits bearbeitete Subjekt an den langen blonden Haaren zu sich heran. Mangelnde Impulskontrolle. Daran galt es zu arbeiten. Es gab ein knirschendes Geräusch, als sie den Kopf nach links drehte. Leander Mäkinen war zu Lebzeiten für seine Haarpracht sicher bewundert worden.

Ein feines Lächeln huschte über ihr Gesicht, als sie die Haare kämmte, mit der linken Hand nah an der Schädeldecke umfasste und mit einer Schere abschnitt. Die Schneiden waren so scharf, dass beim Abtrennen der Haare ein leises Singen erklang. Ein Singen, so wie sie sich den Ruf der Sirenen als Kind vorgestellt hatte, wenn ihr Großvater, das wohlriechende Buch der griechischen Heldensagen auf dem Schoß, von Odysseus gelesen hatte, der dem betörenden Klang der Sirenengesänge nicht erlegen war. Sirenen, Geschöpfe, die als Mischwesen beschrieben werden, halb Mensch, halb Fisch, halb Mensch, halb Vogel. Wie gut das zu der Vorstellung passte, die Leander Mäkinen von seinem Selbst formuliert hatte. Wie inspirierend für das Unausweichliche, die Kreation, die stets auch eine Transformation war. Der Tod bot größere Chancen, als gemeinhin angenommen wurde.

Sie legte die Schere beiseite und gab die Haare in eine Schale, die sie zuvor mit Zitronensaft als einem natürlichen Bleichmittel gefüllt hatte. Was sie auch tat, ihr war wichtig, dass sie der Mitwelt nicht schadete. Die Schale schob sie in den Kühlschrank neben jene, in der Leander Mäkinens Blutplättchen durch die sanften Bewegungen der Thrombozytenschaukel daran gehindert wurden zu verkleben. Noch wusste sie nicht, wie sie Blut und Haare einsetzen würde, aber ihr Großvater hatte sicher recht, wenn er sagte: »Was man hat, das hat man.«

Der Schrei

Marie dachte an Edvard Munch und dessen bekanntestes Werk. Sandro Hackmanns von stümperhaft unterspritzten Lippen eingerahmter Mund formte ein »O«, wie es Munch in keiner seiner vier Versionen ein und desselben Gefühls unverstellter gelungen war. Untermalt wurde die Darstellung der Angst durch einen Schrei, der das Prädikat »markerschütternd« verdient hatte.

Der aufstrebende Ausstellungsmacher aus Büsum sank in Büdelsdorf zu Boden. Er schloss den Mund, der Schrei verstummte. Er öffnete den Mund und jammerte, gab zu Protokoll: »Das ist Frankie!« Der ausgestreckte Zeigefinger der rechten, über und über mit Totenköpfen tätowierten Hand wies auf eine glänzend rote Skulptur, die in schonungsloser Offenheit en détail zeigte, was das Leben aus dem einst anbetungswürdig schönen Körper eines Säuglings machen kann: einen alternden Mann.

Marie war, als käme »Frankie« als Echo zurück. Akustisch boten die Hallenschiffe der ehemaligen Eisengießerei eine Spielwiese kompositorischer Möglichkeiten. Aber Frankie käme weder als Echo noch sonst wie zurück. Für den Fall, dass dieser Frankie für den rot glänzenden Abguss eines nackten männlichem Körpers »Modell gelegen« hatte, wäre ebendieser nicht mit dem Leben davongekommen.

»Frankie wer?« Marie hatte sich neben den Trauernden, der ihr Auftraggeber für das Catering war, auf den Sockel des Liegenden gesetzt. Sie hatte im Grundkurs Kunst Abformungen und Abgüsse bei Dr. Knirsch durchgenommen. War lange her, war ihr aber nicht zuletzt wegen der Sauerei mit Plastilin und Alginat in lebhafter Erinnerung geblieben. Frankie war tot gewesen, als der Künstler sein Schaffen begonnen hatte. Sie war sicher: Unter einer Schicht von Abgussmasse ist Atmen ein aussichtsloses Unterfangen.

»Mein Frankie, Frankie Flügge. Also, das war sein Künstlername. Mit bürgerlichem hieß er Frank Mommsen.« Der trauernde Ausstellungsmacher schniefte, heulte, tropfte.

Marie förderte aus den Tiefen ihrer Umhängetasche ein Paket Papiertaschentücher ans Licht der Carlshütte, in der seit 1999 die NordArt stattfand. »Der Frankie, der ›Heu Joe‹ singt?«

»Sang«, korrigierte Sandro Hackmann und griff nach den Taschentüchern.

»Heu Joe« hatte Marie zuletzt auf dem Midsummer Bulli Festival auf Fehmarn mitgegrölt. Der Gassenhauer auf die Melodie von »Hey Joe« war eine Verbeugung vor Jimi Hendrix.

»Heu Joe, wo gehst du hin mit dem Glas in der Hand? Heu Joe, ich fragte, wo gehst du hin mit dem Glas in der Hand? Ich geh und knutsch die Heukönigin.«

Marie sang, Sandro weinte.

»Ich habe Frankie verlassen. Jetzt hat er sich umgebracht. Wegen mir.«

Marie versuchte ihre Ersteinschätzung, dass niemand einen Abguss des eigenen Körpers überlebt, mit Sandros Spontandiagnose in Einklang zu bringen. Warum war Sandro so rasch sicher, dass Frankie erstens tot und zweitens Opfer des Liebeskummers geworden war?

Sie überließ Sandro Hackmann den Rest ihres Vorrats an Papiertaschentüchern und stand auf. Sie ging zwei Schritte zurück und umrundete den Abguss, der nach ihrem Verständnis eher eine Plastik als eine Skulptur war, weil sie durch Auftrag, keinesfalls aber durch Abtragen von Material entstanden war. Sie hatte dazu vor einigen Jahren ein Gespräch mit ihrer alten Kollegin Astrid aus dem LKA geführt. Astrids Mutter war Direktorin auf dem Flensburger Museumsberg gewesen.

Aber das gehört nicht hierhin, rief sich Marie zur Ordnung

und konstatierte innerlich, dass der Liegende keine Statue war. Wie man liegende Abbilder in natürlicher Größe korrekt bezeichnete, wusste sie nicht. Das war aber auch irrelevant, denn das, was Frankie wohl umhüllt hatte, entsprach nicht im engeren Sinne dem Liegen. Die rot glänzende Skulptur saß weit zurückgelehnt in einem Liegestuhl. Sie tat das breitbeinig, was Einblicke ermöglichte, die sonst nur Fachmediziner oder allenfalls Menschen haben, die einem besonders nahestehen oder -liegen. Frankie hielt einen Joint zwischen Zeige- und Mittelfinger der linken Hand, die auf dem Oberschenkel lag. Er trug eine Goldkette, auf der »Sandro« zu lesen war. Sie war jener Kette ähnlich, die einst ein deutscher Sänger getragen hatte, der Teil eines Duos gewesen war, dessen Name Marie gerade nicht einfiel. Irgendwas mit Cherry, Lady, Soul und Heart. Sie würde schon noch draufkommen. Der andere Typ war Norddeutscher. Egal.

Frankies Mund war zu einem Kussmund geformt. Sein Gesichtsausdruck wirkte spöttisch. Dass ein Toter einen Kussmund formen konnte, schien Marie unwahrscheinlich. Zwischen den Füßen hatte jemand ein Schild aufgestellt. »Großer Auftritt«. Schwarz auf weiß. Schlicht. Passte nicht zur Anmutung des Werkes.

»Sie sind sich sicher?« Marie schaute Sandro Hackmann an.

Er nickte. Der Versuch einer Antwort ging im Schluchzen des Mannes unter, der trotz der Hitze einen Smoking trug.

Draußen hatte das Thermometer achtundzwanzig Grad im Schatten gezeigt. Im Mai. Marie übte sich in kühlen Gedanken. Sie dachte an den kleinen Strand am Schleswiger Luisenbad. Dort würde sie am Abend mit Andreas ins Wasser gehen. Die Schlei hatte deutlich unter zwanzig Grad. Erfrischung war garantiert.

Gegenüber, dort, wo eine Treppe zur nächsten Ausstellungsebene führte, glaubte sie eine Bewegung wahrzunehmen, eine Reflexion möglicherweise. Vielleicht ein Mitarbeiter der NordArt, der letzte Details korrigierte.

»Ich schlage vor, dass Sie ihn mal anrufen. Nicht, dass all die Tränen umsonst waren.«

Warum nur hatte sie das gesagt? Marie ärgerte sich. Sie war in die vormittägliche Empathiedelle geraten.

»Mein Frankie hat keiner Fliege was zuleide getan. Ein Perverser hat ihn ermordet.«

Auch eine Möglichkeit.

Nyx [(3)] – Betrachtungen

Sie schaute auf die Raumtemperatur. Das Subjekt würde frisch bleiben, wenn sie jetzt für ein paar Stunden weg wäre. Es war gar nicht so selten, dass Subjekte ihrer Aufmerksamkeit bedurften, wenn sie gerade andere Dinge zu tun hatte. Aber der Tod war ein eigenwilliger Geselle.

»Die Kreation pausiert.« Die roten Leuchtdioden erloschen, die Aufzeichnung stoppte. Ein kaum wahrnehmbares Klicken signalisierte, dass die doppelflügelige Stahltür von einem elektrischen Stellmotor entriegelt wurde. Sie öffnete den Kasack, zog ihn in einer fließenden Bewegung aus, hängte ihn auf einen Bügel an der Seite des Stahlschrankes. Noch war eine Wäsche nicht nötig. Sie streifte die Handschuhe ab und warf sie in den für diese Art Abfall vorgesehenen Mülleimer.

So wichtig ihr der Kasack war, so sehr gehörte das langärmelige Shirt zu ihr, das Vincent van Goghs Gemälde »Schmetterlinge und Mohnblumen« zeigte. Die von ihr angefertigte Zeichnung des Schlafmohns zierte ihre Ohrringe, das Motiv der Schmetterlinge hatte sie zu einem Ring verarbeitet. Motive, die für sie die ewige Ruhe und die unendliche Freiheit symbolisierten.

Das Smartphone hatte sich wieder mit dem WLAN verbunden und signalisierte sieben neue E-Mails. Nichts von Relevanz, wie sie rasch feststellte. Die SMS mit dem Inhalt »crea« weckte ihre Aufmerksamkeit. Ein weiteres Subjekt sollte den Prozess durchlaufen. Sie antwortete »expectans«. Auch für Kreationen galt: eine nach der anderen.

Mit dem Mercedes T-Modell von 1986 in schlichtem Schwarz erreichte sie eine halbe Stunde später ihr Ziel. Sie parkte gegenüber der Polizeidirektion Kiel, griff nach ihrer Mappe und eilte die Blumenstraße entlang, dass ihr hellblauer Rock aus leichtem Chambray-Stoff spielerisch ihre gebräunten Waden umschmeichelte. Auf dem kurzen Weg hob sie eine Plastiktüte und zwei Zigarettenkippen auf und verstaute sie in der Sammeltasche, die sie stets mitführte. Plogging, das Sammeln von Abfall während des Joggens oder Gehens, hatte sie als Konzept gleich überzeugt. Sie hatte es 2017 in einem Schwedenurlaub kennengelernt und in ihren Alltag integriert.

Den Seminarraum betrat sie pünktlich. Sie würde sich mit Kaltnadelradierungen befassen. Eine Technik, derer sie sich im Rahmen ihrer Kreationen immer wieder gern bediente.

Schmierfink

Auf seiner Tasche ein Frühwerk der Frau, für die er schwärmte. Sie hatte einen Finkenvogel gemalt, der einen übergroßen Pinsel führte, von dessen Borsten Farbe auf das mit zarten Strichen gezeichnete Pflaster tropfte. Darunter war »Schmierfink« zu lesen.

Ein Neider hatte Ronnie Blischcke einst so genannt, wegen seiner guten Figur. Der Neider hatte die Karriereleiter beim Fernsehen im Sturm genommen, man munkelte, die Intendantin auch. Er hatte ein Haus mit Fördeblick in Kitzeberg gekauft, und dann war er mit einer Überdosis Kokain in einer Eigenurinpfütze auf der Reeperbahn gefunden worden. Unterdessen hatte Ronnie Blischcke versucht, seinen sächsischen Akzent abzulegen, einen Segelschein zu machen, Jennifer zu erobern, irgendeine Festanstellung zu finden. Nichts davon hatte geklappt. Er war der Schmuddelschreiber geblieben, für den ihn die Branche durchaus zu Recht hielt.

Aber im Gegensatz zum Neider war er bei bester Gesundheit. Die guten Gene der Vorfahren aus dem Erzgebirge. Sein

Großvater, ein Figurenschnitzer von Rang und Namen, war siebenundneunzig geworden. Seine Geschichten verkaufte Ronnie Blischcke mit wechselndem Erfolg an Redaktionen, denen die Leser des Boulevards den Hintern retteten.

In der Öffentlichkeit trafen sich die Edelfedern der Presse nicht mit dem Schmierfink. Die Entwicklung der digitalen Technik hatte ihm in die Hände gespielt. Er übermittelte Texte, Fotos und zunehmend auch Bewegtbilder für die Social-Media-Kanäle der Auftraggeber in 5G-Geschwindigkeit von jedem Ort zwischen Lister Ellenbogen und Schleuse Lauenburg. Das schönste Bundesland der Welt kannte er besser als manch Eingeborener. Er war ein Zugezogener, aber einer, der Schleswig-Holstein liebte, wie man nur seine Mutter liebt. Darum krümmte er der Region auch nie ein Haar. Kollektivurteile verbot sein berufliches Ethos, das er entgegen landläufigen Fehleinschätzungen durchaus besaß. Sobald sich Individuen gewisser Prominenz jedoch einen Fehltritt erlaubten, war Ronnie Blischcke zur Stelle und kannte kein Pardon.

Jetzt hockte er in unbequemer Haltung zwischen einem Treppenaufgang und einer davor abgestellten Palette mit einem Betonklotz, auf dem »Aggregat 2« stand. Musste man nicht verstehen. Vielleicht sollte man das auch nicht verstehen. Allein das Nachdenken über unterstellten Sinn war ja bereits eine Kunstform, die zu fördern sich lohnte.

Ronnie Blischcke hatte in ein neues Richtmikrofon investiert, mit dessen Hilfe er Gespräche mithören konnte, die seine Ohren ohne Unterstützung nicht erfassten. Das war illegal – allein der Nachweis war kaum zu führen. So wurde er Ohrenzeuge des Gespräches zwischen Sandro Hackmann und einer blonden, ziemlich ansehnlichen Frau, die er nicht kannte.

»Sind Sie sicher?«, fragte die Frau.

Sandro Hackmann nickte. Zusammengesunken zu einem Häuflein Elend saß er am Fuße einer, ja einer dieser Kunstinstallationen, die Ronnie Blischcke aus der Entfernung – sicher lagen dreißig Meter zwischen ihm und der Situation, wie er nannte, was er sah und hörte – nicht näher erkennen konnte.

»Sag was, Jüngelchen.« Ronnie Blischcke hatte gelernt, geduldig zu sein. Aber anderen beim Weinen zuzusehen, machte ihn aggressiv. Als ob dieses Geflenne helfen würde. Wenn er wenigstens wüsste, worum es hier ging.

Er war in die Halle gekommen, weil er ein Interview mit Sandro Hackmann anlässlich der Eröffnung des Kunstspektakels führen wollte. Dem Sandro Hackmann, der noch jede Talkrunde dekonstruiert hatte. Es hatte hitzige Wortgefechte über das omnipräsente LGBTQ-Thema gegeben, und Ronnie hatte gehofft, diesen Eins-a-Vertreter der schrillen Truppe vor die Kamera zu bekommen. Ihm war schnuppe, was sich die Menschen in ihrer Geilheit auf die Matratze zerrten. Dass über Diskriminierung geklagt wurde, ging ihm am Allerwertesten vorbei. Er war Sachse in Westdeutschland. Diskriminierungsopfer war sein zweiter Vorname.

»Titelgeschichte voraus, wenn ich mich nicht irre.« Er kicherte, wie der Held seiner Jugend Sam Hawkens gekichert hatte, wann immer er den bekanntesten Satz seiner Trapperkarriere sagte. Hier kam gerade etwas ins Rutschen. Vor Ronnie Blischckes Augen setzte sich eine monströse Skandallawine in Bewegung, die vor nichts und niemandem haltmachen würde, der in der Kunstszene einen Namen hatte.

»Läuft«, murmelte er, versuchte aufzustehen, aber sein linkes Knie war steif.

Der es Geld regnen lässt

Frauke nahm die von den imposanten Wisenten bewachten Stufen zum Portal der Kieler Kunsthalle, wie sie es von Rocky Balboa kannte. Sie hatte insgesamt sechs »Rocky«-Filme gesehen und geliebt. Als Zwölfjährige hatte sie sich gewünscht, jemand riefe nach ihr wie Rocky nach Adrian. Gut, dass sie diese Lebensphase überwinden konnte.

In der Kunsthalle war es angenehm kühl, und angenehm leer

war es auch. Außer dem Wachmann und einigen Reinigungskräften sah Frauke zunächst niemanden. Dann, als sie das mit eleganten Schwüngen gezeichnete Treppenhaus erreichte, erblickte sie einen stattlichen Mann, der Konrad Mahrburg nicht unähnlich sah. Ihn hatte sie vor erst einem Jahr im Rahmen einer Vernissage kennengelernt, weil er sich am Büfett als Kenner aller nur erdenklichen Arten der Herstellung von Katenschinken zu erkennen gegeben hatte. Er hatte das lautstark getan. Sein dröhnender Bass klang Frauke noch jetzt durchs akustische Gedächtnis.

Dass der Kunstmäzen nach rechts aus Fraukes Blickfeld verschwand, war ihr durchaus angenehm. Ihr Ziel lag im ersten Obergeschoss. Dort hatte sie bereits gestern Tische aufgebaut, Löffel, Zangen, Messer und Abfallbehälter in Position gebracht. Fehlten noch die Köstlichkeiten aus dem Transporter, die sie gleich ganz bequem auf einem Etagenwagen mit dem Aufzug an Ort und Stelle bringen würde. Ihre Schritte hallten durch den großen Raum. Frauke mochte große Räume. Inzwischen lebte sie am Einfelder See und mochte es dort sehr.

Der Zufall hatte sie zur Eigentümerin einer Jugendstilvilla mit Wasserblick gemacht. Allerdings fühlte sie sich dort ein bisschen wie die Untermieterin der stets gegenwärtigen Vorbesitzerin. Femke Tobergs Anwesenheit war Fluch und Segen gleichermaßen. Am Abend träfe sie auf Femke, die ihre alljährliche Promiparty schmeißen würde.

Bevor sie jedoch den Kaufvertrag unterschrieben hatte, war sie durch große Hallen getigert. Ehemalige, vormals landwirtschaftlich oder industriell genutzte Flächen, in denen sie Livekonzerte mit fünfhundert Zuschauern hätte veranstalten können. Bei einer Halle auf dem in Umnutzung befindlichen Gelände des Marinegeschwaders 5 in Kiel wäre sie beinahe schwach geworden. Die Halle, die Möglichkeiten, die Lage. Fröbe hatte sie gebremst.

Mit ihrem Lebenspartner verbanden sie zwei Sorten Humor. Seiner und ihrer. Außerdem war er klug und sexy, wenn er wollte. Fröbe war Hauptkommissar bei der Kriminalpolizei, und er war Beamter durch und durch. Eine prima Zielscheibe für den Spott von Frauke Frisch. Sie hatten halb scherzhaft über Hochzeit gesprochen, über ihren möglichen Namen, Frauke Frisch-Fröbe. Aber bevor es ernst wurde, hatten sie irgendwas gekocht, ihre Doppelkopfrunde zu Gast gehabt, einen Gin zu viel getrunken und Gras über die Sache wachsen lassen.

Der große Raum in der großen Kieler Kunsthalle war von Licht durchflutet. An der Stirnseite hatte Sandro Hackmann eine niedrige Bühne samt Beschallungsanlage errichten lassen. Die Techniker des Fernsehens hatten bereits eine Stell- und Lichtprobe abgeschlossen, es gab keine Bestuhlung, sondern Stehtische, und alles, was Frauke zur Bewirtung der Gäste benötigte, war an Ort und Stelle. Geplant war eine fliegende Eröffnung. Übermorgen der Startschuss mit Ministerpräsident in Kiel, dann ginge es mit einem Containerschiff über den Nord-Ostsee-Kanal nach Büdelsdorf und von dort in einer Art Staffelwanderung über den Ochsenweg nach Flensburg, sodass sich eine knapp einwöchige Performance in beeindruckender Eigendynamik entwickelte, in deren Verlauf ein noch unbekanntes Kunstwerk entstehen sollte. Eröffnet wurde das Fest aber morgen zeitgleich in den drei Städten. Frauke und Marie würden in Kiel und Büdelsdorf vor Ort sein, Flensburg übernähme ein gemeinsamer Freund, Michael, der Küchenchef des Strandrestaurants Karlsminde. In Frauke trafen sich Vorfreude und Nervosität. Einen Auftrag in dieser Größenordnung hatten sie noch nie abgewickelt.

Sie wandte sich zum Gehen, als ihr Blick durch den Durchbruch an der Längsseite auf etwas glänzend Rotes fiel. Frauke blieb stehen. Sie erinnerte sich an eine Studie, in der die Farbwahrnehmung untersucht worden war. Die Wissenschaftler hatten herausgefunden, dass Farben universell interpretiert werden. Auch vorindustrielle Völker erkannten und benannten Grün als Grün und Rot als Rot. Ob Individuen auch universell auf Farben reagieren, wusste Frauke nicht. Schade. Sie jedenfalls reagierte auf die Kombination aus Rot und Glanz mit erhöhter Aufmerksamkeit.

Aus dem Stehen entstand eine Dreh-, schließlich eine Schreitbewegung. Frauke betrat den Raum, hielt physisch und mental kurz inne, nur um aus der Erstarrung mit der Erkenntnis herauszuplatzen: »Das ist Frankie!«

Vor ihr saß in entwürdigender Breitbeinpose ein nackter Mann in einem Liegestuhl, den sie an der Goldkette, am leicht hängenden linken Augenlid, vor allem aber an der Narbe unterhalb des linken Schlüsselbeins erkannte. Eine Narbe, die regelhaft flach hätte sein müssen, die aber bei Frankie leicht wulstig und in Form eines Lächelns ins Auge stach.

Ihn hatte Frauke beim Schlager-Sail hinter der Schwimmbühne getroffen. Er hatte nach veganem Kuchen verlangt, Frauke belabert, herausgefunden, dass sie Ärztin war, und stolz die Narbe seines Herzschrittmachers präsentiert, die er beim Chirurgen so bestellt hatte. »Man will ja nicht aussehen wie Hinz und Kunz«, hatte er seine kleine Extravaganz erklärt.

Frauke umrundete das, was wie der Schlagersänger von Fehmarn aussah, schaute ganz genau die Nase an und überlegte, wie diese Figur zustande gekommen sein konnte, ohne den Tod des Modellsitzenden als Voraussetzung für das künstlerische Tun einzubeziehen. Eine freie Arbeit schloss Frauke aus. Zu präzise war, was sie sah. Jemand hatte Frankie post mortem in einen Stuhl gesetzt, mit einer aushärtenden Flüssigkeit übergossen, die Aushärtung abgewartet, Frankies Körper entfernt … An dieser Stelle wurde selbst Frauke übel.

Sie setzte sich auf den Boden, der erfreulich kühl war, und zwang sich zu einer nüchternen Diagnose ohne Patientenbeteiligung. Frankie war gestorben, mit oder ohne Zutun Dritter. Wer nach dem Tod die faktische Verfügungsgewalt über Frankie gehabt hatte, war abgebrüht genug gewesen, auf die Lösung der Totenstarre zu warten. Das konnte auch mal achtundvierzig Stunden dauern. Danach setzte die Autolyse ein, die Zellen starben. Frankie war sodann in die Position gebracht worden, in der sein Abbild nun vor Frauke saß. Hierzu hatte jemand das Skelett, aber auch Gewebe manipuliert. Frankies Lächeln wirkte beinahe natürlich. Tote schauen anders. Aber warum war passiert, was passiert war, wie hatte man das Werk hierher-gebracht, warum war es niemandem aufgefallen? Ob sie Fröbe anrufen sollte?

Frauke stand auf. »Bin ich die Polizistin, oder was?« Sie zog ihr Handy aus der Hosentasche und fotografierte das Objekt aus verschiedenen Positionen. Dann schlug sie die Richtung zum Büro der Direktorin ein. Noch bevor sie das Treppen-haus erreichte, hörte sie eine ihr bekannte Stimme. Es war die Stimme von Katenschinken-Kenner Konrad Mahrburg, der an ein Geländer gelehnt telefonierte.

»Sandro, mein Lieber, was Besseres hätte nicht passieren kön-nen. Vergiss nie die AIDA-Formel.« Kurze Pause. Dröhnendes Lachen.

»Nein, das hat nichts mit Kreuzfahrten zu tun. AIDA steht in der Werbung für ›Attention‹, ›Interest‹, ›Desire‹ und ›Action‹. Das ist es, was jedes Produkt, jede Dienstleistung braucht, wenn sie erfolgreich sein will. Und du willst doch, dass dein Baby erfolgreich wird, oder?«

Mahrburg ging Richtung Ausgang. Frauke konnte nicht mehr hören, welche Weisheiten er noch in petto hatte. Sie wusste auch nicht, mit wem er telefonierte. Aber sie spürte, dass der Kunstmäzen einer war, der für Erfolg über Leichen ging.

Leichen, dachte Frauke. Was mische ich mich hier eigentlich ein? Wenn der Augenarzt der Herzchirurgin gute Ratschläge erteilt, ist es mit der Freundschaft auch bald vorbei. Schnaps ist Schnaps, und Kunst ist Kunst. Sollte sich der Veranstalter kümmern, falls es denn etwas gab, um das man sich zu kümmern hatte, schoss es ihr durch den Kopf, da sie an die beeindrucken-den Ergebnisse aus 3D-Druckern dachte. Vermutlich erfreute sich der Schlagerstar bester Gesundheit und saß in der gerade gesehenen Haltung in einem Liegestuhl auf Fehmarn. Da lebte er wohl, sofern er lebte.

Frauke machte auf dem Absatz kehrt, dachte, vielleicht ob des Quietschens der Sohlen auf dem Boden: Schuster, bleib bei deinen Leisten, und erreichte den schönen neuen E-Transporter, als ihr auf der Kieler Förde ein Kreuzfahrtschiff auffiel, das mindestens so lang war wie die Kunsthalle. Sie dachte an den Bericht »Die Grenzen des Wachstums«, den der Club of Rome vor fünfzig Jahren veröffentlicht hatte. Viel länger konnten die Schiffe nicht mehr werden, wenn man die Häfen nicht umbaute. Aber sicher war in der Höhe noch ein bisschen was möglich.

»Zynismus off«, befahl sich Frauke und holte den Etagenwagen aus dem Transporter.

Hallo, Polizei!?

In Büdelsdorf hatte sich Sandro Hackmann durch Maries guten Zuspruch vom Boden erhoben. Vielleicht lag es auch am Hinweis, sein Smoking würde knittern. So saßen der Ausstellungsmacher und die Lieferantin des Büfetts einträchtig auf dem Sockel des rot glänzenden Objekts genau im Schritt von Frankie Flügge. Maries Hand lag auf dessen rechtem Fuß. Als sie merkte, dass sie den Fuß streichelte, zog sie erschreckt ihre Hand zurück.

»Geht er nicht ran?«

Sandro Hackmann zuckte mit den Schultern. »Ich stell mal auf laut.«

Es tutete. Er beendete den Anwahlversuch. »Ich rufe die Polizei.«

Marie gab eine Art Knurren von sich. Bisschen dünn, was er da vorbringen konnte.

»Nicht?«

»Och.«

»Ich kenn mich da nicht aus, Sie?«

»Büschen. Wir beruhigen uns jetzt erst mal. Sie schauen sich das Büfett an, und dann versuche ich mal mein Glück bei der Polizei. Wie wäre das?«

»Das wäre vielleicht das Beste.« Sandro Hackmann reichte Marie die Packung Papiertaschentücher. Sie fühlte sich feucht an.

An der Treppe gab es ein schabendes Geräusch. Zu sehen war nichts. Marie schob die Taschentücher in ihre Umhängetasche, kniff die Augen zusammen, schaute wieder zur Treppe. Nichts.

»Ich muss mal was trinken, Herr Hackmann.«

»Sollen wir Du sagen? Ich bin der Sandro. Jetzt, wo Frankie tot ist.«

Er begann erneut zu schluchzen. Marie holte die Taschentücher wieder hervor. »Marie, ich heiße Marie.«

Sie verließen die Halle, vor der Marie den E-Transporter abgestellt hatte.

»›Geschmacksverstärker:innen‹«, las Sandro laut vor, was in Klebebuchstaben schwarz auf weiß auf der Heckklappe des Transporters stand. »Super Idee. Auch die Schreibweise mit dem Doppelpunkt. Wir dürfen nicht stehen bleiben. Wir müssen Veränderung nicht nur zulassen. Wir müssen die Veränderung sein.« Sandro kullerten schon wieder die Tränen über die Wangen. »Das habe ich Frankie auch immer gesagt. Veränderung. Aber er blieb bei seinen Schlagern und Fehmarn und dieser Goldkette.«

Marie wunderte sich über Sandros Reaktion auf den Namen des Unternehmens, das sie gemeinsam mit Frauke führte. Schließlich hatte er den Auftrag an sie vergeben. Vielleicht die Kombination aus Anspannung vor der großen Eröffnung und dem Schock, den das Abbild seines Ex-Freundes offensichtlich ausgelöst hatte.

Nachdem sie Wasser getrunken hatten, das Marie aus dem Transporter geholt hatte, zeigte sie Sandro den aktualisierten Aufbau des Büfetts auf dem Tablet. Eine Software ermöglichte es ihnen, die örtlichen Gegebenheiten mit den vereinbarten Speisen zu kombinieren, sodass ein dreidimensionales Bild entstand. So konnten sie digital noch vor Ort Änderungen beim Aufbau vornehmen. Marie war keine ausgesprochene Freundin digitaler Technik und zeichnete noch immer in ihr Schleibook, so wie sie es all die Jahre als Polizistin getan hatte. Aber die Umsetzung des Büfetts in 3D bot unbestreitbare Vorteile.

Sie schaute auf die Uhr. Zwei Mitarbeiter ihres flexiblen

Teams würden gleich hier sein. Den Aufbau konnten sie pünktlich schaffen. Erwartet wurden geladene Gäste aus der Kulturszene, einige der ausstellenden Künstler, Vertreter aus der Lokalpolitik und Journalisten. Aufwendiger würde es, wenn in der kommenden Woche die Kunststaffel nach ihrer Fahrt über den Nord-Ostsee-Kanal einträfe. Dafür hatten sie statt eines Büfetts »fliegende Händler« vorgeschlagen, sodass die Versorgung mit Leckereien dezentral und bedarfsgerecht dort erfolgen könnte, wo sich gerade die meisten Menschen mit Appetit aufhielten. Logistisch würde die Aufgabe mindestens anspruchsvoll sein.

Sandro hustete, er hatte sich verschluckt. Nachdem er die Atemwege frei geräuspert hatte, folgte nach tiefem Durchatmen eine Wandlung. Der Ausstellungsmacher richtete sich auf, zupfte Hemd und Smokingjacke zurecht, lächelte Marie an und sagte: »Das ist vielleicht der Beginn einer internationalen Karriere für mich. Ich genieße großes Vertrauen. Ich weiß, dass Frankie mir die Daumen gedrückt hat. Er hat sich auch immer den Durchbruch gewünscht. Bei uns in der Kultur brauchst du Talent, Fleiß und noch mehr Glück. Ich werde die Chance nutzen, die sich mir bietet. Aber ich muss wissen, was mit Frankie passiert ist. Ich rufe jetzt die Polizei an.«

Gesagt, getan. Er griff zu seinem Handy, suchte nach der nächstgelegenen Polizeistation, wählte deren Telefonnummer, meldete sich und schilderte die Sichtung des Kunstwerkes.

»Sie nehmen das nicht ernst, habe ich den Eindruck. Ich habe mir das nicht ausgedacht. Ich gebe Ihnen mal Frau Geisler, sie war Zeugin.« Unvermittelt reichte er Marie das Handy und verschränkte trotzig die Arme vor der Brust.

Marie stellte auf laut. »Ja, hallo, mein Name ist Geisler. Ich kann die Beobachtungen des Herrn Hackmann bestätigen«, sagte sie.

»Moin, Marie«, sagte Polizeikommissarin Klara Mortensen. Marie kniff die Augen zusammen.

»Du weißt schon, ich bin's, Klara, ich habe ein Praktikum bei euch im LKA gemacht. Das war toll. Okay, was soll ich machen?

Ist ja noch nicht lange verschwunden, der Mann. Nicht lange genug jedenfalls, als dass wir eine Vermisstenanzeige entgegennehmen könnten. Kümmerst du dich darum?«

»Ich bin nicht mehr bei der Polizei, Klara.«

»Wie bitte? Du bist mein großes Vorbild. Sportverletzung oder was?«

»Eine lange Geschichte, nicht jetzt. Ich bestätige als Zeugin, was Herr Hackmann dir berichtet hat. Mehr werde ich nicht tun. Dir alles Gute. Ich reiche den Hörer wieder zurück. Tschüss.«

Das Handy war noch laut gestellt, und so hörte Marie, dass Klara erklärte, sie komme der Einfachheit halber mal rasch vorbei. Das sei ja von der Polizeistation zur Carlshütte nur ein Katzensprung. Das Gespräch wurde beendet.

»Du bist bei der Polizei, sogar beim LKA. So ein Glücksfall.« Sandro Hackmann strahlte.

»Nein, bin ich nicht. Ich mache hier das Büfett.«

Sandro Hackmann fasste sich unters rechte Auge und zog die Haut mit dem Zeigefinger so weit nach unten, dass Marie die gut durchblutete Innenseite des Unterlides sehen konnte. Sein Blick war verschwörerisch. »Einmal Bulle, immer Bulle. Ist doch so, oder?«

Marie stellte beide Gläser zurück in den namenlosen Transporter. »Herr Hackmann –«

»Sandro«, sagte Sandro.

»Sandro. Ich kann wirklich nichts tun. Das ist Sache der Polizei, und ich bin keine Polizistin.«

Sandro griff mit beiden Händen nach Maries Händen. Sein Blick war nicht nur herzerweichend, so wie man herzerweichende Blicke von Menschen kennt, die sich Mitgefühl erschleichen wollen. Sandros Blick hatte nichts Verstelltes. Er war voller Sorge und Liebe für Frankie.

»Du weißt doch, wie das ist, wenn der Apparat einer Behörde zu arbeiten beginnt. Das dauert.« Er hob beide Hände. »Oft aus guten Gründen. Aber es dauert. Ich habe eine Ausbildung beim Finanzamt gemacht. Wie gesagt, gute Gründe, aber … Bitte hilf mir. Es war nicht immer leicht mit Frankie. Aber ich habe niemanden geliebt wie ihn. Ich bin ihm das schuldig. Bitte.«

Am anderen Ende der Halle entdeckte Marie Sven und Torben, die sie beim Aufbau unterstützen würden. Sie kamen in Begleitung des Kochs, der die Alte Meierei auf dem Gelände der NordArt leitete. Er konnte nicht aktiv eingreifen, weil er nach einem Sportunfall noch an Krücken ging.

»Sandro, die Arbeit ruft. Sicher kommt gleich die Kommissarin von der Polizeistation und leitet alles Nötige in die Wege. Wir sehen uns.« Marie drehte sich von Sandro weg. Erleichterung und das schlechte Gewissen rangen miteinander.

Ihre Mitarbeiter waren nicht so locker, wie Marie sie kannte. Die Komplexität der Aufgabe war ihnen bewusst. Sven studierte Verfahrenstechnik, Torben hatte nach einem Freiwilligen Ökologischen Jahr beim Verein Jordsand noch immer keine Peilung, wie er sagte. Nach einem Gespräch mit Maries Mann Andreas, der als niedergelassener Internist in Eckernförde arbeitete, hatte Torben ein Medizinstudium in Erwägung gezogen. Eine Überlegung, die nun auch schon ein halbes Jahr zurücklag. Den Gesichtsausdruck der beiden kannte Marie nur allzu gut von ihren Mitspielerinnen vor Partien gegen überlegene Gegner. Ein gutes Zeichen. Die volle Leistung brachten sie immer dann auf den Platz, wenn alle konzentriert waren.

Kaum dass sie sich mit ihrem Team und Lutz, dem Koch, über das Tablet gebeugt hatte, stand Polizeikommissarin Klara Mortensen neben ihr. Die Sonnenbrille cool ins Haar geschoben. Sven und Torben guckten, und Marie sah, wie sie guckten. Klara sah auch in Uniform umwerfend aus.

»Marie, so schön, dich zu sehen.« Klara umarmte sie, dass es in der Brustwirbelsäule knackte.

»Hast du einen Sumo-Kurs gemacht? Nicht so stürmisch, junge Frau.«

Klara zog Marie aus der Gruppe der Männer zur Seite. »Ich bring sie Ihnen gleich wieder.« Sie hakte sich unter, und gemeinsam entfernten sie sich vom Stehtisch, an dem die Besprechung noch nicht beendet gewesen war. »Nun mal unter uns Betschwestern. Der Typ hat doch einen an der Waffel, oder?« Marie schüttelte den Kopf. »Eher nicht. Schau dir mal an, was wir gesehen haben. Schon seltsam. An eurer Stelle würde ich zunächst auf Fehmarn nach Frankie Flügge suchen. Ans Telefon geht er nicht. Vielleicht ist das Thema ja schnell vom Tisch.«

»Fehmarn. Okay. In der Zentralstation in Burg kenne ich jemanden. Kurzer Dienstweg. Ist doch okay, oder?«

»Klara, ich bin nicht mehr bei der Polizei. Ich werde jetzt keinen Vortrag über Dienstwege halten.«

Klara grinste. »Verstehe, Frau Ex-Abteilungsleiterin. Wo ist denn Herr Hackmann?«

Marie deutete Richtung Ausgang.

»Wenn du mal wieder in Büdelsdorf bist, Marie … Ich würde mich über einen Besuch echt freuen.«

Beiderseits ein bestätigendes Nicken. Die Wege der Frauen trennten sich wieder.

Vorsprung durch Zufall

Ronnie Blischcke neigte zu Eigendiagnosen. Er verpasste keine Medizinsendung im Fernsehen, seine Mutter war beim Hausarzt im sächsischen Hohenstein-Ernstthal die rechte Hand des Arztes gewesen. Das linke Bein des Journalisten ließ sich nicht durchstrecken. Knieblockade. Da lag der Verdacht auf eine verschleißbedingte Meniskusläsion nahe. Konnte man nichts machen. Jedenfalls nicht jetzt. Im Auto würde er den Schmerz mit bewährten Erzeugnissen der Pharmabranche in seine Schranken weisen. Er war ein harter Hund.

Sandro Hackmann und die blonde Frau waren dicht an ihm vorbeigegangen. Er hatte sich nicht zum ersten Mal seiner Urangst stellen müssen. Bei einer Theateraufführung in der achten Klasse hatte er sich hinter einem Vorhang versteckt, um Mandy beim Aufwärmen für ihre Balletteinlage beobachten zu können. Der Vorhang war staubig gewesen, er hatte das Niesen nicht unterdrücken können und war jahrelang als Ronnie Spanner gehänselt worden.

Zum Glück hatte er vorhin ruhig weitergeatmet und sich im Rücken der beiden aus dem Staub des Betonklotzes gemacht. Was er gehört hatte, reichte, um aus der finanziellen Bredouille der letzten Jahre herauszukommen. Er würde die Story entweder teuer verkaufen können, oder der Ausstellungsmacher würde bluten.

Ronnie Blischcke wusste, wer Frankie Flügge war. Dass Sandro Hackmann der Mann an seiner Seite gewesen war: eine sehr interessante und wertvolle Neuigkeit. Hatten sich gut versteckt, die Jungs. Es fiel ihm schwer, ein Kichern zu unterdrücken, als er zum Parkplatz hinkte. Allein der Schmerz im Knie verhinderte Freudensprünge. Er war zufällig zur richtigen Zeit am richtigen Ort gewesen. Er hatte einen Vorsprung, den er sich jetzt nicht mehr nehmen ließ.

Dass Frankie Flügge auf Fehmarn lebte oder gelebt hatte, wusste er. Es gab Gerüchte, dass er sein Häuschen in Burg ans Finanzamt verloren hatte und bei einem Freund auf einem Boot untergeschlüpft war. Andere Quellen hatten nach einer halben Flasche Köm berichtet, er hause auf dem Campingplatz, nach dem er sein Pseudonym gewählt hatte. Egal. Er würde das herausfinden. Ronnie Blischcke kannte die in diesem Fall denkbar beste Informationsbörse, den »Hafenkrug«.

Er drückte zwei Tabletten aus der Blisterpackung, spülte mit lauwarmem Kamillentee nach und lächelte sein sonnengegerbtes Gesicht im Rückspiegel des guten alten 280 SL, Baujahr 1979, an. Manche sagten, das bildschöne Coupé in Braunmetallic sei eine Zuhälterkarre. Ihm war das egal. Es war sein Traumauto. Das Navi prognostizierte eine Fahrtzeit von einer Stunde und einundfünfzig Minuten. Er käme gerade rechtzeitig, um die bunte Truppe anzuzapfen, die sich in dem Gasthof, zumindest war das bei seinem letzten Besuch so gewesen, allvormittäglich zu Lütt und Lütt versammelte.

Fehmarn. Das passte. Das große Vorbild seiner Kindheit war Dr. Peter Döbler, der 1971 aus der DDR geflohen war. Er war von Kühlungsborn nach Fehmarn geschwommen. Achtundvierzig Kilometer in fünfundzwanzig Stunden. Ein Held. In gewisser Hinsicht hatte er immer darauf hingearbeitet, eines Tages auch eine vergleichbare Leistung zu erbringen. Auf seinem Gebiet, im Journalismus. Jetzt war er ganz nah dran. Er beschleunigte den guten alten Mercedes, überquerte wenig später den Nord-Ostsee-Kanal und sang Frankie Flügges größten Hit. »Heu Joe, wo gehst du hin mit dem Glas in der Hand?« Ein bisschen schämte er sich, war schließlich Schlager, aber die Melodie war so eingängig.

Eine Fahrt durch Schleswig-Holstein fühlte sich nach all den Jahren noch immer wie eine Fahrt zu neuen Ufern an. Es waren vielleicht der hohe Himmel, die gefühlte Unendlichkeit des Meeres oder die Weite der Westküste, die in Ronnie Blischcke mal leise, mal lauter »Freiheit« riefen. Welch ein Privileg, jederzeit entscheiden zu können, mit wem man aus welchen Gründen auch immer wohin fuhr.

Er hatte nie vergessen, dass es für ihn zu einem Leben in einem demokratisch verfassten Land keine Alternative gab. In einem Gewölbekeller, in dem seine Großeltern Gemüse in Weckgläsern aufbewahrten, hatte ihm sein Opa von Bautzen erzählt. Dort hatte der Arbeiter- und Bauernstaat »Sondergefangene« wie Regimekritiker gefangen gehalten. Warum sein Opa so genau wusste, was man Menschen in Bautzen II zwischen 1959 und 1989 angetan hatte, hatte der alte Mann nie verraten.

Als gäbe es eine geheime Verbindung zwischen seinen Gedanken und der Playlist des Radiosenders, lief nun »Freiheit« von Westernhagen. Ronnie Blischcke fädelte sich auf die Autobahn Richtung Kiel ein. Er überholte ein Wohnwagengespann aus den Niederlanden, einen Vierzigtonner aus Litauen und eine Familienkutsche mit vier Fahrrädern auf dem Heckträger. Münchener Kennzeichen. Westernhagen sang, und er dachte an Reisefreiheit, Meinungsfreiheit, Pressefreiheit, Kunstfreiheit. Vielleicht verbarg sich hinter dem Abbild des Schlagersängers nicht nur ein abscheuliches Verbrechen, sondern auch eine verstiegene Botschaft. Künstlern war seiner Erfahrung nach beinahe alles zuzutrauen.

In Selent überkam ihn ein kleines Hüngerchen. Er stoppte am erstbesten Supermarkt, wusste, dass es Fisch sein musste, kaufte Krabbensalat und schaufelte sich das Zeug auf dem Parkplatz im Nullkommanix in den gierigen Rachen. Aus Bundeswehrbeständen hatte er einen Satz Besteck dabei, auch einen Dosenöffner. Man wusste ja nie. Das Zeug schmeckte nach Geschmacksverstärker. Ob die Krabben jemals gelebt hatten?

Er entsorgte die Dose in einem der Mülleimer, spülte den Löffel mit kostbarem Nass aus der Wasserflasche, die er für Zwecke wie diesen ebenfalls routinemäßig mit sich führte und nach jeder Fahrt auf Füllstand kontrollierte. Vielleicht war das ein bisschen zwanghaft, aber praktisch war es auch.

Nach Norden

Die Tische waren aufgebaut, alle Speisen an Ort und Stelle. So war es in der Kunsthalle in Kiel, und so war es wahrscheinlich auch auf der NordArt in Büdelsdorf. Frauke schob den Etagenwagen in den E-Transporter. »Lecker-Liner«, purzelte ihr ein möglicher Name für die Transporter von den Lippen. Für einen Moment gefiel ihr die Alliteration, nur einen Wimpernschlag später verwarf sie die Idee und legte sie unter »albernes Zeug« ab.

Sie schloss die Hecktür, überquerte den Düsternbrooker Weg, bog links auf die Kiellinie ab, schaute während des Gehens auf das Wasser der Förde und empfand Dankbarkeit. Ganz gleich, wo sie gerade unterwegs war, ein See, Kanal, Fluss, Noor, Tümpel, Löschteich oder gar das Meer war stets in guter Nähe. Sie ging weiter bis zum Seehundbecken des Aquariums, das bereits umlagert war. Familien mit Kindern konnten nicht an den Tieren vorbeigehen, aber auch Passanten, die nicht eigens wegen des Aquariums gekommen waren, hielten kurz inne, ließen sich vom Anblick der Meeresbewohner faszinieren. Frauke setzte sich an der Admiralsbrücke auf die Hafenkante und rief Marie an.

»Erste«, flötete sie gut gelaunt ins Handy.

»Kunststück«, antwortete Marie.

»Wie recht du hast. Eine ganze Halle voller Kunst und ein Kunststück, das ich so schnell nicht mehr aus dem Kopf kriegen werden.«

»Du hast ein Selbstporträt eingeschmuggelt?«

»›Eingeschmuggelt‹ ist ein gutes Stichwort. Eigentlich müsste ich die Polizei verständigen.«

Atemgeräusche in Büdelsdorf, die in Fraukes Ohren nach Besorgnis klangen. »Frauke, ich habe die Büdelsdorfer Polizei bereits hier.«

»Wie bitte?«

»Po-li-zei. Sandro Hackmann, unser Auftraggeber, betrat die Halle und schrie: ›Das ist Frankie.‹«

»Nein, ich auch.«

»Wie bitte?«

»Ich – auch. Ich schrie den gleichen Schrei. Hier in Kiel sitzt ein nackter Mann in einem Liegestuhl, und ich wette, dass Frankie Flügge das Vorbild ist.«

»Du kennst ihn?«

»Hätte ich ihn sonst erkannt? Wir kamen uns mal beim Schlager-Sail näher.«

»Sagt man nicht ›auf dem Schlager-Sail‹? Sorry, Stressgeplapper. Ich mache mal eben ein Foto und schick es dir. Bis gleich.«

Beim Blick aufs Handy stellte Frauke fest, dass sie ein schwaches Netz hatte. Sie stand auf und schlenderte in Richtung Landtag. Dort müsste man doch ständig gut vernetzt sein. Sie spürte den Windzug von Joggern, die sie passierten, hörte die Klage einer älteren Frau, dass ihr Sohn sie nie besuche, roch, dass jemand Waffeln buk, sah die Luftakrobatik zweier Möwen, die sich um eine Beute stritten. Die ältere Dame sehnte sich nach Zuneigung, die Möwen hatten Hunger. Wonach strebte sie?

Das Handy summte. Frauke schaute das Foto an, das Marie geschickt hatte, und wählte deren Nummer.

»Das ist echt krass. Eins zu eins, würde ich sagen. Aber wie fertigt man zwei identische Abgüsse an?«

»Hm, man könnte die erste Hülle ausgießen, nachdem man das Original daraus entfernt hat.«

»Puh. Ich stelle mir das gerade vor. Der Körper müsste mit einer Art Trennschicht, einem Puder oder einem Spray, behandelt worden sein. Das ist dann ein bisschen, wie wenn du Teig in eine Backform gibst, die du vorher eingefettet oder mit Backpapier ausgekleidet hast. Marie, das muss doch jemand gemacht haben, der sehr seltsam drauf ist. Welch ein irrer Aufwand. Und wie hat der die Dinger in die Hallen gebracht? Mist, mir fällt gerade ein, dass in Flensburg noch niemand ist. Wir sollten da jetzt mal ganz zügig hin. Oder ist das was für euch? Quatsch, du bist ja nicht mehr Polizei …«

»Außer Hausfriedensbruch fällt mir gerade kein Straftatbestand ein. Und wenn niemand das Eindringen in die Hallen anzeigt, passiert erst mal gar nichts. Außerdem wissen wir nicht, wie es zu den Abbildern kam. Für den Tod des Modells gibt es keinen Beweis. Die Polizeistation auf Fehmarn ist verständigt und wird versuchen, den Aufenthaltsort von Frankie Flügge zu ermitteln. Das ist nicht unser Job, obwohl mich Sandro Hackmann um Unterstützung gebeten hat. Aber wir peilen jetzt die Lage in Flensburg. Hier ist so weit alles vorbereitet. Die Jungs halten die Stellung. Bei dir?«

»Die Gäste können kommen. Rike und Johanna sind hier. Unser Büfett ist in guten Händen.«

»Wo bist du gerade?«

»Bei der Wiese neben dem Landtag mit Blick auf die Reventloubrücke. Ich bin so gern hier.«

Keine Reaktion.

»Marie, bist du noch dran?«

»Jep. Ich besorge noch die Erdbeeren. Wir sehen uns gleich an der Flensburger Förde.«

Frauke beendete das Gespräch und machte sich unappetitliche Gedanken über das Prozedere, dem jemand Frankie Flügge unterzogen haben könnte, eher: musste.

Marie spürte noch den Stich ins Herz. Die Reventloubrücke, das war der Platz, an dem sie sich oft mit Ele getroffen hatte, die immer noch in Südamerika war. Insgeheim hatte Marie gehofft, die besondere Zuneigung würde mit der Zeit nachlassen. Tat sie nicht.

In Büdelsdorf passierte sie die drei monumentalen Gorillafiguren des chinesischen Künstlers Liu Ruowang. Sie kannte den Wunsch des Erschaffers, auf die Zerstörung der Natur hinzuweisen, und folgte dem nach oben gerichteten Blick der tierischen Mahner, wann immer sie hier vorbeikam. Keine gute Idee beim Fahren eines Autos. Nicht zum ersten Mal tauchte heute überraschend ein Mensch vor dem E-Transporter auf. Dieses Mal war es ein Mensch in Polizeiuniform. Marie brachte den Transporter zum Stehen, Klara Mortensen öffnete die Beifahrertür.

»Kannst du mich ein Stück mitnehmen? Ich bin vorhin gelaufen. Das ewige Sitzen macht mich fertig, aber nun würde ich doch gern zügig an den Schreibtisch. Das kann ja ein richtig fetter Fall werden. Stell dir vor, ein Psychopath, ein Serientäter. Meinst du, die Mordkommission könnte mich in die Ermittlungen einbeziehen?«

Marie legte Klara die Hand auf den Oberschenkel, brach die onkelhafte Aktion einer potenziellen Tante aber gleich wieder ab. »Klara, eine Mordkommission, so weit ist es doch noch lange nicht. Bleib cool. Was gefällt dir denn an deiner Arbeit im schönen Büdelsdorf nicht?«

»Mir gefällt es. Klasse Kolleginnen, toll, die Nähe zum Kanal, zur Eider, die Schwebefähre, die NordArt, und für meine Mitbürger Ansprechpartnerin in beinahe allen Fragen zu sein, fühlt sich wie eine Ehre an, die mir einfach so qua Amt zuteilwird. Aber ich kenn das hier jetzt alles. Ich bin einfach neugierig.«

Marie verstand Klara, und Klara sah Marie an, dass sie verstand.

»Vielleicht will ich ja doch noch Kinder in diese kranke Welt setzen, und dann ist es oft zu spät, eine Seitenstraße zu nehmen.«

»Quatsch. Unser Sohn Karl knattert gerade in die Pubertät rein, und trotzdem mache ich was Neues, und das ist super.«

»Warum hast du noch mal aufgehört?«

»Da möchte ich jetzt nicht drüber sprechen. Ist schon noch eine tiefe Wunde. Was nicht bedeutet, dass ich es dir nicht erzählen will.«

»Bester Bäcker ever«, sagte Klara und zeigte nach rechts auf den goldenen Schriftzug von Drews. »Warum? Keine Ahnung. Ich bin nicht so die Bäckerin. Immer lecker. Schmeckt nie nach Industrie.«

Marie fuhr auf die Tankstelle gegenüber der Polizeistation. »Ich schmeiß dich hier raus. Spielst du eigentlich Boule?«

»Was?«

»Boule, manche sagen auch Pétanque. Das französische Wurfspiel.«

»Nö, warum?«

»Wir spielen jedes Jahr ein Turnier in Sehestedt. Du könntest unser Team verstärken, und ich erzähle dir, was du wissen wolltest. Übernächsten Sonntag. Überleg's dir.«

Eine halbe Stunde später hatte Marie frische Erdbeeren in Schleswig geladen. Unterwegs war sie am UNESCO-Weltkulturerbe Danewerk entlanggefahren, der größten Befestigungsanlage Nordeuropas, die daran erinnerte, dass es hier nicht immer friedlich zugegangen war. Die dänischen Wikinger hatten sich gegen das christliche Fränkische Reich zu schützen versucht. Nur vierzig Autobahnkilometer entfernt lag die Grenze zu Dänemark, die in den Köpfen der meisten Menschen keine war. Der Austausch von Kultur, Waren und Nettigkeiten gehörte zum selbstverständlichen Miteinander.

Marie ließ das Hafenbecken von Flensburg links liegen und parkte wenig später vor dem Yachting Heritage Centre von Robbe & Berking. Hier hatte die Inhaberfamilie ein international bedeutendes Museum für den Yachtsport eingerichtet und zog mit wechselnden Ausstellungen Besucher aus dem gesamten Umland nach Flensburg. Mit Freunden aus dem Ruhrgebiet hatte Marie die World Press Photo Exhibition angeschaut. Eine Weltreise und eine Achterbahnfahrt der Gefühle in einem sehenswerten Raum. Er vermittelte Großzügigkeit und Geborgenheit gleichermaßen, und Marie freute sich auf diesen Veranstaltungsort für den »Kunstsommer Nord«.

Morgenluft

Witterung aufnehmen zu können, gehörte zu den Kernkompetenzen eines Schmierfinken. Davon war Ronnie Blischcke überzeugt. Auf dem Parkplatz vor dem »Hafenkrug« stand genau der Fuhrpark, der Hoffnung auf Informationen aus erster Hand machte. Ein Rollator, ein Mofa ohne Kennzeichen, eine blitzblank gewienerte Harley, ein amerikanischer Pick-up und ein Opel Ascona in Wasserblau. Er hatte die Stammbesatzung des Gasthofs förmlich vor Augen und wusste, dass nicht der Harleyfahrer Boss der Runde wäre. Der tat nur so. Der Rollatorführer, ein geborener Anführer. Wer sich derart eingeschränkt in die Runde der Männer wagte, die ihr Resttestosteron verbrauchten, hatte Mumm.

Sorgen bereitete Ronnie Blischcke lediglich das Lastenfahrrad mit dem »Atomkraft? Nein danke«-Aufkleber. Hatte sich eine Ökotante in den Laden verirrt, käme er mit seiner Standardstrategie kaum klar.

Er parkte so, dass man das Chrom seines Daimlers von der Theke aus in der Sonne blitzen sehen konnte. Er stieg aus, wischte sich die Spitzen seiner Stiefel kurz an den Hosenbeinen ab und öffnete die Eingangstür, deren Holz wettergegerbt war. Kaum hatte er die Tür um wenige Zentimeter zu sich herangezogen, ertönte nicht zu laut, doch gut hörbar ein Nebelhorn. Er trat ein. Der Harleyfahrer, gut an seiner Kutte zu erkennen, musterte ihn von oben bis unten. Ein dürrer Mann, der rauchend vor einem überquellenden Aschenbecher saß, trug Helm. Wohl der Mofafahrer, schloss Ronnie Blischcke.

Er ging zur Theke, sagte »Moin« und wartete. In der dunklen Ecke vor dem Durchgang zu den Toiletten dudelten zwei Spielautomaten ihre verheißungsvollen Glücksmelodien. Links neben der Theke in einem geräumigen Erker stand der Stammtisch. Zwischen ihm und der Theke eine verschlossene Tür mit der verblichenen Aufschrift »Saal«.

»Da kannst' lange warten«, prognostizierte der Chef, ein Mann jenseits der siebzig mit den Gesichtszügen eines Fischadlers und Gehhilfen, die neben seinem Stuhl an der Wand standen. Der Rollatorfahrer. Ronnie klopfte sich innerlich auf die Schulter. Der Chef saß am Kopfende. Die Stühle der anderen waren leicht in seine Richtung gedreht. »Was ist das Geheimnis?«

»Gudrun kocht. Wenn sie kocht, gibt es keinen Service. Was willst du denn?«

Ronnie hatte gesehen, dass die Männer Bier und Kurze tranken. Früh am Tag. Aber es half nichts. Er zeigte auf den Tisch. »Ich schließe mich an.«

»Hinnerk, ein Herrengedeck für den Fremden«, kommandierte der Chef. Der Kuttenträger erhob sich ächzend und tat wie ihm geheißen. Am Tisch Gespräche über den Tunnel, der bald Fehmarn mit Lolland verbinden sollte. Einhellige Meinung: Das Ding braucht kein Mensch. Drei der Männer arbeiteten bei der Fährgesellschaft oder hatten dort gearbeitet.

Hinnerk stellte das Bier und den Köm auf die Theke. »Vier siebzig.«

Ronnie Blischcke griff in die rechte Hosentasche und legte einen Fünf-Euro-Schein auf die Theke.

»Lass stecken. Wir sind gastfreundlich hier«, sagte der Chef. »Firma dankt.«

Ronnie kippte den Köm. An Hinnerk gewandt: »Mach mal 'ne Runde. Ich geh pissen.« Dann ging er rüber zur Tür neben den Spielautomaten. Hinter der Tür blieb er stehen und lauschte.

»Der Mercedes-Fuzzi lässt 'ne Runde springen«, hörte er Hinnerk.

»Das ist kein Fuzzi, nur weil er keine Harley fährt«, wies der Chef den Kuttenträger zurecht. »Mach mal, Gudrun kann das brauchen.«

Ronnie ging zur Toilette, die aussah, als sei sie eben auf Vordermann gebracht worden, betätigte die Spülung, auch wenn es nichts zu spülen gab, wusch sich die Hände und betrat, die Hände an den Hosenbeinen abwischend, erneut den Schankraum. Der Chef, der Mann mit dem Helm und ein Mittsechziger in grauem Anzug – mutmaßlich der Ascona-Fahrer – hielten Karten in der Hand. Der Mann mit dem Helm sagte: »Null«, die anderen sagten nichts. »Vier«. Die anderen waren weg. Der Gewinner des Reizens nahm den Stock auf. Von der Theke näherte sich Hinnerk mit einem Tablett.

»Setz dich«, bot der Chef an, ohne Ronnie anzuschauen.

Ronnie setzte sich.

»Was willst du hier?« Der Mann mit dem Helm sortierte umständlich die Karten.

»Ich schreibe ein Buch über Fehmarn.«

»Noch einen Reiseführer?«

»Nein, Porträts von Einheimischen, die was zu sagen haben.«

»Dann bist du hier richtig. Georg, wird das heute noch was?« Eine Fliege landete vor Hinnerk, der sich gesetzt hatte. Er erschlug sie schnell und mit einer Gewalt, die den Tisch erbeben ließ. »Scheißviecher.« Er stand auf, ging zur Theke, wusch sich Blut und Gewebe von der Hand und kam mit Schwamm und Küchentuch zurück. »Schier muss das hier sein. Immer.«

»Kleinvieh macht auch Mist«, assoziierte der Chef, spielte Kreuz und gewann. »Einheimische also. Wie heißt du eigentlich?«

»Ronnie Blischcke, ich bin Journalist, Kolumnist und Autor.«

»Ossi?«

»Bio-Ossi, aber seit vielen Jahren nur noch im Land zwischen den Meeren unterwegs.«

»Wir sind hier nicht zwischen den Meeren, Ronnie. Das

hier ist Fehmarn. Wir sind im Meer. Das ist typisch für Inseln. Journalist, Kolumnist und Autor also. Brotlose Kunst, soviel ich weiß.«

Ronnie trank, setzte das Glas ab und sagte: »Wer es sich leicht machen will, wird Bayern-Fan. Sehe ich aus, als wollte ich es mir leicht machen?«

Der Chef schob den linken Ärmel seines Hemdes hoch. Zum Vorschein kam ein Tattoo, die Kogge von Hansa Rostock.

»Ossi?«, fragte Ronnie Blischcke.

»Mensch«, antwortete der Chef.

»Dann bist du auf meiner Liste fehmarnscher Persönlichkeiten weit oben.«

Es wurde gereizt und getrunken. Der Kuttenträger verlor einen Grand mit Dreien.

Der Chef runzelte die Stirn. »Was bedeutet es für dich, Mensch zu sein, Ronnie?«

»Ein Mensch ist, wer Kultur und Natur zum Wohle beider verbindet.«

Der Chef blickte auf. »Ich setz mal 'ne Runde aus. Beine vertreten.« Er stand auf, griff nach den Gehhilfen und ging bedächtig zum Ausgang. Sein Blick gab Ronnie Blischcke zu verstehen, er möge folgen.

Die Sonne stach, Kraut, das zwischen den Fugen der Gehwegplatten ums Überleben kämpfte, wirkte matt. Der Chef setzte sich auf den Rollator. »Ich glaub dir nicht. Du wirst kein Buch schreiben. Was willst du hier?«

Ronnie schwieg.

»Dein Vorgehen ist kein Problem für mich. Manchmal sind Wege zum Ziel verschlungen. Die Lüge genießt zu Unrecht einen schlechten Ruf. Allein ihr Zweck entscheidet, ob sie zulässig ist.«

»Du bist ein Philosoph.«

»Ich war hier der Pastor.«

»Frankie Flügge.«

»Was willst du von ihm?«

»Gilt für Pastoren die Verschwiegenheitspflicht?«

»Ja, sofern für dich oder andere dadurch kein Schaden entsteht.«

»Ein schmaler Grat.«

Das Lächeln eines Wissenden huschte über das Gesicht des Chefs.

»Ich suche nach Frankie Flügge. Es gibt Hinweise darauf, dass er tot ist. Über die Hinweise möchte ich nicht sprechen. Quellenschutz ist für uns Presseleute unverzichtbar.«

»Nehmen wir an, du findest ihn lebend. Welche Art von Veröffentlichung ist dann zu erwarten?«

»Nun, zunächst wäre dann die Nachricht die Nachricht, und gegen eine Homestory spricht ja grundsätzlich bei Menschen, die freiwillig in der Öffentlichkeit stehen, auch nichts. Sollte sich herausstellen, dass er tot ist, würde ich recherchieren, ob sein Tod unnatürlich war. Danach sieht man dann weiter.«

»Klingt nach klassischer Polizeiarbeit. Sollte man Ermittlungen dieser Art nicht den Behörden überlassen?«

»Sollte man. Aber noch sind es nur Gerüchte. Da rühren die erfahrungsgemäß keinen Finger.«

Die Tür des »Hafenkrugs« öffnete sich. Eine Frau in Kochschürze mit einem Haarnetz und pinkfarbenen OP-Clogs erschien. »Essen ist fertig.«

»Komm, du bist mein Gast, Ronnie. Nach dem Essen entscheide ich, ob ich dir helfe.«

Die Frau mit der Schürze nickte, sagte: »Gudrun«, hielt dem Chef die Tür auf und musterte Ronnie Blischcke mit unverhohlener Skepsis.

»Ronnie, angenehm.«

»Ich hab dich hier noch nie gesehen. Deine Karre?«

»Ein Kindheitstraum, ja.«

»Wo kommst du her?«

»Kreis Rendsburg-Eckernförde.«

»Ich kann lesen.« Gudrun deutete auf das Nummernschild. »Westensee.«

»Und ursprünglich? Sachsen?«

Ronnie Blischcke nickte. »Was gibt's denn zu essen?«

»Hast du bestellt?«

»Der Pastor hat mich eingeladen.«

»Peter ist im Ruhestand. Gemüsebratlinge mit pikantem Joghurt und rote Grütze. Gemüse und Obst aus dem Garten, Joghurt aus der Hofmilch von BioBauerBurg.«

Ronnie Blischcke übernahm den Türgriff, ließ Gudrun den Vortritt und hoffte das Beste.

Sind aller guten Dinge drei?

Flensburg war für Frauke der heimliche Star unter den Städten Schleswig-Holsteins. Die Lage an der Förde, die besondere Topografie mit dem Museumsberg, die reiche Geschichte, die Nähe zu Dänemark, die Uni und all die jungen Leute. Lebenswert fand Frauke es hier. Unangestrengt, lässig. Die Stadt ließ die Menschen spüren, dass sie nicht konkurrieren musste.

Sie parkte gleich neben dem anderen E-Transporter der Geschmacksverstärker:innen und dachte an die ausstehende Namensgebung. Vielleicht sollte man es nicht zu kompliziert, zu verstiegen, zu werblich machen.

»Und Sie sind?«, quatschte sie ein junger Mann mit altersgemäß anrasierten Haaren von der Seite an.

»Stets um einen freundlichen Ton bemüht. Und Sie?«

Der Mann guckte, wie Menschen gucken, denen das Denken nicht in die Wiege gelegt wurde.

Frauke schüttelte sich innerlich, lächelte und sagte: »Frauke Frisch, wir«, sie deutete auf die beiden E-Transporter, »liefern hier das Büfett.« Sie schaute auf das Namensschild des jungen Mannes. »Herr Schmidt. Noch ist von allem da. Kommen Sie mit rein, ich mache Ihnen mal was zum Kosten fertig, bevor die Gäste kommen.«

Der verdutzte Gesichtsausdruck des Security-Mannes löste sich in einem erwartungsvollen Lächeln auf. »Oh, danke. Ich hatte verpennt und noch nichts gefrühstückt.«

Er folgte Frauke und lief ihr in die Hacken, weil sie plötzlich stehen geblieben war. In der Mitte des hohen Raumes, der durch eine umlaufende Empore Weite und Erhabenheit ausstrahlte, stand Marie mit dem Rücken zu ihr und schaute auf eine rot glänzende Figur, die auf den ersten Blick exakt so aussah wie die Figuren in Kiel und Büdelsdorf.

Frauke machte Schritte, sah, was Maries Silhouette teilweise verdeckt hatte, den Breitbeinigen, wie sie Frankie Flügges Abbild getauft hatte. »Aller guten Dinge sind drei«, sagte sie.

»Da bin ich nicht so sicher«, antwortete Marie.

Frauke drehte sich um. Herr Schmidt stand auf Höhe der Rezeption. »Wie ist das da«, sie zeigte auf den Mann im Liegestuhl, »wie ist dieses Objekt hier reingekommen? Wann war das, und wer hat es gebracht?«

Herr Schmidt wurde blass. »Ich mach ja nur die Tür.«

»Eben.«

»Ich habe niemanden gesehen, und diese ... Kunst habe ich auch noch nicht angeguckt. Interessiert mich nicht.«

Marie war an Frauke vorbei auf Herrn Schmidt zugegangen und legte ihm eine Hand auf den linken Oberarm. »Locker bleiben. Sie sind seit wann hier?«

»Neun Uhr, also kurz nach; sagen wir, Viertel nach, weil ich verpennt habe. Aber nichts Herrn Schulz sagen, bitte. Ich bin in der Probezeit.«

»Schulz?«

»Sönke Schulz, mein Boss. Ihm gehört ›Security Abraham‹.«

Maries Smartphone summte. Sie schaute aufs Display und verzog den Mund. »Wir reden gleich weiter, Herr Schmidt.« Sie gab Frauke ein Zeichen, und gemeinsam nahmen sie den Seitenausgang, der auf eine kleine Terrasse führte. Marie drückte auf die Taste mit dem grünen Hörer. »Sandro?«

»Ihr müsst mir helfen. Die Polizei macht nichts. Frankie ist noch nicht lange genug weg, und die Figur und deren Erscheinen fallen angeblich unter Kunstfreiheit. Das wäre vielleicht so was wie eine Performance. Das haben die gesagt. Ich bin in Kiel, und hier steht auch ein Abbild von Frankie. Jemand hat ihn ermordet und will mich ruinieren. Bitte. Ich weiß nicht, was ich machen soll. In einer halben Stunde kommen die geladenen Gäste.«

»Sandro, wir helfen dir gerne, und ich kann deine Frage beantworten. Du machst das, was du ohne die neue Figur gemacht hättest. Du begrüßt die Menschen, erklärst das Konzept und weist auf die Besonderheit der drei Standorte und deren Verbindung durch den Staffellauf, also die Kunststaffel, hin. Fragt jemand nach der neuen Figur, schaust du ihn geheimnisvoll an und sagst: ›Die Kunst geht eigene Wege.‹ Du trinkst keinen Alkohol und überlässt alles andere der Polizei, Frauke und mir. Hast du das verstanden?«

»Verstanden.«

»Gut, wir erwarten dich in Flensburg. Ich habe verstanden, dass dich in Büdelsdorf auf der NordArt deine Assistentin vertritt. Ist das richtig?«

»Ja, Delaila ist die kenntnisreichste und charmanteste Kulturbotschafterin, die ich je kennengelernt habe.«

»Siehst du, dann sitzt du gleich bequem im Fond der Limousine vom Shuttle-Service und denkst an was Schönes. Tschaui.«

»Tschaui?« Frauke starrte Marie fassungslos an.

»Hauptsache, er fühlt sich wohl.«

»Kennst du Delaila?«

»Sicher, die kenntnisreichste und charmanteste Kulturbotschafterin, die ich je kennengelernt habe.«

»Die ist so schön, diese Frau. Beinahe hätte ich es ihr mal gesagt, und dann dachte ich, sie könnte das in den falschen Hals kriegen.«

»Weil sie eine Frau ist, oder weil sie eine Schwarze Frau ist?«

»Ich weiß es nicht. Als sie mir vorgestellt wurde, dachte ich an meinen Vater und Tom Jones.«

»Tom Jones?«

»Der Sänger.« Frauke sang: »*My, my, my, Delilah. Why, why, why, Delilah.* Nie gehört?«

»Botschaften aus einer fernen Vergangenheit. Tom Jones, Frankie Flügge, was wird uns als Nächstes erwarten im unheimlichen Kunstuniversum des Herrn Hackmann?«

Drinnen erwartete sie mit vollem Mund Herr Schmidt. »Sorry, das sieht alles so lecker aus.« Er deutete auf das Büfett.

»Die Erdbeeren. Ich glaub, ich spinne.« Marie lief auf den Security-Mann zu und riss ihm die Schale mit Bio-Erdbeeren aus den Fängen.

»Setzen. Da.« Sie zeigte auf eine Bank, die aussah wie eine der typischen Bänke aus Umkleidekabinen, in denen Marie die geruchsintensivsten Stunden ihres Fußballerinnenlebens verbracht hatte.

Herr Schmidt setzte sich. Der blaue Stoff der Hose spannte über muskulösen Oberschenkeln. Der hellblaue Stoff des Uniformhemdes spannte über Bizepsen, die unmöglich natürlicher Herkunft sein konnten. Marie dachte an die Gorillas auf der NordArt.

»Herr Schmidt, wann genau sind Sie heute hier eingetroffen?«

»Ungefähr zwanzig nach neun. Vielleicht auch ein paar Minuten später.«

»Vorhin sagten Sie, es wäre Viertel nach neun gewesen.«

»Zwischen Viertel nach neun und halb zehn.«

»Was haben Sie nach Ihrer Ankunft gemacht?«

»Ich bin zur Toilette gegangen.«

»Sie kamen also an dem rot glänzenden Kunstwerk vorbei?«

»Nein, ich bin durch den Seiteneingang rein. Da parke ich auch.«

»Haben Sie das Kunstwerk gesehen?«

»Nein.«

»Haben Sie es gestern oder zu einem anderen Zeitpunkt gesehen?«

»Nein.«

»Wann waren Sie zuletzt an einer Stelle, von der aus Sie das Kunstwerk hätten sehen können?«

»Gestern Abend um zweiundzwanzig Uhr dreißig habe ich Feierabend gemacht und abgeschlossen.«

»Wer hat außer Ihnen Zugang?«

»Keine Ahnung. Die Besitzer hier, die Mitarbeiter, mein Chef. Ich weiß es nicht.«

»Danke, Sie können wieder auf Ihren Posten gehen. Nein, zunächst noch die Handynummer Ihres Chefs.«

»Ich weiß nicht, ob ich das …«

»Ich sage nur: Verspätung und Erdbeeren.«

Herr Schmidt hielt Marie sein Handy hin, und sie notierte Sönke Schulz' Nummer in ihrem Schleibook. Herr Schmidt trollte sich.

»Warst du als Polizistin auch so? Dürfen Polizisten so sein? Du hast ihm ja sogar gedroht.«

»Möchtest du mit Sandro Hackmann sprechen? Übrigens duzen wir uns.«

Frauke und Marie waren während des Wortwechsels um das rot glänzende Kunstwerk herumgeschlichen. Beide hatten unabhängig voneinander immer wieder verschiedene Stellen berührt, hatten sie näher betrachtet.

»Frauke, wonach suchst du?«

»Ich suche den Ausstieg. Irgendwie muss der Typ Frankie ja wieder aus der Pampe herausbekommen haben.«

Marie ging ein paar Schritte zurück, ließ den Raum auf sich wirken. »Hier könnte ich auch wohnen.«

»Ich auch, eine Halle und doch hyggelig.«

Mit dem Zeigefinger der rechten Hand unter der Nase kam Marie wieder zurück zum Objekt gemeinsamen Grübelns.

»Wie früher Wickie«, stellte Frauke fest.

Marie lachte. »Andreas nennt mich Wickie. Genau deswegen. Tatsächlich glaube ich, dass die Vorlage – entschuldige den Begriff –, dass also die Vorlage in die Position gebracht und dann eingetaucht wurde. Dazu braucht es wahrscheinlich eine Art Kran. Nach dem Tauchen wird das Ergebnis wieder angehoben, oder die Flüssigkeit wird abgelassen. Der Bearbeiter öffnet die Hülle mit einem Schnitt, zieht die Hülle auf links und schwups.«

»Man sieht aber keinen Schnitt.«

»Den Schnitt übergießt der Bearbeiter mit der Flüssigkeit, die sich mit der Hülle verbindet.«

Frauke presste die Lippen aufeinander. »Man sieht aber wirklich so gar nichts.«

»Wir haben das gute Stück ja auch noch nicht von allen Seiten betrachtet.«

Frauke ging in die Knie. »Du meinst, von unten? Eine Steißgeburt gewissermaßen.«

»Gewissermaßen.«

»Mal was anderes.« Frauke saß nun im Schneidersitz neben der Figur und versuchte, den Stoff des Liegestuhls zur Seite zu ziehen. »Nehmen wir für einen Moment an, es ist, wie wir glauben, dass es sein könnte. Sprechen wir bei jenem, der Frankie zu seinem Auftritt verholfen hat, vom Mörder oder vom Urheber?«

»Früher dachte ich, die alte Staatsanwältin sei spitzfindig«, sagte Marie. »Nun, es kommt wohl auf die Position an, aus der heraus der Benenner beziehungsweise die Benennerin jenen oder jene betrachtet, der oder die Frankie bearbeitet hat. Der Galerist würde von Urheber, der Ankläger von Mörder sprechen.«

Sie knurrte und winkte ab. »Es wird Zeit, dass Frankie Flügge gefunden wird. Stell dir vor, er hat Angehörige oder außer Sandro weitere enge Freunde. Ich hoffe, dass die Polizei auf Fehmarn fündig wird und sich das Ganze als PR-Aktion herausstellt.«

Love and Peace

Im »Hafenkrug« war es mucksmäuschenstill. Außer Kau- und Schmatzgeräuschen nichts zu hören. Kein Wort. Die Männer aßen und hielten den Sabbel. Hinter dem Tresen beschäftigte sich Gudrun mit der Abrechnung vom Vorabend. Hatte sie gestern nicht geschafft. Nachdem sie die Zahlenkolonnen addiert und das Kassenbuch geschlossen hatte, kam sie vor zum Tisch. Wortlos reckte sie kaum sichtbar das Kinn nach vorn. Wortlos nickten die Männer und aßen weiter. Alle zufrieden.

Nach einer Viertelstunde waren dann auch alle satt, und Gudrun räumte ab. Kuttenträger Hinnerk assistierte.

»Ist Gudruns Halbbruder«, erklärte Peter, der Pastor im Ruhestand. »Sie hat sich seiner angenommen. Ist besser so.«

Ronnie Blischcke entwich ein kleines Bäuerchen. Niemand nahm davon Notiz. Der Mann mit dem Helm nahm den Helm ab, wischte mit einer Serviette die schweißnasse Stirn und setzte den Helm wieder auf.

»Weil er ihn sonst vergisst«, erklärte Peter auf Ronnies fragenden Blick. »Ich habe dich beim Essen beobachtet. Du weißt zu schätzen, was Mutter Natur und Gudrun auf den Tisch gebracht haben. Ich helfe dir.« Peter zog eine Dose mit vorbereiteten Tabletten aus der Westentasche, schob sich drei Pillen in den Mund, spülte mit einem halben Glas Bier nach und sagte: »So Gott will.«

Als sei das ein vereinbartes Kommando, erhoben sich die Männer und verschwanden unter kurzem Nicken alle binnen kürzester Zeit nach draußen. Nur Hinnerk blieb und wischte den Tisch ab.

»Mittagsstunde«, erklärte Peter. Hinnerk brachte eine Tasse Kaffee und schaute Ronnie Blischcke an. »Auch?«

Ronnie Blischcke nickte. Das schien hier als effektive Kommunikationsform ausreichend, wenn weitere Erklärungen unnötig waren. Ihm, der sein hartes Brot mit Worten verdiente, leuchtete das ein. Was sollte man auch Höflichkeitsfloskeln austauschen, wenn man doch nur einen Kaffee wollte. Er begann, sich im »Hafenkrug« richtig wohlzufühlen.

Peter nahm drei Stückchen Würfelzucker. Zwei ließ er in die Tasse gleiten, eines legte er sich auf die Zunge, griff zum Schnapsglas, nahm einen Schluck in den Mund und vermischte dort gut hörbar süß und scharf. »Habe ich von meiner Mutter«, erklärte er. »Der war der Schnaps immer zu stark.«

Gudrun tauchte in der Tür zwischen Schankraum und Küche auf. »Peter, du schließt ab, wenn ihr geht.«

Peter tat, was Ronnie Blischcke beinahe erwartet hatte. Er nickte.

Nun waren sie allein. Hinnerk war Gudrun in die Küche gefolgt.

»Du machst auf mich den Eindruck, dass du zwei und zwei zusammenzählen kannst. Überleg mal, warum Frankie Flügge Frankie Flügge heißen könnte. Ist ja ein Künstlername.«

Ronnie Blischcke zog die Augenbrauen nach oben, assoziierte und antwortete: »Flügge im Sinne von erwachsen geworden?«

Peter lachte. »Du warst noch nie auf Fehmarn, auf unserer schönen Sonneninsel?«

Eine Geste des Bedauerns, die Ronnie versuchte, wobei er mit der rechten Hand die Kaffeetasse umstieß. Rasch stand er auf, die Stuhlbeine kratzten klagend über den Fliesenboden. Hinter der Theke fand er einen zum Trocknen über den Wasserhahn gehängten Lappen, beseitigte die Folgen des kleinen Malheurs.

»Gut, dass du keine Kondensmilch genommen hast. Wenn man mit Kondensmilch verdünnte Kaffeepfützen wegwischt, neigen die Reste dazu, einen unangenehmen Geruch zu verbreiten. Auch unschöne Schlieren sind vorprogrammiert.«

Ronnie nickte, bewegte sich zügig hinter die Theke und wusch den Lappen sorgfältig aus. Sollte er zugeben, dass er schon oft auf Fehmarn gewesen war? Sicher war es eine Unterlassungssünde, wenn man »Flügge« nicht korrekt zuordnen konnte. Immerhin saß er mit einem Kirchenmann zusammen.

Als er zurück an den Stammtisch kam, war Peter eingeschlafen. Mit dem Kinn auf der Brust schnarchte er leise vor sich hin. Ratlos stand Ronnie Blischcke hinter seinem Stuhl, traute sich nicht, unangebrachte Geräusche zu machen, die Peter hätten wecken können. Noch während er über Auswege nachdachte, sprang die Kühlung an, und Peter öffnete die Augen.

»Power-Napping«, erklärte er. »Setz dich doch.«

Erneut das unangenehme Geräusch schabender Stuhlbeine. Ronnie setzte sich.

»Mit der Geschichte dieser Insel ist das Love-and-Peace-Festival untrennbar verbunden. 1970 kamen sehr viele Menschen, um neben anderen Größen der Musikgeschichte Jimi Hendrix zu erleben. Das Wetter war furchtbar, es passierten Dinge, die nicht hätten passieren dürfen. Beate Uhse hatte den

Spaß mit viel Geld unterstützt. Karten gab es deutschlandweit in ihren Sexshops. Nach Hendrix traten Ton Steine Scherben auf, die damals noch anders hießen. Sie sangen ›Macht kaputt, was euch kaputt macht‹. Prompt wurde die Einsatzzentrale zerlegt und Opfer der Flammen. Mit anderen Worten: ein legendäres Festival. Schauplatz war eine Wiese des Bauern Störtenbecker am südwestlichen Ende der Insel. Sozusagen im Schatten des Leuchtturms.«

Peter legte eine Wirkungspause ein. Ronnies Augen waren weit geöffnet, sein Mund nur leicht. Peter kam zum Höhepunkt seiner Erklärung: »Des Flügger Leuchtturms. Was sagst du jetzt?«

»Aus Frank Mommsen wurde Frankie Flügge, weil er im Herzen ein Hippie war.«

Peter nickte. »Und ein Hendrix-Fan, wie wir alle. Aber ist denn sicher, dass Frankie tot ist?«

Ronnie Blischcke fühlte sich ein bisschen schlecht, dass er auf Frankie Flügges Tod spekulierte. Aber nur kurz. Er musste schließlich auch leben. »Nein, das ist nicht sicher. Ich gehe den Gerüchten lediglich nach. Das ist schließlich die vornehmste Aufgabe der freien Presse. Gut, jetzt kenne ich den Hintergrund für die Wahl des Künstlernamens. Weißt du denn auch, wo Frankie Flügge wohnt?«

Peter winkte mit raumgreifender Armbewegung ab. »Ach, Frankie, wo der schon überall gewohnt hat. Im Pfarrhaus hatte er auch mal das Gästezimmer unterm Dach. Eine Zeit lang logierte er in der alten Villa von Anton Altona, wie wir ihn nannten, einem reichen Spediteur aus Hamburg, und tat so, als gehörte ihm das Anwesen. Anton Altona hat ihn rausgeschmissen, nachdem eine Poolparty mit einem Polizeieinsatz endete. Man munkelt, Frankie habe die Tochter des Bürgermeisters geschwängert, dabei ist Frankie doch wohl eher Männern zugetan. Ist ja heute keine große Sache mehr. Dann hatte er seinen Hit und wohl auch ganz gute Einnahmen.«

Peter trank den Rest Kaffee und setzte zu seiner nächsten langen Rede an. »Er hat sich ein Haus mitten in Burg gekauft.

Der Sparkassenleiter hat mir mal gesagt, dass er das bar bezahlt hat. Aber dann lief es nicht mehr, und er musste das Haus verkaufen. Seitdem wohnte er bei einem Kulturmanager in Büsum, soweit ich weiß. Die waren wohl ein Paar. Letzten Herbst tauchte Frankie bei mir auf und heulte sich die Augen aus dem Kopf. Die beiden hatten sich getrennt. Ich habe ihm einen Job auf dem Campingplatz am Flügger Strand besorgt. Nette Leute, denen der Platz gehört, und die haben ihn da irgendwo untergebracht. Mehr weiß ich nicht. Wenn du Frankie blöd aussehen lässt, sorge ich dafür, dass du ins Fegefeuer kommst. Ich habe gute Drähte.« Peter schaute nach oben.

Ronnie Blischcke hatte sich Notizen gemacht. Ohne seinen Block verließ er nie die Wohnung. Ersatzblocks lagen im Handschuhfach, steckten in der Jeansjacke und in der Fototasche. Gleiches galt für Kugelschreiber und Bleistifte. Die Bleistifte nahm er zur Sicherheit mit, falls mal die Tinte einer Kugelschreibermine eingetrocknet sein sollte. So hielt er es, seit er in einem Zug zwischen Dresden und Leipzig zufällig in einem Abteil mit Helmut Kohl gesessen hatte. Sie waren ins Gespräch gekommen, und Ronnie hatte nichts zu schreiben dabeigehabt. Ein Tiefpunkt seiner Karriere.

»Danke für die Einladung, danke für die Tipps.« Ronnie Blischcke schob den Stuhl zurück, der akustische Effekt war der zu erwartende.

Chef Peter legte seine Hand auf die rechte von Ronnie, mit der er sich auf der Tischplatte abstützte. Er bewegte langsam den Kopf von rechts nach links. »Wir sind noch nicht fertig. Du gibst mir jetzt deine Handynummer, ich sende dir dann meine. WhatsApp oder Signal?«

»Geht beides.«

»Gut, ich erwarte, dass du mich informierst. In Bild, Text und Ton. Anderenfalls …« Peter richtete seinen Blick erneut nach oben. Ronnie Blischcke war, als erhielte der Pastor im Ruhestand eine Eingangsbestätigung, aber für das Piepen war wohl ein rückwärtsfahrender Lastwagen ursächlich. So deutete Ronnie Blischcke jedenfalls den Schattenwurf auf den Fliesen.

Inzwischen wusste er, was in Situationen wie dieser erwartet wurde. Er nickte, Chef Peter entließ Ronnies Hand aus trockener Wärme. »Danke noch mal«, fügte Ronnie hinzu.

Der Lastwagen war ein Fahrzeug des Zweckverbandes Ostholstein und sammelte den Müll ein. Der Fahrer schaute Ronnie Blischcke aus der erhöhten Position des Führerhauses an. »Deine Karre?« Er deutete auf den 280 SL.

Ronnie bewegte den Kopf auf und ab.

»Fehlt nur noch der Sylt-Aufkleber.« Der Fahrer lachte, hinter ihm veranstaltete die Mechanik des Fahrzeugs einen Höllenlärm.

Ein kleiner Mann mit verspiegelter Sonnenbrille und orangefarbener Warnweste ging an Ronnie Blischcke vorbei.

»Jo, is meiner«, kam Ronnie möglichen Fragen zuvor und stieg ins Auto.

Er schob das Handy in die neue Halterung, die auch nicht besser funktionierte als die davor, und tippte »Leuchtturm Flügge« in das Suchfeld von Google Maps ein. In zwanzig Minuten wäre er da. Er hatte immer gedacht, Fehmarn sei kleiner. Wenn er ehrlich war, dann hatten seine zahlreichen Besuche einer einzigen Adresse in Burg gegolten. Er verdrängte die Erinnerung.

Ronnie griff ans Zündschloss. Kaum dass er den Schlüssel drehte, klopfte es an der Seitenscheibe. Ronnie schreckte zusammen, drehte den Kopf ruckartig, Wirbelkörper gerieten aneinander, verursachten Geräusche und Schmerz. Neben dem Mercedes stand eine kleine alte Frau. Er ließ die Scheibe ein Stück herunter, schaute in ein Gesicht, von dem er nicht sagen konnte, ob es mehr von Frohsinn oder mehr von Trauer gestaltet war. In ihm spiegelte sich ein ganzes Leben. Augen, umfaltet von Jahrzehnten, leuchtend wie ein spiegelglatter See im Licht der aufgehenden Sonne.

»Moin, fährst du in die Stadt?«

»In die Stadt?«

»Nach Burg?«

Ronnie hörte sich sagen: »Kann ich machen.«

Die alte Frau ging um die Fahrzeugfront herum. Zügiger, als Ronnie das erwartet hatte. Die Beifahrertür öffnete sich, ein Arm reichte eine Tasche herein, die Ronnie entgegennahm, ein wenig Mensch plumpste geradezu auf den Beifahrersitz.

»Wie im Rennwagen«, kicherte die alte Frau und schnallte sich an. »Tasche.«

Ronnie reichte ihr die Tasche.

»Ich kenn dich gar nicht.«

»Ronnie. Ronnie Blischcke.«

»Grete. Ich bin Grete.«

Ronnie schaute die Frau an, deren Kopf kaum die Kopfstütze erreichte.

»Ja, nun mal los. Kannst mich am Rathaus rauslassen.«

»Rathaus.«

»Du kommst nicht von hier. Urlauber?«

»Ich bin Journalist.«

»Kannst mich ja mal interviewen. Ich weiß alles über Fehmarn. Nun mal los, junger Mann. Geradeaus, dann die Zweite rechts.« Sie schaute ihn auffordernd an. »Schöne Schuhe hast du. Ich sag ja immer, oben hui und unten pfui. Menschen, die keinen Wert auf gutes Schuhwerk legen, sind Blender.«

Ronnie startete den Mercedes und fuhr los, Grete erzählte aus ihrem Leben, und Ronnie bedauerte, als sie sagte: »So, hier kannst du kurz rechts ranfahren. Wenn du noch mehr wissen willst, fragst du da drüben im Café nach Grete. Moin.«

Sie stieg aus, und Ronnie sah im rechten Seitenspiegel, wie sie ihr Haar richtete, bevor sie im Rathaus verschwand.

Das Navi prognostizierte achtundzwanzig Minuten bis zur Ankunft. Er verließ die Stadt. Wenig später: Wiesen und Felder, Felder und Wiesen. Ronnie Blischcke ließ das Lenkrad los, breitete die Arme aus und stellte sich kurz vor, wie es wohl wäre, frei zu sein. Frei von Zwängen. Frei, die eigenen Bedürfnisse zu befriedigen. Als Mensch, menschlich, so wie er sich menschliches Verhalten in Tagträumen wünschte. Dann erinnerte er sich daran, dass der Mensch aus dem Paradies vertrieben wurde. Vielleicht zu Recht. Eine Ricke mit Kitz überquerte die

Straße. Hände ans Lenkrad, Fuß auf die Bremse. Der Mensch, der größte Räuber jenseits von Eden.

Die Stimme aus dem Handy sagte: »Jetzt rechts abbiegen.«

Die Straße hieß »Flügge«. Wenn Frankie Flügge auf dem Weg zum Campingplatz hier längsfuhr, dachte er vielleicht, die Straße sei nach ihm benannt worden.

Ronnie Blischcke parkte vor dem Strandmarkt Flügge, ging an zwei Strandkörben vorbei, betrat die Rezeption und zückte seinen Presseausweis. »Moin, Blischcke, Pressedienst Nord, ich möchte zu Frankie Flügge.«

Die Mitarbeiterin war jung, freundlich und unkompliziert. Ronnie konnte sein Glück kaum fassen. Sie erklärte, der Gesuchte bewohne ein Mobilheim direkt am Sanitärhaus 2, einfach den Hauptweg entlang, dann sehe er es schon. »Das kannst du nicht verpassen«, war sie sich sicher und kniff ein Auge zu. »Frankie eben. Ich bin ja erst vier Wochen hier, aber den kennt jeder.«

Ronnie Blischcke bedankte sich nicht artig, sondern geschäftsmäßig. Er hatte im Verlaufe seines dornigen Berufsweges Rollen eingeübt. Jetzt war er in der des selbstsicheren Pressevertreters unterwegs, für den es außer Frage stand, dass man ihm Auskunft gab. Wer zu leutselig auftrat, wurde nicht für voll genommen. Träfe er auf Vertreter der Exekutive, würde er sein Verhalten ändern. Gute Erfahrungen hatte er mit defensiv kollegialem Auftreten gesammelt.

Er holte seine Fototasche aus dem Kofferraum, tastete nach Block und Stift. Dann ging er los. Über den Hauptweg, wie die Dame an der Rezeption empfohlen hatte. Links zweigte ein Pfad zum Strand ab, der, soweit er das sehen konnte, ein breiter Strand war. Dahinter, wie zu erwarten, die Ostsee. Ein Revier für Wassersportler, wie es schöner kaum sein konnte. Ob er gleich einfach mal die Badehose aus der stets griffbereiten Strandtasche ziehen sollte?

Ronnie Blischcke arbeitete ohne Boss. Seine Arbeit konnte er sich selbst einteilen, aber genau da lag das Problem. Er war sich ein strenger Vorgesetzter, der Ausschweifungen wie Pausen nicht duldete.

Zwischen Hauptweg und Strand reihten sich Wohnwagen mit Vorzelten, Sichtschutzwänden, eindrucksvollen Gasgrills, Fahrrädern und Schlauchbooten aneinander. Dennoch wirkte der lang gestreckte Platz luftig. Zur Landseite ebenfalls Wohnwagen, die sich an Grün kuschelten, das vom Weg aus wie ein veritabler Wald aussah. Rechter Hand, in das, was sich jetzt doch eher als Baumgruppe entpuppte, eingebettet, das erste der Wasch- und Sanitärhäuser. Schick und groß wirkte, was den Campern geboten wurde.

Ronnie Blischcke hatte seit Jahrzehnten keinen Campingplatz mehr aus der Nähe gesehen. Sein Campingplatzleben hatte sich zunächst mit den Eltern, dann mit der Freundin in Zelten abgespielt, die nicht immer dicht waren, in denen es am Tag aber immer eng und stickig, des Nachts gern schweinekalt war. Schöne Zeiten waren das gewesen.

Der Gurt der Fototasche schnitt in die Schulter, scheuerte auf der Haut über dem Schlüsselbein. Anzeichen von Verweichlichung, die Ronnie Blischcke schon eine Weile beobachtete. Er gab es ungern zu, aber er hatte sich zum Opfer des digitalen Zeitalters machen lassen. Recherche vom Schreibtisch aus machte träge und fett. Er richtete sich auf. Innerlich und äußerlich. Und er nahm sich was vor. Schwimmen stählte den Körper. Sollte er Frankie finden, ginge er ins Wasser; sollte er herausfinden, dass Frankie nicht mehr lebte, ginge er auch ins Wasser.

Nach gut zweihundertfünfzig Metern erreichte er Sanitärhaus 2, auch aus Backsteinen erbaut, aber kleiner als der große Bruder. Im Schatten desselben – die Sonne stand im Südwesten – das Zuhause des Schlagerstars. Der Boden auf den letzten Metern sandig. Die Luft flirrend, wie in guten und schlechten Western. Ronnie Blischcke, Karl May im Blut, pfiff die von Martin Böttcher komponierte Titelmelodie der »Winnetou«-Filme.

Am Wohnwagen, der eher ein Mobilheim war, sich bei näherer Betrachtung mindestens als Tiny House entpuppte, war neben der Tür ein Klingelschild angebracht, auf dem »Der einzig

wahre Franky« zu lesen war. Goldene Buchstaben auf hell-
blauem Grund. Dort, wo man an manchen Türen ein Bullauge
fand, war ein Fenster in Herzform eingebaut worden.

Der Klingelknopf schimmerte golden, Ronnie Blischcke
drückte beherzt. Im Innern des umbauten Raumes erklang
Frankies Hit »Heu Joe«. Zumindest akustisch ging Herr Flügge
den konsequenten Weg der Corporate Identity, die, folgte man
Experten für externe Kommunikation, für den Erfolg der Eigen-
darstellung unerlässlich war.

Ronnie Blischcke hatte vor gut zehn Jahren an einer Fortbildung teilgenommen, die ihm der Redaktionsleiter einer mittel-
großen Regionalzeitung spendiert hatte. Beinahe wäre es zur
Festanstellung gekommen. Beim Gedanken an die unerfreu-
lichen Begleitumstände schüttelte es Ronnie. Der Redaktionsleiter war nicht nur an seiner Schreibe interessiert gewesen.

Er klopfte, durchaus mit Nachdruck. Das Schlagersternchen
schlief vielleicht einen branchentypischen Rausch aus. Manchmal fragte sich Ronnie, wie man ohne Vorurteile durchs Leben
kommen sollte.

Erneutes Klingeln kam nicht in Frage. Er wollte keinen Ohr-
wurm riskieren. So wendete er sich nach rechts, ging an zwei
Fenstern vorüber, durch die er wegen blickdichter Plissees nicht
ins Innere der Wohnstatt schauen konnte. Deren Außenhaut
war in einer Bonbonfarbe lackiert, die zwischen Rosa und Beige
changierte. Zum leicht überstehenden Dach hin schloss eine
Bordüre aus Noten die Wand ein bisschen verspielt ab. An der
Schmalseite ein Doppelfenster. Ronnie Blischcke musste sich auf
Zehenspitzen stellen, um mit dem Knöchel des rechten Zeigefingers ans blitzblank geputzte Glas klopfen zu können.

Kaum dass er um die nächste Ecke bog, stellte sich ihm ein
baumgroßer Mann in den Weg, dessen Augen finsterer nicht
hätten blicken können. »Franky ist nicht da.«

»Wo isser denn?« Ronnie Blischcke hatte zum Baumlangen
gesprochen, als sei er der lebensfrohe Pekinese seiner Nachbarin.

»Arbeiten.«

»Singen?«

»Arbeiten.«

»Wo?«

»Auffem Leuchtturm. Vierhundertfünfzig-Euro-Job bei Maler Malle. Der hat Frankys Wohntraum hier gesehen und ihm gleich eine Stellung auf Lebenszeit angeboten.«

»Frankie streicht den Leuchtturm?«

»Das Geländer.«

Ronnie Blischcke zeigte in Richtung der Rezeption und schaute fragend.

»Genau.« Der Baumlange drehte sich um und ging. Auf dem Rücken seines T-Shirts stand: »Franky forever«.

Der Schlagersänger lebte, das war die schlechte Nachricht. Er, Ronnie Blischcke, wusste, wo er zu finden war. Das war die gute Nachricht.

Für den Rückweg wählte Ronnie den Strand. Im tieferen Sand zu laufen, mochte er nicht, aber dort, wo das Wasser den Sand verdichtet hatte, dort, wo man im Spülsaum Schätze finden konnte, war Ronnie nah dran am Glück.

Obwohl das Wetter nach draußen lockte, war der Sehnsuchtsort vieler Menschen nicht überlaufen. Er konnte Blick und Gedanken schweifen lassen, bis ihn ein Kneifen, ein Stechen und Drücken im Bauch ins Hier und Jetzt zurückholte. Es gesellte sich ein Grummeln hinzu, und Ronnie spürte, dass Eile geboten war.

Er lief quer über den Strand zurück auf den Campingplatz, sah keine fünfzig Meter entfernt Sanitärhaus 1, und doch fehlte ihm die Zuversicht, die rettende Toilette rechtzeitig zu erreichen. So lief er mit aneinandergepressten Schenkeln, erreichte das Haus mit Mühe und Not; in seiner Hose der frische Kot. Ronnie Blischcke mochte Goethe, und Reimen half ihm immer dann, wenn es eng wurde in seinem Leben. Auf Zahnarztstühlen hatte er ganze Lyrikbände getextet.

Er saß, behob, was notdürftig zu beheben war, sagte: »Scheiße«, lachte, und doch war ihm zum Heulen. Zwischen Zwerchfell und Beckenboden ein einziger Krampf. Ihm kamen die Krabben in den Sinn, die so einen undefinierbaren Beigeschmack gehabt hatten. An Gudruns Essen lag es sicher nicht, dass es in ihm vulkanisch rumorte. Unter Zuhilfenahme von Toilettenpapier in nicht haushaltsüblichen Mengen gelang ihm der Weg zum Daimler. Er brauchte einen geschützten Raum samt Toilette. Schnell.

Das Internet spuckte ein Hotelzimmer in Sulsdorf aus. Sieben Minuten Fahrzeit. Ronnie Blischcke telefonierte und buchte während des Fahrens. Den Schlüssel zu holen war entwürdigend, der Blick der Rezeptionistin drückte eine Mischung aus Skepsis und Mitleid aus. Gebückt betrat Ronnie das Zimmer, entledigte sich seiner Hose, die er in die Dusche warf. Der Rest war Leiden.

Es vergingen Stunden. Der Plan, Frankie Flügge zu treffen, bedurfte einer Anpassung. Dunkelheit umfing, was zuvor jenseits der Balkontür eine sonnengelb leuchtende Staude gewesen war, und der Schlagersänger saß nach getaner Malerarbeit vermutlich bereits im bonbonfarbenen Schlagerheim.

Nie wieder würde er Krabben unbekannter Herkunft essen. Nie wieder. Neben dem, was sich an Dramen in seinen Eingeweiden abspielte, pikste ihn ohne Unterlass das schlechte Gewissen. Er hatte nicht erledigt, was zu erledigen war. Pensum nicht erfüllt. Dann dachte er an den Ausstellungsmacher Sandro Hackmann, wie er heulend vor dem Abbild seines Liebsten gekauert hatte. Sein Ex war die Achillesferse.

Ronnie Blischcke kannte seinen Kontostand bis auf den Cent genau. Die Auftragslage der letzten beiden Jahre war so dünn gewesen, dass er den Dispo voll ausgeschöpft hatte. Er brauchte schlicht und ergreifend: Geld. Er schüttete zwei Tütchen Salz in ein Glas, goss Wasser hinein, rührte um. Was der Körper verlor, gehörte ausgeglichen. Er griff zum Handy, scrollte bis »H« und tippte auf Sandro Hackmanns Mobilfunknummer.

»Ach, der verlorene Sohn«, grüßte der. »Wir waren heute Morgen in Büdelsdorf verabredet. Schade, dass Sie nicht erschienen sind. Ihre Pressekollegen waren begeistert. Nun ja, jeder ist bekanntlich seines Glückes Schmied.«

»Das Glück ist ein flüchtig Ding, Herr Hackmann. Ich hatte gute Gründe, andere Prioritäten zu setzen. Sie werden kein Interesse daran haben, dass eine große Zeitung in ebensolchen Lettern Mutmaßungen über das Zustandekommen des Kunstwerkes anstellt, das Sie vor wenigen Stunden aus der Fassung geraten ließ, so vollkommen außer Fassung geraten ließ, möchte ich korrigieren. Von der Aufarbeitung Ihrer Beziehung zu Herrn Mommsen, wie er ja mit bürgerlichem Namen heißt, ganz zu schweigen.«

Für einen Moment war außer dem sphärischen Rauschen und Knistern nichts zu hören. Jedoch fand Sandro Hackmann rasch in die Spur zurück.

»Ich stelle fest, Sie haben keine Ahnung. Sagt Ihnen der Name Banksy etwas? Was, wenn der Street-Art-Künstler zum figürlichen Gestalten, zum Modellieren gefunden hätte?«

»Dann hätte er den hässlichen dicken Mann vermutlich im Hyde Park aufgestellt. Sicher nicht in der schleswig-holsteinischen Provinz. Netter Versuch, Herr Hackmann. Lassen Sie uns nicht lange um den heißen Brei herumreden. Ich könnte Ihnen die Pistole auf die Brust setzen, aber das ist nicht meine Art. Ich will Ihr Bestes, und ich bin der richtige Mann, um Ihre Kommunikation zur besten Kommunikation in der Branche zu machen. Und dennoch bin ich bescheiden. Ich erwarte nicht mehr und nicht weniger als einen Arbeitsvertrag über fünf Jahre. Mein Salär? Schauen Sie nach, was ein Lehrer mit A 13 verdient. Sie sehen, heute ist Ihr Glückstag, und weil ich Ihnen vertraue, liefere ich Ihnen als Geschenk zum Einstand den hässlichen dicken Mann schon sehr bald frei Haus.«

»Frankie lebt?« Sandro Hackmann schrie ins Telefon und hörte nicht, dass Ronnie Blischcke auflegte. Er legte auf, weil das Gespräch einen strategisch wichtigen Punkt erreicht hatte, und er legte auf, weil er den Weg zur Toilette ohne Zwischenfälle bewältigen wollte.

Familienangelegenheiten

Die Bewirtung der Gäste in Kiel, Büdelsdorf und Flensburg hatten sie nicht nur anstandslos über die Bühnen gebracht, mehr noch waren die Speisen, deren Zusammenstellung, die Präsentation und der Service einhellig gelobt worden. Marie parkte vor dem Haus ihrer Schwiegereltern in Maasholm. Schwiegervater Uwe hatte Karl vom Training abgeholt, es war Maasholm-Wochenende. Alle acht Wochen verbrachte Karl ein oder zwei Nächte bei Oma Rita und Opa Uwe, früher mehr mit Oma, inzwischen eher mit Opa, der als Vormann auf dem Boot der DGzRS die Action zu bieten hatte, die ein vorpubertärer Junge genau richtig fand.

Neben dem Haus hockte Rita vor einem der Beete und zog missmutig irgendein grünes Zeug aus der Erde. »Am besten, du sprichst mich nicht an.«

Marie ging wortlos an ihrer Schwiegermutter vorbei. Fünf Minuten später trat sie mit zwei Bechern Kaffee und der Keksdose auf dem von Karl bemalten Tablett wieder vor die Haustür. Rita hatte sich knappe anderthalb Meter nach rechts vorgearbeitet.

»Ackerwinde«, schimpfte sie, als sie Marie in ihrem Rücken spürte. »Ackerwinde, das ist die Pest. Das Zeug bringt mich um. Und weißt du, was Uwe sagt? Uwe sagt, das sei eben die Natur.«

Marie setzte sich neben Rita auf den Rasen und reichte ihr einen Kaffeebecher, Ritas Kaffeebecher, um genau zu sein, denn der trug mit aufgeklebter Prilblume unter dem Boden eine Markierung. Die Geschichte dahinter hatte etwas damit zu tun, dass Rita den Becher anders ausspülte als Uwe. So genau wollte sie das aber auch nicht wissen.

»Kaffee.« Rita strahlte. »Und Kekse. Marie, dich schickt der Himmel.« Rita nahm den Becher in beide Hände, sog den Duft des Kaffees ein, nahm einen Schluck und legte ihren Kopf auf Maries Schulter. »Männer. Kaum sind sie gesund, sind sie wieder zu nichts mehr zu gebrauchen.«

Uwe hatte sich nach langem Zuraten seines Sohnes operieren lassen. Dass er jetzt wieder fit war, machte Rita glücklich. Aber Uwes Ignoranz gegenüber dem großen Garten machte sie wütend.

»Wo sind die beiden?«, fragte Marie.

»Wo sollen die schon sein, die heldenhaften Seenotretter. Beim Boot oder auf dem Boot. Karl hat gesagt, er müsste auch noch dein Folkeboot ein bisschen putzen.«

Marie nickte. Karl hatte vor zwei Wochen Cola verschüttet, die er verbotenerweise und gegen eigene Überzeugungen an Bord getrunken hatte.

Rita und Marie kauten selbst gemachte dänische Butterkekse, in denen stets ein bisschen mehr Butter verarbeitet wurde als im Rezept empfohlen. Karl aß inzwischen vegan. Aus Überzeugung. Für ihn buk Oma die Kekse mit Kokosfett.

»Warum bist du gekommen?«, fragte Rita.

»Ich war in Flensburg und dachte, ich schließe euch kurz in die Arme, bevor der Wahnsinn des Kunstsommers morgen ganz früh weitergeht.«

»Was steht denn morgen an?«

»Der Kurator und sein Team haben sich einen Staffellauf der Kunst ausgedacht. Künstlerinnen und Künstler aus Schleswig-Holstein und Dänemark fahren von Kiel aus über den Kanal nach Rendsburg und laufen von dort über den Ochsenweg nach Flensburg. Das wird eine Weile dauern. Das Fernsehen begleitet, und Frauke und ich versorgen alle mit dem Lebensnotwendigen.«

Rita stellte den Kaffeebecher zurück aufs Tablett. »Sei mir nicht böse. Aber was soll das?«

»Die Theorie ist, dass äußere Bewegung innere Beweglichkeit erzeugt.«

Ritas Blick verriet, dass sie sich fragte, ob die Leute nichts Besseres zu tun hatten. Ackerwinde bekämpfen zum Beispiel.

Die Frauen besprachen die Weltlage, lösten globale wie lokale Probleme im Handumdrehen und schafften es, zwei Kekse in der Dose zu belassen. »Für Uwe und Karl.« Rita kicherte.

Marie umarmte sie und ging runter zum Hafen. Da saß er, ihr Sohn, wie ein Alter, mit den Seenotrettern. Marie sah, dass Karl ihr Kommen ein bisschen unangenehm war. Die Zeit des Wuschelns war vorbei. Loslassen, das sagte sich so leicht. So beschränkte sie sich auf: »Sonntag, siebzehn Uhr?«

Karl sagte »Jep« und konzentrierte sich wieder auf das Gespräch, das um Zündkerzen kreiste. Bei Marie sprang der Funke nicht über. Sie grüßte Uwe, der nicht am Geländer des Steges lehnte, sondern im Führerstand des Bootes Unterlagen sortierte. Jedenfalls sah es so aus. Er trug seine Lesebrille. Ob er sie erkannt hatte, war fraglich. Blieb ein Abstecher zu ihrem Folkeboot.

Die Colareste waren entfernt. Auf Karl war Verlass. Für einen Moment, der sich nach jenem Glück anfühlte, für das man nichts tun muss, beobachtete Marie eine Schwanenfamilie, wechselte zwei Etagen nach oben zu den Schäfchenwolken, und schwups, erinnerte sie sich schmerzhaft an ein Versäumnis. Sie hatte ihrem Vater den USB-Stick mit den Fotos versprochen. Zu Andreas' Geburtstag hatte er ein Fotobuch in Arbeit.

Nach seinem Umzug von der Ruhr an die Ostsee hatte ihr Vater die digitale Welt für sich entdeckt und im Sturm erobert. Sie holte das Smartphone hervor und wählte seine Nummer.

»Hallo, Papa, ich bin gerade auf dem Weg zu dir. Bist du zu Hause?«

»Ich höre, wenn du lügst.«

»Ich hatte es kurz vergessen, aber jetzt bin ich wieder im Plan.«

»Ich verzeihe dir. Bin am Strand. Meine Stelle.«

»Bis gleich. Dauert noch. Ich bin in Maasholm.«

Noch ein Rundumblick, Urlauber mit gezückten Handys und Fischbrötchen, Nachbarn ihrer Schwiegereltern mit den Enkeln im Schlepptau. Heile Welt an der Schlei.

Rita hatte ihren Eimer im Beet vergessen. Marie stellte ihn zum Kompost, stieg in den E-Transporter, kontrollierte den Ladestand der Batterien und rollte los. Das beinahe geräuschlose Fahren – noch immer komisch, aber sie wollte es nicht mehr missen. Wenn sie mit Andreas in dessen R4 unterwegs war, fremdelte sie in den ersten Minuten mit dem Brummen und Krächzen des kleinen Verbrennungsmotors.

In Eckernförde angekommen, parkte sie vor dem Museum Alte Fischräucherei. Stine, die sich dort nicht nur um die Besucher, sondern manchmal auch um »innere Angelegenheiten« kümmerte, hatte gestern angerufen und mitgeteilt, Marie solle einen Stapel Flyer abholen und in Schleswig verteilen. Im Museumsverein war Marie nun schon eine Weile Mitglied, freute sich, dass auch ihr Vater neue Freunde im Umfeld der Altonaer Öfen gefunden hatte, und musste nicht einmal aussteigen.

Stine trat gerade durch die grün gestrichene Holztür auf die Gudewerdtstraße, sah Marie, hob die Hand, verschwand kurz und reichte dann die Flyer durchs Fenster. »Moin, Marie, mien Deern, schnieke süchst ut.« Sie zeigte auf das Halstuch.

Stine war die Erste, die es bemerkte. Das Tuch war eines der Tücher, die der ermordete Malte von Rönneby an die Mitglieder seiner Schiffscrew verteilt hatte. Marie hatte überraschend ein Tuch aus Maltes Nachlass bekommen. Sie trug es heute zum ersten Mal und wusste noch nicht, ob sich das richtig anfühlte. Allzu viel Wehmut tat der Seele nicht gut.

»Marie, ich muss los. Holt ju stief.«

Marie verstaute die Flyer und fuhr ins neue Parkhaus an der Hafenspitze. Ihr Vater hatte sich dort eingekauft, und sosehr Marie mit der Bebauung haderte, so praktisch war der Parkplatz. Auch ihr war gar nicht so selten das Hemd näher als die Hose.

Der Weg führte sie direkt am Eiscafé Venezia vorbei. Marie widerstand der Versuchung und war ein bisschen stolz. Segler verließen mit um die Hüften geschlungenen Handtüchern die Duschen des Stadthafens. Kinder tobten über den Spielplatz, der ein guter Nachbar des Ostsee Info-Centers war. Marie zog die Schuhe aus und ging vor zum Wasser. Sie lief nie quer über den Strand, immer nur im rechten Winkel zum Wasser. Dort erkannte sie Thorsten, der inmitten einer Gruppe von Tauchschülern stand. Der Inhaber von »Tauchen und Meer« hatte

Marie vor vielen Jahren die Angst vor der Tiefe genommen. Sie war ihm bis heute dankbar.

Ihr Vater saß in einem Strandkorb, starrte auf einen gelben Plastikapparat, der aussah wie früher mal tragbare Transistorradios, und drückte immer wieder auf einen der Knöpfe. Jedes Mal sagte eine quäkende Männerstimme: »Moin.« Drückte er schnell hintereinander, entstand ein »Moin moin«. Marie schaute ihn besorgt an.

»Das Ende der Einsamkeit«, sagte er und atmete geräuschvoll ein.

»Papa!« Marie setzte sich neben ihren Vater, der schon wieder auf den Knopf drückte. Dann nahm sie ihm das Gerät aus der Hand, legte einen Arm um ihn. »Es war so viel los zuletzt. Es tut mir leid.«

Ihr Vater prustete los, konnte sich kaum halten vor Lachen. »Kind, ich habe das Teil hier im Strandkorb gefunden.«

In derselben Sekunde goss Marie ihm den Inhalt ihrer Wasserflasche über den Kopf. »Böser Papa, böser, böser Papa.«

Sie gerieten ins Plaudern. Wie praktisch es doch sei, den Strandkorb online zu buchen, stellte ihr Vater fest. Wie verärgert sie über Menschen sei, die ihren Müll am Strand liegen lassen, betonte Marie. Der erholsame und sich gegenseitig bestätigende Austausch von Selbstverständlichkeiten hätte noch lange so weitergehen können, bis Maries Vater den Todestag seiner Frau zur Sprache brachte. Alle Leichtigkeit war dahin.

»Ich besuche sie, kommst du mit?«

Marie zögerte.

»Kommenden Dienstag, Marie. Du könntest das wissen.«

Marie fühlte sich schlecht.

Ihr Vater legte ihr eine Hand auf die Schulter. »Entschuldige. Ich nehme das zurück. Dumm von mir.«

Windgeräusche, Wellengeräusche ...

Maries Mutter war dort beerdigt worden, wo auch ihre und deren Eltern die letzte Ruhe gefunden hatten. Es war die Familiengruft, in die die Särge seit drei Generationen herabgelassen wurden. Man blieb beieinander. Ein gemeinsamer Ort der Trauer und Erinnerung, auch der gelegentlichen Zusammenkünfte mit entfernteren Verwandten oder Nachbarn. Mit Blick ins Ruhrtal. Praktisch fand Marie das nicht. Zu weit weg. Aber auch ihr Vater würde wohl dort und nicht etwa im Ruheforst an der Eckernförder Bucht als Asche in einer Urne begraben werden, so wie es Maries alter Chef vor drei Jahren für sich entschieden hatte. Erdbestattung, Feuerbestattung, Seebestattung – für Marie war das noch weit weg, aber sie verstand, dass es für manche Menschen ein wichtiges Thema war. War ja so endgültig, das mit dem Tod. Es sei denn …

»Also was jetzt, kommst du mit, oder kommst du mit?«

»Ich komme mit und schlage vor, dass wir ein paar Tage bleiben. Ich könnte Freunde besuchen, und du könntest versuchen, welche zu finden.«

Ihr Vater stupste ihr in die Rippen. »Ich komme mit meinen alten und neuen Bekannten hier im Norden gut klar. Wenn ich ehrlich bin, hatte ich im Revier fast ausschließlich beruflich bedingte Kontakte. Lass uns das spontan entscheiden.«

Maries Vater war Fußballtrainer gewesen, und die Leute aus seinem Umfeld waren über ganz Deutschland verteilt, manche lebten auch im europäischen Ausland.

»Wie willst du denn beerdigt werden? In Uniform geht ja jetzt nicht mehr.«

»Papa! Wie bist du denn drauf heute? Ich möchte im Trikot meines Vereines begraben werden. Aber nicht mit Fußballschuhen. Das stelle ich mir bei einer möglichen Wiedergeburt unpraktisch vor. Ach, beinahe vergessen. Hier ist der USB-Stick mit den Fotos. Bin ja gespannt, was du da zusammenbastelst.«

Marie schaute auf die Uhr. Sie musste noch laden. Für gewöhnlich waren die Touren besser zu planen, aber dieser Auftrag war komplex. Es half nichts, sie würde noch nach Neumünster fahren und im kleinen Kühlhaus an der Boostedter Straße den E-Transporter packen. Frauke hatte ihren bereits bis unters Dach vollgestopft und war nach Hause an den Einfelder See gefahren. Am Abend stiege die legendäre Party von Femke Toberg, der legendenumwobenen Elderly Lady der Klatschpresse. Frauke

hatte Marie und Andreas entgegen Femkes Ersuchen nicht eingeladen. Sie kannte die Antwort. Gesellschaftliche Pflichtver-
anstaltungen waren beiden ein Graus, und Femkes Interesse an
Insidergeschichten aus dem Polizeiapparat war gefürchtet.

Marie küsste ihren Vater, versuchte, ihn zu kneifen, aber er
war schneller, hatte den Arm zurückgezogen und ihr auf den
linken Oberschenkel geschnippt. »Das tat weh.«

Ihr Vater schaute unschuldig. Nein, scheinheilig.

Auf dem Weg nach Neumünster hörte Marie Musik. Keine
Klassik, das hätte sie zu sehr an die Fahrten im EMO erinnert,
wie sie ihren Dienstbus getauft hatte. Das war überhaupt die
Idee! EMO hatte für Ermittlungsmobil gestanden. Den E-Transporter würde sie FRIMO nennen. Frischemobil. Sie hielt auf dem
Rastplatz hinter der Rader Hochbrücke, öffnete einen Piccolo,
aktivierte die Handykamera, goss einen Schluck der Prickel-
brause über den linken Kotflügel und sagte: »Ich taufe dich
auf den Namen FRIMO und wünsche dir stets eine Handvoll
Strom in der Batterie.«

Das Video schickte sie Frauke, stieg ein und kam im Baumarkt an der Boostedter Straße in Neumünster an, als diesmal
Jans Kollege Dennis gerade eine der Türen schließen wollte, die
den Verkaufsraum mit allem verbanden, was hinter den Kulissen
passierte.

»Marie, gut, dass ich dich sehe. Du hattest doch nach einem
Hochbeet gefragt und nach der geeigneten Erde und Noppen-
folie und Dünger. Sollen wir das mal beschnacken?« Dennis
drehte sich um etwa fünfundvierzig Grad nach links und machte
eine einladende Bewegung am Kühlhaus vorbei.

»Dennis, dein Rat ist mir willkommen.«

»Aber nicht jetzt?«

»Du bist ein Menschenkenner.«

»Darum bin ich hier.« Charmantes Lächeln, kurzes Winken,
dann war Dennis auch schon wieder damit beschäftigt, in sein
Headset zu sprechen. Auch er war ständig erreichbar. So waren
sie, die modernen Zeiten.

»Stooopp, Dennis, wart mal. Ich brauche einen Edding. Habt ihr so was?«

Dennis drehte elegant auf dem linken Fußballen und nickte.

»Du könntest bei ›Let's Dance‹ mitmachen.«

»Mit dir in meinen starken Armen, jederzeit. Wozu brauchst du den Edding?«

Marie deutete auf den E-Transporter. »Der hat jetzt einen Namen. Er heißt FRIMO.«

»Frimo?«

»Genau. Ein Akronym für Frischemobil.«

»Anonym?«

»Akronym.«

»Ach so. Und du willst auf dem Lack rumkritzeln mit deiner Kinderschrift?«

»Kinderschrift?«

Dennis zuckte mit den Schultern. »Ein Kumpel von mir ist ein Sprayer mit Jobs in ganz … Neumünster. Ich könnte ihn fragen, ob er dir die langweilige Gurke mal ein bisschen aufhübscht.«

»Aber nicht so doll.«

»Nicht so doll. Ich arrangiere mal was. Okay?«

Marie war unsicher, sie müsste ja auch Frauke fragen. Sie lächelte und sagte: »Okay, gute Idee.«

Dennis hatte wieder gewonnen. In so was war er echt gut.

Marie packte anhand der Liste, die sie mit Frauke und den Mitarbeiterinnen abgeglichen hatte, genoss die Kühle im Kühlhaus, freute sich, dass sie einen Teil der Energie über eine PV-Anlage erzeugten, und stieg zufrieden ins FRIMO, das schon bald ein Kunstobjekt sein würde. Vor ihrem geistigen Auge erschien das rot glänzende Kunstwerk.

Eine Dreiviertelstunde brauchte sie für die Fahrt nach Schleswig. Heute hatte sie so viele Kilometer runtergerissen wie sonst in einer Woche. Die Verabredung mit Andreas im Marienbad hatte sie verschoben. Heute wollte sie nur noch ins Bett. Andreas saß in der Küche. Vor ihm ein Pizzakarton und sein Notebook.

»Andreas, ich bin jetzt im Food-Business, und du schiebst dir 'ne Pizza rein.«

Sie quetschte sich quer auf seinen Schoß, applizierte einen dicken Wiedersehensfreudeschmatzer auf Andreas' fettige Lippen, sicherte sich mit links das letzte Viertel der Pizza und entkam seinem Griff mit Mühe und Not hinter die Kücheninsel.

»Luder, du!«

»Ich habe heute noch nichts gegessen. Es war verrückt.« Sie kaute. »Lecker.«

»Was war verrückt?«

Marie öffnete den Kühlschrank und kam mit zwei Flaschen Bügelbier an den Küchentisch. Es ploppte, sie stießen an, Marie erzählte, Andreas kommentierte:

»Endlich mal Kunst, die mich auch irgendwie erreicht. All die Brandungs-, Wellen-, Himmelsbilder sind ja schön, und ich bewundere die handwerklichen Fähigkeiten der Künstlerinnen. Aber büschen langweilig finde ich diese Schinken schon. Ein Abguss also. Das Modell muss ja, ich sag mal, beatmet worden sein. Mit Schläuchen, die man in die Nasenlöcher schiebt, wäre das machbar. Und besonders lange dauert der Prozess auch nicht. Alginat bindet ratzfatz ab. Die Spekulation darüber, ob das Modell tot war oder nicht, ist das eigentlich Faszinierende an der Geschichte. Makaber ist das schon, aber eben auch reizvoll.«

»Glaubst du, man könnte auch einen Toten in dieser Position fixieren?«

»Ja, das ist sicher möglich, wenngleich es nicht appetitlich ist. Apropos. Wie wäre es mit Nachtisch?«

»An was hattest du gedacht?«

»An dich.«

»Ach, Andreas, du bist auch nur ein Mann.«

»Stimmt, du hast Glück.«

Ein rauschendes Fest

»Wo bleibst du denn?« Femke Toberg empfing Frauke mit einem Blick, der ihr als alternder Diva gut zu Gesicht stand.

»Femke, Liebes, du glaubst nicht, was heute passiert ist.« Frauke richtete den Blick gen Himmel. Theatralik war ihr in die Wiege gelegt worden, hatte doch ihre Oma zum Entsetzen der Medizinerdynastie eine vorzeigbare Karriere als Boulevardschauspielerin hingelegt.

Wie erwartet war Femkes Reaktion die der mit allen Wassern gewaschenen Journalistin, die schon alles gesehen hatte. Sie verabreichte Frauke einen Klaps auf den Hintern, grinste und sagte: »Vielleicht schlüpfst du noch rasch in was Unbequemes, bevor ich dich meinen Gästen vorstelle.«

Frauke durchquerte das großzügige Entree der Jugendstilvilla, nahm die Stufen der Treppe leichtfüßig und sah, wie Femke ein Glas Champagner von einem Tablett pflückte. Der hochgewachsene Kellner deutete eine Verbeugung an, Femke ein Lächeln.

Als Frauke die Tür zu ihrer eigenen Wohnung im Haus öffnete, hörte sie »Schorsch'l, ach fahr mit mir im Automobil, es kost' ja nicht viel, von Hamburg nach Kiel, Schorsch'l, ach fahr mit mir im Automobil schnell mit mir hin nach Kiel.« Femke frönte ihrer Liebe zur Musik des frühen 20. Jahrhunderts. Sie hatte nicht zum ersten Mal eine Tanzkapelle aus Berlin engagiert, und Frauke wusste, dass die Lieder zu vorgerückter Stunde verruchter würden, dass Zigarettenspitzen keck in den Himmel gereckt werden würden und Absinth das Getränk der Wahl letzter Gäste wäre. Sie sollte recht behalten.

Auf dem blank gewienerten Eichentisch, den sie in den Erker zum Garten mit Blick auf den Einfelder See gestellt hatte, lag die Post. Femke hatte gegen Fraukes eindringlichen Wunsch erneut deren Briefkasten geleert und sich Zugang zur Wohnung verschafft. Fraukes Hinweise auf Artikel 13 des Grundgesetzes, auf die Unverletzlichkeit der Wohnung, waren an Femke abgeprallt. Nein, Frauke korrigierte sich, sie hatten Femke nicht erreicht.

Die Selfmade-Millionärin lebte nach eigenen Regeln, die sie nach Belieben änderte. Zunächst hatte sie als Redakteurin ein bescheidenes Gehalt bei der Kieler Tageszeitung verdient. Dann hatte sie ihr Talent für bunte Themen entdeckt, für Interviews, in denen die Gesprächspartner verrieten, was sie ihrer besseren Hälfte verschwiegen hatten. Es folgten Stationen bei Radio und Fernsehen, bis Femke prominenter war als die von ihr befragten Prominenten. Sie schrieb Biografien, die Abrechnungen waren und sich so gut verkauften, dass sie im zarten Alter von einundvierzig Jahren die Jugendstilvilla am See, ein Dutzend Mietwohnungen in Hamburg, eine Finca auf Mallorca und einen seinerzeit darbenden Heizungs- und Sanitärbetrieb kaufte, der heute über sechzig Mitarbeiter beschäftigte. Femke war, was viele noch werden wollten: reich und berühmt.

Frauke und sie hatten sich zufällig bei einer Gala zu Ehren eines ehemaligen Ministerpräsidenten kennengelernt. Femke hatte neben dem Pfeifenraucher gestanden, einen Hustenanfall erlitten, sich an einem Häppchen verschluckt. Mit einem beherzten Heimlichgriff hatte Frauke die Grande Dame des gehobenen Klatschjournalismus vor dem Erstickungstod bewahrt. Jetzt waren sie Freundinnen auf Probe, wie Frauke ihre Beziehung nannte. Sie hatte Femke die Jugendstilvilla auf Basis einer Leibrente und lebenslangen Wohnrechts abgeschwatzt.

Die Beine der maßgeschneiderten Hose hochgekrempelt, in der Rechten ein Glas Chardonnay, in der Linken eine Zigarre, stand der Doyen der norddeutschen Kunstszene bis zu den Waden im Wasser des Einfelder Sees und dozierte. »Es ist die vornehmste Aufgabe der Kunst, zu provozieren. Über die Wahl der Mittel lässt sich trefflich streiten. Aber eines, meine Freunde, ist klar: Ohne Provokation keine Aufmerksamkeit, und ohne Aufmerksamkeit kein Geld. So schnöde der Mammon, so unentbehrlich dessen Macht.«

»Welche Mittel, Herr Mahrburg, wären denn die Ihrer Wahl?« Frauke stieß mit einer Flasche Astra arschkalt an die dünne Wandung des Mahrburg'schen Weinglases. *À votre santé!*«

»Fragt wer?«

»Ihre Gastgeberin, Herr Mahrburg. Ich kaufte dieses schöne Haus vor einem Jahr von Femke Toberg.«

Für einen Moment zeigten Mahrburgs Züge Überraschung, jedenfalls soweit es ihnen nach den offensichtlichen Botoxbehandlungen möglich war. »Wie war doch gleich die Frage?«

»Welche Mittel wären Ihnen recht, um Aufmerksamkeit zu erzeugen?«

»Jene, die geeignet sind.«

»Den Rahmen bildet dabei die Gesetzgebung, die vorherrschende Moral, der Beifall des Publikums?«

»Sie sind auf Krawall gebürstet?«

»Bisweilen mein Mittel der Wahl. Ich wurde heute Vormittag Ohrenzeugin eines Telefonates, das Sie mit Sandro Hackmann, dem Kurator der Ausstellungen in Büdelsdorf, Kiel und Flensburg, führten. Ihr Urteil war, sagen wir: kaltschnäuzig.«

Mahrburg grinste unsicher, schaute in die Augen der Umstehenden, die verstummt waren. »Das besprechen wir vielleicht an anderer Stelle.«

»Sie wollen rausschwimmen?«

Eine Frau mit kahl geschorenem Kopf kicherte. »Ich würde das mitschneiden. Es gibt sowieso viel zu wenig Action in der Kunstszene hier. Alles so behäbig. Ich lad dich mal nach Berlin ein, Mahrburg. Deinen Ausflug zur Badeinsel zeige ich da unter der Überschrift ›Seepferdchen‹ als Kurzfilm auf der East Side Gallery. Na, Bock? Komm, runter mit dem Gucci-Fummel. Nicht so prüde.«

Konrad Mahrburg kam davon, weil Femke ihn rettete. Es war Zeit für die Rede und Gegenrede der beiden, die traditioneller Bestandteil dieser Feste waren. Über das Thema entschieden die Gäste. Femke trat ans Mikrofon auf der kleinen Bühne. »*Chers amis*, es ist so weit. Rede und Gegenrede. Das sind die Themen: Verbot von Inlandsflügen, aktive Sterbehilfe und Weiterbau der A 23. Ich bitte um das Handzeichen für Thema eins …«

Die Gäste votierten mehrheitlich für das Thema Sterbehilfe. Angesichts des Altersschnitts war Frauke nicht überrascht.

Die Diskussion wurde zunächst dem Gewicht des Themas angemessen ernst geführt, später wurde es hitzig, und Zwischenrufe alkoholisierter Gäste ließen das Niveau schließlich abstürzen.

Kurz vor dem Absturz war auch Lukas, ein schnieker Mittdreißiger, der eine sichtbar enge Beziehung zu seinem Friseur haben musste. Er hatte sich Frauke als Mahrburgs persönlicher Assistent vorgestellt, und Frauke hatte ihn gezielt abgefüllt. Ihrer Befragung hatte er nach drei Sex on the Beach, einigen Wodka-Shots und drei Gläsern Rotwein nichts entgegenzusetzen.

Was er mehr schlecht als recht über die Lippen brachte, bedeutete unterm Strich, dass Sandro Hackmann bei Mahrburg Rat gesucht hatte. Der hatte sogleich die Chance gesehen, einen Skandal zu provozieren und maximalen Profit aus dem Objekt zu schlagen. Vertraglich stand ihm, der den Kunstsommer kofinanziert hatte, das Recht zu, bestimmte Objekte zu veräußern. Im Laufe des Tages hatte er einflussreiche Kunstsammler informiert und Gerüchte gestreut. Eines lautete, dass unter der rot glänzenden Schicht die sterblichen Überreste eines Sängers steckten, der seine Stimme einem weltbekannten Popstar geliehen hatte. Die Sammler überboten sich gegenseitig. Aktuell lag ein chinesischer Sammler vorn, der bereit war, eine siebenstellige Summe auf den Tisch zu legen.

Frauke schlief wenig in dieser Nacht und träumte, unter der rot glänzenden Oberfläche käme eine weitere Figur zum Vorschein, die, dem Prinzip der Babuschkas gleich, die dritte gebar. Am Ende stieg Konrad Mahrburg, so groß wie ein Fingerhut, aus der letzten Hülle und fluchte, weil er sich all die Geldscheine nicht in die Tasche stopfen konnte, mit denen Bieter die Kieler Kunsthalle geflutet hatten.

Die Börse und der Kunstmarkt lebten von Phantasie und Investoren, die nicht wussten, wohin mit dem Geld.

Flügger Leuchtturm

Am späten Abend war Ronnie Blischcke auf Fehmarn in seinen Mercedes gestiegen und hatte eine Apotheke in Burg angesteuert, deren Besitzer Notdienst hatte. Mit einem Jutebeutel voller Kohletabletten, einer Packung Windeln für Erwachsene und einer Flüssigkeit mit hoch dosierten, effektiven Mikroorganismen, vierundzwanzig ausgewählten Bakterienstämmen und dreißig Milliarden lebenden Mikroorganismen pro Tagesverzehr hatte er sich auf den Rückweg ins Hotel nach Sulsdorf gemacht, den er zweimal unterbrechen musste.

Am Samstagmorgen holte ihn der Radiowecker aus verstörenden Träumen. Roy Black und Anita sangen »Schön ist es, auf der Welt zu sein«. Der Musikredakteur ist ein Zyniker, dachte Ronnie und ging duschen. Kalt. Sein Darm hatte weitestgehend aufgegeben. Es blieb ihm auch nichts anderes übrig. Der Nachschub fehlte, sah man vom stillen Wasser und dieser geheimnisvollen Flüssigkeit ab. Dreißig Milliarden lebende Mikroorganismen. Ronnie überlegte, ob es bei der UNO ein Beitrittsformular gab, dann warf er noch zwei Kohletabletten ein und verließ das Hotel, ohne jedoch auszuchecken. Man konnte nie wissen.

Es war kurz vor halb zehn in Deutschland. Er war zuversichtlich, dass der Geländermaler Frankie gerade Frühstückspause machte. Machten ja alle und aßen Knoppers. Das hatte er im Westfernsehen gesehen. Damals. Den Leuchtturm Flügge hatte er gestern bei der Anfahrt gesehen. Ein schmuckes Bauwerk, dessen gelb-roter Backstein auf Ronnie Blischcke gemütlich, geradezu vertrauenerweckend wirkte. Rot-weiß geringelte Türme mochte er nicht, verband sie mit Militär, mit Marine.

Ein heißer Tag und gleich ein Parkplatz. Die Urlauber waren wohl an die Strände gefahren. Besichtigungen fanden erfahrungsgemäß bei bedecktem Himmel statt. Museen brauchten gar Tage, an denen der Himmel weinte. Heute wären die Museen leer, und der dicke rote Mann in Büdelsdorf bliebe einsam. Ronnie Blischcke war das recht. So hatte Sandro Hackmann ausreichend Zeit, sich Gedanken über sein Angebot zu machen.

Er selbst würde Frankie Flügge gleich eine große Story versprechen. Im Anschluss gedachte er, ihn einzusperren, um sich alle Optionen offenzuhalten. Unter dem Vorwand, er wolle ihn im Studio fotografieren, brächte er ihn in sein Häuschen am Westensee. Endlich ein Plan. Ronnie Blischcke war sich sicher, dass heute sein Tag war. Vielleicht hatten Roy Black und Anita doch recht.

Den Hinweis »Durchgang verboten – Malerarbeiten« bezog er nicht auf sich, wie er überhaupt Zugangsbeschränkungen eher als Aufforderung zur Recherche betrachtete. Er betrat den Leuchtturm und wurde sogleich mit Unausweichlichem konfrontiert. Die sich windende Treppe machte Eindruck, und bereits nach drei Runden schien sie ein Eigenleben zu entwickeln. Ob sich nun die Wendeltreppe, der Turm oder sein Magen drehte, konnte Ronnie nicht sicher erkennen. Das Zusammenwirken von Architektur auf engem Raum und ungeübtem Gleichgewichtsorgan sorgten für einen Zustand, den Ronnie für gewöhnlich allenfalls mit viel Alkohol erreichen konnte.

Auf dem obersten Absatz angekommen, setzte er sich und dachte an die Atemtechnik, die ihm ein vietnamesischer Schweißer gezeigt hatte, dem er in den Schulferien 1986 zur Hand gegangen war. Es war Geld geflossen. Der Arbeiter- und Bauernstaat hatte weggeschaut.

Nachdem Wände und Stufen zum relativen Stillstand gekommen waren, erhob sich Ronnie, öffnete die Tür und betrat die umlaufende Galerie. Der Grund für die Quälerei der letzten Minuten verlor augenblicklich jede Bedeutung. Die Aussicht aus beinahe vierzig Metern Höhe war umwerfend. Er sah hinüber aufs Festland, der Blick schweifte über das Wasser der Kieler Bucht, Ostholstein lag ihm zu Füßen.

»He, was willst du denn hier? Der Turm ist gesperrt.« Eine donnernde Stimme, die aus dem Himmel zu kommen schien. Er schaute nach oben, durch ein rotes Lochblech hindurch, direkt in die Hosenbeine der Donnerstimme. Eine zweite Ebene in noch luftigerer Höhe. Dort beugte sich ein Mann über das Geländer, der Frankie Flügge war. So sah es jedenfalls aus dieser ungewöhnlichen Perspektive aus. Das Gesicht des Mannes wirkte ob der einwirkenden Schwerkraft, als träte es über seine Grenzen hinaus. Wenn Haut hängt, wirkt das selten ästhetisch. Ronnie Blischcke senkte den Kopf, der Schwindel war beim Blick in den Himmel zurückgekommen. Konversation, dachte er. Der erste Satz ist wichtig.

»Moin, wie ich sehe, ein Künstler durch und durch. Kreativ auf allen Gebieten. Da sind wir uns ein klein bisschen ähnlich. Frankie, freue mich, dich kennenzulernen. Ronnie, Ronnie Blischcke vom Pressedienst Nord. Wir haben eine große Porträtreihe norddeutscher Künstlerinnen und Künstler geplant, und ich habe entschieden, dass du den Auftakt machen sollst.« Ronnie Blischcke breitete die Arme aus. »Ganz oben bist du ja schon. Jetzt bringen wir dich bundesweit zum Leuchten.«

Der Mann im Stockwerk über ihm lachte. Auch das Lachen war donnernd. »Was hast du denn genommen, Ronnie Blischcke?«

»Ich komm mal rauf.« Ronnie musste Zeit gewinnen.

»Das Betreten des Leuchtturms ist verboten, hörst du schlecht, oder was?«

Ronnie erklomm die letzten Stufen, stand dem malernden Schlagersänger gegenüber und streckte seine rechte Hand aus. Er wusste, dass Menschen Gewohnheitstiere waren und dass Nähe half. Normalerweise.

Der Mann, dem er gegenüberstand, war zwei Köpfe größer als der Schlagersänger, den er mal aus der Ferne gesehen hatte.

»Sandro sorgt sich«, versuchte er sein Glück.

»Sandro? *What the fuck!* Du glaubst, ich bin Frankie, oder?« Ronnie Blischckes intellektuelle Möglichkeiten stießen an ihre natürlichen Grenzen. Außer einem Nicken mit geöffnetem Mund brachte er keine annehmbare Reaktion zustande.

»Ich bin Franky«, sagte Franky, »mit Ypsilon, du Hornochse. Ich bin der einzig wahre Franky. Frankie Flügge ist der, dessen größter Fan ich bin. Ich habe mir sogar das Gesicht operieren lassen.«

Er zog die Augenbrauen nach oben, zeigte sich im Profil

und tippte auf die Nase. »Warum? Weil ich es kann. Ich bin bescheiden und halte mich über Wasser. Mein Lebenselixier sind Regelbrüche. Keine Frau, keine Kinder, kein anständiger Beruf. Ich konterkariere, was mir absurd erscheint. Ich treibe auf die Spitze, was dort nicht hingehört. Kannst du mir folgen? Leben als Performance.«

Blöd war Ronnie Blischcke nicht und erkannte, dass die überraschende Wendung ein nochmals größeres Potenzial bot, als die Situation es ohnehin schon tat. Er öffnete die Arme, sodass die Handflächen einladend nach oben zeigten. »Mehr als der einzig wahre Franky kann man im Leben nicht werden. Unsere Zielgruppe wird dich lieben und auf Händen tragen. Vorschlag: Ich helfe dir rasch, das Geländer zu streichen, und dann fahren wir in mein Fotostudio und shooten.«

Der Mann mit dem donnernden Bass verdrehte die Augen. »Du hast mir nicht zugehört, Pressefuzzi. Die Regeln, nach denen du armes Würstchen spielst, interessieren mich nicht.«

Ronnie Blischcke dachte, jetzt wäre es an der Zeit, Nähe herzustellen. Er musste den Franky mit »y« für sich gewinnen, und das würde ihm schon noch gelingen. Das Beste war: Den Original-Frankie mit »ie« gab es ja auch noch. Tot oder lebendig. Er machte einen Schritt auf Franky zu und legte ihm eine Hand auf den muskulösen linken Bizeps.

»Alter, was geht denn hier ab? Fass mich gefälligst nicht an.« Der große Mann schob Ronnies Hand zur Seite. Ronnie wich einen Schritt zurück, stolperte über den Eimer mit roter Farbe, verlor das Gleichgewicht. Das Geländer in Höhe seiner Hüfte diente als Achse, hebelte ihn förmlich aus und sorgte dafür, dass Ronnie den Bodenkontakt verlor. Er ging koppheister über die obere Leuchtturmreling, schlug nach einem seitlichen Überschlag, vergeblich nach Halt suchend, mit dem rechten Oberschenkel auf das Geländer der Galerie, die er vor Kurzem verlassen hatte, um einen guten Deal einzufädeln, und überlegte, welcher Gedanke wohl seiner letzter wäre.

Zu diesem Gedanken jedoch kam es nicht mehr. Die Fallzeit war zu kurz. Ronnie Blischcke starb um elf Uhr elf am Fuße des

Leuchtturms Flügge nicht an gebrochenem Herzen. Aber der Rest seines Körpers war außer Form geraten. Langsam bildete sich eine Blutlache um seinen Kopf herum. Von oben tropfte rote Farbe auf ihn herab, und der einzig wahre Franky eilte die Wendeltreppe hinunter, dass man das Klatschen seiner Flip-Flops bis zur Straße hörte.

Dort saßen in einem metallicbraunen 280 SL zwei junge Männer. Der Daimler hatte keinerlei elektronische Sicherungen. Ein Kinderspiel. Mit Ronnies letztem Atemzug erwachte der Sechszylinder zum Leben. Aber das hörte Ronnie Blischcke nicht mehr.

Nyx [4] – Mäkinen

Sie hatte Fischhaut beschafft. Die Haut eines Blauen Marlins, die Leander Mäkinen dem Element Wasser näherbringen würde. Um ein zufriedenstellendes Ergebnis zu erzielen, würde sie Mäkinens Haut unterhalb der Schlüsselbeine und entlang der Rippenbögen entfernen, um sie in einem zweiten Schritt durch die des Fisches zu ersetzen. Sorgfalt war geboten.

Sie hatte das Tor geschlossen und die Überwachungskameras eingeschaltet. Der weiße Kasack roch leicht nach Formalin. Sie würde ihn für die dritte Sitzung mit Leander Mäkinen waschen müssen.

»Thanatos, die Kreation wird fortgesetzt.«

Das Licht, fokussiert auf den Arbeitsbereich. Ein Strahler folgte ihren Bewegungen, sodass sie niemals nachjustieren musste. Ein Feature, das der Mann implementiert hatte, den sie zärtlich Excubitor nannte.

Sie setzte das Skalpell oberhalb des Sternums an, folgte im Uhrzeigersinn dessen Form, die ungefähr der eines Herzens entsprach. Konzentriert durch die Lupenbrille schauend, präparierte sie vorsichtig die hier besonders dünne Epidermis, die sie schließlich mit einer Pinzette auf die vorbereitete Haut des

Blauen Marlins legte. Wegen der beeindruckenden Widerstands-
fähigkeit der Fischhaut wählte sie nun eine andere Technik. Mit
geübtem Griff tauschte sie die Klinge des Skalpells gegen eine
mit beidseitiger Schneide aus und stach in kurzen Abständen
ein, sodass eine Art Perforation entstand. Ein Prozess, der viel
Zeit in Anspruch nahm.

Nachdem sie zufrieden war, verband sie durch vorsichtige
Schnitte drei der perforierten Bereiche. Mit einer Schere trennte
sie das ausgewählte Areal aus der umgebenden Haut des Blauen
Marlins. Die Fettschicht auf der Rückseite entfernte sie mit einer
Hautcurette, deren scharfe Rundklinge gut geeignet war.

Nun folgte die Hochzeit, wie sie diesen Schritt der Trans-
plantation nannte. Sie platzierte die Haut des Fisches auf die
Unterhaut des Menschen, freute sich, wie gut das Transplantat
passte, und begann es zu vernähen. Eine Fleißarbeit, die ihr
Raum gab, darüber nachzudenken, wie sie Leander Mäkinens
Vorstellung von der Symbiose des Weiblichen und des Männ-
lichen umsetzen würde. Weitere chirurgische Maßnahmen
schloss sie aus. Womöglich würden erneut Techniken aus dem
figürlichen Modellieren geeignet sein. Ein Lächeln huschte über
ihr Gesicht. Die Kunst als verbindendes Element von Leben
und Tod inspirierte sie. Bereits morgen würde ein Subjekt auf
Sylt ihrer – sie suchte nach dem passenden Wort – Zuwendung
bedürfen.

Und jetzt?

Es war noch nicht ganz hell, als Marie und Frauke mit damp-
fendem Kaffee auf einer Bank am Obereiderhafen in Rendsburg
saßen. Frauke schlug vor, Kriegsrat zu halten. Kaum hatte sie
das Wort »Kriegsrat« ausgesprochen, gaben beide Frauen Geräusche des Unmuts von sich.

»Das sagen wir besser nicht«, riet Marie.

»Besser nicht. Was man alles nicht mehr sagt, kann ich kaum

noch behalten. Aber Kriegsrat ist tatsächlich daneben.« Frauke beugte sich vor und schloss die Augen. »Was haben wir? Wir haben den bislang größten und langwierigsten Auftrag unserer Firmengeschichte. Die Gäste haben ausnahmslos positiv reagiert. Unsere Mitarbeiterinnen haben bisher einen tollen Job gemacht. Sven und Torben springen kurz auf das Containerschiff und versorgen Künstler und Crew. Zur Eröffnung ist Michael heute in Flensburg. Die sind eine Bank, da können wir quasi einen Haken dran machen. Du bist hier in Rendsburg beziehungsweise Büdelsdorf.«

»Schon klar, die Wackelkandidatin also«, spottete Marie. »Immerhin kenne ich jemanden bei der Polizei.«

»Hör bloß auf. Ein bisschen gruselig ist das Ganze schon. Ich habe total krauses Zeug geträumt. Irgendwie fühlt es sich an, als steckte dieser Mahrburg da drin.« Frauke erklärte Marie, wer Konrad Mahrburg war.

»Glaubst du, er hat all das inszeniert, oder glaubst du, er nutzt die Gelegenheit?«

»Keine Ahnung. Dem traue ich alles zu. Da ist säckeweise Geld im Spiel. Überleg doch mal. Ich habe heute Morgen meinen Hauptkommissar angerufen. Fröbe ist auf einer Fortbildung beim BKA in Wiesbaden.«

»Oh, der Arme, da war ich auch mal. Mit Herrenbesuch auf dem Zimmer.«

»Mair, ja, die Nummer mit dem Windrad und der Haartransplantation hast du mir schon drei Mal erzählt. Jedenfalls ist Fröbe nicht angesprungen. Er hat gesagt, er käme, wenn es eine Leiche auf dem Büfett gäbe. Und er hat gesagt, ich hätte ja die geballte Kompetenz des LKA an meiner Seite.«

Marie verdrehte die Augen. »Auch so einer, der Komplexe mit sich rumschleppt. Das ist echt albern. Selbst beim LKA arbeiten Menschen wie du und ich.«

»Musst du mir nicht sagen. Also, ignorieren wir Herrn Hackmann, oder hören wir uns mal um?«

»Wir ignorieren ihn, den Sandro. Also, offiziell. Aber büschen luschern hier und da kann ja nicht schaden. Vielleicht sind meine Ex-Kollegen auf Fehmarn ja schon fündig geworden. Ich frag nachher mal Klara in Büdelsdorf. Die war gestern ganz heiß.«

»Mich wundert, dass gestern niemand von der Presse aufmerksam geworden ist. Der Breitbeinige steht ja nicht in den Katalogen. Scheint aber noch niemandem aufgefallen zu sein.«

»Kommt schon noch. Nachdem ich mit Klara gesprochen habe, werde ich mich mal dem Thema Security zuwenden. Jemand hat die dicken, hässlichen Männer reingebracht. Keiner hat's gesehen, und die Kameras waren wohl wegen des Aufbaus abgeschaltet. Verstehe ich nicht so ganz. Angeblich sollten die nach dem Aufbau justiert werden. Hat Sandro mir jedenfalls erzählt.«

»Komm, lass uns abhauen, bevor die Rennboot-Freaks hier anfangen rumzulärmen.«

»Ach, du hast die auch schon erlebt?«

Frauke hielt sich die Augen zu. »Laut und albern, wenn du mich fragst. Mit Rennbooten immer im Kreis. Jeder Jeck ist anders. Aber ich verstehe das nicht. Schlecht für die Umwelt – und dieser Lärm. Stell dir vor, du bist Fisch.«

Marie stand auf. »Du bist die Liberale in unserem Team. Wir können nicht beide so streng sein.«

»Lass uns noch mal die Abläufe durchgehen. In knapp vier Stunden geht's los. Ich fahre nach dem Check nach Kiel. Lucie kommt 'ne halbe Stunde vorher. Hast du mit Norma alles besprochen?«

»Mit Norma muss ich nichts besprechen. Die hört, sieht und riecht die Arbeit. Total irre. Gerade mal zwanzig und einen Überblick, da schnallst du ab.«

Die Frauen gingen die Abläufe durch. Im Gehen. Beide hatten auf dem Schlossplatz geparkt.

»Übrigens: Nur weil wir jetzt elektrisch fahren, müssen wir ja keine Rekorde brechen. Eine irre Gurkerei gerade.« Frauke stand neben dem E-Transporter.

»Ja, finde ich auch. Kopf- und planlos. Spontimäßig. Lass uns die Büßergewänder überwerfen.« Marie lachte und stellte sich neben Frauke an den Kotflügel. »Du darfst auch ›FRIMO 1‹ hier draufsprayen lassen, na, wie wäre das?«

»Angemessen.« Frauke warf den Kopf in den Nacken und stieg ein.

Marie dachte: Läuft mit uns beiden, und ging um die Front von FRIMO 1 herum, als Frauke die Hand hob. Marie sah, dass sie telefonierte und wartete. Es dauerte nicht lange, bis Frauke wieder ausstieg.

»Feuchte Augen. Was ist los?«, fragte Marie.

»Meine Tante Inka, die Schwester meines Vaters. Sie wird in den nächsten Tagen sterben. Ging jetzt doch schneller als gedacht. Ich bin als Nichte und Palliativmedizinerin Ansprechpartnerin für die Familie. Das ist in Ordnung. Nun möchte man im Kreise der Familie ums Bett sitzen und letzte Dinge besprechen. Mein Onkel ist ein bisschen esoterisch angehaucht und fragt sich, ob Inka Schmerzen spüren könnte, wenn sie kremiert, also eingeäschert wird. Ob sie Angst verspüren könnte, wenn sie seebestattet wird. Ob nach dem Tod wirklich alles vorbei ist. Er habe gehört, es gäbe noch messbare Aktivitäten des Gehirns …«

Marie nahm Frauke in die Arme. »Lass gut sein. Dein Onkel hat jedes Recht, jede Frage zu stellen. Und du hast jedes Recht zu sagen, dass du es nicht weißt.«

Marie hörte, dass hinter ihnen ein Auto hielt. Sie drehte den Kopf und sah einen Streifenwagen.

»Habe ich doch richtig gesehen.« Polizeikommissarin Klara bog schwungvoll ums Heck von FRIMO 1. Sie zeigte auf Frauke und schaute Marie an. »Können wir sprechen?«

»Klara, das ist Frauke, meine Partnerin, Frauke, das ist Klara, der Dorfbulle hier.«

»Moin, Frauke. Nicht hier, ich bin in Büdelsdorf. Hier wäre ich Burgbulle, ist ja Rendsburg. Inhärente Logik.« Klara stemmte die Arme in die Hüften.

»Die macht noch Karriere«, war Fraukes Prognose.

»Da hörst du's, Marie. Die Frau hat ein Auge für Talente. Was machst du denn beruflich, Frauke?«

»So 'ne Art Kurierdienst.«

»Und was hast du gelernt?«

»Ärztin.«

»Ui, gleich zwei gescheiterte Existenzen. Scherz beiseite. Die Kollegen auf Fehmarn melden, dass sie Frankie Flügge nirgends auftreiben können. An seiner letzten Meldeadresse wurde er vor über einem halben Jahr mal gesehen. Angeblich hat er bei Sandro Hackmann gewohnt, aber gemeldet ist er dort nicht. Zuletzt hat er auf einem Campingplatz gehaust, wie die Kollegen sich ausdrücken. Da muss doch jetzt mal die Kriminaltechnik ran an dieses Kunstwerk. Spuren suchen, Spuren sichern. Wie man das so macht. Aber es passiert nichts. Sandro Hackmann hat ihn als vermisst gemeldet, sagt er. Frankie Flügge hat sein gewohntes Lebensumfeld verlassen, und kein Mensch weiß, wo er ist. Aber ich höre, wie die Kollegen abwiegeln. Er habe im eigentlichen Sinne kein gewohntes Lebensumfeld gehabt, sei ja nicht richtig sesshaft gewesen. Ich glaube, die wollen da nicht ran, weil wir erstens einen so hohen Krankenstand haben und zweitens der amerikanische Präsident kommt. Da wird jeder gebraucht, um Gullydeckel zu überprüfen.«

Marie und Frauke fragten gleichzeitig: »Der amerikanische Präsident?«

»Ja, aber nix sagen, höchste Geheimhaltungsstufc. Ist ein Truppenbesuch. Ach, hätte ich mal meinen Mund gehalten.«

Frauke zuckte die Schultern. »Schade, das war's mit der Karriere. Nun läuft es auf Guantánamo hinaus.«

Klara schaute sich um. »Hat niemand gehört. Einfach vergessen.« Mit einem zauberhaften Augenaufschlag fügte sie hinzu: »Bitte! Ich will doch Polizeipräsidentin werden.«

Marie lehnte sich mit dem Rücken an die Außenhaut von FRIMO 2. »Warm heute. In jeder Hinsicht. Klara, sofern du meinen Rat möchtest: Halt den Ball flach. Keine Alleingänge. Das ist eine Behörde. Es gibt Vorschriften und Dienstwege, und nicht alle sind im besoffenen Kopp erfunden worden. Sobald der Eröffnungsstress vorbei ist, fahre ich vielleicht mal nach Fehmarn. Ich kenne da jemanden. Aber heute kann ich nichts tun.«

»Wen kennst du da denn?«

»Jemanden, der sie alle kennt.«

»Okay. Und was ist mit der KTU? Da kennst du doch auch jemanden.«

Marie dachte an Elmar, den sie fast ein Jahr nicht mehr gesehen hatte. »Ja, aber das geht nicht.«

»Och. Nur mal gucken. Ist ja kein Tatort, ist nur eine Kunstausstellung.«

»Hartnäckig bist du ja«, stellte Frauke fest. »Aber zumindest eine von uns muss jetzt arbeiten. Ich bin dann weg. Marie, wir telefonieren nachher.« Sie ging.

»Nett, deine Partnerin«, urteilte Klara.

»Nett, soso. Mein Freund Alex hält nicht viel von dieser Kategorie Wertschätzung. Frauke ist warmherzig, klug, zuverlässig und spontan. Manchmal.«

»Schon gut, ich habe einen Freund. Ich muss jetzt auch. Geschwindigkeitskontrolle. Bitte lass mich nicht dumm sterben.« Klara legte zum Gruß die rechte Hand an die Stirn und verließ den Ort des Palavers.

Da steh ich nun im kurzen Hemd, dachte Marie und erinnerte sich an ihre Mutter, die das oft gesagt hatte, wenn es mal nicht so lief. Sie sah das Grab ihrer Mutter vor ihrem geistigen Auge und Fraukes Tante Inka, die das Grab skeptisch betrachtete. So feucht, so dunkel, so kalt, raunte sie.

»Diese Tagträume«, murmelte Marie, »vielleicht bin ich ja ein Medium oder eine Hexe.« Das Bild der Hexe ließ sie an Hexenverbrennungen denken, an Bestattungsriten, bei denen der Verstorbene auf einem brennenden Floß dem Meer, den Wellen und dem Wind überlassen wurde. Ein Ritual, das Marie Völkern im Südpazifik zuordnete. Die Wikinger hier im Norden waren nicht minder einfallsreich gewesen. Auch sie hatten Tote als stille Passagiere brennender Schiffe auf die letzte Reise geschickt. Warum sie das getan hatten, hatte Marie vergessen, aber sie verstand, dass der Tod eines Menschen so besonders greifbar, vielleicht besser begreifbar wurde.

»Pommes, Currywurst.« Marie hatte das ganz bestimmt

gesagt, und doch kreisten ihre Gedanken um Wikinger und brennende Schiffe.

Es vergingen fünf Minuten Lebenszeit, innerhalb derer Marie FRIMO 2 nach Büdelsdorf zum Parkplatz vor der Thormannhalle steuerte. Sie betrat die Halle, genoss die Weite des Raums und fragte sich, wie man ein akustisches Déjà-vu nannte. Déjà-entendu vermutlich. Sie hörte, was sie vor kurzer Zeit schon einmal gehört hatte. Einen schreienden und jammernden Sandro Hackmann.

Sie umrundete ein Objekt, das ungeübte Augen für einen Teich hätten halten können, und sah Sandro Hackmann hinter einer scheinbar schwebenden Kugel auf dem Boden kniend. Vor ihm ein Campingtisch, an dem Marie nichts Außergewöhnliches feststellen konnte, und doch galt Sandro Hackmanns ungeteilte Aufmerksamkeit dem Tisch, insbesondere wohl dessen grauweißer, leicht schmuddelig wirkender Platte, auf der nichts stand oder lag.

Marie erregte Sandros Aufmerksamkeit durch Winken mit der rechten Hand. »Was beklagst du?«

Zur Antwort erhielt sie ein Aufheulen. Das Gesicht gen Hallendecke gerichtet, beide Arme weit ausgebreitet. Marie rechnete jeden Moment mit der Ankunft des heiligen Kunstgeistes. Mindestens.

»Das ist das Ende«, prognostizierte Sandro, und Marie hielt Ausschau. Weit und breit kein Fegefeuer, kein River Styx, kein Fährmann. Stattdessen Klara mit einem Kollegen im Schlepptau. Beide bogen ums Eck eines Betonblocks, von dem Marie nicht wusste, ob er Fundament für ein Kunstwerk oder das Werk selber war.

Klara gestikulierte und stellte fest: »Unsinn, das ist kein Kunstraub, das ist Mundraub.« Sie trug ein Foto mit sich, das sie Marie im Vorbeigehen in die Hand drückte.

»Wo kommst du denn schon wieder her?«, erkundigte sich Marie.

»Vom Frühstück, vom zweiten Frühstück. Ist ja nicht weit

von der Wache bis hierher zum Hotspot der internationalen Kunstraubszene.«

Marie betrachtete das Foto. Es zeigte einen überdimensionalen Mettigel. Der Künstler, der neben seinem Werk stand, wirkte wie ein Erstklässler, so viel totes Schwein hatte er angehäuft. Der Igel hörte, das war auf der Rückseite des Fotos zu lesen, auf den Namen »Hackfresse«.

Klara war zu Sandro hinübergegangen, der schluchzend am Boden verharrte.

Der männliche Uniformierte blieb neben Marie stehen und schaute mit ihr auf das Foto. »Keine Zwiebeln, keine Brötchen. Was soll der Quatsch?«

»Politisch. Sicher ist das politisch«, erklärte Marie.

»Staatsschutz? Klara nimmt das ja nicht ernst.«

»Was fragen Sie mich das?«

»Sie sind doch die berühmte Marie Geisler vom LKA, oder?«

Ein Seufzer, ein Handauflegen, ein Lächeln, in dem sich Spuren von Wehmut erkennen ließen. »Das war einmal.«

»Ich soll nicht fragen?«

»Nö.« Marie reichte dem Polizisten das Foto und ging Richtung Hallenausgang.

»Marie, warte. Bitte geh nicht!« Sandro zog sich an Klaras Uniformjacke hoch, stolperte auf Marie zu und stoppte so knapp vor ihr, dass sich der Ausstellungsmacher und die Geschmacksverstärkerin hätten küssen können. »Die Hackfresse ist von Ui Jui Jui, einem Uiguren, der als Nachfolger von Dhanunt Whan gehandelt wird. Seine Werke erzielen weltweit Spitzenpreise. Die ›Hackfresse‹ konnte ich nicht versichern. Verstehst du das?« Sandro fiel Marie um den Hals. »Nicht versichern. Er hat mir den Igel gestern Nacht gebracht. Er kam in einer Ente zu mir nach Hause.«

»Igel, Ente. Ein Tierfreund«, rutschte es Marie raus.

»Wir sind dann hierher und haben die ›Hackfresse‹ aufgebaut.«

»Der Igel passte doch nie im Leben in eine Ente.«

»Ui Jui Jui reist stets mit Nightliner, einem Vierzigtonner, und der Ente, die der Nightliner hinter sich herzieht.«

»Tierquälerei. Ach, entschuldige. Sandro, ich kann ja nicht viel tun. Was erwartest du von mir?«

Sandro zog Marie von den Polizisten weg zu einer Sitzgruppe, die mitten in der Halle etwas verloren wirkte. Marie hatte sie bisher auch für das Ergebnis der kreativen Schaffensphase eines großen Geistes gehalten.

»Wir können uns ruhig setzen. Das hier ist nur für mich. Mir tun die Füße immer so weh. Wenn das wirkt wie ein Kunstwerk, setzt sich niemand. Die Stühle sind immer frei. Habe ich stets dabei in meinen Ausstellungen.«

Sie setzten sich. Marie verspürte einen Impuls. Beinah hätte sie einen Arm gehoben, um Kaffee zu bestellen.

Sandro hatte sich nicht nur beruhigt, er sah auch so aus, als wäre nichts gewesen. Seine Gesichtszüge wirkten gleichmütig, seine Stimme klang wie die eines souveränen Kurators. »Da steh ich nun, ich armer Tor, und bin so klug als wie zuvor!«, bemühte Sandro den Faust.

»Du hast doch niemals Theologie studiert«, tat sich Marie mit Textkenntnis hervor.

Sandro lächelte beglückt. »Und ich hielt dich für ein schlichtes Gemüt, als du bei der Präsentation eures Angebotes so scheu neben Frauke gesessen hast.«

Marie enthielt sich einer Replik.

»Marie, du musst wissen, dass die ›Hackfresse‹ in einer New Yorker Galerie für drei Komma eins Millionen Dollar angeboten wird.« Er zeigte an die Hallendecke. »Dort hat ein Techniker von Ui Jui Jui eine Webcam installiert, die ab morgen ein Livebild in die Manhattaner Galerie überträgt. Die Gebote sollen dann in New York abgegeben und hier auf der Leinwand gezeigt werden. Eine Wahnsinnsnummer in Zeiten der Digitalisierung. Dem neuen Besitzer hätte der Künstler die ›Hackfresse‹ persönlich gebracht. Egal wohin. Auch in den letzten Winkel der Erde.«

Marie räusperte sich, versuchte, den Gedanken an die Geometrie zu verscheuchen. Allein es gelang ihr nicht. War es korrekt, wenn man vom letzten Winkel der Erde sprach? Sie kannte spitze Winkel und stumpfe, auch rechte Winkel, aber die Erde war doch eine Kugel. Mehr oder weniger.

»Ich hätte eine Provision von zwei Prozent erhalten. Bei einem Gebot von drei Komma acht Mios wären das sechsundsiebzigtausend gewesen, die ideale Anschubfinanzierung für meine nächste Ausstellung. Im Offshore-Windpark.«

»Wo?«

»Gode Wind 1, fünfundfünfzig Windräder in der Nordsee mit je einer Installation auf dem Maschinenhaus. So was hat es noch nie gegeben.«

Marie dachte an den ehemaligen Wirtschaftsminister, den sie vor ein paar Jahren tot auf einem Windrad in Sehestedt gefunden hatten. Gut, dass sie da nicht mehr raufmusste.

Sandro rückte seine auffällig große Armbanduhr zurecht. »Gleich kommen die Gäste. Und ich muss haften für die ›Hackfresse‹. Wenn der Mettigel nicht wieder auftaucht, bin ich ruiniert.«

»Sandro, auch wenn es schmerzt: Werden die roten Figuren eigentlich in den Ausstellungen bleiben, oder willst du sie vor dem großen Ansturm der Öffentlichkeit nicht lieber wegschaffen?«

»Sie bleiben. Ich habe mich auch mit Delaila besprochen, die gerade über ›Die Wirkmacht der Kunst im 21. Jahrhundert‹ promoviert, und Delaila sagt, dass Provokation die treibende Kraft war, ist und bleiben wird.«

Marie fühlte sich an das erinnert, was Konrad Mahrburg im Telefonat mit Sandro gesagt hatte. Ging es am Ende tatsächlich nur um Geld?

Klara und ihr Kollege setzten sich auf die beiden noch freien Stühle. Marie zeigte an die Hallendecke, an der die Kamera befestigt war. »Der Mettigel war unter Aufsicht.«

»Siehste, Hinrich, das ist der Unterschied zwischen uns und dem LKA. Die tragen die Nase hoch, und dann sehen sie auch was. Nicht immer nur mit gesenktem Kopf durch die Weltgeschichte gehen.«

»Nun krieg dich mal wieder ein, die Frau ist doch gar nicht

mehr in Kiel.« An Sandro Hackmann gewandt fragte Hinrich: »Wo läuft das Signal denn auf?«

»Da läuft nirgendwo was auf. Datenschutzgrundverordnung. Live und fertig. Keine Aufzeichnung.«

»Mist.« Hinrich schaute sich um. »Andere Kameras?«

»An den Ein- und Ausgängen, glaube ich. Da müssen Sie Sönke Schulz von Security Abraham fragen.«

Klara lachte laut auf. »Der Sönke Schulz aus Gaarden? Da habt ihr ja den Bock zum Gärtner gemacht.«

»Gaarden ist besser als sein Ruf«, engagierte sich Hinrich.

»Kann sein, aber als ich da noch Streife lief, hatte Sönke Schulz einen Ruf wie der Fuchs im Hühnerstall. Ein ganz übler Finger. Nie haben wir dem irgendwas nachweisen können. Security Abraham – sicher wie in Abrahams Schoß, ja nee, is klar.«

Klara stand auf, wischte auf ihrem Smartphone herum, fand, wonach sie suchte, wählte, wartete nur kurz und sagte: »Moin, Polizeistation Büdelsdorf, Mortensen. Herrn Schulz bitte. – Sönke, du alte Sackratte. Hier ist Klara. Ich bin auf der NordArt. Schwing deine Hufe und komm her. Hier brennt die Luft.«

Dann legte sie auf.

Hinrichs Mund war leicht geöffnet. Nachdem er sich gefangen hatte, fragte er: »Und das funktioniert?«

Klara schaute auf die Uhr. »In fünfunddreißig Minuten ist der hier. Spätestens.«

Marie stand auf. »Ich muss dann mal. Nicht, dass die Gäste hungrig bleiben.«

Sandro nickte, stand aber auch auf und folgte Marie. Als er sie auf Höhe des Betonblocks erreicht hatte, schob er sie in dessen Sichtschutz. »Sorry, wegen der beiden da.« Er zeigte über die Schulter. »Stichwort Frankie. Mich hat jemand angerufen gestern Abend und gesagt, dass er mir Frankie wohlbehalten vorbeibrächte. Der Jemand war Ronnie Blischcke, ein Journalist, der hierherkommen wollte, eine Titelgeschichte hat er mir versprochen. Aber er ist nicht aufgetaucht.«

Marie zog ihr Schleibook hervor. Eine alte Angewohnheit.

»Blischcke, Ronnie« notierte sie. »Kann ich mal dein Handy, bitte?

Sandro zögerte einen Moment zu lange, rückte sein modernes Smartphone dann aber doch raus und reichte es Marie.

»Entsperren.«

Sandro legte seinen linken Zeigefinger auf das Display.

Marie scrollte durch die Anrufe, fand die gesuchte Nummer und notierte auch diese zusammen mit der Uhrzeit und Dauer des Anrufes. »Die Polizei sollte das wissen. Ich muss jetzt wirklich.«

Sie drehte sich um, durchquerte die Halle und verließ sie durch den Seitenausgang. »Eine richtige Räuberpistole«, nuschelte sie vor sich hin. »Wenn das mal nicht alles nur inszeniert ist.«

In diesem Moment, aber das konnte Marie nicht wissen, spülten zwei Mitarbeiter vom Gebäudeservice ein sehr großes Serviertablett. Auf den Sockel hatten sie das zweite der beiden Tabletts gestellt. Vielleicht wurde ja nachgeliefert. Das Mett hatte jedenfalls für das ganze Team, die beiden Elektriker und die nette junge Frau von der Post gereicht.

Zutatenliste statt Businessplan

Das, was man früher Büfett nannte, war von den Geschmacksverstärker:innen zu einer kulinarischen Landschaft transformiert worden. Zwar setzten sich die Speisen noch immer aus Wasser, Fett, Proteinen und Kohlehydraten zusammen, aber sie zeigten sich in neuen Gewändern und ihren von Frauke und Marie nachempfundenen Ursprüngen. Das von Andreas geringschätzig eingeflochtene »Deko« während der ersten Versuche wiesen Frauke und Marie als Stempel weit von sich. Wenn neben einem Dessert aus Äpfeln sorgfältig präparierte und konservierte Kerngehäuse samt erklärenden Texten und Fotos platziert wurden, hielt das während des Essenfassens zwar den Verkehr auf, sorgte aber für ein tieferes Verständnis und, so hofften die Frauen, auch für mehr Wertschätzung gegenüber Produkten und deren Erzeugern.

Von der klassischen, wenn auch bewährten Architektur eines Büfetts auf nebeneinander angeordneten Tischen hatten sie sich auch verabschiedet. Schon der Gang durch das Labyrinth der Geschmäcker sollte ein Erlebnis sein. Organische Formen, variable Tiefen der Tische und gezielt eingesetzte Düfte machten den Aufbau zu einem Kraftakt. Der Lohn waren die überraschten Blicke der Gäste, die angeregten Gespräche über das, was Marie und Frauke sich ausgedacht hatten.

In einem ihrer ersten Gespräche hatte sich entwickelt, was jetzt eines ihrer Markenzeichen war. Das Gespräch hatte sich um Wahrnehmung gedreht, darum, wie es gelingen könnte, umweltverträgliches Verhalten so zu kommunizieren, dass Verhaltensänderungen herbeigeführt würden. So hatten sie lange am Einfelder See gesessen und waren übereingekommen, dass sie der Nahrungsaufnahme den Stellenwert geben wollten, der ihr zustand. Sie wollten alle Sinne ihrer Gäste ansprechen und dafür sorgen, dass diese Sinne auf das Essen fokussiert waren. Inzwischen hatte auch Andreas verstanden, dass es ihnen um mehr ging als Marketing und Umsatz.

Die Möbel hatte ein mit Marie befreundeter Tischler hergestellt. Das hatte viel Geld gekostet. Aber die Möbel waren leicht, gut zu transportieren und modular aufgebaut. Gemeinsam hatten sie sich das System schützen lassen. Es gab erste Anfragen großer Caterer. Es sah so aus, als würden die Geschmacksverstärker:innen ihr zweites Jahr mit einem Plus abschließen können.

»Der Strom ist ausgefallen.« Torben, der den Job auf dem Containerschiff schon erledigt hatte, war hinter einem Vorhang hervorgekommen, der den Aufbau von der Halle trennte.

»Was sagt der Technikhäuptling?«

»Es ist Wasser in den Verteiler eingedrungen. Das wird dauern. Ein Bekannter von mir wohnt hier in Büdelsdorf. Dessen

Eltern haben ein kleines Bauunternehmen, und ich weiß, dass die einen mobilen Stromerzeuger haben. Soll ich?«

»Du sollst.«

Torben verschwand, sein Zopf wippte im Takt seiner schnellen Schritte. Marie freute sich. Ein gutes Team zu haben, war nicht nur beim LKA Gold wert gewesen. Die Mischung aus Fachwissen, Akribie und Flexibilität im Denken und Handeln musste stimmen.

Ein Blick auf die Uhr. In knapp zwei Stunden kämen Menschen mit Appetit. Sie wusste, dass sich einige vor dem Rundgang durch die Halle einen ersten Besuch bei den Köstlichkeiten nicht würden nehmen lassen. Weitere zwei Stunden später erwartete sie die Nachfragespitze, zu der sie, Torben, Sven, Lutz, der Hauskoch, und zwei Küchenhilfen alle Hände voll zu tun bekämen. Jetzt stand ein Abstecher in die Küche auf dem Programm. Ein sensibler Moment, wenn sie in das angestammte Revier der Ortsköche eindrangen. Mit dem Küchenchef Lutz hatten sie noch nie zusammengearbeitet.

Als Marie die Küche betrat, saß Lutz vor dem Kombidämpfer und beobachtete die Soufflés. Nur auf einer Gehhilfe abgestützt, jederzeit bereit, einzugreifen.

»Lutz, du traust der Technik nicht?«

»Noch nie.«

»Aber das ist doch der Rolls-Royce unter den Kombis. Vierhundert Programme, WLAN-fähig. Cloud-Funktion.«

»Verkaufst du die Dinger in deiner Freizeit?«

»Ich war mal dabei, als ein Vertreter in Michaels Küche auftauchte. Irre, was die Dinger alles können.«

»Ja, das stimmt schon, ohne die Möglichkeit feuchter und trockener Hitze in einem Gerät könnten wir nicht so effizient arbeiten. Aber Soufflés, da habe ich lieber selbst ein Auge drauf. Lutz meldet: Läuft!«

»Du warst bei der Bundeswehr?«

»Klar, mein Vater war Oberbootsmann. Tradition sozusagen. Ich bin als Koch auf allen sieben Weltmeeren unterwegs gewesen.«

»Glaube ich dir nicht.«

»Na gut, ich war nie im australasiatischen Mittelmeer.«

»Im was?«

»Indopazifik.«

Marie verdrehte die Augen.

»Das größte Meer, das kein Ozean ist. Zwischen Südostasien und Australien.«

»Daher der Name. Verstehe. Borneo?«

»Genau. Drittgrößte Insel der Welt.«

»Du kennst dich aber aus.«

»Ich bin Koch. Gegessen wird überall. Nix gegen Bratkartoffeln, aber die Welt ist bunt. Wem sage ich das? Schließlich bist du ja Geschmacksverstärkerin. Finde ich gut, wie ihr das angeht. Das wäre auch was für mich. Wenn du stationär kochst, musst du viel mehr darauf achten, deine Stammkunden zu bedienen.«

»Ist das eine Bewerbung?«

»Nee, ich werde wohl kaputtgeschrieben.«

Marie horchte auf. Die Formulierung »kaputtschreiben« hatte sie früher ab und zu im Ruhrgebiet gehört, wenn Bergleute wegen einer sogenannten Staublunge nicht mehr arbeitsfähig waren. »Du kommst woher?«

»Katernberg, Essen-Katernberg. Zeche Zollverein, Weltkulturerbe. Da ist mein alter Herr eingefahren, bevor er zur Marine gegangen ist.«

»So klein ist die Welt. Letzte Woche habe ich mit Marlies Kaffee getrunken, einer Buchhändlerin in Schleswig, die aus Heisingen kommt, Essen-Heisingen.«

Plötzlich ging ein Ruck durch Lutz. »Melli, zackig jetzt, die Soufflés.«

Eine junge Frau eilte mit wehender Kochschürze heran und tat, was getan werden muss, wenn Soufflés so weit sind.

Marie schaute aus dem Fenster und sah, wie Klara einem Mann, der anderthalb Köpfe größer war als sie, wiederholt mit beiden Händen vor die Brust stieß. Der Mann wich zurück, wedelte mit den Armen.

»Lutz, du hast recht. Läuft. Weitermachen. Ich muss mal eben raus. Leben retten.«

Wie in Abrahams Schoß

Unter einem mit augenscheinlicher Sorgfalt geschnittenen Durchgang aus Buchsbaum brüllten Klara und der große Mann einander an. Der Mann nahm als Erster Notiz von Marie und versuchte ein Lächeln, ein schiefes gelang. Dann sah auch Klara, dass weibliche Verstärkung nahte.

»So, du Sackgesicht. Jetzt bist du geliefert. Das ist Marie Geisler, die berühmte LKA-Agentin.« Wieder stieß sie dem Mann vor die Brust.

»Du sollst nicht immer ›Sackgesicht‹ zu mir sagen. Nur weil ich mich für eine andere entschieden habe. Eifersucht steht dir nicht, Klärchen.«

»Lenk nicht ab. Ich frage jetzt zum x-ten Mal. Wie kann es sein, dass diese hässlichen roten Figuren in die Ausstellungen gelangten, ohne dass dein Scheiß-Sicherheitsdienst etwas davon mitbekommen hat?«

»Und ich antworte zum x-ten Mal: Keine Ahnung. Die Haupteingänge sind kameraüberwacht. Einige Nebeneingänge nicht.«

»Keine Aufbruchspuren.«

»Hatte wohl jemand einen Schlüssel.« Der Mann hob hilflos die Arme.

»Sicher wie in Abrahams Schoß. Dass ich nicht lache. Wer dich beauftragt, kann die Tür ja wohl gleich offen stehen lassen.«

Marie war froh, dass es vonseiten der uniformierten Staatsmacht keine weiteren körperlichen Attacken auf den Mann gab. »Darf ich fragen, wer Sie sind?«

Der Mann atmete erleichtert durch und wandte sich Marie zu. »Sönke Schulz, angenehm.«

Klara packte Sönke Schulz an der Schulter und zog ihn zurück unter das dichte Blätterdach des Buchsbaums. »Du bleibst schön hier, Freundchen, wir sind noch nicht fertig. Wie viele Schlüssel habt ihr, und wer hat sie? Ich will eine Liste, aber ein bisschen zackig.«

»Wenn ich jetzt in meine Innentasche greife, lässt du deine Knarre bitte stecken. Ich hole nur mein Smartphone.«

Klara winkte ab. Marie hätte gewettet, dass Klara ihren aktuellen Freund gegen Sönke Schulz eingetauscht hätte. Da brannte ein Feuer. Schon lange und sehr heiß.

Der Chef der Security-Firma tippte und wischte auf seinem Smartphone herum, zoomte mit Daumen und Zeigefinger, drehte das Display zu Klara und sagte: »Bitte sehr, Frau Wachtmeister. Die Liste.«

»Das soll eine Liste sein? Zwei Schlüssel für die Kunsthalle in Kiel, zwei für eine Tür hier in Büdelsdorf und zwei für den Haupteingang in Flensburg. Du hast also jeweils einen. Interessant.«

»Den anderen hat der jeweilige Diensthabende, den er vor dem Dienst im Büro abholt.«

»Diensthabende, dass ich nicht lache. Angelernte Türsteher. Egal.«

Nun war es Klara, die auf dem Display wischte.

»He, was soll das? Gib mir mein Telefon zurück. Sofort. Geht dich gar nichts an.«

»Gefahr im Verzug«, behauptete Klara und drehte sich geschmeidig um einen Stamm des Buchsbaumes herum auf die andere Seite des Durchgangs.

»Hier.« Klara kam auf Marie zu. »Lücken in den Dienstplänen. Vorgestern Nacht. Zuerst in Kiel, dann in Büdelsdorf und Flensburg. Jeweils eine Stunde. Genug Zeit, um die in Frage stehenden Objekte einzuschmuggeln. Das Sackgesichts war's.«

Eine Hand, der Handrücken stark behaart, ein Unterarm, beeindruckend muskulös. Dann schlossen sich beringte Finger um das Smartphone und entwanden es Klaras Griff. »Nun ist gut, Klärchen. Deine Phantasie habe ich gemocht. Aber jetzt gehen die Pferde mit dir durch. Du kennst doch Tomek, meinen alten Kindergartenfreund. Der ist jetzt Staatsanwalt in Lübeck, und soll ich dir was sagen – der würde dich auslachen. Besser, ich erzähle ihm nichts von deinem Furor.« Sönke Schulz nickte Marie zu. »Besser, Sie haben ein Auge auf Klärchen.« Er schob sich zwischen Klara und Marie hindurch, dass Marie die Wärme seines Körpers spüren konnte.

Klaras Gesicht war gerötet, ihre Augen weit geöffnet. »Hat der sich über mich lustig gemacht?«

Marie stoppte Klara in der Bewegung, die die Verfolgung des Verflossenen einzuleiten drohte. »Klara, du bist hier als Polizistin. Mäßige dich. Nur der Rat einer Ex-Kollegin.« Damit entließ sie die aufgebrachte Ex-Freundin von Sönke Schulz aus ihrem Griff.

Es dauerte nur einen Wimpernschlag, bis Klara sich aus der Wutstarre befreit hatte. Beide Hände in die Hüften gestemmt, tief ein- und wieder ausgeatmet, dann war sie zurück im Kampfmodus.

»Marie, diese Objekte. Bei Licht betrachtet: Jemand war Vorbild für die Plastiken. Dass Sandro Hackmann besorgt ist, verstehe ich. Die Polizei muss die Sorgen der Bürgerinnen und Bürger nicht nur zur Kenntnis nehmen, sie sollte das in ihrer Macht Stehende tun, um zu klären, ob diese Sorgen berechtigt sind oder nicht. Solange mir keine anderen Erkenntnisse vorliegen, muss ich davon ausgehen, dass dieser … Kunst ein Verbrechen vorausging. Ermittlungen dürfen doch nicht das Ergebnis günstiger Umstände sein. Nur weil der amerikanische Präsident anrauscht, können wir doch nicht unsere Arbeit einstellen.«

»Klara, ich wiederhole mich nur ungern. Aber dein ›Wir‹ schließt mich nicht ein.«

»Ich bitte dich als Staatsbürgerin. Ruf jetzt mal jemanden an, der sich mit dem Auffinden und Sichern von Spuren besser auskennt als ich. Bitte.«

Tief in Marie, nein, so tief war es gar nicht – in Marie meldete sich nicht zum ersten Mal die ewige Ermittlerin, die nur zu gern wüsste, ob und, falls ja, wer hier wem einen Streich spielte oder gar das Lebenslicht ausgepustet hatte. Nach Fraukes Bericht über Konrad Mahrburg war eine Menge Geld im Spiel. Ob auch ein Kapitalverbrechen ermittelt werden musste, war unklar. »Ich bin doch nur die Kaltmamsell«, brachte sie hervor.

»Was ist eine Kaltmamsell?« Klara war jung, Marie auch, aber nicht mehr ganz so jung.

Marie erklärte, Klara lauschte. Dann sagte Marie: »Ich telefoniere mal mit jemandem. Damit hast du nichts zu tun. Kapiert?«

Klara, es schien eine Angewohnheit zu sein, legte zum Gruß wieder die Hand an die Stirn, senkte kurz und beinahe militärisch den Kopf, vollzog eine Drehung über den linken Fuß, sodass der Sand zwischen Sohle und Pflasterstein zu einem reibenden Geräusch angeregt wurde, welches zum Ende der Bewegung in ein Rauschen überging. Das Schwarz von Klaras Uniform machte Platz für das frische Grün der Parkanlage. Marie wählte Elmar Brockmanns Nummer.

Kunst über Bord

Dass Erwartungen beim Ankommen in der Wirklichkeit enttäuscht werden konnten, war auch Niklas aus Berlin nicht neu. Er war in einer Platte im Osten der Stadt groß geworden, und sein Kumpel Osman hatte ihm eine steile Karriere als Rapper vorausgesagt. Womöglich sogar als Gangsta-Rapper. Niklas war drei Jahre nach dem Mauerfall geboren, war einziger Junge in der musikalischen Früherziehung gewesen, hatte eine Empfehlung für das Gymnasium erhalten, und dann hatte er Osman kennengelernt. Sie waren damals ganz sicher gewesen, dass sie die Babos der ganzen Hood werden würden. Osman war inzwischen Assistenzarzt in einem Spießerkrankenhaus an der Mosel, und Niklas hatte Kunst auf Lehramt studiert.

Über die alten Zeiten zu sprechen, war ihnen peinlich. Sie hatten versagt. Auf der ganzen Linie nur Niederlagen. Als besonders erniedrigend empfand Osman, wenn ihm Freunde sagten, dass Osman so viel wie »schlauer Mann« hieß und dass er die Erwartungen seiner namensgebenden Eltern sehr brav erfüllt habe. Auch Niklas litt unter seinem Namen. Bei Partys fragten ihn Menschen aus seiner Sturm-und-Drang-Zeit gern mal, wie es in der Spielgruppe war.

Trotz solch niederschmetternder Erfahrungen erschütterte Niklas das Regime der tonangebenden Künstlermutti an Bord des Containerschiffes von Beginn an.

Noch bevor sich die Kunststaffel formiert und in Bewegung gesetzt hatte, war es Frida gewesen, deren Duftmarke sich, scharf nach Senföl und Meerrettich riechend, ins olfaktorische Gedächtnis der anderen Teilnehmer eingebrannt hatte. Zur Begrüßung hatte sie den anderen Frauen und Männern mit ihrem rechten Daumen über die Stirn gestrichen. Den Daumen hatte sie zuvor in ein irdenes Gefäß getaucht. In der Folge waren Niklas und den anderen ob der Schärfe sofort die Tränen gekommen. Die Geste hatte ihn an die Gesten katholischer Priester erinnert, die er nur aus Dokumentationen auf arte kannte, die seine Eltern allsonntäglich geschaut hatten, wenn in anständigen Familien »Tatort« über den Bildschirm geflimmert war.

Frida hatte ein bodenlanges orangefarbenes Gewand aus Leinen getragen und feierlich verkündet: »So seid ihr von nun an atmender Teil unserer Gemeinschaft. Die Kunststaffel wird schaffen, was nur Blut, Schweiß und Tränen schaffen.« Dann hatte sie ihr orangefarbenes Gewand ausgezogen und auf den Stufen der Kieler Kunsthalle angezündet. Niklas hatte überlegt, ob er einen Feuerlöscher holen und die psychiatrische Ambulanz des Universitätsklinikums verständigen sollte. Aber da hatte die Kunststaffel unter dem Dirigat von Frida bereits begonnen, »We Shall Overcome« zu singen. Frida hatte unter dem orangefarbenen Gewand ein weißes, hautenges T-Shirt mit der Aufschrift »Blut Schweiß Tränen« getragen und eine Feinrippunterhose, wie sie Niklas' Opa gehabt hatte.

Umstehende Passanten hatten getuschelt. Niemand hatte

gelacht. Ein schlechtes Zeichen für das Selbstbewusstsein der Gesellschaft, wie Niklas fand. Aber er hatte auch nicht gelacht. Schließlich war er im Voraus bezahlt worden. Tausend Euro für fünf Tage bei freier Kost und Logis. An dem, was sie auf der Ochsentour schaffen würden, hatte er die Rechte an Sandro Hackmann abgetreten. Vom möglichen Erlös erhielte er null Komma sieben Prozent. Eigentlich war er ganz zufrieden. Vielleicht das letzte Happening, bevor er in den Schuldienst eintreten, verbeamtet und schließlich begraben werden würde.

Frida sprach zu ihnen. Sie tat das ohne Unterlass. Zwischenzeitlich verfiel sie ins Französische oder Portugiesische. Niklas hörte nicht zu. Ihm gefiel, was er entlang der Kiellinie sah. Fröhlich lachende Jogger, ein riesiges Kreuzfahrtschiff, viele Fahrradfahrer und den weißen Rumpf der »Gorch Fock«. Beim nächsten »Open Ship« führe er hierher und ginge an Bord. Held seiner Kindheit war Sir Francis Drake gewesen. Heimlich hatte er von seinen Abenteuern unter der Bettdecke gelesen. Auch an Odysseus hatte Niklas damals Gefallen gefunden. Die Unendlichkeit der Ozeane und Heldentaten waren genau sein Ding. Auch heute noch. Vielleicht ergab sich bei der Fahrt über den Nord-Ostsee-Kanal die Gelegenheit, unsterblich zu werden. Niklas grinste. Ihm gefielen seine kleinen Phantasiereisen, bei denen er Referate von Kommilitonen und Fridas Gesabbel vollkommen ausblenden konnte.

Jemand mit einem gewissen Einfluss hatte dafür gesorgt, dass die Kunstschaffenden den Prozess der Kunstwerdung an Bord eines Schiffes der Küstenwache in Gang setzen konnten. An der Seebar hatte ein Schlauchboot die Crew erwartet und sie an Bord der »Staberhuk« gebracht. Das Schiff hatte die sieben Frauen und Männer zur Schleuse Holtenau gefahren. Dort waren sie auf ein Containerschiff umgestiegen, das unter finnischer Flagge unterwegs war. Ihr Ziel war der Rendsburger Kreishafen.

An Bord des Containerschiffes empfing sie der Kapitän, der Onni Kaurismäki hieß und Niklas an den Film »Leningrad Cowboys Go America« denken ließ. Es gab eine akribische

Sicherheitseinweisung und eine Schiffsführung, die mit dem Besuch der Sauna endete. Niklas war mehrmals in Finnland gewesen und wusste, dass sie hier auf kein Klischee gestoßen waren. Ohne Sauna wollten Finnen nicht sein, auch nicht auf hoher See. Frida fasste sich vor der Sauna immer wieder demonstrativ mit beiden Händen an die Schläfen und machte summende Geräusche. Die psychiatrische Ambulanz wäre vielleicht doch eine gute Adresse für diese Frau gewesen.

Gegen Mittag träfen sie in Rendsburg ein. Bis dahin wollte Niklas versuchen, eigene Wege zu gehen. Das Schiff war über hundertfünfzig Meter lang. Frida hatte jedoch andere Pläne gehabt. Sie versammelte die Gruppe vor der Sauna und sagte: »Blut, Schweiß und Tränen. Wir wollen ein Zeichen setzen, ein Zeichen unserer Liebe zur Kunst.« Sie zog sich aus und ging in die Sauna.

Ihre Jünger warteten geduldig vor dem Schwitzkasten. Nach knapp zehn Minuten öffnete sich die Tür, und Frida trat tropfend auf das zuvor von einem Matrosen ausgelegte weiße Laken. Ihr Schweiß benetzte den Stoff, und Niklas hatte eine Vorahnung, die sich bestätigte. Frida begann wie auf Kommando zu weinen. »Fehlt nur noch das Blut«, raunte Niklas seiner Nachbarin zu, als Frida sich mit großer Geste eine Art Schaschlikspieß in den linken Ringfinger rammte. Während ihr Blut, in zugegebenermaßen homöopathischen Mengen, auf das Laken tropfte, hob sie zu einem Gedicht an:

»*Wie ein Kranker, den das Fieber*
Heiß gemacht und aufgeregt,
Sich herüber und hinüber
Auf die andre Seite legt –

So die Welt. Vor Haß und Hader
Hat sie niemals noch geruht.
Immerfort durch jede Ader
Tobt das alte Sünderblut.«

Sie hielt kurz inne. »Man mag es kaum glauben. Aber das ist von Wilhelm Busch. Sünderblut also. Was kann der Welt Besseres passieren als ein Aderlass?« Damit trat sie zur Seite und rief: »Nun ihr, ihr Liebhaber der Kunst!«

Die Frau, die bislang neben Niklas gestanden hatte, wandte sich ab, rannte zur Reling und übergab sich. Niklas entschied sich, die Strategie zu wechseln. Er trat neben Frida, hüllte sie in ihr orangefarbenes Gewand und sprach: »Was zaudert ihr, ihr Zweifler? Folgt Frida, schaffet Kunst.«

Frida griff mit beiden Händen nach seinem Kopf und küsste ihn zärtlich.

Zwei Männer lösten sich aus der Gruppe, zogen sich aus und betraten die Sauna. Nach und nach folgten die anderen, und kaum dass eine halbe Stunde vergangen war, sah das Laken aus, als hätte eine Gruppe Vierjähriger erste Versuche mit Wasserfarbe unternommen.

Frida schaute Niklas erwartungsvoll an, der theatralisch beide Hände hob. »Freunde, Liebhaber der Kunst. Ich will euch taufen, nach diesem ersten Akt unserer Reise. Bleibt, bleibt, wo ihr seid. Ich bin gleich zurück.«

Er erwischte am nächstgelegenen Niedergang einen der Matrosen, leierte ihm einen Eimer und einen Tampen aus den Rippen, schöpfte Wasser aus dem Kanal und wurde zum Täufer. Bereitwillig und mit ernster Miene trat ein Kunsttäufling nach dem anderen vor und wurde von Niklas mit Wasser aus dem Kanal übergossen.

»Öffne dich dem Element, Wasser ist Leben, Wasser lebt, sei selbst wie das Wasser und fließe.« Hatte er sich spontan ausgedacht, und es gefiel ihm, seinem Traum ein bisschen näher gekommen zu sein. Vor fünf oder sechs Jahren, Zahlen waren nie zu Niklas' Freunden geworden, hatte er bei einer Wanderung durch die Allgäuer Berge vor einer kleinen, sehr gepflegten Kapelle gestanden. Rundum nichts außer Wiesen, Berghängen, Kühen und Insekten. In diesem Moment war ihm klar geworden, dass man lang anhaltenden Welterfolg nur als Religionsstifter erlangen konnte. Er würde die Religion »Ehrentäufer« nennen.

Nachdem er auch den letzten Teilnehmer der Kunststaffel nass gemacht hatte, legte er den Kopf in den Nacken, schaute nach oben und führte den Daumen der rechten Hand zur Stirn, so wie es die jungen Pioniere in der DDR getan hatten, der kleine Finger wies hinauf in den Himmel. Er musste nur Sekunden warten, bis die anderen es ihm nachtaten. Er wiederholte: »Öffne dich dem Element, Wasser ist Leben, Wasser lebt, sei selbst wie das Wasser und fließe.« Sodann vollführte er eine fließende Bewegung, die in einer knienden Position endete.

Alle knieten. Niklas musste sich zwingen, den Bogen nicht zu überspannen. Er hielt für einige Sekunden inne, atmete hörbar tief ein, sagte: »Danke, Mitgeschöpfe. Nun seid ihr aufgenommen in die Gemeinschaft der Ehrentäufer.«

Zwei Frauen schauten einander fragend an. Von den Lippen las Niklas »Ehrentäufer« ab. Er stand auf, lächelte in die Runde. »Und nun lasst es Kunst werden. Frida, wir folgen dir.«

Aus dem Augenwinkel registrierte Niklas, dass zwei Matrosen auf dem nächsthöheren Deck standen und beobachteten, was auf ihrem Schiff geschah. Sie taten das kopfschüttelnd. Ein gutes Zeichen, nur die Irritation sorgte dafür, dass überkommene Denkprozesse überprüft wurden. Niklas freute sich schon auf den Kunstunterricht. Die Kinder hätten Spaß, die Eltern würden Sturm laufen. Vielleicht war das hier doch nicht so sinnlos, wie er noch vor einer halben Stunde geglaubt hatte. Revolution war möglich.

Frida hatte gleich verstanden und gespürt, dass nun wieder sie die Führung übernehmen musste. Sie machte mit nach unten weisenden Handflächen eine Geste, die augenscheinlich beruhigend wirken sollte.

»Liebe Ehrentäufer, gern möchte ich mit euch den Ort unserer Findung liebevoll betrachten und zurücklassen. Wiederkehren können wir jederzeit. Aber jetzt ist die Zeit des Aufbruchs, die Zeit, nach vorn zu schauen. Die Zukunft unserer Kunst liegt im Westen. Bitte folgt mir zum Vorderdeck unserer schwimmenden Heimat auf Zeit. Dort weht der Wind der Veränderung.«

Sie drehte sich um in ihrem orangefarbenen Gewand, das Niklas an die Bhagwan-Bewegung denken ließ, deren Anhänger, die Sannyasins, auch orange gekleidet gewesen waren. Wie ahnungslos wäre ich, grübelte Niklas, hätte ich nicht all diese arte-Dokus gesehen. Er erinnerte, dass Bewusstheit und Meditation zentrale Wesenselemente der Sannyasins gewesen waren. Ob es sie wohl noch gab? Falls nicht: Jetzt gab es ja die Ehrentäufer.

Niklas beglückwünschte sich zur Namenswahl. Es war ihm aus dem Nichts heraus gelungen, eine Verbindung zwischen einem traditionellen, bildstarken Element, den Täufern, und der Jugendsprache zu finden. Sicher würde er schon bald in seinem Schulbezirk zum Kunstlehrer des Jahres erkoren werden. Lebensfreude war möglich.

Frida erklomm die Treppe, die zum nächsten Deck führte, und in einer Art Prozession folgten die im Handstreich entmündigten Künstler. Manche hatten noch nicht in ihre Kleider zurückgefunden und liefen halb nackt über das Schiff. Die Matrosen, jetzt hinter einem der Rettungsboote verdeckt stehend, konnten sich vor Lachen kaum halten. Aber außer Niklas nahm das niemand wahr. Er winkte den Matrosen zu, signalisierte, dass er eigentlich nicht zu den Irren gehörte, und verließ den historischen Ort seiner ersten Sakralhandlung.

Auf dem Weg nach vorn hatte Frida bei einem Offizier der Besatzung um Tee gebeten, der bald serviert wurde. Der Kapitän hatte von der Reederei Anweisung erhalten, ausnahmsweise und für nur wenige Stunden Freundlichkeit zu simulieren. Sandro Hackmann hatte dank großzügiger Unterstützung einiger Sponsoren aus dem politischen Umfeld eine stolze Summe für die Passage überwiesen, die für die Reederei nahezu kostenneutral war, sah man vom außerplanmäßigen Anlegemanöver im Rendsburger Kreishafen ab.

Der Tee war heiß, der Westwind in Kombination mit dem Fahrtwind eher frisch. Eine der jungen Frauen bemerkte, dass sie ihre Jacke achtern, gleich neben der Sauna, vergessen hatte. Sie meldete sich bei Niklas ab, als sei sie eine Schülerin. Unterdessen hatte Frida zum munteren Gedankenaustausch gebeten. Das Wort »Brainstorming« hatte sie sich verbeten. Sie, so betonte sie, bevorzuge gewaltfreie Kommunikation, und »Brainstorming« sei doch geeignet, Bilder voller Brutalität zu erzeugen. Sie als studierte Linguistin habe da ein feines Gespür.

So tauschten die Ehrentäufer Ideen aus, die überraschungsarm um das Thema Wasser kreisten. Eben hatte ein Teilnehmer, der über den Wettbewerb einer fränkischen Volkshochschule zur Kunststaffel gefunden hatte, den grundsätzlichen und ressourcenschonenden Vorschlag gemacht, man möge für das Werk kein Wasser verschwenden; Wasser zu denken, sei eine geeignete Substitution. Politisch korrekt und die Phantasie befördernd. Mitten in die empörte Reaktion von Dr. Gruber, der so und nicht anders angesprochen werden wollte, platzte die junge Frau, die nicht nur ihre Jacke geholt, sondern auch eine furchtbare Beobachtung gemacht hatte. Schluchzend berichtete sie, ein Matrose habe das Laken über Bord geworfen.

»Blut, Schweiß und Tränen?«, kreischte Frida.

Die junge Frau, deren Namen Niklas in der Vorstellungsrunde nicht verstanden hatte, nickte. »Kunst über Bord.«

Verstörte Blicke wurden getauscht, fragende Blicke, die Frida und den Religionsstifter adressierten. Frida fing sich als Erste. »Mir nach.«

Die orangefarbenen Röcke gerafft, stürmte sie in Richtung der Brücke. Niklas hatte die Vision einer modernen Marianne, der Symbolfigur für die Grande Nation schlechthin. Der Zweite Offizier und drei Matrosen stoppten die aufgebrachten Künstler und Ehrentäufer auf der Steuerbord-Nock. Es folgte ein Wortgefecht, das in einem Schwall finnischer und deutscher Flüche ergebnislos verlief, bis der Kapitän Bewegung in die festgefahrene Situation brachte. Er hatte mit dem Kanalsteuerer verhandelt, dieser mit dem diensthabenden Kollegen der Verkehrszentrale gesprochen, und nun erging der Befehl »Maschinen stopp«.

In der Weiche Groß-Nordsee stoppte das Containerschiff auf. Ein Rettungsboot wurde gefiert. Zwei Mann Besatzung wendeten, fuhren zurück in Richtung Kiel und fischten das

Laken aus dem Nord-Ostsee-Kanal, noch bevor es vollständig versinken konnte. Unter dem Jubel der Kunststaffel, die das Manöver gebannt verfolgt hatte, brachten die Retter das Laken zurück an Bord.

»Phantastisch!« Frida war außer sich vor Begeisterung. »Seht, was das Leben mit Blut, Schweiß und Tränen gemacht hat. Unsere Liebe, die das Laken erfuhr, die Missachtung, die es erfuhr, die Rettung und Heimholung. Spuren auf unschuldig weißem Linnen. Spuren des Lebens selbst.« Verzückt zeigte sie auf Blutreste, die sich mit Algen, Ölschlieren, Resten von Blättern und einem Hanuta-Papier verbunden hatten.

»*Tea for everyone*«, rief der Kapitän, und der Smutje, ein wortkarger Typ aus dem finnischen Norden, schmuggelte eine Buddel Rum auf den Tisch in der Mannschaftsmesse. Es dauerte nicht lange, bis es zu Verbrüderungsszenen kam. Auf Höhe von Sehestedt waren fünf der vierzehn Ehrentäufer so angeheitert, dass sie »Eine Seefahrt, die ist lustig« sangen.

Die Stimmung war zunächst ausgelassen. Albernes Getue wich allerdings ziemlich rasch entspannten Gesprächen, und so kam es, dass sich die Teilnehmerinnen und Teilnehmer der Kunststaffel kennenlernten, sich austauschten, einander näherkamen und stillschweigend beschlossen, die Geschehnisse des Vormittags für sich zu behalten. Stattdessen, so kamen sie schließlich überein, sollte, so spießig es auch war, ein Foto von Künstlern und Seefahrern an bestandene Abenteuer erinnern. Das Laken übergab man dem für die große Wäsche zuständigen Matrosen, und Niklas entließ seine Mitstreiter in einer Zeremonie, bei der grüner Wackelpudding die Hauptrolle spielte, aus der von ihm gegründeten Religion der Ehrentäufer.

»Das Leben«, wusste Frida, »verläuft episodenhaft.«

So war es wohl.

Man einigte sich darauf, den Dingen ihren Lauf zu lassen, nicht zu krampfen. Weisheiten machten die Runde. »Keine Produktion ohne Inspiration« wurde mehrheitlich als Motto akzeptiert, solange niemandem etwas Besseres einfiel. Niklas war froh, dass er sich entschieden hatte, Kunst zu unterrichten.

Als Babo in Berlin-Hellersdorf hätte er für die Bewusstseins-erweiterungen der letzten drei Stunden drei Jahre gebraucht.

Als die Rader Hochbrücke in Sicht kam, nahm ihn Frida zur Seite, zur Backbordseite, dorthin, wo das Herz backt. Eine Eselsbrücke, die ihm seine alte Freundin Rita gebaut hatte. »Niklas«, begann Frida unverfänglich in Wort und Ton.

»Frida«, antwortete Niklas ohne Arg.

»Niklas, ich denke ans Sterben, an mein Sterben.«

Niklas rutschte das Herz in die Hose, wie es das nicht mehr getan hatte, seit der Prüfer im Fahrschulauto hinter ihm »Ich guck dann mal woandershin« gerufen hatte und Niklas im letzten Moment angemessen auf das »Einfahrt verboten«-Schild reagieren konnte. Der Prüfer war ein Schulfreund seines Vaters gewesen.

»In mir«, Frida senkte den Kopf, »wohnt der Tod.«

»Krebs?«, platzte Niklas heraus.

»Zwilling«, antwortete Frida.

»Sternzeichen sind harmlos. Mach dir keine Sorgen.« Niklas legte schützend seinen rechten Arm um Fridas schmale Schulter.

»Ich bin schwanger. Mit Zwillingen. Die Mortalität ist perinatal, also um die Geburt herum, bei Zwillingen bis zu siebenmal höher als bei Einlingen. Ich möchte, dass du mein Vertreter bist, bis wir in Flensburg unser Ziel erreicht haben. Darum gebe ich dir hier die private Mobilfunknummer von Sandro Hackmann. Ich werde Sandro darüber informieren und ihm mitteilen, dass er sich voll und ganz auf dich verlassen kann.«

Frida drückte Niklas einen Zettel in die Hand, auf dem sie eine Telefonnummer notiert hatte. Eine einsame Träne löste sich im Winkel ihres linken Auges, rann bis zum äußersten Punkt ihrer rosa Pausbäckchen und tropfte dann über die Reling in den Nord-Ostsee-Kanal.

Dass Frida nicht alle Tassen im Schrank hatte, war eine Ahnung gewesen. Nun war Gewissheit daraus geworden. Niklas nahm den Arm von Fridas Schulter und schaute mit ihr über das grüne Land südlich der Wasserstraße, die trennte, teilte und doch verband.

»Kunstwerdung«, sagte er. »In Relation zum Werden eines Lebewesens ist das ja nichts.« Dann schwiegen sie, bis das Schiff Rendsburg erreichte.

Vierzehn Künstlerinnen und Künstler gingen von Bord. Miteinander scherzend, den Matrosen und dem Kapitän zum Abschied winkend. Frida und Niklas betraten als Letzte festen Boden. »Hast du schon über Namen nachgedacht?«, wollte er von der werdenden Mutter wissen.

»Niklas wäre schön für den Jungen.«

Am Ende werde ich noch Patenonkel, dachte Niklas und stellte sich Kindergeburtstage vor, anlässlich derer Frida Kindergartenkinder mit Haschplätzchen fütterte.

Gegenüber dem Ort, an dem das Containerschiff festgemacht hatte, standen direkt vor dem Eisstübchen sieben Rikschafahrer bereit, die, so wollte es das Exposé von Sandro Hackmann, die sieben Weltmeere symbolisierten. Einer Welle gleich sollten die Künstler, zuvor durch das Element Wasser vereint, in die Halle der NordArt gespült werden.

Im Studium hatte sich Niklas gelangweilt, wenn es um Themen wie »Komplementärfarben im kooperativen Kunstunterricht« oder »Alte Meister, neu gedacht« gegangen war. Mittlerweile wünschte er sich ein kleines bisschen in den behäbigen Alltag des Universitätsbetriebes zurück. Ein paar Tage noch, dann kassierte er tausend Euro, und gut.

Dass er mit Frida in der Rikscha zu sitzen kam, war beinahe erwartbar gewesen. Dass sie im Wirbel des Umstiegs Eis gekauft und ihm einen Becher mit drei Kugeln und Sahne mitgebracht hatte, erstaunte ihn. Frida hatte offenbar auch eine konventionelle Seite. Das Eis war klasse. Fruchtige Frische von Erdbeeren, sahniger Schmelz einer Sorte, die Niklas nicht definieren konnte, und kräftiger Crunch karamellisierter Haselnüsse. Auf dem Rückweg würde er vielleicht noch mal einen Privatstopp einlegen.

Der Rikschafahrer fuhr nicht nur souverän durch den dichten Stadtverkehr. Er versorgte seine Fahrgäste auch mit kulturellen Informationen über Rendsburg. Er referierte über

die Geschichte und die Aktivitäten des Künstlerbundes Rendsburg-Eckernförde, er wusste kenntnisreich vom Leben des
verstorbenen Fritz Menzer zu berichten, der als Professor
in Kiel gewirkt hatte. Zuvor war er Kunsterzieher gewesen.
Niklas horchte auf. Kunsterzieher. Musik in seinen Ohren.
Menzers Werke waren auch in Büdelsdorf zu sehen. Da würde
er demnächst mal luschern gehen, wie die Norddeutschen sagten.

Entlang des Obereiderhafens strebte die Rikschaparade dem
Ziel, den heiligen Hallen der NordArt, entgegen. Sandro Hackmann hatte es geschafft, dass die freiwillige Feuerwehr einen
Wasserschleier über die Zufahrt legte, aus deren Zentrum die
Rikschas auf das Gelände fuhren. Der Kurator und Vertreter
der lokalen und überregionalen Presse standen inmitten der
Kunstinteressierten, Niklas konnte die Erwartung körperlich
spüren. Er schaute Frida an. »Das Laken, die Taufe, spielen wir
verrückt?«

»Niklas, ich bitte dich. Wir sind verrückt.«

»Wir geben ihnen, was sie wollen?«

»Ehrensache!«

Frida und Niklas hielten Wort. Sie redeten wirres Zeug über
sieben Weltmeere, den Fluss der Kunst, spannten das gereinigte
Laken, wickelten Sandro Hackmann damit ein und ließen, wie
auf der Fahrt mit den Technikern der Ausstellung besprochen,
»Smoke on the Water« von Deep Purple in ohrenbetäubender
Lautstärke über den Hof dröhnen. Die Kamerafrau des Norddeutschen Rundfunks, inspiriert und animiert, drehte Bilder, die
die Zuschauer am Abend für den Auftakt zu »Waterworld 4«
halten konnten. Eine gewisse Ähnlichkeit mit dem jungen Kevin
Costner war Niklas schon häufiger attestiert worden, und die
Polkappen schmolzen ja tatsächlich.

Ein rundum gelungener Auftakt für das breite Publikum.
Das Volk wollte Eskalation. Das Volk bekam Eskalation. In
einer ruhigen Ecke versprachen die ehemaligen Ehrentäufer
einander, dass sie liefern würden. »No brain«, rief Frida, »just
emotion!« Damit war der Kurs gesetzt.

Das Essen am innovativen Büfett war erstklassig, und in jeder Hinsicht gestärkt machten sich die vierzehn Künstler beim Einbruch der Dämmerung auf den Weg nach Flensburg. Sie würden, wo immer möglich, dem Ochsenweg folgen, der vor über zweihundert Jahren die wichtigste Verbindung zwischen Dänemark und Norddeutschland gewesen war.

Innere Werte

Marie war aufgeregt, Klara war aufgeregt und Sandro sowieso. Nur Elmar war entspannt.

»Nun hab dich nicht so«, raunte er Marie zu, die sich demonstrativ mit einer Liste beschäftigte, auf der solche Speisen gelistet waren, die sie nachliefern mussten. »Du bist doch nicht mehr bei dem Laden, und ich habe frei heute. Als Kunstinteressierte, die wir ja immer schon waren«, er musste kurz lachen, »unterstützen wir den Kurator bei der Suche nach dem Schöpfer dieses Meisterwerkes.«

»Der Koffer und alles in diesem Koffer gehören dem Land Schleswig-Holstein«, warf Marie ein.

»Richtig. Und wer ist das Land Schleswig-Holstein? Die Summe seiner Bürgerinnen und Bürger. Dass du so eine Pussi geworden bist.«

Sandro und Elmar hatten in Büdelsdorf das Abbild des Frankie Flügge in einen Nebenraum der großen Halle getragen. »Wiegt ja nix«, hatte Elmar gesagt. »Ich schließe aus, dass wir den Schlagersänger im Inneren dieser Plaste finden.«

Sandro hatte einen Klagelaut von sich gegeben. Elmar hatte das überhört. Er hatte eine Plane über den großen Tisch gebreitet, verschiedene Skalpelle, Messer und eine Multifunktionssäge mit sehr feiner Trennscheibe bereitgelegt, die mit einer Einrichtung zum Absaugen von Staub verbunden war. Er legte die Figur auf die Seite. »Nicht, dass der Bursche umkippt, wenn ich ihn aufmache.«

Wie gebannt schauten Marie, Klara und Sandro auf Elmar. Sandro legte eine Hand vor den Mund, als Elmar sich für ein ordinäres Teppichmesser entschied, um den ersten Angriff auszuführen. Er stach Frankie Flügges Abbild in den Nacken, zog die Klinge langsam wenige Zentimeter entlang der Wirbelsäule nach unten. Das Material quietschte, Sandro verließ den Raum schnellen Schrittes. Elmar schob seine FFP2-Maske nach unten aufs Kinn, näherte sich der Öffnung mit der Nase und sog die Luft ein, von der man nicht wissen konnte, was sie enthielt und wie lange sie im Innern der Hülle eingeschlossen gewesen war. Rasch drehte er den Kopf zur Seite und verzog das Gesicht. »Der typisch stechende Geruch von Formaldehyd beziehungsweise Formalin.«

»Na, damit wäre ja klar, dass Frankie Flügge nicht mehr am Leben ist«, verkündete Klara.

»Nö«, widersprach Elmar.

»Wie jetzt, nö? Formalin. Hast du selbst gesagt, Kollege.«

»Und, Kollegin? Erstens verwendet das Zeug so ziemlich jeder Landwirt, um Stallflächen zu desinfizieren, und für den Fall, dass tatsächlich menschliches Gewebe gegen Autolyse behandelt wurde, gibt es keinen Anhaltspunkt, geschweige denn einen Beweis dafür, dass es sich um Gewebe von Frankie Flügge gehandelt hat. Immer schön bei den Fakten bleiben.«

Marie sah, dass Klara ihre vorschnelle Reaktion peinlich war.

Elmar führte nun aus, was Rechtsmediziner den T-Schnitt nennen. Allerdings schnitt Elmar nicht auf der Vorderseite des Körpers, sondern am Rücken unterhalb der Schulterblätter entlang und verlängerte den kleinen senkrechten Schnitt bis hinunter zum Steißbein. Das Material war so stabil, dass die Hülle nicht in sich zusammenfiel, auch bildete sich nicht automatisch eine Öffnung, durch die man ins Innere hätte blicken können.

Elmar zog das zähe Material dort, wo sich die Schnitte berührten, nach oben und unten, sodass er mit einer Taschenlampe Licht ins Dunkel bringen konnte. Als er sie, halb mit der Hand in der dem Schlagersänger bis auf den Pickel an der Nase ähnlichen Hülle, einschaltete, gab es ein hohles Klicken. »Haaalloo, jemand zu Hause?«

»Ach, Elmar. Stell dir vor, Sandro wäre noch im Raum.« Marie stupste Elmar an, die Taschenlampe fiel ungefähr dorthin, wo bei Menschen die Galle sitzt.

Elmar hielt die Luft an, tauchte halb mit dem Kopf in das, was mutmaßlich Frankie Flügge gefüllt hatte, bevor der Abguss, der Überguss, das Tauchen oder was auch immer stattgefunden hatte. Eher tot als lebendig gefüllt hatte, wenn man Marie fragte.

»Da schau her«, sprach Elmar, und der Tonfall machte neugierig. Er wusste das, und Marie kam näher.

»Das stinkt aber auch penetrant. Was soll ich mir anschauen?«

»Warte, ich mach mal eben ein paar Fotos, bevor du wieder Spuren zerstörst.«

»Elmar, ich habe niemals auch nur eine Spur zerstört!«

Elmar fotografierte und überließ dann Marie die Position im Bauchraum der Figur.

»Ganz vorne – oder unten, wie man will. Rechter Fuß. Siehst du das? Wer auch immer Modell gesessen hat, hatte etwas unter dem Fuß. Sieht aus wie ein Kassenbon, wenn du mich fragst. Vor dem Hintergrund, dass das hier keine hoheitliche Amtshandlung ist, fummel ich das jetzt mal raus. Oder soll ich ihm den dicken Zeh abschneiden?« Elmar kicherte, Marie stupste ihn erneut.

Aus seinem Koffer kramte Elmar einen Krallengreifer mit flexiblem Stiel und Federdrucksystem hervor. Das Gerät hatte er wie einen Gartenschlauch in Schlaufen gelegt und mit einem wiederverwendbaren Pflanzenbinder gesichert.

»Die wollte ich schon immer«, sagte Klara, »statt Kabelbindern, weil man die ja wieder lösen kann. Super. Wo gibt's die?«

Elmar griff in seinen Koffer, zog eine Handvoll der grünen Alleskönner aus einem Staufach und hielt Klara die Binder hin. »Schenk ich dir.«

»Oh, danke. Gibt es die auch in länger?«

»Ja, habe ich im Auto. Später.«

Elmar befreite den Krallengreifer vom Pflanzenbinder, schob

ihn durch den eröffneten Rücken, an der durch den Bierbauch verursachten Ausbuchtung vorbei, an der Außenseite des Oberschenkels entlang und vor bis zur Fußsohle. Er drückte auf den roten Bedienknopf des Werkzeugs, die Krallen fuhren aus. Schon beim zweiten Versuch gelang es ihm, das Papier zu fassen.

»Vorsichtig«, ermahnte Marie. »Nicht, dass es zerreißt oder Schrift verschmiert.«

»Marie, ich mache das jetzt seit über dreißig Jahren. Trotzdem danke.«

Ganz sacht ließ er locker, sodass die Krallen das Papier umschließen konnten. So knüllte es zwar ein wenig, wurde aber nicht beschädigt. Langsam, Hand über Hand, zog Elmar am Krallengreifer. Jetzt, er befand sich etwa auf Höhe des Bauchnabels, konnte Marie den Papierschnipsel sehen, und dann ließ Elmar ihn frei. Kurz waren Schriftzeichen zu sehen, und alle verstanden sofort, dass sie einen Ermittlungsansatz gehoben haben könnten.

»Dreh um«, drängelte Marie, die den Konjunktiv kaum noch ertrug.

Elmar schüttelte den Kopf. »Die Spur wird zunächst gesichert. Dann kann sie manipuliert werden.« Er öffnete einen Spurenbeutel und schob das Papier hinein.

»Jetzt dreh den elenden Fetzen endlich um.«

»Marie, vielleicht ist es doch gut, dich nicht mehr jeden Tag im Nacken zu haben.« Elmar drehte den Spurenbeutel um.

Klara las laut vor: »›Datum 9.5., Parkzeit endet 14:46, Standort Wilhelminenstraße, bezahlt 2 Euro, 11:34‹.« Sie nahm ihr Smartphone zur Hand und tippte. »Wilhelminenstraßen gibt es in Essen, Gelsenkirchen, Dinslaken und – Kiel. Volltreffer. Ich fahr da jetzt hin.«

Klara schnappte sich ihre Dienstmütze, grüßte Marie und schlug Elmar freundschaftlich auf den rechten Oberarm. Erneut fiel die Taschenlampe, die Elmar eben mit dem Krallengreifer umfasst hatte, ins Innere der geheimnisvollen Figur. Die dienstbeflissene, man könnte auch sagen: übereifrige Polizistin zuckte mit der Elmar zugewandten Schulter. »Vielleicht entdeckst du ja einen weiteren Schatz.« Dann strebte sie mit langen Schritten dem Seitenausgang zu.

»Die wird auch noch ruhiger«, wagte Elmar eine Vorhersage und bemühte sich ein weiteres Mal um die Taschenlampe. Nach deren erfolgreicher Bergung nahm er einige Proben von der Innenseite des roten Frankie.

Elmar fragte Marie nach Einbruchspuren, nach Kameras, Zeugen.

Marie legte ihm beide Hände auf die Schultern. »Elmar, ich bin keine Polizistin mehr.«

»Ich frage ja auch nur als Kunstinteressierter. Büschen Detektiv spielen kann uns doch niemand verbieten. Du willst es doch auch.«

»Marie, kommst du mal bitte?«

Am anderen Ende der Halle sah sie Torben, der wohl gerade die letzte Kontrolle des Aufbaus vorgenommen hatte.

»Elmar, du spielst hier schön ein bisschen. Ich muss leider arbeiten. Grüß Gregor.« Sie warf dem Haudegen der KTU ein Luftküsschen zu und joggte hinüber zu Torben. Ihre Schritte hallten. War halt eine Halle.

Ruhender Verkehr

Klara rang mit sich. Dass es für ihren spontanen Ausflug nach Kiel keine Rückendeckung geben würde, war ihr klar gewesen, als sie den Streifenwagen vom Gelände der NordArt hinuntergesteuert hatte. Sie war so langsam zur Wache zurückgefahren, dass sich hinter ihr eine Schlange mit mehreren Autos gebildet hatte. Hätte sie nicht in einem Behördenfahrzeug mit Blaulicht auf dem Dach gesessen – sicher hätte bereits jemand die Geduld verloren und gehupt. Das Verhalten der Menschen änderte sich, sobald man in Uniform oder sonst wie sichtbar als Polizistin unterwegs war.

Als sie auf den Parkplatz der Polizeistation fuhr, hatte sie sich entschieden. Sie würde nach Dienstschluss in Zivil nach Kiel fahren. Ihre Karriere zu gefährden wäre leichtfertig.

Eine halbe Stunde später hatte sie die Uniform gegen T-Shirt und Jeans getauscht und die Dienstwaffe entladen und weggeschlossen. Nun war sie beinahe eine Bürgerin wie jede andere. Gut gelaunt und mit einer gehörigen Dosis Adrenalin im Blut fädelte sie sich wenig später auf die A 7 ein. Sie überquerte den Nord-Ostsee-Kanal, freute sich über die Sichtung von zwei Schiffen und spürte einen nennenswerten Verlust an Euphorie erst, als sie auf der A 210 in Richtung Kiel unterwegs war. Was genau versprach sie sich eigentlich von dieser Aktion?

Der Kollege von der Kriminaltechnik hatte ein Parkticket gefunden. Es war also wahrscheinlich, dass der Erschaffer der Figur dieses Ticket versehentlich in derselben zurückgelassen hatte. Möglich war auch, dass das Ticket unter dem Fuß des Modellsitzenden geklebt hatte. Eine wirklich unheimliche Vorstellung. Aber wie sollte man zurückverfolgen, wer das Ticket gezogen hatte?

Klara fingerte Lakritz aus der Tüte, die sie am vorigen Wochenende bei einem Besuch ihrer Freundin im dänischen Apenrade gekauft hatte. Gabi lebte schon eine Weile jenseits der Grenze. Sie verdiente ihren Lebensunterhalt als Malerin. Für Klara unvorstellbar. Sie brauchte die Sicherheit der Festanstellung, des regelmäßigen Einkommens. Jetzt zerbiss sie die zuckrige, weiße Umhüllung des Bonbons, das man in Dänemark unter dem Namen Schulkreide kaufen konnte. Im Innern erwartete sie ein zähflüssiger, würziger Salmiak-Kern. Als Kinder hatten ihre Eltern maximal zwei pro Tag erlaubt. Heute musste sie sich mäßigen, um nicht gleich die ganze Tüte wegzunaschen. Schlecht für die Zähne, schlecht für die Figur. Sie nahm noch ein Bonbon und legte die Tüte anschließend zurück in das Handschuhfach. Sie war schon undisziplinierter gewesen.

Kurz bevor sie die Autobahn verließ, erinnerte sie den Glaubenssatz ihres Ausbilders: »Augen auf, Ohren auf, dann kommt sogar der Schutzmann drauf.« Was er damit meinte, hatte Klara früh erfahren. Sie hatte ihren Streifenführer des Nachts in einen Club im wilden Westen der Landeshauptstadt begleitet. Ruhestörung, das Übliche. Bei der Ankunft auf dem Parkplatz eine aufgeregte junge Frau, die angab, ein dunkelhaariger Typ habe ihr gerade das Handy geklaut. Bis auf den Bewacher des Parkplatzes in seinem Häuschen weit und breit keine Menschenseele. Dann der typische Klingelton der Telekom. Leise, aber doch hörbar. Beim zweiten Mal glaubte Klara, dass er aus dem Häuschen des Parkplatzwärters kam. Komisch war, dass der Mann keine Anstalten machte, nach einem Telefon zu greifen. Klara ging hin. Zu Füßen des Parkwächters ein dunkelhaariger Typ. Zusammengekauert zwischen Barhocker und Spind. Ein Kumpel des Parkplatzwärters, wie sich herausstellte. Einer, der nicht zum ersten Mal rund um den Club geklaut und sich dann förmlich in Luft aufgelöst hatte. Klara war unvoreingenommen in die Situation hineingegangen, hatte Ohren und Augen auf Empfang gelassen und zum ersten Mal jemandem Handschellen angelegt. Der Handyräuber hatte doch tatsächlich nach ihr geschlagen. Aber er hatte nicht wissen können, dass Klara eine titelgeschmückte Judoka war.

»Henry«, so hieß ihr Ausbilder nach dem Schauspieler Henry Vahl, den seine Uroma so geliebt hatte, »Henry, ich bin wach und offen«, sagte sie vor sich hin.

Insbesondere war sie offen für einen freien Parkplatz. Rund um den Lessingplatz: nichts. Die Legienstraße runter bis zum Kleinen Kiel, einer der großen innerstädtischen Wasserflächen: nichts.

Kiel hatte nicht nur die Förde, Kiel hatte auch Teiche und den Kanal. An Wasser mangelte es der Stadt nicht, und Klara überlegte, ob sie nicht wieder hierherziehen sollte. All die Studierenden, ein gutes kulturelles und gastronomisches Angebot. Eine lebenswerte Stadt. Aber die Mieten waren gesalzen, und eine Eigentumswohnung würde sie sich in absehbarer Zeit sicher nicht leisten können. Endlich fand sie eine Lücke vor dem DRK-Haus, in dem sie vor ein paar Monaten mit ihrem Opa eine Wohnung angesehen hatte. Betreutes Wohnen. Bis sie so weit war, würde sie noch ein paar Bösewichte dingfest machen müssen.

Sie entschied, die Wilhelminenstraße von Ost nach West abzugehen. Sie war schon oft hier entlanggefahren. Dass sie den Straßennamen nicht sofort hatte zuordnen können, lag vielleicht daran, dass sie den Stadtteil Damperhof selten zu Fuß durchstreift hatte. Am Studio Filmtheater hielt sie sich links, betrat die Wilhelminenstraße entgegen der Einbahnstraße. Parkende Autos vor gutbürgerlichen viergeschossigen Häusern mit Balkonen und Erkern. Hier ließ es sich leben. Leider keine Parkticketautomaten weit und breit.

Sie näherte sich der Kreuzung mit der Legienstraße und erinnerte sich bei »Killer-Pizza« auf der Ecke, in einen heftigen Streit mit ihrem damaligen Freund geraten zu sein. Die Bezirkskriminaldirektion und die Polizeidirektion Kiel lagen in Rufweite, und so war es gekommen, wie es hatte kommen müssen: Zwei Beamte hatten sich dazugesellt und geflachst. »Endlich wird ›Killer-Pizza‹ seinem Namen gerecht« und »Uns kommt das sehr gelegen, ein Fall direkt vor der Haustür, das erspart die Anfahrt«. Klara war das unendlich peinlich gewesen, sie hatte sich erst wenige Tage zuvor bei der Polizei beworben und wähnte ihren Ruf ruiniert, bevor sie die Polizeischule von innen gesehen hatte. Der Freund von damals war nach Leipzig gezogen. Das war weit genug weg.

Sie hielt weiter Ausschau nach den blauen Automaten, bei denen sie sich immer fragte, wo all das Geld blieb. Sie hatte noch nie gesehen, dass sie geleert wurden. Wahrscheinlich gab es ein unterirdisches Geldröhrensystem, das direkt ins Kieler Rathaus führte, in den Geldbrunnen des Kämmerers, der mit dem Zählen gar nicht nachkam.

Auf dem Parkticket stand: »Wilhelminenstraße«. Wie konnte das sein? Linker Hand sprang die rote Backsteinfassade des Wilhelminenhauses zurück. Ein bekanntes Zentrum für Augenheilkunde. Zwischen dem Gebäude und der Straße ein Parkplatz, ein beschrankter Parkplatz. Klara witterte Morgenluft. Der Mörder von Frankie Flügge – ein irrer Augenarzt oder eine enttäuschte Liebhaberin, blind vor Wut, weil Frankie auf Sandro stand.

Dass Spekulationen ein Teil von Ermittlungsarbeit waren, mochte Klara ganz besonders. Nur laut sagen sollte man das besser nicht.

Sie überquerte den Parkplatz, steuerte auf den breiten Eingang zu, nahm visuell und olfaktorisch das Bistro »Wilhelmine« im Erdgeschoss wahr und stand, nachdem sich die Türen automatisch geöffnet hatten, in einem weitläufigen, hohen Raum, in dessen Zentrum sich eine quadratische, von weißen Tresen eingefasste Fläche befand, auf der es augenscheinlich um organisatorische Abläufe ging. Computerbildschirme, Drucker, Papiere. Gespräche zwischen Patienten und Mitarbeitenden. Klara umrundete die Schaltzentrale und trat dort an die Theke heran, wo eine Frau mittleren Alters mit blondem Dutt und Lesebrille Ausdrucke sortierte. Die Frau schaute auf, und Klara fragte nach dem Parkscheinautomaten, denn an der Schranke hatte es kein Ausgabegerät gegeben.

»Da sind Sie schon die Zweite heute. Wir hatten ja bis vor Kurzem das System mit den Chips. Da muss man sich erst mal umgewöhnen. Ist was ganz Modernes. Die Fahrzeuge werden automatisch registriert. Vorn rechts im Windfang zieht man dann so ein Ticket. Kann ich sonst noch was für Sie tun?«

Klara bedankte sich und verneinte. Sie ging zum Automaten, als sich ein Paar näherte. Der Mann mit weißem Verband auf dem rechten Auge. Die Frau, ihn am Arm leitend, hielt bereits ein Parkticket in der linken Hand bereit.

»Verzeihen Sie, mein Name ist Klara Mortensen, Polizeistation Büdelsdorf. Ich recherchiere in einem Fall, in dem diese Parktickets eine Rolle spielen. Ob ich einen kurzen Blick auf Ihr Ticket werfen kann, bitte?«

»Klar, wenn's mehr nicht ist. Ob Sie sich wohl ausweisen könnten, sodass ich mich kurz davon überzeugen kann, dass Sie wirklich Polizistin sind?« Die Frau lächelte, ließ ihren Mann los und schob das Ticket in den Automaten.

Klara zeigte ihren Dienstausweis. Die Frau schaute genau

hin. »Ich bin von Natur aus misstrauisch.« Sie reichte Klara den Ausdruck, die diesen fotografierte.

»Viel Erfolg.« Die Frau hakte wieder ihren Mann unter, und gemeinsam ging das Paar durch die sich weit öffnenden Türen hinaus auf den Parkplatz.

Klara betrachtete das Foto. Der Ausdruck entsprach offensichtlich genau jenem Stück Papier, das Elmar gefunden hatte. Sie kniff kurz die Lippen zusammen, hatte sie doch über diese Erkenntnis hinaus keinen weiterführenden Ermittlungsansatz. Grübelnd verließ sie das Gebäude und erinnerte das Mantra: »Ohren auf, Augen auf …«, und dann fiel es ihr wie Schuppen von den Augen. Ein schiefes Bild für jemanden, der vor einem Augenarztzentrum steht. Diesem schräg gegenüber befand sich jedoch das architektonisch gewagte Gebäudeensemble der Muthesius Kunsthochschule. Die Kunst war das verbindende Element.

Im Gehen suchte sie das Foto des im Inneren der Figur entdeckten Parkscheins auf ihrem Smartphone. Die oder der Gesuchte war am 9. Mai um elf Uhr vierunddreißig hier gewesen. Vielleicht gab es in der Muthesius Kunsthochschule etwas wie einen Pförtner, andere Beobachter.

Klara umrundete den trutzigen Bau des Finanzverwaltungsamtes und betrat den Innenhof der Kunsthochschule. Dieser wurde nach rechts durch einen halbrunden, wegen seines verglasten Erdgeschosses transparent und leicht wirkenden Baukörper begrenzt. Etwa in der Mitte des Innenhofes ein niedriges Gebäude mit einer roten Backsteinfassade, wie sie auch die umstehenden Altbauten zierte. Davor eine mächtige Kastanie, in deren Schatten Menschen saßen, standen, mit Bechern in der Hand plauderten. Eine insgesamt entspannt wirkende Atmosphäre, die Klara gleich wärmend umfing. Im Umfeld universitärer Einrichtungen hatte sie sich schon immer wohlgefühlt.

Jenseits der Kastanie ein moderner Quader, durch dessen große Fenster zu erkennen war, dass dort die Werkstätten untergebracht waren. Klara hielt inne, folgte einem spontanen Gedanken. Der 9. Mai war ein Montag gewesen. Sie näherte sich der Gruppe von Studierenden. »Moin, darf ich euch kurz stören?«

Drei der Umstehenden schauten sie gleich freundlich an. »Klar, was gibt's?«, fragte ein junger Mann und wendete sich ihr zu.

»Weiß jemand, was montagvormittags hier so los ist?«

»Was hier so los ist? Du meinst Vorlesungen? So was in der Art?«

»Jo.«

»Also ich hab da immer Designgeschichte. Aber es gibt ja noch Freie Kunst und Kunst auf Lehramt und Kommunikationsdesign. Was genau willst du denn wissen?«

Klara spürte, dass sie sich nicht blöd anbiedern sollte. »Ich bin Polizistin und suche nach einem Zusammenhang zwischen einem Fall, den ich bearbeite, und einem Menschen, der sich hier am Vormittag des 9. Mai aufgehalten hat.«

Ein schmaler Typ löste sich aus der Gruppe der Plaudernden. »Polizeistaat oder was?«

»Nö, Rechtsstaat.«

»Ja sicher. Überall Rechte. In ganz Europa.«

Klara sammelte sich kurz. »Du weißt schon, dass die AfD aus dem schleswig-holsteinischen Landtag geflogen ist ...?«

Der Schmale machte eine wegwerfende Handbewegung und verließ die Gruppe.

»Sorry, tut mir leid, dass Franco so einen Mist redet. Es gibt wohl Verwandte, die in Auschwitz getötet worden sind. Er hat das erst vor Kurzem erfahren, und jetzt ist er bei der Antifa aktiv und, wie soll ich sagen, dünnhäutig.«

»Ich könnte jetzt sagen: geschenkt. Ich sollte womöglich Verständnis haben. Aber wenn so getan wird, als sei die Polizei von rechts unterwandert, bin ich auch dünnhäutig. Aber gut, nun ist er eh weg. Zurück zum fraglichen Tag hier auf dem Campus: Wie viele Studierende sind da so im Schnitt unterwegs, was glaubst du?«

»Soweit ich weiß, sind wir so sechs- bis siebenhundert. Aber es sind ja nicht immer alle hier vor Ort.«

Klara verstand, dass sie so nicht weiterkam. »Liegt irgendwo ein Vorlesungsverzeichnis aus?«

»Findest du im Netz. Ist digital.«

»Okay, ich versuche mal mein Glück. Danke.«

»Worum geht's eigentlich?«

»Darf ich nicht sagen. Wobei ...« Klara suchte nach dem richtigen Dreh. »Wer hat hier am ehesten mit Skulpturen zu tun?«

»Die Bildhauerklasse. Freie Kunst.«

»Ansprechpartner?«

»Frau Müller, drüben im Altbau.«

Klara winkte, der junge Mann winkte. Genau mein Typ, dachte sie und sah zu, dass sie wegkam.

Der Haupteingang lag an der Legienstraße, sie betrat das Gebäude, fragte sich durch und erfuhr, dass die Professorin zu einer Exkursion nach Lettland aufgebrochen war. Das war unerfreulich. Erfreulich war, dass sie in drei Tagen zurückkäme. Die freundliche Mitarbeiterin aus der Studienberatung verriet ihr, dass hundertfünfzehn Menschen Freie Kunst studierten und, was für sie weit interessanter war, dass nur neun Studierende in der Bildhauereiklasse aktiv waren. Etwas in ihr, sie nannte es das Näschen, sagte ihr, dass sie einen Anpack hatte. Klara verabschiedete sich, genoss die Kunst im Treppenhaus.

»Es geht ein böses Ding herum, das wird euch tüchtig zwacken ...«, las sie auf der Wand und erinnerte sich an das Kinderspiel »Der Plumpsack«. Ihr hatte es damals Angst gemacht, als eine alte Tante das mit ihnen und Nachbarskindern gespielt hatte. Gut, dass sich nun junge Leute auf künstlerische Weise damit auseinandersetzten. Was wohl dahintersteckte? Wer sich das Lied und das Spiel wohl ausgedacht hatte?

Sie blieb für einen Moment stehen, nachdem sie den Bürgersteig vor dem Haus erreicht hatte, ging dann links um den Altbau herum, bog auf den Knooper Weg ab, der eine veritable Straße war, und stand nur zweihundert Meter den Bürgersteig runter vor einem Ladenlokal, dessen Schaufenster den Blick ins

Innere freigab. Sie war gleich fasziniert. Gut, dass sie dienstfrei und Zeit hatte. Da musste sie rein.

Das lohnt sich

Frauke war erleichtert. Die Nachfrage ließ sukzessive nach. Lange würden die Vorräte nicht mehr reichen. Besonderer Beliebtheit hatten sich die veganen Speisen erfreut. Nicht minder beliebt war aber auch der Katenschinken gewesen, für den Frauke eine dem Ort angepasste Idee der Präsentation gehabt hatte.

Sie hatte vor über drei Monaten mit dem Kurator Sandro Hackmann im Treppenhaus der Kieler Kunsthalle gestanden. Es war ihr erstes Projekttreffen gewesen. Sie hatte ihn in einen der Ausstellungsräume gezogen, in dem eine große Frau und ein auffällig bunt gekleideter Mann Bilder vorsichtig aus ihren Transportkisten befreiten.

»Passend zur Hängung hängen wir Katenschinken auf, um die Verbindung zwischen Kunst und Genuss herzustellen. Wir hängen ihn in Rahmen direkt hinter den Aufbau unserer Speisen. Dazu ein Text auf die Wand gesprüht: ›Alter Schinken‹. Verstehen Sie? So sagt man doch zu einem alten Gemälde.« Frauke hatte ihre kindliche Begeisterung gespürt, und ganz plötzlich war ihr der spontane Vorstoß peinlich gewesen, aber Sandro Hackmann hatte gelächelt und genickt.

»So muss Kunst«, hatte er gesagt, und eine halbe Stunde später hatte Frauke Katenschinken bestellt. Am Abend hatte sie Fröbe mit geröteten Wangen von ihrem Coup berichtet.

Fröbe hatte gar nicht mehr aufgehört, den Kopf zu schütteln. »Diese Künstler, alle verrückt.«

»Genau«, hatte Frauke bestätigt. »Nur wer verrückt ist, bewegt sich, seinen Geist und den anderer. Manche bleiben unverrückt, unbewegt. Starr im Denken, starr im Tun.«

Sie hatten ernsthaft gestritten. Fröbe hatte ihr Realitätsverlust und Arroganz vorgeworfen. Sie hatte ihm vorgehalten, dass die immer gleichen Abläufe seines Beamtendaseins Gedankenflüssen Staumauern in den Weg stellten. Sein Plädoyer für einen gesunden Pragmatismus war auf ihren Wunsch nach mehr individueller und gesellschaftlicher Kreativität geprallt. Schließlich hatten sie gemeinsame Ziele definiert und beschlossen, in einem halben Jahr zu überprüfen, wer den Zielen näher gekommen war.

»Frauke, ich fahre nach Neumünster und lade Nachschub für morgen. Ist das okay?« Norma, die junge Frau aus Seattle, war neben Frauke aufgetaucht. Sie lernte Bootsbauerin, studierte Nautik und half nebenher bei den Geschmacksverstärker:innen aus. Wie sie das unter einen Hut brachte, war Frauke und Marie ein Rätsel.

»Sicher, aber lass uns bitte einmal gemeinsam die Liste durchgehen.«

Frauke und Norma setzten sich auf einen Sockel, der wohl noch auf seinen bestimmungsgemäßen Einsatz als Kunstträger wartete, wie Frauke als rechtfertigende Erklärung für die Besetzung vorschlug.

Normas Blick signalisierte Unverständnis und dokumentierte erneut ihre überraschend breiten Kenntnisse von Sprache und Kultur. »Ein Sockel ist ein Sockel ist ein Sockel.«

»Korrekt müsste es heißen: Sockel ist ein Sockel ist ein Sockel.«

»Sehe ich anders. Gertrude Stein verwandte das erste ›Rose‹ im Sinne des weiblichen Vornamens ohne Artikel.«

»Norma, du bist ein Phänomen. Was du alles weißt. Dass du Gertrude Stein kennst.«

»Highschool. Es gibt nicht nur ungebildete alte weiße Männer in meiner Heimat. Gertrude Stein, die Frau war der Hammer. Sie hat neben anderen Fächern auch Psychologie studiert, ist nicht zur finalen Prüfung erschienen, schrieb ihrem Professor, ihr sei heute nicht nach Prüfung. Er antwortete, er wisse genau, wie sie sich fühle, und gab ihr die beste Note. Das sind die Geschichten, von denen ich lesen, hören und sehen will.«

»Eines Tages fahre ich mit dir in einem von dir gebauten Boot übers Meer.«

»*You're welcome*. Hier ist die Liste.« Norma hielt Frauke ein Tablet hin. Frauke hatte erwartungsgemäß nichts auszusetzen. Norma stand auf. »Kein Hunger ist kein Hunger ist kein Hunger.«

»Wer keinen Hunger hat, ist tot«, befand Frauke.

»*That's why I'm in this business.*«

Frauke lachte und stand ebenfalls auf. Sie verließ den Raum und wäre beinahe mit Konrad Mahrburg zusammengestoßen.

»Hoppla. Die Amazone vom Einfelder See.«

»Ja, jetzt erkenne ich Sie auch. Der Nichtschwimmer, der gern in Geld schwämme.«

»Heißt es nicht ›schwömme‹?«

»Wie es euch gefällt.«

Frauke ging an Mahrburg vorbei, dessen Telefon klingelte. Sie betrat die Halle, blieb aber sogleich stehen. Der Lauscher an der Wand, kam es ihr in den Sinn. Sie war gespannt, von welcher »Schand« sie jetzt wohl erführe.

»Die Gebote sind in die Höhe geschnellt.« Mahrburgs Tonfall klang überheblich. »Aber jetzt ziehen wir die Zügel an, mein Lieber. Wir verknappen das Angebot. Und rate, was passieren wird?«

Kurze Pause, sein Gesprächspartner riet. Vermutete Frauke.

»Tja, so ist er, der Markt. Und: Details interessieren mich nicht. Kümmere dich, und gut.«

Frauke hörte Schritte. Mahrburg entfernte sich. Je weiter, je lieber, dachte sie und beschloss, dass sie auf dem Nachhauseweg noch einen Katenschinken besorgen würde.

Papier ist geduldig

»Papier ist geduldig«, sagte Klara und strich mit der Kuppe des rechten Zeigefingers über die glatte und doch strukturierte

Oberfläche einer Postkarte, auf der sie die gekräuselte Wasserfläche eines Hafenbeckens und Festmacherpfähle sah.

»Es könnte sogar die Wahrheit ertragen«, ergänzte die Frau, die hinter einem Schneidetisch stand und eine lange gebogene Klinge geräuschvoll durch einen Bogen Papier führte.

»Habe ich noch nie gehört. Von wem ist das denn?«

»Gabriel Laub. Er schrieb Aphorismen. Ich habe als Teenager ›Denken erlaubt‹ gelesen. Daran halte ich mich bis heute.« Sie griff nach dem Hebel, der die Bedienung der Klinge ermöglichte, lachte und setzte zum nächsten Schnitt an.

Inmitten des Raumes beherrschte ein ausladender Tisch die Szene. Er ruhte auf Unterschränken mit flachen, sehr breiten Schubladen. Wohl gut geeignet, um auch großformatiges Papier sicher zu lagern, vermutete Klara. Kurz blieb ihr Blick an einem Werkzeug hängen, das mutmaßlich eine Presse war. Bücherstapel auf einem Bord und ein Leimtopf. Die üblichen Utensilien einer Buchbinderei, vermutete sie.

An der rechten Stirnseite des Raumes führte eine Treppe zu einer Galerie, die über die gesamte Breite des Ladenlokals reichte. Licht flutete durch das große Fenster und zauberte Reflexe in eine gläserne Vitrine. Auf deren Böden erkannte Klara Schmuck. Ohrringe, Anhänger in Blau- und Orangetönen.

»Alles aus Papier.«

»Auch der Schmuck?«

»Auch der Schmuck. Ganz stabil, weil ich ihn aus mehreren Lagen herstelle und später versiegle.«

»Schön.«

»Danke. Schönheit ist unterschätzt. Schönheit ist weniger oberflächlich, als oft behauptet wird.«

Klara drehte sich zu der Frau mit braunem, welligem Haar um. »Sehe ich auch so. Wer die Schönheit der Natur erkennt und spürt, wird sie nicht zerstören. Hat meine Mutter immer gesagt.«

»Kluge Frau.«

»Ja. Das ist sie, und sie hat bald Geburtstag. Zeit für was Schönes. Ohrringe zum Beispiel. Darf ich mal ein Paar rausnehmen?«

Die Frau nickte, schob Bögen schwarzen Papiers zusammen und kam Klara entgegen. An der Tischkante blieb sie stehen. Unaufdringlich. Klara gefiel das. Im Hintergrund lief Musik.

»Wie leicht die sind.«

»Schweres gibt es genug.«

Für einen Moment war Klara danach, die Frau zu einem Kaffee einzuladen, fand das dann aber doch zu aufdringlich. »Ich nehme die Ohrringe und die Karte hier auch.«

Ein Nicken, kein Versuch, einen weiteren Artikel zu verkaufen. Klara nahm sich vor, noch mal wiederzukommen. »Hast du eigentlich auch mit den Muthesius-Leuten zu tun?« Sie machte eine Kopfbewegung in Richtung Campus.

»Nein, also jedenfalls nicht so, als seien wir irgendwie miteinander verbandelt. Eine Studentin habe ich mal bei der Wahl eines geeigneten Leims beraten.«

»Was war das Projekt?«

»Masken. Eine Arbeit mit Papiermaché.«

»Ich kenne nur Pappmaché.«

Das Telefon klingelte. Die Frauen tauschten ein kurzes Kopfnicken zum Abschied. Klara öffnete die Ladentür und ging am Schaufenster entlang, warf noch einen Blick auf die Utensilien, dachte an Masken aus Papier. In ein paar Tagen war die Dozentin der Bildhauereiklasse zurück. Sicher würde sie dann mehr erfahren.

So vage die Annahme war, dass die Spur des Erschaffers der Plastik zur Kunsthochschule führte, so sicher war auch, dass sich ein Bezug nicht ausschließen ließ. So lange bliebe sie dran.

Schaumgeboren

Marienbad. Der Name. Allein schon. Marie entstieg den sanft plätschernden Wellen der Schlei. Andreas empfing sie mit einem weit ausgebreiteten Handtuch, in das er sie sanft hüllte. Hinter Maries Rücken knallte ein Korken. Sie drehte sich um und sah, wie sich Sekt und Brackwasser miteinander verbanden. Bis zu den Knien im Wasser stehend, hörten sie nun ein dahingehauchtes »Ja, das will ich, Alter«. Heutzutage wurde geheiratet, wenn einem das Wasser bis zu den Knien stand.

»Schaumgeboren«, sagte Andreas. »Meine Aphrodite.« Sein Gesichtsausdruck verriet, dass sein Sinn für Romantik ein anderer war. Er legte seinen Arm um Marie, und so schlenderten sie durch den Sand hinüber zu einer der Tischgruppen. Gerade rechtzeitig, wie sich zeigte. Ein junger Mann brachte, was sie bestellt hatten. Marie und Andreas war nach Texmex gewesen. Es gab Bohnen, Mais, Chili, und es gab Fleisch. Karl war in Maasholm und konnte nicht schimpfen. Manchmal sündigten sie hinter dem Rücken ihres Sohnes. Die Gefühle: ambivalent, aber der Reiz des Verbotenen überwog.

»Willst du erzählen?«, fragte Andreas kauend.

Marie hatte Andeutungen gemacht. »Nein, will ich nicht.«

»Na, komm schon. Frankie Flügge. Vielleicht der bekannteste C-Promi, den wir haben.«

»Nein, ich will nicht. Die hoheitlichen Aufgaben der Polizei und die Interessen meines Auftraggebers, die ich nicht genau kenne – vielleicht beißt sich das.« Marie machte eine kurze Pause, produzierte ein knurrendes Geräusch und untermalte ihren Unwillen mit einer kleinen, fahrig wirkenden Abwehrgeste beider Hände.

»Elmar ist auch schon involviert. Büschen halb gar all das, und unversehens gerate ich in Teufels Küche.« Marie räusperte sich und richtete sich auf.

»Womit ich beim Thema wäre: Ich muss dafür sorgen, dass in den nächsten Tagen alle Gäste satt und glücklich sind. Das wird schwer genug. Drei Spielorte und dann auch noch die Nummer auf dem Nord-Ostsee-Kanal. Wir hätten das alles viel weniger aufwendig entwickeln sollen. Die Entscheidung, die Geschmacksverstärker:innen voranzutreiben, war richtig. Aber ich möchte, dass wir demnächst auf Chichi verzichten.« Der Klang ihrer Stimme signalisierte Entschlossenheit. Sie hatte das unangenehme Thema kurzerhand beiseitegewischt.

Andreas trank einen Schluck. »Wusstest du, dass der Italiener Antonio Chichi Bauwerke aus Kork nachgebildet hat?«

Marie runzelte die Stirn. »Modelle aus Kork. War er dem Rotwein verfallen, oder was? Woher weißt du überhaupt so ein Zeug?«

»Heute war eine Patientin bei mir, die mir in jedem neuen Quartal von den beruflichen Erfolgen ihrer vier Enkelinnen berichtet. Ausführlich. Da kann es vorkommen, dass ich ein bisschen im Internet herumsurfe.«

»Hast du nicht den Eid des Hippokrates geleistet?«

»Die Dame kann froh sein, dass ich sie reinlasse. Ihre Enkelinnen heißen übrigens Bertha, Marie, Nadine und Teresa. Fällt dir was auf?

»Nein.«

»Bertha von Suttner.« Andreas ließ Marie einen Moment.

»Marie Curie, Mutter Teresa und?«

»Nadine Gordimer. Allesamt Nobelpreisträgerinnen.«

»Die armen Kinder.«

»Die bekloppten Eltern.«

Marie und Andreas aßen, tranken und teilten ihre Welt in Gut und Böse ein. Es konnte so einfach sein ohne das echte Leben.

»Schön, dass der Turm von St. Petri wieder in all seiner Pracht zu sehen ist.« Andreas deutete über die Möweninsel hinweg auf den Schleswiger Dom.

»Ja, finde ich auch. Welche Landmarken die Kirchtürme wohl eines Tages ersetzen? In Bedeutung und Pracht.«

Der Abend am Wasser mit einem Rest Sonnenlicht hinten links endete mit einer unbeantworteten Frage. Marie fand das gut. Noch offene Fragen waren Hinweise auf Zukunft.

Nyx [5] – Punk auf Sylt

Gegen Sylt war grundsätzlich nichts einzuwenden, wie sie fand. Wind und Wellen hatten all dem Sand vor der Küste Nordfrieslands ein schmuckes Antlitz verliehen. Besser hätte sie es auch nicht machen können. Oft leistete die Natur, was die Kunst nicht vermochte. Wer auf der Suche nach der perfekten Linie war, wurde fündig, wenn er die Abrisskanten noch junger Dünen betrachtete.

Was ihr indes missfiel, waren all die Menschen, die eine Lebendigkeit inszenierten, die vulgärer kaum sein konnte.

Dass sie heute um die ungeliebte, weil von allerlei Rütteln und unangenehmen Geräuschen begleitete Fahrt über den Hindenburgdamm herumkam, war dem Subjekt zu verdanken, das der Abholung durch sie harrte. Geld hatte keine Rolle gespielt. Die Kosten für Hin- und Rückflug fielen nicht ins Gewicht. Sie hatte ein Flugzeug gechartert, das sie in Kiel bestiegen hatte. Nun, nach knapp dreißig Minuten, setzte die Maschine auf der Piste in Westerland auf. Das Dröhnen des Motors hatte sie dank des »Active Noise Cancelling Systems« ihrer Kopfhörer recht wirksam unterdrücken können.

Sie schulterte den Rucksack, der jenes Werkzeug enthielt, das für die Erstversorgung des Subjekts unerlässlich war. Zuvorderst waren hier solche Instrumente zu nennen, mit denen sie Körperflüssigkeiten entnehmen und entsorgen konnte. Für den Weg nach Kampen hatte sie ein Taxi vorbestellt, das bereits auf sie wartete.

In Kampen, einer Ansammlung gleichgesichtiger Baukörper, war ihr nach Sylter Royal. Sie schickte den Fahrer weiter nach List, um zwölf Austern zu beschaffen. Sie zahlte und wies ihn an, den Einkauf auf der Rückfahrt vor der Haustür abzustellen. Der Fahrer, ein Mann etwa in ihrem Alter, deutete auf ihr Shirt. »Die Mohnblumen. Van Gogh. Gute Wahl.«

Er fuhr, sie machte sich ans Werk. Das Subjekt hatte seinem Lebensstil sichtbar Tribut gezollt. Es galt, keine Zeit zu verlieren, und so entschied sie sich, sehr kurzen Prozess zu machen. Subjekte leiden zu lassen, lag nicht in ihrem Interesse.

Nur wenig später, der erste Akt lag hinter ihr, streifte sie die Handschuhe ab und warf sie in den Transportbeutel, auf dem ein gelbes Dreieck mit drei Kreisen im Inneren und der

Aufschrift »Biohazard« auch vor jenen Viren warnte, die ihr Kooperationspartner im Blut des Subjekts identifiziert hatte. Von Erlösung zu sprechen war sicher angebracht.

Als sei er vom Schwimmen vollkommen erschöpft, lag Thijs ten Bronkhorsts Körper nun auf einer Liege neben dem schätzungsweise acht mal sechzehn Meter großen Pool an der Rückseite der Reetdachvilla. Der Kooperationspartner hatte sich zurückgezogen. Nun galt es, alle Körperflüssigkeiten zu entfernen. Hierzu legte sie Katheter und punktierte die Arterien an Hals und Leiste. Dem Ort fehlte, was sie an jenem Raum schätzte, der ihr eigentlicher Arbeitsplatz war: angemessene Ernsthaftigkeit.

Auf einem Servierwagen zwischen der Liege und dem Pool warteten allerlei Spirituosen darauf, ihre Konsumenten vergessen zu machen. Die Whiskygläser machten den Eindruck, als habe man sie aus Kristallglas gefertigt. An der Schmalseite der Schwimmhalle, deren Dach man auf Rollen zur Seite fahren konnte, sah sie eine Projektionsleinwand, die der im kleinen Kino ihres Wohnortes in nichts nachstand. Exotische Pflanzen, deren Namen sie nicht kannte, säumten die Glasflächen, die den Blick auf den weitläufigen Garten freigaben.

Den Teich, in dem sie in leuchtenden Farben schillernde Koi-Karpfen entdeckte, überspannte eine Brücke, die zu einer Art Tempel im japanischen Pagodenstil führte. Ob Thijs ten Bronkhorst an etwas geglaubt hatte und, wenn ja, an was, wusste sie nicht. Die feinen Unterschiede zwischen Fegefeuer und der Wiedergeburt etwa als Nageldesignerin erschlossen sich ihr auch nach kurzem Nachdenken nicht. Insofern war die Relevanz des Tempels relativ. Jedenfalls für sie, die sie das Subjekt, nun nach dessen Ableben, wunschgemäß herrichten würde.

Das Finale überließe sie ausnahmsweise einem Dienstleister, der für den letzten Akt auf dem Joey Ramone Place in New York City sorgen würde. Thijs ten Bronkhorst war Punk gewesen, bevor er eine Reederei gegründet hatte, die heute eine der größten der Welt war. Den Ramones hatte er in mancher

Hinsicht nachgeeifert. Sicherheitsnadeln an sensiblen Stellen seines Körpers zeugten von seiner Nähe zum Punk.

Während sie sich mit ihm befasste, lief im Hintergrund der Ramones-Song »I Wanna Be Sedated«. So war es im Smart-Home-Programm der Villa vom Kooperationspartner programmiert worden. Selbstverständlich war geschehen, was Thijs ten Bronkhorst sich gewünscht hatte. Man hatte ihn sediert, schulbuchmäßig. Mit dem Irokesenschnitt tat sie sich schwer und beschloss, eine Maske einzusetzen. Schließlich sollte die Frisur den am Abend anstehenden Transfer nach New York City überstehen. Die letzten Wünsche wurden bisweilen von den Subjekten an sie herangetragen. In diesem Fall waren alle Maßnahmen von einem Mittelsmann in Panama veranlasst worden.

Sie aktivierte zwei weitere Kontrollfelder auf dem Display des iPads und notierte die Körpertemperatur des Subjekts. Dann schob sie dessen Körper in eine der Transportboxen, die sie individuell anfertigen ließ. Beim Blick auf die Uhr stellte sie fest, dass sie gut in der Zeit war. Mit ihrem Bruder im Geiste war sie zur Kaffeezeit in Laboe verabredet. Er würde Vorschläge zur erneut verbesserten Absicherung der Arbeitsräume machen.

Es klingelte an der Tür. Auf dem Monitor des Smart-Home-Panels sah sie, dass ihre Austern gebracht wurden. Über die Gegensprechanlage gab sie das Abstell-Okay. Der Bote verließ das Grundstück, das Tor schloss sich hinter ihm. Sie durchquerte den Wellnessbereich, die großzügige Diele und öffnete die Eingangstür. Die Sylter Royal standen auf dem kleinen Tisch neben der Bank, die im Gegensatz zum Rest des Anwesens wirkte, als habe sie eine Geschichte. Es war eine jener Friesenbänke mit dem Doppelkreuz in der Rückenlehne und den geschwungenen Armlehnen. Erschien vor und in dem Haus alles, was sie gesehen hatte, als sei es gestern geliefert worden, so zeigten Sitzfläche und Lehnen der Bank leichte Abnutzungsspuren. Ihr gefiel, dass die Bank vom Leben zeugte, hatte sie doch die letzten Stunden mit dem Tod verbracht.

Sie setzte sich, öffnete die Verpackung und genoss die Austern, zu denen sie einen salzig-mineralischen Muscadet von der

Loire trank, den sie ebenfalls beim Fahrer geordert hatte. Sie war gern hier und genoss diese fein dosierte Sylter Dekadenz, solange sie sich von ihrer diskreten Seite zeigte. Sylt, so wie es sich seit den Sechzigern gerierte, polarisierte.

Ferryman

Unter dem Nagel des linken Zeigefingers entdeckte der einzig wahre Franky rot-bräunliche Rückstände. Er schloss die Augen und sah seine Hand unter dem Kopf des Mannes, der sich ihm als Ronnie Blischcke vorgestellt und infolge einer unglücklichen, im schlimmsten Falle durch sein Verhalten eingeleiteten Bewegung in die Tiefe gestürzt war. Das Blut, all das Blut, Folge einer Bluttat? Für Franky fühlte es sich so an.

Die Schuld hatte er zuerst in den Händen gespürt, als sie kribbelten, dann hatte er schnell und schneller atmen müssen, ein Gefühl der Übelkeit hatte sich im Bauch, in seiner Brust ausgebreitet, und dann war das Blut aus dem Kopf des Gestürzten über seine linke Hand gelaufen. Mit der rechten hatte Franky nach dem Puls des Mannes getastet, und noch jetzt, so viele Stunden später, glaubte er zu spüren, wie sich das Gefäß an Ronnie Blischckes Hals zwei oder drei Mal gehoben und wieder gesenkt hatte unter dessen warmer Haut.

Klare Gedanken zu fassen war ihm nicht möglich. Der Teil von ihm, der sich von außen betrachtete, reklamierte rationales Tun. Vergeblich. Angst und Panik, hatte er immer gedacht, seien zeitlich eng begrenzt auftretende Phänomene. Beide hatten ihn seit dem Vorfall, seit dem Fall am gestrigen Abend fest im Griff. Er musste tun, was geeignet war, das schlimmste Ereignis seines Lebens, den Tod des Mannes, zu vertuschen. Zu übermalen, um beim Wortsinn zu bleiben.

Hätte er doch nur nicht den Malerjob angenommen. Nie zuvor war er auf Leuchttürmen gewesen. Die Begegnung mit dem Journalisten hätte an einem Ort stattgefunden, von dem keine Gefahr ausgegangen wäre. Im Malern des Geländers lag das Unheil begründet. Franky ließ eine Aspirintablette in das Wasserglas gleiten. Sofort bildeten sich Bläschen, die der taumelnde Körper der Tablette entließ. Sie taumelte noch wenige Momente und sank schließlich zu Boden. Gleichsam in Zeitlupe. Noch war Leben in ihr.

Franky trank. Die Tablette hatte sich noch nicht gänzlich aufgelöst. Bestandteile kratzten im Hals. Franky hustete. Die Kopfschmerzen brandeten aus dem Zentrum des Schädels kommend an die Schläfe. Dass er eine ganze Flasche Wodka getrunken hatte, rächte sich in mancherlei Hinsicht. Es fehlte nicht nur die klare Sicht auf die Dinge. Es fehlte auch an Gleichgewichtsgefühl. Er stand auf, schwankte, wie die Tablette getaumelt war, griff nach der Tischplatte, berührte das Glas, das vom Tisch stürzte, zerbrach, in tausend, vielleicht auch nur in achthundert Scherben, schoss es ihm durch den Kopf, in dem es pochte wie nie zuvor.

Ronnie Blischcke musste weg. Es musste so aussehen, als sei er nie auf Fehmarn gewesen. Endlich ein Lichtblick. Mehr als das. Ein Plan von bestechender Klarheit. Es galt, sich reinzuwaschen. Wasser war die Lösung. Franky lächelte. Gequält, aber er lächelte.

Unsicher auf den Beinen, doch fest im Glauben, im Glauben an Rettung aus der Not des Täters wider Willen, stolperte er zum Waschbecken, unter dem in den gestreiften Teppich von IKEA gehüllt der arme Ronnie lag. Mit den Naturborsten einer Wurzelbürste von Bürsten-Bennie, der an jedem Mittwoch auf dem Marktplatz in Burg Erzeugnisse aus eigener Bürsten-Bastelei feilbot, schrubbte Franky den Zwischenraum zwischen Nagel und dem empfindlichen Gewebe des Halt bietenden Fingers. Der erhoffte Erfolg stellte sich indes trotz eifriger Hin- und Herbewegungen nicht gleich ein. Franky schrubbte mit höherem Druck, und so vermischte sich alsbald eingetrocknetes Blut von Ronnie Blischcke mit jenem des einzig wahren Frankys. Der Schmerz war deutlich, konnte aber gegen jenen hinter der Stirn nicht anstinken.

Die Blutspur war nur eine der Spuren, die findige Ermittler zu Franky leiten könnten. Sicher hatte der Journalist nicht nur das Geländer in luftiger Höhe angefasst. Auch auf seinem letzten Weg ganz nach oben hatte der Mann ausgeatmet, vielleicht gespuckt, geschwitzt … Franky erkannte, dass ihm eine Sisyphusarbeit bevorstand, die diesen Namen schlimmstenfalls zu Recht tragen würde. Zunächst jedoch musste er seine ganze Aufmerksamkeit auf die spurlose Beseitigung der sterblichen Hülle richten, die ihm zu Füßen lag. Gut, dass das Mare Balticum nicht weit war.

Er bückte sich, legte beide Hände über das blau-weiß gestreifte Gewebe des Bodenbelags mit dem schönen Namen Mortum und zog. Weil er den Teppich zur Wand hin gerollt hatte, öffnete sich dieser. Es gab ein dumpfes Geräusch, als Ronnie Blischcke, der die Nacht auf der linken Seite verbracht hatte, auf den Rücken polterte.

Ronnies Blick war der eines Mannes, der zu seiner eigenen Überraschung rücklings von einem Leuchtturm gestürzt und zu Tode gekommen war. Zumindest war das die Interpretation, die Franky in den Sinn kam. Womöglich entstand der Eindruck auch durch die Kombination aus Ronnies Blick und seinem geöffneten Mund. Diesen versuchte Franky nun fürsorglich zu schließen, was jedoch nicht gelang. Der Unterkiefer bewegte sich nicht. Es dauerte einen Moment, bis Franky an Leichenstarre dachte. »Scheiße«, entfuhr es ihm, als ihm das aus der Unbeweglichkeit des Leichnams resultierende Transportproblem bewusst wurde.

Am gestrigen Abend hatte er Ronnie Blischcke nach vergeblichen Versuchen der Wiederbelebung an den Füßen in den kleinen Schuppen gezogen, der neuerdings den Rasenmäher, allerlei Gartengerät und Frankys Lastenrad beherbergte. Dort angekommen – immerhin hatte er den Körper quer über die Wiese am kleinen Spielplatz vorbei nach vorn zum Weg bewegen müssen –, war er ziemlich außer Atem gewesen. In Fernsehkrimis sah das immer so leicht aus, wenn Opfer von Gewalttaten in Kofferräume gehievt, über Fliesenböden geschleift oder in

Erdgruben gestoßen wurden. Vielleicht waren die Schauspieler trainierter als er.

Nach einer Verschnaufpause, in der er gegen seinen guten Vorsatz eine Zigarette geraucht hatte, waren ihm Erkenntnisse aus dem lange zurückliegenden Physikunterricht zupassgekommen. So hatte er die Hebelwirkung eines Schalbretts genutzt, um Ronnie Blischcke über die Kante der Ladewanne zu bugsieren, die das Lastenrad so zweckmäßig machte. An den Transport Verstorbener hatte er tatsächlich auch gedacht, als er das unverschämt teure Verkehrsmittel vor einem halben Jahr bei Funnybike gekauft hatte. Sein Freund Ralle war Schäfer und hatte ihm seinerzeit ein Lamm schmackhaft gemacht: »Wir sind da ganz nachhaltig aufgestellt. Du kannst vom Lamm wirklich alles verwerten.« Und so hatte Franky den Kauf und Transport eines der bis zu fünfundvierzig Kilo schweren Tiere erwogen.

Aus Gründen – die Freundschaft zu Ralle war wegen Gundi auf eine schwere Probe gestellt worden – war nun Ronnie Blischcke zum ersten Fahrgast geworden. Ein ziemlicher Brocken, der sich erfreulicherweise beinahe ohne Frankys Zutun in die Ladeschale gekuschelt hatte, wie ein friedlicher Seitenschläfer. Ein bisschen hatte es Franky um die gute Folie leidgetan, die er für sein Frühbeet aufbewahren wollte. Aber das ganze Blut hatte er auch nicht in der Ladewanne haben wollen.

Schließlich hatte er Ronnie Blischcke mit dem alten Teppich abgedeckt, den er immer brauchte, wenn er unter dem Trecker des Campingplatzchefs lag, um kleine Reparaturen durchzuführen. Er hatte so lange im Schuppen ausgeharrt, bis es ganz dunkel war und keine Stimmen mehr zu hören waren. Dann hatte er nicht schlecht gestaunt, wie souverän der Elektromotor das Rad mit zwei Mann Besatzung über den Weg zu seinem Mobilheim schob. Dort angekommen, sang die Nachtigall, also das unverpaarte Nachtigallmännchen auf Brautschau, um genau zu sein. Franky war nicht nur Künstler, er war auch Hobbyornithologe.

Den Körper ins Mobilheim zu ziehen, war erneut so anstrengend, dass Franky nach getaner Arbeit eine weitere Zigarette rauchte. Sehr zum Missfallen seines Nachbarn Richie, der einen

ungebührlichen Fluch ausstieß und das Fenster seines Wohn-
wagens so laut schloss, dass es als Botschaft verstanden werden
konnte. Franky hatte sich schließlich in den Schlaf gehustet und
schlecht geträumt. Gut nur, dass er die Träume jetzt nicht mehr
erinnerte.

Nun galt es, Ronnie Blischcke aus dem Mobilheim raus-
zukriegen und irgendwie in den Ort Orth zu transportieren.
Mit dem Lastenrad würde das ob der Sperrigkeit des Leichnams nicht gehen. Franky brauchte ein Auto. Am besten einen
Kombi. Aber er hatte kein Auto.

Seufzend setzte er sich auf die Kante der Eckbank, die Klappe
quietschte, und kurz sah es so aus, als hätte Ronnie Blischcke
auf das Quietschen reagiert, als hätte er gezuckt, aber es war
wohl nur ein kleiner gemeiner Streich, den ihm der Occipital-
lappen spielte, jener Bereich des Gehirns, in dem visuelle Reize
verarbeitet wurden.

Mit dem menschlichen Gehirn kannte Franky sich aus. Er
hatte sich Dutzende von Erklär- und Lernvideos auf YouTube
angeschaut. Oft des Nachts, wenn er eigentlich versucht hatte,
den nächsten Hit für sein Idol Frankie zu schreiben. Aber an
»Heu Joe« war keiner seiner Versuche herangekommen. Immer
wenn ihm die Ideen ausgegangen waren, hatte er die Videos an-
geklickt. Ganz besonders faszinierte ihn die Amygdala. Dort
in den dreizehn Kernen des Corpus amygdaloideum hatte die
Angst ihren angestammten Platz. Angst war ein Gefühl, das
Franky schon seit Langem faszinierte. Angst konnte lähmen,
Angst konnte aber auch, wenn man entsprechend mit ihr um-
ging, aktivieren. Franky hatte Angst, dass man ihn erwischen,
des Mordes überführen und anklagen würde, und dann hatte
er eine Idee. Vielleicht auch dank der Angst.

Zwar hatte er kein Auto, aber er hatte einen Schlüssel zum
Bürgerbus, den er ehrenamtlich quer über die Insel steuerte. Der
Bus war kein richtiger Bus, sondern ein alter VW-Bulli, den seine
Besitzerin nach einem Motorschaden beim Bulli-Festival als
Geschenk zurückgelassen hatte. Der Festivalleiter und Franky
hatten die alte Karre wieder flottgemacht, und seitdem freuten

sich viele Fehmarner, dass sie für den Weg zum Einkaufen, zur Chorprobe oder zum Hausarzt eine Alternative hatten.

Franky zwinkerte Ronnie Blischcke zu, deckte ihn wieder mit Teppich Mortum ab und verließ sein Mobilheim. Vor der Tür hielt er inne. Meist schloss er nicht ab, aber heute verlangten die Umstände, Vorsicht walten zu lassen. Gerade als er den Schlüssel ins Schloss steckte, fiel ein Schatten auf den akribisch gepflegten Rasen. Es war Richies Schatten. Richie, der bis zum zweiten Kreuzbandriss in der 2. Bundesliga Basketball gespielt hatte, war zwei Meter elf groß. Sein Schatten war je nach Sonnenstand entsprechend lang. Noch stand die Sonne niedrig. Richies Schatten reichte fast bis an den Hauptweg heran.

»Moin, Franky, hast du was zu verbergen, oder warum schließt du deine Luxusherberge ab?«

Zusammenzucken, den Schlüssel aus dem Zylinderschloss reißen, fluchen, dass der runter- und dummerweise durch den Gitterrost auf den Rasen fiel, geschah, noch bevor Franky, wie ein Grundschüler klingend, »Nein, wieso?« sagte.

»Franky, was bist du denn so nervös? So kenne ich dich ja gar nicht. Hast du eine Leiche versteckt, oder was?« Richie lachte dröhnend und bückte sich. »Schöne Scheiße, so einfach kommst du nicht ran an den Schlüssel. Da brauchst du was zum Angeln. Was Flaches, Langes. Harke geht nicht, die wäre lang genug, aber die Zinken würden sich im Rost verhaken.« Richie hob einen seiner muskulösen Arme. »Moment, ich habe doch den neuen Hochentaster mit dem Multianschluss. Da kann man auch eine Säge anschließen oder dranklicken, oder wie sagt man?«

Richie verschwand. Franky zitterte. »Befestigen«, rief Richie, der unter seinem Wohnwagen nach dem Hochentaster suchte.

Franky verbarg seine Hände hinterm Rücken. Richie kam zurück. Strahlend. »So, mein Lieber. Gut, dass du mich als Nachbarn hast. Das wäre nämlich sonst ein furchtbares Gefummel geworden. Du bist so blass. Krank oder gesoffen?«

Richie ging in die Knie, schob den Hochentaster mit dem sichelförmigen Sägeblatt voran in den Spalt zwischen Gitterrost und Wiese. Er schob und zog und stocherte und kommentierte seinen Erfolg: »Wie ein Dreier, sag ich dir, wie ein Dreier.« Er fischte den Schlüssel von der Säge und hielt ihn Franky hin. Als der nach dem Schlüssel griff, schloss Richie die Hand. »Dafür will ich heute Nachmittag ein Stück von deinem Rhabarberkuchen. Deal?«

»Deal.«

Richie öffnete die Hand. Franky nahm den Schlüssel an sich und ging.

»Alter, was ist mit dir? Könntest schon mal Danke sagen.«

»Danke.«

»Gern geschehen.«

Franky sah Sternchen. So viel Stress war nicht gut für seinen Kreislauf.

Der Bürgerbus stand vorn, nahe der Einfahrt zum Campingplatz. Es war ein freundlicher T3 in Laubfroschgrün, 1980 vom Band gelaufen und noch immer jung. Als Reminiszenz an die Hippie-Tage Fehmarns hatte Franky Blumen auf die Seiten gemalt. Kaum dass er den Parkplatz erreicht hatte, rief jemand seinen Namen. Es war Bille, die gute Seele der Rezeption.

»Moin, du siehst müde aus. Sag mal, weißt du, wo der große Sänger steckt?«

Bille und andere Alteingesessene nannten Frankie Flügge den »großen Sänger« und meinten das keinesfalls ironisch. Sie schätzten Frankie Flügge für seine Leistung und betonten auch ungefragt, dass ihm eine Karriere als Opernsänger offengestanden habe. So rau die Norddeutschen wirken konnten, so liebevoll gingen sie mit denen um, die sie schätzten.

»Keine Ahnung. Ich habe ihn schon seit anderthalb Wochen nicht mehr gesehen. Ich dachte, er sei bei Sandro in Büsum.«

Bille verzog das Gesicht. »Du lebst doch nicht hinterm Mond. Sandro und er. Das war einmal. Blöd. Wir haben doch Sommerfest mit Musik. Da wirst du einspringen müssen.«

»Niemals. Ich bin der einzig wahre Franky. Ich bin der größte Fan von Frankie Flügge, und niemand darf seine Kunst imitieren.«

»Schon gut.« Bille drehte ab.

Franky schloss die Fahrertür auf, startete den überholten Heckmotor, der eine kleine Mimose war, legte den ersten Gang ein und fuhr angemessen langsam über den Hauptweg zu seinem Mobilheim. Er steuerte den Bürgerbus nach links, blinzelte in die Morgensonne über dem Wasser der Ostsee, legte den Rückwärtsgang ein, gab ganz sachte Gas und dirigierte den Bus vorsichtig an die Tür zu seinem Mobilheim heran.

Er stieg aus und schaute nach Richie. Beruhigt stellte er fest, dass Richies Handtuch nicht auf der Leine hing. In geraden Wochen benutzte Richie das schwarz-gelbe Handtuch mit dem Tigerkopf. Bei den Tigers Tübingen hatte er seine beste Spielzeit gehabt und im Durchschnitt achtzehn Komma drei Punkte pro Spiel erzielt. Das hatte er Franky so lange erzählt, bis Franky ihm von seinen Erfolgen beim Minigolf berichtet hatte. Seitdem schwieg Richie fein still. Jetzt war er zur Morgentoilette unterwegs. Das dauerte, weil er im Häuschen auch die Tageszeitung las.

Franky öffnete die Schiebetür an der linken Fahrzeugseite. Ein Rundumblick. Niemand zu sehen. Der Teppich Mortum mit Ronnie Blischcke lag zwischen Waschbecken und Sitzgruppe. Franky fasste den Teppich, zog und freute sich, dass er im Küchenbereich Linoleumboden verlegt hatte. So rutschte der Teppich leicht und zügig.

Zwischen Tür und Bus galt es, einen kleinen Höhenunterschied und eine Distanz von einem knappen Meter zu überwinden. Franky dachte an das Schalbrett von gestern Nacht, das leider im Schuppen neben dem Leuchtturm lag. Er entschied sich, zwei Sitzpolster in die Lücke zu legen und mit der Reservefolie für das Frühbeet als Gleithilfe abzudecken. Der Plan entlockte Franky ein zufriedenes Lächeln. Langsam bekam er Übung im Transport verblichener Journalisten. Auch nur ein Handwerk, dachte er und zog Mortum und Ronnie in einer fließenden Bewegung in den Bus. Passte perfekt, weil Franky die rückwärtige, umklappbare Bank ausgebaut und gegen zwei Einzelsitze ausgetauscht hatte, sodass Ronnie nun in der Mitte des Fahrzeugs zu liegen kam.

Das lief gut, dachte Franky, fast zu gut. Man soll ja nichts beschreien. In Situationen großer Bedrängnis griff Franky gern auf Volks- und/oder Binsenweisheiten zurück. Sie gaben Halt, waren ein bisschen so wie die Liturgie in den Gottesdiensten seiner Kindheit, die er heimlich mit den Eltern seines Freundes Jörn besucht hatte.

Jetzt nur nicht den Kopf verlieren, sagte er sich, zog gekonnt die Schiebetür zu, schloss die Tür zu seinem Mobilheim, bestieg den Bürgerbus, startete den Motor und fuhr langsam von der Parzelle rauf auf den Hauptweg, als Grete Hansen wie aus dem Nichts vor ihm erschien. Grete Hansen war klein, aber so klein nun auch wieder nicht, dass er sie hätte übersehen können. Grete Hansen war freundlich, und sie war seit ein paar Monaten ein bisschen verwirrt. Nicht immer, aber Franky hatte sie schon zweimal aus dem U-Boot geholt, das man als Touristenattraktion aus seinem natürlichen Element an Land gehievt hatte. Grete Hansen hatte in der winzigen Kombüse gestanden und »*We all live in a yellow submarine*« gesungen. Es hatte lange gedauert, sie aus dem Boot herauszuquatschen, weil sie behauptete, Ringo Starr käme gleich zum Essen.

»Moin, Franky, ich muss zum Doktor. Mach mal auf.«

»Grete, is schlecht heute. Der Bus muss in die Werkstatt.«

»Ich auch, mach auf jetzt.« Sie stand neben der Schiebetür und klopfte ans Blech. Franky stieg aus, griff nach Gretes Arm. »Hast du denn die Versichertenkarte dabei?«

Grete nickte und zeigte Franky den Ausweis der Videothek, die vor zwanzig Jahren geschlossen hatte.

»Gut, dann komm mal mit. Heute darfst du vorne mitfahren.«

Grete Hansen strahlte, wie nur Grete Hansen strahlen konnte. Die Augen hell, wach und blau wie der Himmel über der Sonneninsel, und Gretes Mund, der größer war als der Durchschnittsmund deutscher Frauen, erweckte den Eindruck, er könne Kontakt zu den Ohren herstellen, wenn Grete nur wollte.

»Bei dir auf dem Kutschbock. Mensch, Franky, du hast ein goldenes Herz.«

Der Höhenunterschied zwischen dem Bankett des Haupt-
wegs und dem Bodenblech des Bullis war für Grete nicht zu
überwinden. Franky stellte die Einstiegshilfe vor Grete ab,
reichte ihr eine Hand und war überrascht, wie fest der Griff
der alten Dame war. Grete nahm Platz, Franky schloss die Tür.
Als er sich hinters Lenkrad setzte, stimmte Grete »Hoch auf
dem gelben Wagen« an. Franky fiel bei »lustig schmettert das
Horn« in den Gesang ein. Beide waren textfest und sangen das
Volkslied, vor dem auch ein deutscher Außenminister nicht
haltgemacht hatte. Als Franky den Bus um die St.-Johannis-
Kirche in Petersdorf herumsteuerte und wenig später vor der
hausärztlichen Praxis hielt, waren Gretes Wangen leicht gerötet.

»Ich könnte ewig weiterfahren«, urteilte sie über Frankys
Transfer. Dann fiel ihr der Ausweis der Videothek aus der linken Hand. Sie drehte sich nach hinten um und sagte: »Oh, du
hast auch den schönen Mortum-Teppich. Ich habe den schon
lange bei mir im Vorzelt liegen. Aber du musst deinen mal waschen. Da sind ja Flecken.« Sie reckte den Kopf. »Sieht aus wie
Schaschliksoße oder Blut.«

Franky wäre fast das Herz stehen geblieben. Aber Grete ließ
ab vom gefährlichen Thema. »Blutabnehmen ist heute dran.
Mir macht das ja nichts. Mein Mann, der Theo, der hatte ja
Rollvenen. Ein Drama war das.«

»Warte, ich stell dir rasch den Tritt hin.«

Franky eilte zur Beifahrertür, reichte Grete die Hand, winkte
einer der Mitarbeiterinnen des allseits beliebten Doktors, die
das Fenster des Wartezimmers zum allmorgendlichen Lüften
öffnete, griff nach der Einstiegshilfe und begann, an seinem
Verstand zu zweifeln, als er sich diese selbst vor die Fahrertür
stellte.

Keine drei Minuten später verließ der Bürgerbus Petersdorf
in südwestliche Richtung, und Franky lachte hysterisch, als er
endlich den Orther Hafen sah, tief eingeschnitten ins Insel-
land. Er hielt sich rechts, vorbei am Hafenimbiss, in dem sein
Frankie schon manches Autogramm geschrieben hatte. Vorbei
am Kaiser-Wilhelm-Denkmal, auf dessen Stufen er einst seine

Liebe gestanden und sogleich wieder verloren hatte. Dann erreichte er die »Hallodri 2«. Ein offenes Holzboot, das er einem Fischer abgekauft hatte, nachdem dieser sein offenes Bein verloren hatte. Seinen Liegeplatz, den drittletzten vor der Hafeneinfahrt, verdankte er dem Umstand, dass der Einbeinige der Bruder des Hafenmeisters gewesen war. Inzwischen bedeckte beide das grüne Gras. Der Tod, so schien es Franky, war heute sein treuer Begleiter.

Neben seiner »Hallodri 2« lag die Segelyacht eines Fehmarnliebhabers aus München, dem der Name seines Holzkahns gefiel. Franky wusste, dass er nicht auf der Insel war. Am Wochenende traf sich der Formel-1-Zirkus in Monaco. Ulli, ein Bayer, wie man ihn sich vorstellte, verpasste kein Rennen. Er kannte viele der Piloten persönlich, denn auf seine Fahreranzüge schwor die internationale Rennelite über Markengrenzen hinweg.

Franky parkte direkt an der Hafenkante. Bevor er ausstieg, peilte er die Lage. Kein Mensch zu sehen. Er war trotz des Umwegs, den er für Grete gefahren war, früh genug dran. Er sprang ins Boot, schlug die große Plane zur Seite, unter der die Fischkisten standen, schob diese nach Backbord hinüber, kletterte nach oben, öffnete die Schiebetür, warf einen letzten prüfenden Blick in die Runde, und dann zog er Teppich Mortum samt Inhalt ans Licht. Teppich und Leichnam kamen gut zu liegen, genau parallel zum Boot.

In jenem entscheidenden Moment, in dem Franky ins Boot hintersteigen wollte, öffnete sich die Salontür von Ullis Segelyacht, und Ulli erschien, wie ihn die Natur geschaffen hatte. Franky gab Mortum einen Stoß. Mortum rollte, absolvierte eine Umdrehung, öffnete sich, gab Ronnie Blischcke frei und entließ ihn ins Wasser des Hafenbeckens.

Ulli drehte sich um, sah Franky und rief: »Franky, du Hallodri, magst eine Brezen und ein Weißbier zum Frühstück?«

Klinisch rein

Sandro Hackmann schlief gern lange. Aber dieser komische Kauz vom Landeskriminalamt hatte ihn für fünf Uhr, also mitten in der Nacht, einbestellt. Er werde bei der Suche nach dem »Leckerchen«, wie er das aus Mett geformte Kunstwerk »Hackfresse« nannte, gern helfen, hatte er gesagt. Er tue das wegen Marie. Aber Schnaps sei Schnaps, und Dienst sei Dienst. Innerlich hatte Sandro Hackmann bereits ein Phrasenschwein aufgestellt. Elmar, der Mann vom LKA, hatte bereits vor dem Eingang zur NordArt gewartet, als Sandro pünktlich um fünf Uhr eingetroffen war. Jetzt schnüffelte, fummelte und wedelte er sich seit drei Stunden durch die Ausstellung, die gleich ihre Tore öffnen würde.

Sandro Hackmann schwitzte. Das lag am Sommer, es lag am Chaos, das über ihn hereingebrochen war, es lag aber auch an der Zahl jener Menschen, die darauf warteten, das Gelände der NordArt betreten zu dürfen. Er sah sie auf den Überwachungsmonitoren im Büro. Hierher hatte sich Elmar inzwischen vorgearbeitet. Worin man ihn übertreffen konnte, wusste Sandro nicht, an Sorgfalt sicher nicht.

Jetzt kniete er sicher schon dreißig Minuten vor, neben und hinter dem Drucker.

»Die Spurenlage rund um die Drucker der Republik ist dicht und wird für gewöhnlich unterschätzt«, kommentierte er das sekündliche Aufleuchten des Blitzes einer Fotokamera mit Wechselobjektiven. Nur Festbrennweiten. Allein das Wechseln der Objektive dauerte stets anderthalb Minuten. Mindestens.

Sandro spürte, dass er die Grenzen seiner Geduld erreichte. Sollte kein Durchbruch erzielt werden, wäre er am Ende seiner noch jungen Karriere angelangt. Doch damit nicht genug. Frankie, dem er den Laufpass gegeben hatte, blieb nach wie vor unauffindbar. Allerdings, das war ein Hoffnungsschimmer, hatte dieser schmierige Journalist und Erpresser Ronnie Blischcke klipp und klar gesagt, er könne Frankie zurückbringen.

Als Sandro Hackmann über Marie die Polizei auf Blischcke

angesetzt hatte, hatte er wohlweislich verschwiegen, dass der ihn erpressen wollte. Aber Sandro hatte auch selbst herauszu-finden versucht, von wo sich Ronnie Blischcke gemeldet hatte, und er hatte es herausgefunden.

Als er und Frankie noch ein Paar gewesen waren, hatte Fran-kie in einer schwachen Stunde von Peter erzählt, einem Pastor, dem er sich anvertraute, wenn er Rat in den großen Fragen des Lebens brauchte. Mehr hatte Frankie damals nicht preisgegeben. Aber Sandro Hackmann war nicht mit dem Klammerbeutel gepudert gewesen. Er hatte eins und eins zusammengezählt, also Frankies Hit »Heu Joe«, den Ort der Inspiration und die zahlreichen Hotelrechnungen, die er seinerzeit auf Frankies Nachttisch gefunden hatte. Ein Hotel auf Fehmarn, an dessen Namen er sich erinnert hatte. Dort hatte er angerufen und nach Peter, dem Pastor, gefragt. Die freundliche Dame von der Re-zeption hatte sich dezent, wie es ihr Job verlangte, zunächst nach Sandros Anliegen erkundigt. Als dieser schniefend zu Protokoll gegeben hatte, er würde sich gern von Peter trauen lassen, weil dieser dereinst auch seine Mutter selig getraut habe, war die Dame gleich schwach geworden und hatte ihn an Gudrun, die Chefin des »Hafenkrugs«, verwiesen.

Diese hatte Sandro am Telefon mit der dreisten, aber bewähr-ten »Ich-bin's-und-ich-kenn-sie-alle«-Methode überrumpelt. »Moin, Sandro hier, Peter da?«, hatte er gefragt, ohne weitere Erklärungen abzugeben, und er hatte Glück gehabt. Gudrun war mit dem Mobilteil aus der Küche in den Schankraum ge-laufen und hatte das Telefon weitergereicht. Er hatte erfahren, dass Frankie zuletzt auf dem Campingplatz am Flügger Strand untergekommen war.

Heute, endlich, würde er nach all dem Terminstress, nach all den Abendeinladungen Gelegenheit haben, nach Fehmarn zu fahren. Wenn er daran dachte, vielleicht schon bald vor Frankie zu stehen, schwitzte er noch mehr. Sosehr er sich ein Leben ohne ihn gewünscht hatte, so sehr hatte er jetzt gespürt, dass er ihn zurückwollte. Die Polizei mauerte nach wie vor, und Sandro hatte das Gefühl, man würde ihn nicht ernst nehmen.

»Haben Sie denn etwas Verdächtiges gefunden?«, sprach Sandro nun den knienden Kriminaltechniker an.

»Welch eine Frage. Wir Forensiker finden selbstverständlich immer was. Auch Sie, selbst ein blindes Huhn würde etwas finden. Die Kunst besteht darin, zu wissen, wonach man sucht, und die hohe Kunst besteht darin, richtig zu interpretieren, was wir unter dem Mikroskop, was wir im Erlenmeyerkolben oder im Spektrometer sehen. Die Auswertung und die Analyse machen aus unseren Funden Erkenntnisse, die die Ermittlungen wesentlich nach vorn treiben können.«

Sandro sparte sich eine Nachfrage zur Untersuchung des Druckers und seines näheren Umfelds. Er würde mit der möglichen Antwort sowieso nichts anfangen können. »Und das Tablett? Irgendwelche Spuren, die auf den Täter hindeuten?«

Elmar richtete sich auf, stützte sich am Tisch ab, drückte sich ächzend in die Höhe und setzte sich auf den Bürostuhl, der unter der Last des Mannes quietschte.

»Ich sage ja immer: Folge der Spur des Geldes. Die Spur im Fall Mettigel riecht allerdings nach Zwiebeln.« Elmar kicherte, wie in Sandros Erinnerung einst Catweazle aus der gleichnamigen Fernsehserie gekichert hatte.

»Aber mal ganz im Ernst, junger Mann. Ich kenne mich mit dem Kunstmarkt ja nicht so aus. Bei mir hängt der röhrende Hirsch meiner Oma über dem Sofa. Das ändert jedoch nichts an der Gier der Menschen. Goldbarren, Drogen oder Mettigel. Am Ende geht es doch immer nur um Macht und Kohle. Das müssen Sie sich merken, junger Mann.«

Sandro Hackmann dachte an Konrad Mahrburg. Nicht auszuschließen, dass hinter dem Verschwinden der »Hackfresse« solche Gestalten wie Mahrburg steckten oder gar Mahrburg selbst. Dem Künstler hatte Sandro noch nicht berichtet, dass sein Werk verschwunden war.

Elmar winkte ihn zu sich heran und zeigte ihm auf dem Display seines Smartphones ein Diagramm, mit dem Sandro nichts anfangen konnte.

»Sehen Sie? Perfekt gespült. Außerdem: keine Fingerspuren.

Wer auch immer das Tablett angefasst hat, er hat Handschuhe getragen.«

Sandro dachte an den wertvollsten Mettigel der Welt und zwang sich, nicht hysterisch zu lachen.

Keine zwanzig Meter jenseits der Verzweiflung zeigte sich die Kunst des norddeutschen Pragmatismus in unverstellter Schönheit. Eine der Servicemitarbeiterinnen hatte Wind davon bekommen, dass die Mettorgie vom Vortag für schlimmste Verwicklungen gesorgt hatte. Nun wollte es der Zufall, dass die Schwägerin eine Landschlachterei in Tetenhusen betrieb. Deren Mann, also der Bruder der fraglichen Servicemitarbeiterin, war Schweinemäster. Einen Mettigel nach Vorlage herzustellen, schließlich war das schmackhafte Kunststück ausgiebig fotografiert worden, stellte keine echte Herausforderung dar.

Um weiteren Ärger zu vermeiden, hatten sich die Mettbrötchenfreunde rasch darauf geeinigt, der NordArt einen Nachfolger für die »Hackfresse« zu spenden. Im Dunkel der vergangenen Nacht hatte man den neuen Mettigel nach Büdelsdorf geschafft, war aber von einem Fahrzeug mit der Aufschrift »Kriminaltechnik« überrascht worden. Nun wartete »Hackfresse reloaded« im Transporter der Schlachterei, um in einem unbeobachteten Moment an die Stelle des Vorgängers geschafft zu werden. Sobald der Kurator und der Mann von der KTU verschwunden waren, sollte das Wunder von Büdelsdorf geschehen.

Ein Bayer auf hoher See

Der einzig wahre Franky schaute Ulli direkt in die Augen. Er erkannte die Brisanz der Lage und reagierte, wie nur erfahrene Bühnenkünstler und deren langjährige Beobachter reagieren. Er improvisierte.

»Eine Brotzeit? Ja mei, kommt mir gerade recht, jetzt, wo mir der damische Teppich ins Wasser gefallen ist.«

»Loss des besser mit dem Bairisch. I versuch's a net mit Preißisch oder gar mit Platt.«

Ulli klang jovial, aber es entging Franky nicht, dass er misstrauisch war und glaubte, eine verstörende Beobachtung gemacht zu haben. Den Kopf hatte er leicht schräg gelegt, die Lippen kaum sichtbar gespitzt. Doch bevor er zu der von Franky befürchteten Frage nach dem Inhalt des Teppichs anheben konnte, geschah, was Frankys Oma stets als Erkenntnis ihres Lebens vorgetragen hatte, wenn es mal eng wurde: »Wenn du denkst, es geht nicht mehr, kommt von irgendwo ein Lichtlein her.«

Das Lichtlein machte seinem verkleinernden Namen alle Ehre. Tatsächlich war der selbst ernannte »Fachmann für Bootsmotoren aller Art« nicht die hellste Kerze auf der Mechanikertorte der schönen Insel. Aber für Franky war es, als ginge mit seinem Erscheinen die Sonne auf. Ulli und Franky hörten ihn, bevor sie ihn sahen. Er näherte sich vom Hafenimbiss kommend und sorgte dafür, dass sein altersschwacher Sechszylinder amerikanischer Provenienz klang, als stünde ein Rennen auf dem Indianapolis Motor Speedway unmittelbar bevor.

Kaum jemand wusste, wie der Fachmann hieß. Alle nannten ihn nur »WD40«, weil er das gleichnamige Allzweckspray auf alles sprühte, was sich nicht bei drei mit einem Vierzehner-Schlüssel lösen ließ. Des Fachmanns zweites Omnitool war Lassoband, mit dem er umschlang, was klapperte oder leckte.

Scheppernd warf er die Tür des ehemals hellblauen Pick-ups zu, hob den linken Zeigefinger kurz in Frankys Richtung und steuerte sodann zielsicher auf Ulli zu.

»Ulli, du alte Pfeife. Ich hab jetzt dein Ersatzteil.« Stolz wedelte er mit etwas Biegsamem in der Luft herum, das Franky nicht erkennen konnte. »Die neue Dichtung, du kleiner Traumtänzer. Mach schon mal die Klappe auf, du musst mir assistieren. Ich hab ja nicht ewig Zeit, du Pflaume.«

Ihm gingen unvermittelt die treffenden Bezeichnungen aus. Der Fachmann trat stets so auf, dass sich der Eindruck von Weltrettung aufdrängte. Heute war Franky gewillt, ganz fest an den segensreichen Einsatz von WD40 zu glauben. Ulli starrte WD40 an, öffnete und schloss den Mund wieder, als dieser das Wedeln fortsetzte, und trollte sich zum Heck in Richtung Motor.

Frankys Herz schlug Purzelbäume. Wen WD40 einmal als Handlanger in seinen Fängen hatte, den entließ er nicht mehr so rasch. Mit Daumen und Zeigefinger massierte Franky die Sorgenfalte auf seiner Stirn. Teppich Mortum und die Leiche lagen zwischen dem Rumpf seines Bootes und der Kaimauer. Den Teppich konnte er sehen, den menschlichen Körper des bedauernswerten Ronnie Blischcke nicht.

Das Hafenbecken war gerade so tief, dass hier auch die größeren Yachten festmachen konnten. Franky war vor ein paar Jahren mit entsprechender Ausrüstung abgetaucht und hatte seinen Schlüsselbund erfolgreich geborgen. Auch wenn der Tote bis auf den Grund gesunken war, würde er ihn zu fassen bekommen. Aber ohne fremde Hilfe konnte es keinesfalls gelingen, den Körper an Bord zu hieven. Eine Badeplattform hatte die »Hallodri 2« selbstverständlich nicht.

Sein Blick fiel auf das Tauwerk an Deck, und jetzt wusste er, wie er Ronnie Blischcke ungesehen aus dem Hafen bringen würde. Franky machte einen großen Schritt, nicht nur an Bord seines Bootes, sondern auch in Richtung Freiheit. Hätte er Ronnie erst draußen in der Ostsee versenkt, bliebe dem Auge des Gesetzes die unglückliche Verkettung ebensolcher Umstände dauerhaft verborgen. Kein toter Ronnie, kein Motiv, keine Beziehung, keine Spuren, keine Ermittlungen.

Mit kleinen, die Fettpölsterchen auf den Hüften überwindenden Bewegungen streifte Franky die Hose ab, die vorgab, eine Jeans zu sein, und doch nur eine Jogginghose war. Dann entledigte er sich seines T-Shirts mit vor dem Bauch überkreuzten Armen, so wie es für gewöhnlich nur Frauen taten. Aber war er gewöhnlich? Sicher nicht. Auf dem T-Shirt war zu lesen: »Der einzig wahre Franky«. Sein Bekenntnis trug er stets auf nackter Haut.

Franky ging hinüber zum Heck, das vor möglichen Blicken von Ulli oder WD40 durch den kleinen Aufbau verdeckt war. Er setzte sich neben die Ruderpinne, schwang beide Beine über den Heckspiegel, stemmte sich mit den Armen über die Bordwand und ließ sich ins Wasser gleiten. Eine geübte Bewegung, bei der er sich vor Jahren eine schlecht heilende Schürfwunde am Rücken zugezogen hatte. Inzwischen ging er rechtzeitig ins Hohlkreuz. Mit der rechten Hand hatte er einen Tampen umfasst, den er zuvor an einer Klampe sorgfältig verknotet hatte. Das Wasser umschmeichelte ihn weich. Die Temperatur war, wie Franky sie mochte, frisch, doch nicht zu kalt.

Wassertretend drehte er den Kopf nach rechts hinüber zur Ostseite des Hafenbeckens. Noch immer herrschte dort die Ruhe vor dem Sturm. Keine Menschenseele weit und breit. Er orientierte sich nun mit kurzen Schwimmbewegungen der Arme zur Steuerbordseite, mit der die »Hallodri 2« an der Hafenmauer lag. Teppich Mortum, mit Wasser vollgesogen, klemmte mit der gesamten Längsseite zwischen einem Fender und dem rissigen Beton der Mauer. Franky war nicht sicher, ob er den Teppich absaufen lassen sollte. Es war nicht auszuschließen, dass er wieder auftauchte, dass Fragen gestellt würden, dass Ulli aufmerksam wurde. Allerdings war der Teppich nun so schwer, dass er ihn kaum bewegen konnte.

Franky zog sein Tauchermesser aus der Scheide, mit deren Klettbändern es an seinem rechten Oberschenkel befestigt war, schob die beidseitig geschliffene Klinge durch das dichte Material von Mortum, sodass ein Schlitz entstand, und fädelte den Tampen hindurch, den er inzwischen mit der linken Hand hielt. Wie an einer Perlenkette aufgereiht würde er Mortum und Ronnie hinter sich herziehen.

Ohne zu zögern, atmete Franky tief ein und tauchte am Heck mit den Armen voran kerzengerade nach unten. Er trug keine Taucherbrille, die Sicht war schlecht, doch gelangten Sonnenstrahlen bis in eine Tiefe von ungefähr zwei Metern. Er sah schemenhaft die Umrisse eines menschlichen Körpers, die Umrisse von Ronnie Blischcke, dessen linkes Bein sich hinter einer rostigen Treppensprosse verfangen hatte.

Auftauchen, die Lungen neu mit Luft füllen, entscheiden, dass zunächst Ronnies Bein befreit werden musste. Franky war, was man »im Flow« nannte. Erneut näherte er sich unter Wasser dem Körper des toten Mannes, der sich in der leichten Dünung sanft hin und her bewegte. Als er am Bein von Ronnie Blischcke zog, rutschte dessen Fuß aus dem Schuh. Der Schuh hielt sich für einen kurzen Moment an der Sprosse, aber als Franky nach ihm griff, glitt er mit dem Absatz voran ins dunkle Wasser. Franky sah vor seinem geistigen Auge Polizeitaucher, stieß sich von einer der Sprossen ab und erreichte die Wasseroberfläche atemlos.

Die Vorstellung, dass nach ihm als Mörder gesucht werden könnte, trieb Schauer über seinen Rücken. Er war kein Mörder, es war ein Unfall gewesen. Sollte er sich der Polizei anvertrauen, sich also stellen? Was, wenn ihn ein Richter zu einer Freiheitsstrafe verurteilen würde? Was man im Knast mit Typen wie ihm machte, hatte er oft gehört und in Filmen gesehen.

Franky bemerkte, dass er den Tampen verloren hatte. Er griff nach dem Teppich, erwischte das Seil und machte zwei kräftige Armzüge, um Ronnies Körper zu erreichen. Ronnie hatte sich gedreht. Unvermittelt schaute Franky in das bleiche Gesicht des Mannes, erschrak und atmete Wasser ein. Hustend kam er erneut nach oben, hielt die Hand mit dem Tampen vor seinen Mund. Nicht, dass Ulli oder WD40 ihn hörten. Husten, atmen, beruhigen. Sicher waren inzwischen fünf Minuten vergangen.

Franky hörte WD40 fluchen. Ruckartig presste er mehrfach Luft und letztes Wasser aus den Lungenflügeln, beugte den Oberkörper nach vorn und tauchte ab zu Ronnie Blischcke. Nun war er auf den Anblick vorbereitet, schob den Tampen unter dem Gürtel des Mannes hindurch und knotete ihn unter dessen Armen zusammen. Nachdem er aufgetaucht war, schwamm er um das Heck der »Hallodri 2« herum und hielt Ausschau nach Ulli.

Die Geräuschkulisse klappernder Werkzeuge sprach dafür, dass die beiden Männer noch beschäftigt waren. Franky wollte auf Nummer sicher gehen, Ronnie Blischcke auf keinen Fall unterwegs verlieren. Unter Umständen könnte es passieren, dass die Schlaufe über die Schultern rutschte. Er würde die Arme mit einem kürzeren Stück Tampen zwischen den Beinen des

Toten zusammenbinden. Franky wusste, dass eine aufgeschossene Leine an Backbord lag. Vielleicht konnte er sie erreichen, ohne das Wasser verlassen zu müssen.

Er umklammerte die Bordwand an ihrer niedrigsten Stelle, zog sich, so gut er konnte, mit beiden Armen nach oben, ließ die linke Hand los und erwischte die Leine gleich beim ersten Versuch. Mit dem Tauchermesser trennte er ein etwa anderthalb Meter langes Stück ab. Als Franky das Heck seines Fischerbootes erreichte, landete eine Möwe auf der Kaimauer und sah ihn mit stechendem Blick aus weiten Pupillen an. Sie drehte den Kopf, schien ihn zu taxieren, und Franky dachte an eine hinter ihrem erhöhten Tisch thronende Richterin.

Er tauchte, band die Hände des Toten zusammen, wie er es geplant hatte. Wieder zurück an Licht und Luft, galt sein erster Blick der Möwe, die an der Kaikante verharrte und ihn fixierte.

Franky schüttelte sich und kletterte über die kleine Badeleiter an Bord. Seine Füße hinterließen Spuren auf den trockenen Planken. Gebückt schlüpfte er in die winzige Kabine, angelte ein Handtuch vom schmalen Bord und rieb sich mit raschen, kurzen Bewegungen die Haare trocken. Das Gefühl des baldigen Ertapptwerdens wurde immer stärker. Er spürte, dass sein Herz bis zum Hals schlug. Fahrig ordnete er seine Haare, indem er mit den Fingern durch sie hindurchfuhr. Er streifte das T-Shirt über die kalte Haut. Der von der Sonne erwärmte Stoff fühlte sich gut an, beruhigte ihn gar für einen Moment. Jetzt galt es, die Zeit zu nutzen, in der Ulli mit Reparaturarbeiten beschäftigt war.

Franky machte die »Hallodri 2« los, startete den Motor und setzte sich an die Ruderpinne. Kaum dass er abgelegt hatte, erschien Ulli und schaute ihn fragend an.

»Die Brezen«, rief Franky ihm zu. »Habe ich nicht vergessen. Ich hole nur rasch die Reusen rein, dann komme ich zu dir. Halbe Stunde. Grüß WD40.«

Ulli nickte und strahlte vor allem Misstrauen aus. Er war ein kreativer Unternehmer, ein interessierter, man konnte auch sagen: neugieriger Mensch. Hoffentlich hielt ihn die Reparatur noch eine Weile auf.

Franky spürte den Widerstand, den Mortum und der Körper von Ronnie Blischcke unter Wasser erzeugten. Er musste den Kurs korrigieren, um nicht gegen die steuerbordseitige Begrenzung der Hafenausfahrt zu stoßen. Kaum hatte er den Hafen verlassen, gab er Gas. Die Fahrrinne führte schnurgerade an der Landzunge vorbei in südliche Richtung. Franky wusste um all die Fahrzeuge, die hier täglich zwischen Heiligenhafen, Burgtiefe auf Fehmarn, zwischen Kühlungsborn und Laboe unterwegs waren. Er legte die Pinne um und steuerte einen nordwestlichen Kurs hinaus in weniger stark frequentierte Gewässer.

Das gleichmäßige Brummen des Motors half ihm dabei, seine Gedanken zu sortieren. Er hatte, bei Licht betrachtet, den Tod eines Menschen zu verantworten. Aber war es nicht die böse Absicht, die zählte? Es war ein Unfall gewesen. Schuldig im Sinne einer moralischen Schuld fühlte er sich nicht, und von Juristen hatte er noch nie eine hohe Meinung gehabt. Er spürte eine mentale Unausgeglichenheit. Im Schapp gleich rechts unter der Bank stand für Fälle wie diesen eine Flasche Rum von Braasch in Flensburg.

Zuletzt hatte er Trost im Black Cane, den er wegen seiner Süße mochte, gefunden, als Frankie seine Tournee über die Ostfriesischen Inseln abgesagt hatte. Die Flasche war noch gut halb voll, eine Dreiviertelstunde später stellte er sie leer zurück. Die Flasche kostete knapp sechzig Euro. Eine neue würde er sich so rasch nicht leisten können. Im Kopf hatte sich eine angenehme Wattigkeit breitgemacht.

Gut zwanzig Kilometer querab von Fehmarn, nördlich der Route von Kiel nach Klaipeda, stoppte Franky den Motor und hielt Ausschau. Die Fähre näherte sich von Kiel kommend, aber selbst wenn ihn und die »Hallodri 2« jemand durch ein Fernglas beobachtete – Verdacht würde niemand schöpfen. Er war ein einsamer Fischer, der mit den Reusen beschäftigt war.

Ein Blick auf das Echolot zeigte beruhigende achtzehn Meter dreißig. Tief genug für die Leiche. Franky wandte sich zur Backbordseite. Dort lagerte er zwei jeweils gut zwanzig Kilo schwere Gewichte aus Eisen. Sie hatten annähernd die Form eines Zylinders. Oben war eine Öse angeschweißt worden. Der Vorbesitzer der »Hallodri 2« hatte einige Jahre in den Norfolk Broads im Südosten Englands verbracht. Dort hatte er Boote vermietet, die mit diesen sogenannten Mud Weights als Ankerersatz ausgerüstet waren. Zum Abschied hatten ihm Freunde die Gewichte ins Auto gelegt, damit er wisse, wo er jederzeit wieder vor Anker gehen könne. Eine romantische Geschichte, die der ehemalige »Hallodri«-Besitzer bestimmt zehn Mal erzählt hatte. Jetzt endlich käme eines der Gewichte zum Einsatz.

Franky griff nach dem Tampen, an dessen anderem Ende Mortum und Ronnie Blischcke hingen. Langsam, Hand über Hand, holte er die Last ein. Nur zur Kontrolle, wie er sich selbst sagte. Mortum erschien. Das Wasser glänzte im Sonnenlicht auf seinen Fasern aus Kokos und Baumwolle. Franky schob den Teppich beiseite, und Ronnie Blischckes Rücken durchbrach die beinahe spiegelglatte Wasseroberfläche. Ronnies Kopf war nach vorn auf die Brust gesunken. Sein Haar, nass, wie es war, wirkte licht. Die Schlaufe, die Franky mit dem Tampen um Ronnies Brust gelegt hatte, hielt ihn sicher.

Franky lehnte sich über die Bordwand und versuchte, das Ende des Tampens zu erwischen, mit dem er Ronnies Hände zusammengebunden hatte. Das gelang nicht, beinahe hätte er das Gleichgewicht verloren. Der Rum? Vielleicht. Franky hatte vergessen, die Rettungsweste anzuziehen. Das holte er jetzt nach. Wer hier über Bord ging, war so gut wie tot. Aber ein Toter reichte ja.

Nachdem Franky die Weste angelegt hatte, betrachtete er Mortum und Ronnie, wie sie einträchtig neben- und teilweise übereinander in der Ostsee dümpelten. Franky lachte kurz über sich selbst. Er konnte doch der Einfachheit halber das an Bord befindliche Tampenende mit dem Mud Weight verbinden. Hauptsache, Ronnie und Mortum sanken sicher auf den Grund. Er fasste das Gewicht an der Öse, löste den Tampen von der Klampe und knotete ihn am Gewicht mit dem »König der Knoten«, einem Palstek, fest.

In diesem Moment, dem Moment des Loslassens, des end-gültigen Abschiednehmens von Ronnie, aber auch von Mortum, erschien im rechten Gesichtsfeld von Franky überraschend und völlig geräuschlos der weiße Rumpf eines Schiffes. Das konnte nicht sein. Das durfte vor allem nicht sein. Aber das Surren des Bugstrahlruders ließ keinen Zweifel. Das Schiff aus dem Nichts ging längsseits. Es war Ullis Schiff. Ulli hatte ihn verfolgt, und er hatte nichts gemerkt. Franky verfluchte den Rum.

Ullis Schiff hieß »Bavaria«, und den Bug zierte eine stilisierte Darstellung der Bavaria, wie sie als Kolossalfigur vor der Ruh-meshalle in München zu beeindrucken wusste. Jetzt befand sich die »Bavaria« ungefähr auf Augenhöhe mit Franky. Er griff nach der Flasche. Einen kleinen Rest konnte er noch rausschlürfen, dann ließ ihn der Rum mit der Realität allein.

Für Franky war die Bavaria zu einer weiblichen Sehnsuchts-figur geworden, war sie doch auf einer Briefmarke zu sehen, die die Deutsche Post anlässlich der Olympischen Spiele 1972 her-ausgegeben hatte. Wer auf einer Briefmarke abgebildet wurde, hatte für den jungen Franky in den Olymp der Anbetungswür-digen gehört, wie sein Opa die Heldinnen und Helden seiner Kindheit genannt hatte. Franky hatte die Marke im Verbund mit anderen Marken auf einem Flohmarkt in Kiel gekauft und sich gleich in Bavaria verliebt. Der Lorbeerkranz, den sie in den blauen Himmel des Freistaats reckte, der Löwe zu ihren Füßen. Lange hatte Franky nach einer Frau gesucht, die ein Gewand wie Bavaria trug. Schulterfrei, bodenlang. Verhüllend und ver-lockend gleichermaßen. Später, nach vergeblicher Suche, war zunächst Cornelia Froboess an die Stelle der Bavaria getreten. Dann hatte Franky Frankie kennengelernt, und die Kraft seiner Verehrung war endlich auf einen Leibhaftigen getroffen, dem er tatsächlich nahe sein konnte. Als Atheist, zu dem er erzogen worden war, hatte er in Frankie endlich eine Figur gefunden, die Halt und Orientierung bot.

Ulli stemmte die Arme in die Hüften. Aber nur kurz. Das Schiff krängte, und Ulli griff nach der Reling. Die Fähre nach Klaipeda sorgte für sanften Wellengang.

»Mein Liaber«, setzte er zu einer seiner auch auf Fehmarn gefürchteten Kabinenpredigten an: »I hob g'sehen, wos i g'sehen hob.« Ulli drehte den Oberkörper nach Backbord und deutete mit dem freien Arm hinaus aufs Wasser der Ostsee. Den Rücken seines Bayerntrikots zierte ein Flockdruck. Unter dem Namen seines Lieblingsspielers »Uli mit einem l« prangte die Rückennummer »10«. Franky wusste, wer gemeint war, aber mit Fußball hatte er noch nie etwas im Sinn gehabt.

Ulli mit zwei l brachte seinen Oberkörper zurück in die Ausgangsposition, ließ die Reling los, öffnete in einer Geste des Bedauerns die Arme und kündigte freimütig an, dass er nun wohl mal die Polizei anrufen werde. Er schaute mit für Weitsichtige typisch eingezogenem Kinn auf sein Smartphone. Franky blieb keine Wahl. Die Spitze des Bootshakens traf Ulli wenige Zentimeter oberhalb der Nasenwurzel.

Franky hatte Mathematik gemocht. Funktionen konnten Entwicklungen erklären, sodass er sie gut verstand. Jetzt verstand er, dass er die Zahl der zu entsorgenden Leichen eben verdoppelt hatte. Vor seinem geistigen Auge entstand eine lineare Funktion. Für eine Sekunde der Teilnahmslosigkeit malte er sich aus, was das für die Bevölkerungszahl auf Fehmarn bedeuten würde, ginge es so weiter. Dann fühlte er glasklar, dass von Linearität keinesfalls die Rede sein konnte. Seine Probleme waren durch den gewaltsam herbeigeführten Tod von Ulli exponentiell gewachsen. Wer einmal zwei statt einen Toten von der Bildfläche verschwinden lassen musste, weiß, welche Sorgen Franky plagten.

Die Fähre nach Klaipeda war nur noch ein weißer Punkt am Horizont. Dort, hinterm Horizont, sollte es ja angeblich weitergehen. Ulli war tonlos in die Knie gegangen. Kopf und Arme hingen nach außen über die Reling, sodass das Blut nicht aufs Deck tropfen konnte. Immerhin.

Franky angelte mit dem Bootshaken, dessen Spitze blutverschmiert war, nach der Reling, legte seine achterne Festmacherleine um eine Klampe der »Bavaria« und kratzte sich am Kopf. Könnte er doch jemanden um Rat fragen. Für jeden Scheiß gab es heutzutage eine Hotline, gab es Selbsthilfegruppen. Aber jetzt, da er in auswegloser Situation war, wusste er nicht, an wen er sich wenden sollte.

Er dachte an seine Oma, die hatte vorhin im Hafen ja schon geholfen, dank all ihrer Weisheit. »Hilf dir selbst, dann hilft dir Gott«, hatte sie oft zum Missfallen von Frankys Eltern gesagt, die niemals auf Hilfe von oben gesetzt hatten. Sie waren die letzten Marxisten eines Hamburger Arbeiterviertels gewesen, in dem schon lange keine Arbeiter mehr lebten, als Franky in die Obhut der Kindergartenprojekt-Aktivistinnen gegeben worden war. Was Franky am meisten gehasst hatte, war Nackttöpfern.

»Hilf dir selbst, dann hilft dir Gott«, zitierte er verwaschen murmelnd seine Oma. Hätte er doch nur den Rum nicht getrunken.

Wo eine Leiche niemanden stört, dachte er, stören auch zwei Leichen niemanden. Gut, dass es auf der »Hallodri 2« ein weiteres Mud Weight gab, das, an Ullis Füßen befestigt, für dessen zumindest vorübergehend letzten Aufenthaltsort sorgen würde. Was Strömungen und Fische mit den sterblichen Überresten machten, war nicht mehr Frankys Sache. Er konnte sich ja nicht um alles kümmern.

Er kletterte hinüber auf die »Bavaria«, befestigte eine Leine unter Ullis Armen, sorgte für eine Verbindung, die er zwischen Ullis Beinen hindurch herstellte, knotete die Leine ans Gewicht und schubste Ulli über Bord. »Pfiat di«, rief er ihm noch hinterher. »Es tut mir leid.« Ein Blubbern, konzentrische Kreise, letzte Luftblasen, dann war Ulli bei Mortum und Ronnie. Ob sich die beiden wohl zu Lebzeiten verstanden hätten? Man würde es nie erfahren.

Die »Bavaria«. Die »Bavaria« stellte das nächste größtmögliche anzunehmende Problem dar. Sie konnte unmöglich ohne Besatzung hierhergelangt sein. Dass ein Schiffsführer über Bord fiel, kam vor. Würde man hier nach Ulli suchen, würde man ihn finden. Daran hatte Franky kein Interesse. Den Standort des Schiffes zu ändern, war unerlässlich.

Er holte sein Smartphone hervor und wählte den Link zu

einer Unterseite der Internetpräsenz des Bundesamtes für See-schifffahrt und Hydrografie. Erfreut nahm Franky zur Kennt-nis, dass es nördlich von Fehmarn in den nächsten Stunden eine westliche Strömung geben würde. Dorthin würde er die »Bavaria« schleppen und den Autopiloten einstellen. Mit Glück liefe sie so lange Richtung Osten, bis sie irgendwo vor der Kuri-schen Nehrung Grundberührung hätte und Beute staatenloser Piraten würde. Franky grinste. Vielleicht war das mit dem Rum doch nicht so schlecht gewesen. Seine Phantasie blühte. Heute Mittag, zurück auf dem Campingplatz, würde er gleich mal ein paar Schlagertexte schreiben.

Mit geübten Griffen stellte Franky mit Vorleine, Vorspring, Achterleine und Achterspring eine ausreichend feste Verbin-dung zwischen den beiden Schiffen her, um die »Bavaria« längs-seits schleppen zu können. Er startete den Motor der »Hal-lodri 2« und entfernte sich vom Ort der Seebestattung. Die Koordinaten hatte er notiert. Vielleicht käme er eines Tages noch einmal hierher, um ein Blumenbukett als letzten Gruß ins Wasser gleiten zu lassen.

Sandro im Glück

Sandro Hackmann betrat die große Halle der NordArt. Er trug schwarze Stoffbahnen, mit denen er den Sockel abhängen würde, auf dem die »Hackfresse« präsentiert worden war. Ein Trauerflor gewissermaßen, denn er würde nicht umhinkommen, der Welt mitzuteilen, dass gewissenlose Entführer die »Hack-fresse« an einem unbekannten Ort festhielten.

Er hatte vor einer Viertelstunde beim Genuss eines Joints im Park dieses Narrativ entwickelt. Marie, die Polizistin aus Büdelsdorf und der Mann von der Kriminaltechnik würden dichthalten, sie waren ihm wohlgesonnen, da war er einiger-maßen sicher. Außerdem: So unwahrscheinlich war nicht, was er sich ausgedacht hatte. Kunsträuber waren findig.

Kaum war er um die Ecke des in die Halle eingebauten Regieraums gebogen, meldete sich sein Smartphone. Er legte die Stoffbahnen ab und sah, dass es Konrad Mahrburg war. Ein Mann, der zu seinem Retter oder zu seinem Henker werden konnte. So viel war klar. Retten würde er Sandro allerdings nur, wenn es sich für ihn lohnte.

»Kein anständiges Signal von der ›Hackfresse‹ in Manhattan, der Auktionator tobt. Nur ein graues Irgendwas, das nach Beton aussieht. Wir haben noch zwei Stunden. Du setzt deine Zukunft aufs Spiel. Kümmer dich, schalte die Scheißkamera ein oder was weiß ich.«

Konrad Mahrburg legte auf, ohne eine Antwort abzuwarten. Das war Sandro Hackmanns Glück, denn kaum hatte er sein Smartphone wieder eingesteckt, traute er seinen Augen nicht. Auf dem Sockel stand: die »Hackfresse«. Unversehrt, als sei das Meisterwerk von Ui Jui Jui nie weg gewesen.

Sandro ließ die Stoffbahnen los und sank, als seien der Stoff und er miteinander verschmolzen, auf die Knie. Die Ereignisse der letzten Tage waren, was man für gewöhnlich als unglaublich bezeichnete. Unglaublich, nicht zu glauben. Die Figuren nach dem Abbild von Frankie, aufgetaucht aus dem Nichts, das Verschwinden der »Hackfresse«, als habe es nie einen Sicherheitsdienst gegeben.

Als habe es nie einen Sicherheitsdienst gegeben, wiederholte Sandro still. Steckte etwa Sönke Schulz, der Chef von Abraham Security, hinter den mysteriösen Vorgängen? Sandro Hackmann spürte in sich hinein. Gedanken und Gefühle waren in Tumulte verstrickt. Etwas in ihm forderte Klarheit, rief laut und lauter nach einem Plan. Erneut das Smartphone, erneut Konrad Mahrburg.

»Sandro, du kleiner Wichser. Geht doch. Das Bild ist wieder da. Die ›Hackfresse‹ wird uns alle reich machen. Gut gemacht.«

Eine Tür zum Zwischentrakt war einen Spaltbreit geöffnet. Durch den Spalt spähte die Initiatorin der Wiedergeburt der »Hackfresse«. Sie freute sich diebisch und tuschelte mit einer

Kollegin. »Irre, dass wir so ein unverschämtes Glück hatten. Es waren doch genau die zwei unbeaufsichtigten Minuten, in denen wir den Mettigel auf den Sockel gestellt haben. Stell dir vor, wir hätten das mit der Kamera an der Decke gewusst.«

»Dann hätten wir das Ding erst gar nicht aufgefressen, Cornelia. Dann wäre uns die ganze Aktion erspart geblieben.«

»Stimmt, dieser Kurator ist schuld. Kunstwerke muss man doch irgendwie absperren, Schilder aufstellen. Verrückt ist auch, dass uns durch diese Kamera kein Mensch beobachtet hat. Die schlafen doch alle. Ach, egal. Diese Künstler, komische Leute sind das. Komm, lass uns die Kasse besetzen. Die Leute drängeln schon.«

Sandro Hackmann hatte zwischenzeitlich die Rescue-Tropfen aus seiner Westentasche gefummelt und mit der Pipette die doppelte Dosis unter die Zunge geträufelt. Er atmete ein und zählte bis fünf, er atmete aus und zählte bis fünfzehn. »Ich beruhige mich. Ich bin beruhigt. Meine Atmung ist gleichmäßig. In mir spüre ich Kraft und Zuversicht.« Dann hörte er das Schaben von sich öffnenden Türen auf dem Hallenboden, schlurfende Schritte, das andächtige Gemurmel kunstaffiner Oberstudienräte, und kaum dass er sich samt der schwarzen Stoffbahnen aus dem Staub gemacht hatte, füllte sich die heilige Halle mit Menschen, denen es, zumindest auf den ersten Blick, an nichts fehlte. Mutmaßlich hatten alle ein Dach über dem Kopf, genug zu essen und Urlaubspläne in der Schublade.

Schon lange überlegte Sandro Hackmann, wie er die segensreiche Wirkung der Kunst auch solchen Menschen zugänglich machen konnte, die nicht auf der Sonnenseite der Gesellschaft standen. In die Stoffbahnen gehüllt, eilte er die Treppe zu seinem Büro hinauf, und noch vor dem ersten Treppenabsatz wusste er, was zu tun war. Er müsste einen Dreh finden, um von den horrenden Geboten auf die »Hackfresse« angemessen zu profitieren. Ein Drittel für Ui Jui Jui, ein Drittel für den gierigen Mahrburg und ein Drittel für ihn. Wer hatte den uigurischen Wunderknaben denn nach Büdelsdorf gelockt? Er doch wohl.

Im Büro angekommen, warf er die Stoffbahnen auf die Sessel der Sitzgruppe, ließ sich auf seinen klapprigen Drehstuhl fallen, das einzige Möbelstück, das hier in seinem persönlichen Besitz war, und wusste, wie er es anstellen würde. Er griff zum Telefon und rief Ui Jui Jui an, den er zentral im Hotel Waldschlösschen in Schleswig untergebracht hatte. Seit seiner Ankunft hatte Ui Jui Jui das Hotel nicht mehr verlassen. Er verbrachte die Tage im Wellnessbereich und die Nächte mit amerikanischen Serien vor dem großen Monitor.

»*Listen*«, begann Sandro Hackmann das Gespräch mit einem Imperativ. Keine gute Idee. Wenn der Künstler eines nicht leiden konnte, dann waren es Imperative.

Er antwortete: »*Just listen to yourself, bro.*«

Sandro entschuldigte sich, soweit sein Schulenglisch das ermöglichte, und erläutere sodann, dass Ui Jui Jui ganz leicht sein Image als verrückter Künstler aufpolieren könne. Der Schlüssel zur weltweit anerkannten Persönlichkeit, zur »Person of the Year« im Time Magazine sei soziales Engagement. »*If we earn three million dollars or more*«, hob er an und wurde von Ui Jui Jui unterbrochen, der betonte, dass er mit Sandro halbe-halbe machen würde. Hauptsache, er könne noch ein paar Wochen in diesem Waldschlösschen bleiben.

»*Deal?*«, fragte Sandro.

»*Deal*«, antwortete Ui Jui Jui. »*See you on Wednesday.*« Dann legte er auf.

Dienstag war der Tag, an dem Sandro mit ausgewählten Künstlern die Künstlerstaffel in Flensburg empfangen wollte. Oder doch Mittwoch? Bis dahin würde sich der Erschaffer der »Hackfresse« hoffentlich nicht im Whirlpool aufgelöst haben.

Wikingturm

Marie las erneut den für heute und morgen geplanten Ablauf der Bewirtungen in Kiel, Büdelsdorf und Flensburg. In Flensburg waren die Datteln im Speckmantel knapp, in Kiel ging der Büsumer Krabbensalat zur Neige. Die Geschmäcker waren verschieden. Mit Frauke hatte Marie eine Umschichtung von Speisen ausbaldowert. Eine Lösung, die ökologisch und ökonomisch klug erschien.

Dieser Auftrag war, was Karl neuerdings als »wild« bezeichnete. Der neue Sportlehrer zum Beispiel, »voll wild«, wie Karl nach der ersten Stunde urteilte. Marie versuchte seitdem herauszufinden, was genau Karl meinte, wenn er Menschen, Ereignisse, aber auch Musik in die Kategorie »wild« einordnete. Mittlerweile glaubte sie, einen Zugang gefunden zu haben. Wild war, was gegen Üblichkeiten, gegen gewiss Geglaubtes verstieß. Es war damit keine Wertung verbunden.

Ihr erstes Ziel war heute Büdelsdorf. Sandro Hackmanns Assistentin Delaila hatte sie gebeten, an einer Podiumsdiskussion zum Thema »Kunst kulinarisch« teilzunehmen. Gern hätte Marie gewusst, worin ihr Beitrag bestehen sollte, aber Delaila hatte nur gelacht und geantwortet: »Sei doch spontan, sei ganz du selbst, dann wird das schon.« Marie hatte Frauke angebettelt, statt ihrer ein paar Worthülsen zu produzieren, Frauke hatte kategorisch abgelehnt. Marie dachte an die verschwundene »Hackfresse«, die vermutlich als Aufhänger dienen sollte, und fragte sich, wie deren Verschwinden nun wegmoderiert werden würde.

Kunst, so weit reichte Maries Zugang zum Thema, sollte mit überkommenen Denkmustern brechen. Sie grinste sich im Innenspiegel an und sagte: »Meine Damen und Herren, liebe Kunstfreund:innen. Kunst, ob kulinarisch oder nicht, muss für mich vor allem eins sein: wild.« Sie lachte, schlug sich vor Freude auf die Schenkel und wäre beinahe in den Gegenverkehr geraten. Die Erinnerung an den Beinahe-Crash mit einem weißen Opel Combo auf der Fahrt zum Biohof von Malte von Rönneby wurde lebendig. Lange her und doch so präsent.

Die Ampel an der Zufahrt zum Schleswiger Schloss Gottorf wurde rot. Marie bremste, schaute nach links, sah den Wikingturm, schaute in den Außenspiegel, setzte den Blinker und wählte die Linksabbiegerspur. Warum sie das getan hatte, wusste sie nicht. Etwas in ihr hatte »*Face your demons*« gerufen. Marie hatte sogleich »Pommes, Currywurst« geantwortet, um die Stimme zum Schweigen zu bringen, es hatte nichts geholfen.

Die Erinnerung an die brenzlige Situation in ihrem letzten Fall als Polizistin, an die Geräusche von Blech an Blech, hatten Bilder der schwierigen Lage einige Tage später am Wikingturm heraufbeschworen. Lebhaft hatte Marie den Schusswechsel zwischen ihrem Kollegen und einem in die Enge getriebenen Täter in Erinnerung. Der Kollege war gestorben, und Marie glaubte bis heute, dass sie den Tod des Kollegen verhindert hätte, wenn sie ihre Dienstwaffe hätte ziehen können.

Seit der Zeugenbefragung, der sie sich damals stellen musste, war sie nicht mehr am Wikingturm gewesen. Ein Psychologe hatte ihr geraten, sich der Angst zu stellen. Heute war es so weit.

Gegenüber dem Oberlandesgericht bog sie links in die Callisenstraße ab, fuhr direkt auf den Turm zu, und mit jedem Meter wuchs die Beklemmung. Sie wusste, wo sie das EMO geparkt hatte, sie hörte die Stimme des Kollegen, der blutend am Boden lag. Die Lage im Foyer des Wikingturms vor den Fahrstühlen war unübersichtlich gewesen. Ihre Dienstwaffe hatte sie im Auto abgelegt, weil sie Rückenschmerzen gequält hatten und das Holster unangenehm gedrückt hatte. Eine Entschuldigung, die nicht zählte. Ein Mensch war gestorben.

Sie lenkte den E-Transporter auf den Parkplatz und dachte daran, dass sie mit Dennis vom Baumarkt in Neumünster noch einen Termin absprechen musste. Dennis hatte angeboten, einen coolen Sprayer zu besorgen, der »FRIMO 2« auf den E-Transporter sprühen würde. »FRIMO 1« stand Frauke zu. Ob sie wohl eines Tages eine ganze Flotte elektrischer Lieferfahrzeuge durch das schönste Bundesland der Welt schicken würden? Die Phantasie ging schon wieder mit ihr durch.

Nun stand FRIMO 2, und noch immer überraschte es sie, wenn sich die Geräuschkulisse dadurch nicht änderte. Zu lange hatte sie Autos mit Verbrennungsmotoren gefahren. Sie öffnete die Tür, stieg aus, schaute auf die Fassade des Turms, legte den Kopf langsam in den Nacken, sah die zurückspringende Fassade des Restaurants im sechsundzwanzigsten Stock und fühlte, dass sie da raufmusste. Dort oben war die Zentrale gewesen. Das Drama hatte sich schließlich hier unten abgespielt, aber sie, sie müsste zunächst da rauf, um dem Todesschützen näher zu sein. Jenem Mann, wegen dessen Tat sie keine Polizistin mehr sein konnte. Sie überquerte die Brücke, die zum Turm führte.

Geräusche aus dem Yachthafen, auf Maries Liste der Lieblingsgeräusche weit vorn. Leinen von Segelbooten schlugen an Masten, alte Verklicker, die in ihren Lagern quietschten, Wind, der um die Ecken pfiff, und Möwen, die sich um den Überfluss stritten. Atmen, aber das Atmen bewies sich nicht als ebenbürtiger Gegner der Beklemmung, die ihre Brust umfing.

Sie betrat das Erdgeschoss, sah die Bank, hinter der sie in Deckung gegangen war, die metallisch-matt glänzenden Türen der Aufzüge. Rasch durchquerte sie den Raum, der menschenleer war, drückte die Anforderungstaste am Aufzug, der öffentlich zugänglich war. Die Türen öffneten sich unmittelbar, als habe die Maschine auf sie gewartet. Luft in die Lungen saugen, ein Kraftakt, gar schmerzhaft, ängstigend, so verengt waren die Bronchien. Ob es wirklich eine gute Idee war, sich dem hier auszusetzen?

Mit dezentem Schaben schloss sich die Tür hinter ihr. Marie wählte den sechsundzwanzigsten Stock. Ein kleiner, kaum spürbarer Ruck, der sie das eigene Gewicht zunächst spüren ließ, dann aber, als sich der Fahrstuhl in gleichmäßige Bewegung gesetzt hatte, fühlte sich Marie plötzlich leicht. Wundersamerweise leicht, vorbei am dritten, siebten und zwölften Stockwerk trug es sie in die Höhe. Marie im Fahrstuhl, einem beweglichen Ort der Moderne, wie ihn der Journalist Andreas Bernhard so treffend genannt hatte. Marie mochte Texte von Bernhard. Sie waren meist erhellend.

Sie dachte an die Schwebefähre und genoss die gefühlte Loslösung vom Irdischen. Loslösung bedeutete auch Trennung. Marie hatte sich dem Täter annähern wollen, dessen Vorgehen sie seinerzeit als besonders infam empfunden hatte. Doch nun entfernte sie sich emotional von dem, was sie lange belastet hatte. Erklären konnte sie sich nicht, was die Last verdrängte, die über lange Zeit präsent gewesen war. Die Fahrt im Fahrstuhl, das Befördertwerden, die unerwartete Leichtigkeit, vielleicht sogar die Leichtigkeit des Seins. Sie spürte, dass sie die Realität nicht nur erkennen, sondern akzeptieren konnte.

Marie war weiter von mystischen Welten entfernt, als sie es hätte in Worte fassen können, und doch war es, als plumpsten ihre Steine vom Herzen, das Atmen fiel von einem zum nächsten Stockwerk immer leichter, und als sich die Tür auf höchster Ebene öffnete, das Sonnenlicht den Raum flutete, fühlte sie sich befreit.

Noch hatte das Restaurant nicht geöffnet, doch herrschte bereits reges Treiben. Fragend schaute sie eine der Mitarbeiterinnen an. Als sie näher kam, hellten sich die Gesichtszüge der jungen Frau auf.

»Marie, was machst du denn hier?«

»Wir kennen einander?«

»Jule, ich bin Jule, linke Verteidigerin. Du hast mich schon in der C-Jugend trainiert.«

Jetzt, da sie Jules Stimme hörte, die schon früher wie der Sopran einer Opernsängerin geklungen hatte, erinnerte sich Marie an das Mädchen. »Jule, na klar, deine Mama hat früher immer Sauerfleisch mit zu den Spielen gebracht. Das war köstlich.«

Jule strahlte übers ganze Gesicht, drehte sich um und winkte Marie hinter sich her. Beide gingen durch den Gastraum hinüber zur Theke, die Jule umrundete. Sie öffnete die gläserne Tür eines schlanken Kühlschranks und schob Marie ein Glas Sauerfleisch über den Tresen.

Marie griff nach dem Glas und las: »Sauerfleisch nach Bines Art«. »Richtig, deine Mama heißt Sabine.«

»Schenk ich dir. Ist so gut wie früher.«

»Danke. Krieg ich auch einen Kaffee? Ich habe was zu feiern.«

»Sicher. Ist zwar noch geschlossen, aber wir sind gut davor.

Trotz Fachkräftemangel haben wir hier ein Superteam. Setz dich doch rüber ans Fenster. Cappuccino, Espresso?«

»Einen Milchkaffee, bitte.«

Marie schlenderte hinüber zum Fenster, setzte sich so, dass sie über die Schlei in die aufgehende Sonne schauen konnte. Der Blick reichte bis zum Horizont, weit über die Möweninsel, die Stexwiger Enge, die Große Breite hinaus. Weite war Freiheit, und das, was sie in ihrer Brust fühlte, war Weite. Die Beklemmung, wie weggeblasen. Ein Wunder? »Scheißegal«, entfuhr es Marie, und ein breites Grinsen erschien auf ihrem Gesicht, das auch Jule nicht entging.

»Du strahlst aber. Was gibt es denn zu feiern?«

»Erlösung.«

»Ui, das klingt groß, ein bisschen religiös vielleicht oder jedenfalls spirituell.«

»Scheißegal«, wiederholte Marie. »Ich hatte versucht, ein traumatisches Erlebnis zu verdrängen, es hinter mir zu lassen. Jetzt habe ich es unter mir gelassen. Es geschah ohne mein Zutun. Wie ein Wunder.«

»Klingt doof, aber manchmal muss man wirklich nur loslassen.«

»Du kennst dich aus?«

»Ich studiere Medizin, und es läuft alles darauf hinaus, dass ich Psychiaterin werde.«

»Und das hier?« Marie breitete die Arme aus.

»Mein neuer Freund ist der Pächter. Ich helfe manchmal aus. Wo wohnst du? Noch in Schleswig?«

Marie nickte.

»Dann komm doch mal vorbei zum Essen. Christian kocht super. Du bist doch noch bei der Polizei, oder?«

»Nicht mehr. Ich bin jetzt auch im Gastrobusiness.«

»Nein.«

»Doch.«

Jules Blick war fragend.

»Lange Geschichte.«

Jule akzeptierte. »Gastro also. Warte, ich hole Christian aus der Küche.« Jule sprang auf und verschwand wieselflink im hinteren Bereich des großen Raumes. Jetzt sah Marie, dass sie noch immer O-Beine hatte.

Der Kaffee war, wie er sein sollte. Marie konnte Filterkaffee nicht ausstehen, der ihrer Meinung nach was für Omas und nach der Siebträgerwelle jetzt auch was für Hipster war, und sie konnte es nicht leiden, wenn der Kaffee keinen Bums hatte, oder sagte man neuerdings »Wumms«? Sie schaute auf die Uhr und war froh, dass sie eigentlich immer so losfuhr, dass ihr ein Zeitpuffer blieb. Der Puffer für heute war aufgebraucht.

»Sorry«, Jule war zurück, »Christian ist schwer busy.«

»Passt. Ich muss auch los.« Marie zückte ihr Portemonnaie.

Jule verzog das Gesicht und schob sie zum Ausgang. Vor dem Fahrstuhl hatte sie sich bei Marie eingehakt. »Da wohnen wir quasi auf dem Land und haben uns doch aus den Augen verloren. Wäre schön, würde das nicht noch einmal passieren.«

Die Tür des Fahrstuhls öffnete sich. Marie betrat die Kabine, Jules Lächeln verschwand im Gegenlicht der Sonne, und Marie war dankbar, dass sie ihrem inneren Impuls gefolgt war.

Im Erdgeschoss angekommen, ging sie vor zur Bank, hinter der sie den Kugelhagel überlebt hatte, setzte sich und notierte im Schleibook »Martens Frau anrufen«. Marten war der Polizist, der hier angeschossen worden war. Marie spürte, dass sie nun endlich für ein Gespräch bereit war. Sie verließ den Wikingturm. Die Geräusche waren gleich geblieben, Maries Welt war eine andere geworden. Es war nicht die alte, aber sie war wieder im Lot.

Ronnies Schuh

WD40 stand an der Kaikante des Orther Hafens und kratzte sich am stoppeligen Kinn. Er brauchte einen neuen Rasierer. Vielleicht doch eins dieser modernen elektrischen Dinger. Wie hießen die nur? Irgendwas mit Rasen. Er hatte sich das merken wollen und sich für die Eselsbrücke mit dem Rasen entschieden. Bartmäher? Nein, das war Quatsch. Bartsprenger? WD40 schüttelte den Kopf.

Wo war nur Ullis »Bavaria«? Er hatte in seiner Ersatzteilkiste doch noch einen Benzinfilter gefunden. Außerdem hatte Ulli ihm zwanzig Euro zu wenig gegeben. Er setzte sich, suchte im Smartphone nach Ullis Nummer und stellte fest, dass er drei »Ullis« gespeichert hatte. Alle ohne Nachnamen. Keine E-Mail-Adressen. Nix.

Auf gut Glück wählte er die erste Nummer und erreichte Ulli vom Dartclub, in dem er sich mal angemeldet hatte. Der Dart-Ulli erinnerte sich nicht an ihn. Das kurze Gespräch war kein Treffer und eher peinlich. Der zweite Ulli war kein Mann, sondern Ulrike, die Physiotherapeutin, die sich in unschöner Regelmäßigkeit mit seiner Halswirbelsäule beschäftigte. Sie rief er normalerweise vom Festnetz aus an. Jetzt machte er eine Notiz hinter ihrem Namen. Den Dart-Ulli löschte er. Blieb Mobilfunknummer Nummer drei. Freizeichen. Dann meldete sich Ulli und sagte: »Grüß Gott, der Ulli ist beschäftigt, meldet sich aber zurück, sofern ihr eine Nachricht hinterlasst. Servus.« Immerhin hatte er die richtige Nummer. Ob er warten sollte? Obwohl Ulli so tat, als sei er ein bayerischer Seebär, fuhr er meist nur kurz raus.

WD40 sah sich um. Er hatte Hunger. Der Hafenimbiss war noch geschlossen. Nicht auszuschließen, dass noch ein belegtes Brötchen von gestern im Fußraum des Autos lag. Dort lagen sie fast immer, weil sie vom Sitz rutschten.

Er schlenderte zu seinem Pick-up, fand ein Käsebrötchen und in der Wiese neben seinem Auto einen Kescher. Noch brannte die Sonne nicht. WD40 war im Alter empfindlich geworden. Er würde die Wartezeit am frühen Morgen nutzen und ein bisschen nach Krebsen angeln. Er mochte Dinge, die er als Kind gemocht hatte, noch immer. Seine Matchbox-Auto-Sammlung war in der Szene über Fehmarns Küsten hinaus bekannt. Das Käsebrötchen hatte über Nacht an Aroma gewonnen, und ob der Kühle der Nacht war die Butter nicht geschmolzen.

Auf der gegenüberliegenden Seite des Hafenbeckens näherte sich der Hafenmeister, sah ihn aber nicht. Benedikt war blind wie ein Fisch. Eines Tages fiele er ins Wasser oder, schlimmer, auf das Deck eines Bootes. Mit dem Kopf auf eine Klampe. WD40 verzog das Gesicht. Er konnte kein Blut sehen. Wo Ulli nur blieb? Der Käse war alter Gouda, würzig, beinahe salzig. Er hatte Durst. Wieder aufstehen also. Das war ein bisschen lästig.

Im Handschuhfach stieß WD40 auf eine Dose No-Name-Cola. Er mochte Cola, hatte er schon als Kind gemocht. Wie Matchbox-Autos. Aber das Original kaufte er nicht. Zu teuer. Hätte kälter sein können, das Zuckerzeugs. Inzwischen wog er über hundert Kilo. Dass er keine Frau mehr abkriegen würde, okay. Aber diese Kurzatmigkeit störte ihn schon sehr. Der salzige Nachgeschmack vermischte sich im Mund mit der süßen Brause. Ein Geschmackserlebnis, das er nicht oft genug haben konnte. Goudareste, solche, in denen kleine Salzkristalle wohnten, konnte er mit der Zunge zwischen den Backenzähnen ertasten. Er bedauerte, dass zu rasch der Zucker das Regiment übernahm, glaubte aber, Noten von Metall herausschmecken zu können. Versöhnlich. Gedankenverloren führte er den Kescher durch das Wasser des Hafenbeckens. Keine Krebse weit und breit. Vielleicht war die Ostsee zu warm. Er würde mal wieder nach Pellworm fahren müssen.

Benedikt, der Hafenmeister, hustete. Klang nicht gut. Dann wurde es richtig laut. Ein Bootsführer mit reichlich Leistung unter der Haube und wenig Verstand im Oberstübchen legte den Gashebel auf den Tisch und ließ sein Motorboot durchs Wasser pflügen, dass es keine Freude war. Es schwappte und schwoll, Wellen klatschten an die Hafenmauer und spritzten WD40 nass. Der Hafenmeister drohte mit der Faust. Aufgewirbelter Schlick färbte das Wasser hässlich braun.

WD40 stieß unflätige Verwünschungen aus, holte gerade zur nächsten Tirade aus, als der Kescher auf Widerstand stieß. Der selbst ernannte Fachmann für Bootsmotoren aller Art beugte sich vor. Kein Krebs, ein Schuh. Er holte ihn hoch, zog ihn triefend und tropfend auf den hellen Beton, der sich gleich dunkel färbte. Ein Herrenschuh, schwarzes Leder. Schätzungsweise Größe 43. Budapester mit ornamentaler Lyralochung. Zwiegenäht mit doppelter Sohle. Er sah das gleich. Sein Vater war Schuhmachermeister. In Lübeck hatte man ihn gekannt. Dann hatte er angefangen zu trinken. Eine traurige Geschichte.

Der Besitzer des Schuhs würde sich ärgern. Unter vierhundert Euro wäre ein Paar solch aufwendig verarbeiteter Budapester nicht zu haben. Gut eingetragen waren die Schuhe, hatten schon mal neue Absätze bekommen. Und gepflegt waren sie. Der Träger wusste zu schätzen, was er an den Füßen trug. WD40 brächte den Schuh gleich bei Benedikt vorbei. Er war fast sicher, dass sich der Besitzer melden würde.

Er winkte Benedikt, aber der hatte abgedreht, würde in seinen Listen schauen, wer der Radaubruder war, der jetzt gut hörbar Richtung Heiligenhafen fuhr. Zum Eisessen, wie WD40 vermutete. Touristenbande, elende.

»Benedikt«, rief er. »Ich habe einen Schuh gekeschert. Bringe ich dir gleich rüber.« Benedikt hatte ihn gehört. Er hatte im Weggehen einen Arm gehoben. WD40 versuchte es noch mal mit der dritten Ulli-Nummer, aber erneut ging lediglich die automatische Ansage ran.

Womöglich wusste Franky, wo der Bayer steckte. Die beiden waren verabredet gewesen. Wenn er Ulli richtig verstanden hatte, dann hatte der sogar vorgehabt, Franky hinterherzufahren. Frankys Nummer hatte er auf jeden Fall. Darauf hätte er auch schon früher kommen können. Er zog sein Smartphone wieder aus der Innentasche der ölverschmierten blauen Cordweste und tippte auf Frankys Namen.

Franky, das Gewissen und die See

Die »Bavaria« entfernte sich mit geschätzten vier Knoten in Richtung Sonne, die nach ihrem Aufgang noch immer im Osten unterwegs war. Bis zur Kurischen Nehrung waren es gut sechshundert Kilometer. Franky begann zu rechnen, wie lange es dauern würde, bis die »Bavaria« vielleicht auf Land träfe, als sein Handy klingelte. Er schaute auf das Display und sah, dass es WD40 war. Sein Herz schlug gegen die Rippen. Den Anruf nicht anzunehmen, war keine gute Option. Hätte er doch noch irgendwo Schnaps. Hatte er aber nicht.

»Jo.«

»Hast du Ulli gesehen?«

»Jo.«

»Wo?«

»Auf der ›Bavaria‹, als ich die Reusen reinholte.«

»Weißt du, wo er hin ist?«

»Nö. Weit fährt der ja nie.«

»Ich leg den Benzinfilter auf die Fußmatte an seinem Liegeplatz. Sollte ich noch besorgen.«

»Weiß ich Bescheid.«

WD40 legte auf, Franky sackte an der Pinne vornüber. So erleichtert war er schon lange nicht mehr gewesen. WD40 hatte jedenfalls keinen Verdacht geschöpft.

Die »Hallodri 2« geriet in Bewegung. Ein fetter Kreuzfahrer schickte Wellen, und die Erleichterung verschwand so schnell, wie sie gekommen war. Mit jeder neuen Welle wuchs in Franky der Wunsch, sich jemandem anzuvertrauen. Er hatte Ulli erschlagen. Da biss keine Maus den Faden ab.

Das Meer trug ihn und die »Hallodri 2«. Das Meer klagte ihn nicht an.

Er könnte über Bord, zu Ulli und dem Journalisten. Aber wem wäre damit gedient? Frankie wüsste Rat, aber Frankie war verschwunden. Still ging er die Texte seines Idols durch und stieß dann auf eine Zeile aus »Sie ging allein«. Da hieß es: »Sie musste tun, was sie nun tat. Sie ging allein, ein schmaler Grat.« Franky summte die eingängige Melodie, und ihm wurde klar, dass nun auch er gehen musste, allein und auf schmalem Grat. Es war ein neues Leben, das nun begann. Er würde das Mobilheim verkaufen und … Wieder klingelte sein Telefon.

»Moin, Franky, hier ist Gudrun. Hast du was für mich?«

Gudrun vom »Hafenkrug« war flexibel. Sie kochte, was das Meer hergab.

»Ich bin gerade bei den Reusen, habe noch keinen Überblick.«

»Bring mir, was du hast, okay? Ich kriege heute überraschend einen Bus aus Bremen.«

»In zwei Stunden bin ich bei dir.«

»Danke, Franky, du bist der Beste.«

Franky änderte den Kurs. Die Reusen lagen westlich. Er war gerührt. Hier auf Fehmarn war er heimisch geworden. Die Leute hatten ihn genommen, wie er war. Der Abschied würde ihm schwerfallen. Aber als Mörder konnte er nicht bleiben. Als Mörder. Ein hässliches Wort. Noch fünf Minuten bis zu den Reusen.

Grete weiß Bescheid

Im Orther Hafen herrschte für norddeutsche Verhältnisse eine gewisse Unruhe. Benedikt, der Hafenmeister, hatte gerade erfahren, dass ein Fernsehteam vom »Schleswig-Holstein Magazin« käme, um für deren Rubrik »Dorfgeschichte« zu drehen. Ausgerechnet heute hatte er die Kehrmaschine verliehen. Mit dem Besen dauerte das ewig. Vom Speicherhaus bis zur Kurve waren es fast zweihundert Meter. Das konnte er allein nicht schaffen. Da mussten alle mithelfen.

Er schrieb eine Nachricht in die Gruppe »Orther Helden«, und eine Viertelstunde später wimmelte es im Hafen vor lauter Helfern. Hier hielt man zusammen. Besenschwingend brachten sie das gesamte Hafenareal auf Vordermann. Sollten sie ruhig kommen, die Heinis vom Fernsehen. Aber zuerst kam Grete.

Sie betrat das Büro des Hafenmeisters und sagte: »Benedikt, ich kündige.«

»Du tust was?«

»Hörst du schlecht? Du bist fünfzehn Jahre jünger als ich. Ich dachte bisher, du siehst nur schlecht.«

»Warum?«

»Das mit der Buchhaltung für dich kann ich nicht mehr schaffen. Manchmal bin ich büschen durch den Wind. Ich habe ein neues Hobby.«

»Hobby. Du und ein Hobby. Grete, jetzt drehst du aber durch. Was 'n?«

»Vögel beringen.«

»Ich wusste, dass du verrückt geworden bist. Das ist was für die Naturschützer, die Kinder vom Festland, die dieses freiwillige Jahr machen. Aber doch nicht für dich.«

Grete stand im Durchgang des Tresens, weil sie den sitzenden Benedikt nicht sehen konnte, wenn sie vor dem Tresen stand. So konnte sie auch durch die geöffnete Tür ins Hinterzimmer gucken. Dort auf einem Wäscheständer stand ein Schuh. Ab und zu löste sich ein Tropfen und fiel zu Boden. »Wo hast du den denn her?«

»Hat WD40 aus dem Hafenbecken gekeschert und gerade eben vorbeigebracht.«

Sie ging an Benedikt vorbei, nahm den Schuh, drehte ihn, hielt ihn gegen das Licht und sagte: »Ich weiß, wem der gehört.«

»Dann nimm ihn mit.«

»Ich weiß nicht, wo der junge Mann wohnt, dem der Schuh gehört.«

»Wo hast du den denn gesehen?«

»Kam aus dem ›Hafenkrug‹. Kein Einheimischer.«

»Und du kannst dich an die Schuhe erinnern?«

»Sind teure Schuhe.«

»Sonst was?«

»Teures Auto. So 'n regelrechter Sportwagen in Kackbraun.«

Benedikt hatte sich von seinem ledernen Chefsessel erhoben und war neben Grete getreten. »Kein Einheimischer?«

»Sonst würde ich ihn ja kennen.«

»Gut. Dann rufe ich mal Gudrun an.«

»Ruf lieber Peter an. Gudrun weiß nicht, wo ihr der Kopf

steht.« Grete stellte den Schuh wieder auf den Wäscheständer und ging.

Hafenmeister Benedikt folgte ihr und legte eine Hand auf ihre Schulter. »Grete, überleg dir das noch mal mit der Kündigung. Wo soll ich denn jemanden finden, der so kompetent und freundlich ist wie du?«

Grete blieb stehen. »Das hast du mir noch nie gesagt, Benedikt.«

»Aber jetzt.«

»Jetzt ist es zu spät. Frag doch mal den Bürgermeister. Vielleicht weiß der Rat.« Sie verließ das Büro des Hafenmeisters.

Benedikt konnte es kaum glauben. »Grete, warte.«

»Ich muss, die Leute vom Wasservogelreservat holen mich gleich ab. Tschüss, mien Jung.«

Auf dem Weg zurück hinter seinen Tresen sah er den tropfenden Schuh, setzte sich und suchte die Nummer des alten Pastors raus, der gleich ranging.

»Peter, WD40 hat im Hafenbecken einen Schuh gefunden. Grete hat den Schuh erkannt und sagt, er gehöre einem Urlauber, der im ›Hafenkrug‹ war. Der hat wohl einen braunen Sportwagen gefahren, sagt Grete. Kennst du den?«

»Das war wohl der Journalist, der nach Frankie gesucht hat.«

»Nach Frankie, unserem Sänger, oder nach dem einzig wahren Franky, dem Edel-Fan?«

»Frankie Flügge, also eigentlich Frankie Mommsen, den hat er gesucht.«

»Na denn. Frage ich mal auf dem Campingplatz. Aber erst später. Wir kriegen das Fernsehen. Danke, Pastor.«

Benedikt klebte einen Zettel mit dem Hinweis »Frankie fragen« an den Schuh, drehte sich um und setzte sich auf die Bank vor der Tür. Nicht, dass er noch die Dreharbeiten verpasste. Der Zettel löste sich unterdessen und fiel zu Boden. Der Schuh war noch nass.

WD40 und der Polizeihauptmeister

Nicht nur in Orth vertraute man auf das geballte Wissen von WD40. Er war auf ganz Fehmarn ein gefragter Mann. In Lemkendorf gab es ein Winterlager für Boote, und es gab eine italienische Signora, die ihr Boot dort seit über zehn Jahren zurückließ, wenn sie den Rest Nordeuropas bereiste. Die »Fratelli Aprea« war ein schönes Motorboot. Aber der Motor von Yanmar streikte. Ein Fall für WD40, der ein Fan der japanischen Motorenschmiede war, seitdem er erlebt hatte, dass Kaizen, die stetige Verbesserung des Tuns, keine Worthülse war.

Auf dem Weg nach Lemkendorf hörte WD40 Johnny Cash. Das passte zu seinem amerikanischen Pick-up und dem Image, das er sich gegeben hatte. Wie es wirklich tief in ihm aussah, wusste er nicht so genau. Aber wer wusste das schon? Fragen waren die täglichen Begleiter des Lebens. So auch die Frage nach dem Verbleib von Ulli. Langsam kam ihm das komisch vor. Langsam machte er sich Sorgen.

Am Ortseingangsschild von Petersdorf entschied er sich, seine Sorgen zu teilen. WD40 brachte seinen aus der Zeit gefallenen Haufen Blech vor der Polizeistation in Petersdorf zum Stehen, die erst in diesem Jahr wiederbelebt worden war. Eine weise Entscheidung, auch auf dem Land wieder Präsenz zu zeigen. Fand nicht nur WD40.

»Auf dich habe ich schon gewartet«, begrüßte ihn Polizeihauptmeister Krüger.

»Wieso?«

»Mir liegen mehrere Beschwerden vor. Wegen deiner Karre. Zu laut. Auspuff kaputt, oder was?«

»Das musst du den Hersteller fragen.«

»Kann man da denn nichts machen? Wir sind doch nicht in Texas hier.«

»Ich guck mal«, versprach WD40, und er hatte sein Versprechen vergessen, als ihm Kater Karlo um die Beine strich. Andere hatten Diensthunde, Polizeihauptmeister Krüger hatte eine Dienstkatze.

»Hattest du Leberwurst auf deinem Pausenbrot? Eigentlich meidet Karlo dich doch.«

»Alten Gouda.«

Polizeihauptmeister Krüger nickte. »Was willst du hier?«

»Ich mach mir Sorgen.«

WD40 berichtete von der Reparatur am Motor der »Bavaria«, von den seltsamen Andeutungen, die Ulli ihm gegenüber zum Verhalten von Franky gemacht hatte. Auch davon, dass Ulli rausgefahren war, kurz nachdem Franky den Hafen verlassen hatte, und dem Umstand, dass Ulli nicht ans Telefon ging.

»Der Ulli macht ja nur kleine Runden. Sobald Wind aufkommt, macht der sich ins Höschen und fährt zurück in den Hafen. Und jetzt ist er schon seit Stunden weg. In aller Herrgottsfrühe ist der raus. Direkt, nachdem Franky mit der ›Hallodri 2‹ zu den Reusen rausgefahren ist.«

»Sagtest du schon. Hast du nichts anderes zu tun, als den Leuten hinterherzuspionieren? Ulli wird schon noch selbst entscheiden können, wie lange er da draußen rumdümpelt.«

WD40 zog die Augenbrauen hoch. »Weiß ich Bescheid. Moin.« Er hob die rechte Hand zum Gruß und verließ die Polizeistation.

Schon auf Höhe der Fahrertür hörte er Krüger, der ihm nachrief: »Denk an den Auspuff.«

Noch bevor er Lemkendorf erreicht hatte, flog Polizeihauptmeister Krüger mit Blaulicht an ihm vorüber.

»Hände aufs Dach«

Polizeihauptmeister Krüger war schon eine Weile Polizist, und nichts brachte ihn so leicht aus der Ruhe. Was da aber gerade über Funk gekommen war, hatte ihn schon alarmiert. Die Kollegen aus der Stadt, also aus Burg, hatten ein Auto gestoppt und waren nun mit Widerstand konfrontiert.

An der Auffahrt zur B 207, in Sichtweite der Galileo-Wissenswelt Fehmarn, sah er einen Streifenwagen, die beiden Kollegen, zwei Männer in Zivil, und er sah, dass die Kollegen Mühe hatten, die Gestalten zu bändigen. Er stellte sich mit seinem Streifenwagen gegen die Fahrtrichtung neben den braunen Mercedes, stieg aus und hatte die Waffe im Anschlag, als er sich der Gruppe näherte.

»Hände aufs Dach«, herrschte er den Mann an, der unentwegt versuchte, sich aus dem Griff des Kollegen zu befreien. Er machte zwei schnelle Schritte an die Seite des wehrhaften Mannes, der sicher keine dreißig war, und drückte ihm die Schusswaffe direkt an die Schläfe. Schul- und vorschriftsmäßig war das nicht. Aber das Zappeln nahm ein Ende, und der Kollege konnte die Handschellen zuschnappen lassen.

Krüger steckte die Pistole zurück ins Halfter, tauschte einen Blick mit dem Kollegen, den er nicht kannte. Ein kleiner Blonder, der schwitzte und ängstlich wirkte. Er griff nach den gefesselten Handgelenken des jungen Mannes.

»Los, Freundchen.« Er schob ihn zu seinem Streifenwagen, öffnete die rechte Hintertür und verfrachtete den Mann auf den Rücksitz. »Keinen Mucks.«

Aus Richtung Burg kommend, hielt ein VW-Bus mit der Aufschrift »NASU-Wasservogelreservat« neben Krügers Streifenwagen, sodass die Straße nun endgültig blockiert war. Was die Naturschutzunion hier wollte, erschloss sich Krüger nicht.

Kaum hatte er sich auf den Weg zur Fahrerseite gemacht, stand Grete neben ihm. Grete kannte er, weil sie zur selben Fußpflegepraxis ging wie er selbst. Sie hatten sich im Wartezimmer schon des Öfteren über Hallux valgus und andere Unannehmlichkeiten der untersten Extremitäten ausgetauscht.

»Den kenn ich«, informierte Grete und zeigte auf den braunen Mercedes. »Der nette junge Mann, dem das Auto gehört, der hat mich vom ›Hafenkrug‹ aus mitgenommen. Ein Journalist. Und jetzt liegt einer seiner Schuhe bei Benedikt im Büro. Ganz nass, der schöne Schuh. Aber der da ist das nicht. Der Mann, der mich mitgenommen hat, war nicht so dick.« Sie zeigte auf den Mann, den die beiden Kollegen zu ihrem Streifenwagen abführten.

»Grete, guck mal, hier habe ich noch einen Kandidaten.«
Krüger ging mit Grete zu seinem Streifenwagen.

»Nee, der ist ja blond. Meiner hatte schöne lockige, dunkle Haare.«

»Grete, ich danke dir. Wir brauchen dann demnächst deine Zeugenaussage. Kommst du am besten zu mir nach Petersdorf. Ist für dich ja am nächsten. Was sagst du?«

»Jo. Hoffentlich ist dem jungen Mann nichts passiert. Der Schuh, sein Auto hier. Da kann man sich ja einiges zusammenreimen.«

»Dichtung und Wahrheit, Grete. Da sind wir geübt drin.«

Die Schiebetür des VW-Transporters öffnete sich, jemand reichte Grete eine Hand, und Polizeihauptmeister Krüger öffnete die linke Hintertür seines Streifenwagens. Er setzte sich neben den blonden Mann, der sich so vehement gewehrt hatte. Jetzt wirkte er ganz friedlich.

»So, Sportsfreund. Jetzt sind wir ganz alleine. Hast du irgendwelche besonderen Wünsche, oder machst du das Maul freiwillig auf?«

Krüger sah, wie der Blonde erblasste. War der richtige Ton gewesen, und Zeugen gab es nicht. Er nahm die Taschenlampe vom Gürtel, hielt sie dem Blonden vors Gesicht und schaltete sie ein. »Guck mir mal in die Augen, Freundchen.« Er knipste die Lampe aus und wieder an. »Alles klar. Das nenne ich mal eine Drogenpupille. Da machen wir gleich einen Test. Drogen dabei? Sag's lieber gleich, da muss ich dich dann nicht mitten auf der Straße ausziehen.«

Der Blonde schüttelte den Kopf.

»Die Zuhälterkarre da, wolltet ihr die auf eigene Rechnung verticken, oder ist das ein Job? Sag mir den Namen deines Zuhälters. Der Richter wird das honorieren. Also?«

Der Blonde senkte den Kopf.

»Papiere?«

Der Blonde blickte nach links hinten zur Rückenlehne.

»Gesäßtasche?«

»Ja.«

»Na, dann fass ich dir mal an den Hintern. Das könnte ja demnächst öfter vorkommen. Kleine Blonde wie du, sehr beliebt in der U-Haft.«

Krüger spürte, wie er sich reinsteigerte. Dass sich der Typ gewehrt hatte, hatte ihn an ein Vorkommnis erinnert, das er nicht vergessen konnte. Vor über zwanzig Jahren war er mit einer Kollegin an jemanden geraten, der dem Blonden vom Phänotyp her sehr geähnelt hatte. Er war in einer Auseinandersetzung k.o. gegangen, seine Kollegin war infolge eines Sturzes seitdem querschnittsgelähmt.

Im Portemonnaie des Blonden fand er dessen Personalausweis. Gemeldet in Hamburg. Gerade mal zwanzig, der Bursche.

»Paul. Schöner Name. Wieder in Mode jetzt. Paul, ich will dir reinen Wein einschenken. Du bist jung, hast Scheiße gebaut. Sei geständig und kooperativ. Wenn du außer dem Autodiebstahl nichts angestellt hast, wird das Gericht gnädig sein und versuchen, dich wieder auf den richtigen Weg zu bringen. Wo habt ihr die Karre geklaut, wem habt ihr sie geklaut, wie heißt euer Auftraggeber?«

»Am Leuchtturm, ich weiß nicht, wem das Fahrzeug gehört. Wir wollten nur ein bisschen rumfahren. Wir sind auf dem Campingplatz am Flügger Strand. Hans«, er deutete mit dem Kopf über die Schulter, »ist ein Kommilitone. Wir sind im zweiten Semester.« Er schaute auf seine Oberschenkel. »Jura.«

Polizeihauptmeister Krüger dachte daran, dass er auf Klassenfahrt im vierten Schuljahr Kaugummis von der Theke eines Kiosks geklaut hatte. Wer ohne Schuld ist, werfe den ersten Stein, dachte er dann auch noch und sagte: »Wissen schützt vor Dummheit nicht. Wann?«

»Gestern. Wir sind da langgelaufen, und dann stand da dieser geile alte Schlitten. Wir hatten eine gedampft und waren gut drauf. Mein Alter hat 'ne Autowerkstatt. Den Mercedes fahrbereit zu machen, ist echt kein Ding, und dann sind wir halt so rumgecruist. Da ist keine Schramme dran.«

»Geständig, das ist schon mal gut. Ich lass dich jetzt mal kurz allein. Friedlich bleiben.«

Polizeihauptmeister Krüger stieg aus, berichtete seinen Kollegen, die die gleiche Geschichte gehört und eine kleine Überraschung hatten.

»Im Navi haben wir als Zicladresse die des Hotels zur Eiche in Sulsdorf gefunden. Ich habe da angerufen, und an den Mercedes hier hat sich die Chefin gleich erinnert. Unser Mann heißt Ronnie Blischcke. Habe schon eine Abfrage gemacht. Liegt nichts vor gegen ihn. Er ist auch der Halter des Autos. Wo er hinwollte, was er hier überhaupt wollte, wusste die Chefin nicht.«

Jetzt schaltete sich der andere Kollege ein. »Der ist ja Journalist. Auswärtiger Journalist. Lokalpolitik wird ihn nicht interessiert haben. Die Fehmarnbeltquerung vielleicht. Aber da sind gerade keine Pressekonferenzen oder so was. Reisejournalist, habe ich gedacht, und dann fiel mir ein, dass doch die Kollegen aus Büdelsdorf nach Frankie Mommsen gefragt haben. Und in Büdelsdorf war Herr Blischcke auch. Im Handschuhfach habe ich eine Parkquittung gefunden.«

Die drei Polizisten standen zusammen und schauten einander zufrieden an.

»Guckst du mal, ob du unseren Schlagerstar auf dem Campingplatz auftreiben kannst? Ist ja dein Revier. Wir bringen die beiden Helden zur Zentralstation.«

Polizeihauptmeister Krüger nickte, holte den Blonden aus seinem Streifenwagen und gab ihm ein »Wird schon wieder, Blödmann« mit auf den Weg.

Zurück im Streifenwagen kritzelte er »Ronnie Blischcke, Schuh Benedikt, Frankie Mommsen« auf einen Zettel und fuhr los. Weit kam er nicht.

Marie hat das Wort

Das Publikum war diverser, als Marie es erwartet hatte. Sie hatte schon immer eine schnelle Meinung zu beinahe allen Themen gehabt. Und sooft sie eines Besseren – oder eher Wahreren – belehrt worden war: Vorurteile gehörten zum Ständerwerk ihrer Denkgebäude. Oft hatte sie den ein oder anderen Gedankenriegel ausgetauscht, doch stieß sie stets auf neue. Es blieb ein zähes Ringen zwischen Gemüt und Gehirn. Sie war davon ausgegangen, auf schon äußerlich gut erkennbar spleenige Kunstfreaks zu treffen, und tatsächlich saß ein Vertreter dieser Spezies gleich neben ihr auf dem Podium. Dort und im Zuschauerraum aber auch klassische Exemplare aus Maries Schublade der Bankangestellten und Behördenmitarbeitenden.

»Ich bin Ingo«, stellte sich ihr Sitznachbar vor und hielt ihr die Hand hin.

»Marie, freut mich.«

»Darf ich fragen, in welcher Funktion du hier bist?«

»Darfst du. Aber die Antwort ist an Banalität kaum zu toppen. Ich sorge mit meiner Partnerin von den Geschmacksverstärker:innen dafür, dass hier, in Flensburg und Kiel im Rahmen des Kunstsommers niemand verhungert.«

»Banal. Das klang geringschätzig, wie du es betont hast. Betrachten wir doch mal eine der Wortbedeutungen. Banal kann ›alltäglich‹ meinen. Darin nun wieder wohnt auch die Notwendigkeit. Ohne Essen und Trinken säßen wir nicht hier.«

Marie begann sich zu fürchten. »Das Thema des Podiums lautet doch ›Kunst kulinarisch‹ oder so ähnlich. Ich stimme zu: ohne Nahrungsaufnahme kein Podium. Aber Kunst und Kalorien sind doch keine Schwestern im Geiste.«

Ingo nahm einen Schluck aus seiner Tasse. »Kamillentee. Wusstest du, dass Kamillenöl durch Wasserdampfdestillation aus den Blütenköpfchen gewonnen wird, dass aus farblosen Vorstufen das blau gefärbte Chamazulen entsteht? Blau. Kamillenöl ist blau. Es findet eine optische Transformation statt. Eine Verwandlung, die allein den Eigenschaften der Kamille geschuldet ist. Der Mensch als Geburtshelfer eines Prozesses, den wir gemeinhin als Kunst bezeichnen können.« Ingo stellte die Tasse ab.

»Darf ich fragen, welcher Tätigkeit du nachgehst?«

»Ich forsche und lehre. Kunstphilosophie mit dem Schwerpunkt Transzendentalphilosophie.«

Die Selbstverständlichkeit, mit der Ingo das sagte, machte Marie sprachlos. Man wusste von der Welt und den Menschen weniger, als man gemeinhin annahm.

»Herzlich willkommen bei ›Kunst kulinarisch‹«, eröffnete jetzt Delaila die Veranstaltung, stellte das Podium vor und stieß Marie mit der Bitte um ihr Eingangsstatement ins kalte Wasser des Themas, dessen von Marie unterstellte Distanz zu Else und Otto Normalverbraucher für eine Hitzewallung sorgte.

»Das Universum ist stets um den Ausgleich bemüht«, hörte sich Marie wohl unter dem Eindruck von Kälte und Hitze sagen. »Die Kunst jener, die Lebensmittel verarbeiten, und die Kunst jener, die essen und trinken, besteht darin, das Gleichgewicht zu wahren. Das Gleichgewicht zwischen zugeführter und verbrauchter Energie, das Gleichgewicht zwischen süß und sauer, zwischen scharf und salzig. Wenn auf eine in der Kunst erwünschte Provokation durch hunderttausend Scoville Heat Units, die einem Schärfegrad von zehn entspricht und zum Beispiel von Chilis der Sorte Habaneros Caribbean Red erzeugt wird, keine Versöhnung durch Fett, Protein oder Zucker folgt, bleibt es bei schlichter Körperverletzung. Der Rest ist Handwerk, manchmal Kunsthandwerk.«

Vereinzelt rührten sich Hände. Ein angedeuteter Applaus. Dann hob sich in der ersten Reihe halb links aus dem Auditorium der schlanke Arm einer Frau. Dieser: typografisch tätowiert. Marie las am Ellbogen beginnend: »Reichweite.« Den Punkt hinter dem Wort erkannte sie auf der Außenseite der Kuppe des kleinen Fingers.

Marie hörte: »Die ›Hackfresse‹. Weil Sie von Provokation sprachen. Wer, so frage ich mich, empfindet den überdimensionalen Mettigel wohl eher als Provokation? Künstler:innen, die die Trivialität des Objekts kaum aushalten, oder Menschen, die den Hunger kaum aushalten?«

Marie freute sich. Kritisch denkende Menschen, die Denkprozesse anstießen, waren die Voraussetzung für Entwicklung. »Sie fragen explizit mich?«

Ein Nicken.

»Ich fühle mich insofern nicht kompetent zu antworten, als ich erstens keine Künstlerin bin und zweitens nie Hunger leiden musste. Ich kann also lediglich als Betrachterin, als Konsumentin der Kunst antworten, und ich muss sagen, dass ich angeekelt war, kaum dass ich das Ding gesehen hatte. Ich hatte Schlachthofszenen vor Augen und bierselige Runden grölender Partygänger, die sich ein Mettbrötchen nach dem anderen reinschieben. Mit anderen Worten: Dem Künstler ist es gelungen, mir mitten in die Fresse zu schlagen.«

Kein angedeuteter Applaus jetzt. Das Auditorium klatschte, was die Hände hergaben, vereinzelte Bravo-Rufe, einer pfiff auf den Fingern. Marie fühlte ihren Puls im Hals, eine Mischung aus Euphorie und dem unangenehmen Gefühl, weit übers Ziel hinausgeschossen zu sein.

Ingo umschloss mit warmer Hand die ihre, nickte und strahlte eine Gewissheit aus, die Marie in nur wenigen Lebensfragen empfand.

»Danke, Marie, und danke für die spannende Frage.« Delaila schenkte der Fragestellerin ein offenes Lächeln. »Provokation kann unser Thema sein. Ein guter Impuls. Muss denn Provokation immer aggressiv sein? Ingo, vielleicht ein Gedanke, mit dem du dich in deiner langen Karriere als Forschender befasst hast?«

Endlich ließ Ingo Maries Handgelenk los. »In der Tat, und ich bin dankbar für die Wahl des Themas, denn was emotionalisiert stärker als unser tägliches Brot? Also, im übertragenen Sinne. Wer einmal gesehen hat, wie jemand das Gesicht verzieht, der in eine Zitrone beißt, weiß, worauf ich hinauswill. Und Emotionen sind es doch, die Kunst erzeugen will. Emotionen als Treibsätze für Denkprozesse, für Sinneswandel, für Verhaltensänderung.«

»Verhaltensänderung?«, brüllte nun die Frau mit dem schlanken Unterarm. »Kunst will also manipulieren? In wessen Sinne denn, wenn ich mal fragen darf?«

»Über Geschmack lässt sich streiten«, mischte sich Delaila ein und räumte ein oder zwei Lacher ab.

Die Veranstaltung, ursprünglich als Vortragsveranstaltung

gedacht, mutierte zur Saalschlacht der Meinungen, die selten sachlich vorgetragen, oft mit dem Brustton der Überzeugung hinausgebrüllt wurden. Marie malte sich aus, was wohl passieren würde, verlöre einer der Anwesenden die Kontrolle über sich. Vom gepflegten Austausch der Positionen bis hin zur Massenschlägerei war es womöglich nur ein kleiner Schritt.

Dass es nicht so weit kam, war Sandro Hackmann zu verdanken, der nach einer Dreiviertelstunde an die niedrigsten Instinkte der Menschen appellierte.

»Von der Theorie, liebe Kolleginnen und Kollegen, liebe Gäste – zur Praxis. Lasst uns schmecken, was die Kochkunst der Geschmacksverstärker:innen auf die Teller gebracht hat. Danke an alle. Ich wünsche weiterhin lebhafte Gespräche und guten Appetit.«

Ein Gemurmel schwoll an, dessen Klang ein versöhnlicher war. Mit Essen kriegte man sie alle, auch die Kampfdiskutanten.

»Lass uns Telefonnummern tauschen«, schlug Ingo ganz altmodisch vor und schob ihr eine Visitenkarte rüber, auf der gleich drei Titel prangten. Ingo war Professor Doktor Doktor.

»Einfach ›Geschmacksverstärker:innen‹ in die Suchmaschine eingeben, dann schaust du Frauke und mir schon in unsere wissensdurstigen Gesichter.«

»Wissensdurstig. Durstig. Frappierend, nicht wahr? Wenn es um die Wurst geht, geht's immer um Nahrung«, kommentierte Ingo und freute sich über seinen Kalauer.

Von der anderen Seite war Sandro Hackmann an Marie herangetreten. Er wirkte ernster, als Marie ihn bisher erlebt hatte. Entschlossener. »Morgen wird mich Delaila vertreten. Ich fahre am Nachmittag nach Fehmarn. Ich verstehe, dass sich die Polizei nicht so engagiert, wie ich es erhofft hatte. Frankie ist erwachsen, ich bin nicht mit ihm verwandt, an den Figuren finden sich keine Spuren – obwohl, das hat die Polizei ja offiziell nie überprüft, *so what*. Ich fahre da jetzt hin und versuche mein Glück. Übermorgen bin ich wieder am Start.«

Maries Antwort wartete er nicht ab. Ein kurzes Lächeln, dann schritt er an der Längsseite der Sitzreihen entlang, grüßte hier und da, verschwand, und Marie verstand ihn. Sie dachte an Ele. Als Ele damals abgetaucht war, die Frau, mit der sie mehr als eine Freundschaft verbunden hatte, war sie auch kurz davor gewesen, die Welt nach ihr abzusuchen.

Rushhour

Von rechts näherte sich ein Trecker. Polizeihauptmeister Krüger schaute nach links. Dort winkte ein Radfahrer, dessen Rad auf dem Grünstreifen zwischen Radweg und Straße lag. Der Blick nach links. Ein Fehler. Der Trecker erwischte den Streifenwagen in Höhe des Kofferraums, drehte ihn um hundertachtzig Grad. Krüger knallte mit dem linken Knie gegen die Armlehne aus Hartplastik in der Tür und spürte gleich, dass das nicht gut war. Außerdem hatte er seine Sonnenbrille verloren.

Es dauerte nicht lange, da stand der Treckerfahrer neben ihm und nuschelte unverständliches Zeug. Sein Blick war voller Sorge.

»Lassen Sie mich durch, ich bin Arzt.« Er hatte das wirklich gesagt, der Radfahrer, aber er hatte gelacht, als er nun den Treckerfahrer zur Seite schob.

Dann lag Polizeihauptmeister Krüger auf dem Radweg. Der Radfahrer, der vorgab, ein Arzt zu sein, hatte allerlei getestet und gefragt, dann hatte er am Knie herumgedreht, dass Krüger geschrien hatte.

»Nicht so schlimm«, hatte der Arzt gesagt, der immer noch seinen lächerlichen Mickymaus-Helm trug. »Die Bänder sind intakt, das ist nur eine Prellung.«

»Das tut scheiße weh«, hatte Krüger gesagt.

»Tja, Rushhour auf Fehmarn, da muss man aufpassen. Wer nimmt mich denn jetzt mit in die Stadt? Ich hab 'nen Platten und kein Flickzeug dabei.«

Der Treckerfahrer sagte, seine Frau komme sowieso gleich hier vorbei, die könne ihn bringen.

Polizeihauptmeister Krüger fragte sich, wer den Unfall aufnehmen sollte. Die beiden Kollegen aus Burg waren vermutlich noch mit den Autodieben beschäftigt. Er rief in der Zentralstation an. Zehn Minuten später kam sein Chef, der Dienstgruppenleiter, und machte keinen Hehl daraus, wie übel gelaunt er war. »Rechts vor links, Krüger. So schwer kann das nicht sein.«

»Ich habe ihn abgelenkt«, sprang ihm der Mann mit dem Mickymaus-Helm zur Seite. »Ich hatte eine Panne, sah ein Polizeifahrzeug und hoffte, der Freund und Helfer würde halten. Hat er dann ja auch.«

»Sie können auch gleich auf die Zentralstation kommen, als Zeuge. Aber erst mal muss ich das hier alles aufnehmen. Alleine. Ist ja niemand da sonst.«

Er ging zum Streifenwagen, mit dem er gekommen war, und holte die Utensilien hervor, die er zum Vermessen von Bremsspuren und zum Markieren von Blechschäden benötigte. Als er zum dritten Mal mit allerlei Kram beladen an Krüger vorbeikam, der inzwischen mit dem Rücken an einem Zaunpfosten lehnte, sagte er: »Das habe ich seit Jahren nicht mehr gemacht. Macht sogar ein bisschen Spaß.«

Polizeihauptmeister Krüger betrachtete sein Knie. Gut, dass die Hose so weit war. Das Hosenbein hatte der radelnde Arzt bis zum Oberschenkel hochgeschoben. Ohne Hose hier zu sitzen, das hätte Krüger gar nicht gefallen. Der Treckerfahrer hatte eine Kühltasche und Eis dabei. Hatte er immer. Ein Tag auf dem Feld ohne Schatten, da konnte Eis die gute Laune retten. Der Arzt hatte nach der ersten Untersuchung für Kühlung gesorgt und das Bein hochgelagert.

»Keine Sorge«, interpretierte er Krügers Blick richtig. »Das wird wieder. Sollte sich Flüssigkeit ansammeln, muss das Knie punktiert werden. Aber das ist halb so wild. Nach dem Mittagessen sitzen Sie wieder am Schreibtisch. Weiter kühlen, hochlagern und schonen.«

»Wie lange dauert das?«

»In ein paar Tagen können Sie das Knie vermutlich wieder vorsichtig belasten. In vier Wochen ist das Thema durch.«

»Vier Wochen? In zwei Wochen habe ich Urlaub. Wander-
urlaub.«

Mickymaus schüttelte den Kopf.

Krüger kam Frankie Mommsen in den Sinn. Er war ja auf
dem Weg zum Campingplatz gewesen. Das konnte er jetzt wohl
vergessen, und den Chef würde er nicht damit behelligen. Vielleicht ließ sich das ja ganz leicht am Telefon klären. Seltsam war
allerdings, dass der Besitzer des schicken 280 SL den Diebstahl
noch nicht gemeldet hatte. Das könnte, überlegte Krüger, daran
liegen, dass das Auto am Leuchtturm gestanden hatte, während
dessen Besitzer irgendwo auf dem Campingplatz den lieben
Gott einen guten Mann sein ließ.

Hafenmeister, Platzwart, Hauptmeister

Die vom Fernsehen waren netter gewesen, als Hafenmeister
Benedikt sich das vorgestellt hatte. Kein bisschen eingebildet.
Insbesondere die Kamerafrau hatte es ihm angetan. Wie die la-
chen konnte.

»Moin, Benedikt, du alte Blindschleiche.« Die Begrüßung
durch Platzwart Martin war wie immer von großer Herzlichkeit.

Benedikt betrat die Dreifachgarage, in der Platzwart Martin
die wahren Schätze des Campingplatzes wie seinen Augapfel
hütete. Seine Frau, die den Platz in dritter Generation leitete, lief
regelmäßig rot an, wenn er wieder einmal nicht hatte widerstehen können. Die »Angebote unter Freunden«, die sein Kumpel,
führender Händler von Landmaschinen, Gartengeräten und
Forsttechnik, nach einem langen Kegelabend machte, waren
für Martin, was für seine Tochter die Pferdemesse Equitana
war. Für seine Frau, Mutter der gemeinsamen Tochter, war das
Suchtverhalten ihrer Liebsten ein Problem, das sie beim all-
sonntäglichen Frühstück diskutierte. Es änderte sich nichts. Sie
überlegte ernsthaft, ob sie Martin die Kontovollmacht entziehen
sollte, und hoffte auf einen Auslandsaufenthalt der Tochter.

Aber all das wusste Benedikt nicht, als er nun den noch immer feuchten Schuh auf die Haube des neuen Aufsitzmähers stellte. »Ich hab hier einen Schuh. Hat WD40 gefunden.«

»Dolle Sache. Ich hab hier zwei Schuhe.« Er deutete auf seine neonorangefarbenen Sneaker, für die er dreißig Jahre zu alt war. »Und eines lass dir gesagt sein. Auf meinem Mäher haben deine Schuhe mal so gar nichts verloren.«

Benedikt ließ den Schuh, wo er war. »Martin, es ist ernst. Der Schuh gehört wohl einem auswärtigen Journalisten, der nach unserem Schlagerstar gesucht hat. Dass der Schuh im Hafenbecken schwamm, ist schon seltsam. Ist nämlich ein teurer Schuh.«

Martin, der Platzwart, zog den Ölpeilstab aus dem Motor des Mähers. »Du kannst ja richtige Reden halten. Was willst du?«

»Erstens, der Journalist, hast du den gesehen, und zweitens, wo ist Frankie? Der kommt ja seit Jahren regelmäßig in den Hafen, setzt sich neben das Denkmal von Kaiser Wilhelm und schreibt Hits. Nun war er aber schon bestimmt vier Wochen nicht mehr da.«

»Bin ich Frankies Babysitter, oder was? Außerdem: Was denn für Hits? Soweit ich weiß, hat er genau einen: ›Heu Joe‹.«

»Martin, du bist hier der Platzwart und musst doch wissen, wo Frankie wohnt.«

»Mal hier, mal da. Hier auf dem Platz war er jedenfalls lange nicht. Keine Ahnung. Der hat doch auch noch eine Wohnung in Burg, soviel ich weiß. Oder nicht? Im Zweifel würde ich den einzig wahren Franky fragen. Der ist doch bestimmt Reusen kontrollieren.«

Hafenmeister Benedikt spürte, dass er hier nicht weiterkam. Er griff nach dem Schuh und drehte sich ins Licht, das durch die hohen Bäume in die Garage fiel. Als er gerade rausgehen wollte, hörte er das Geräusch abrollender Reifen.

Polizeihauptmeister Krüger stoppte den alten Allrad-Streifenwagen auf Höhe der anderen Autoritäten.

Martin trat vor die Garage. »Moin, man hört dich gar nicht,

also jedenfalls kein Motorgeräusch. Anschleichmodus, oder was?«

»Ich lasse gern mal ausrollen, das spart Benzin. Einer muss ja sparen.« Krüger zeigte auf den neuen Aufsitzmäher. »Warum ich hier bin: brauner Sportwagen. Was gesehen?«

»Willst du nicht erst mal aussteigen?«, erkundigte sich Hafenmeister Benedikt. »Martin hat bestimmt ein Getränk in seiner heiligen Halle.«

»Geht nicht. Dienstunfall. Knieverletzung.«

Martin grinste breit. »Komm, nach einem Dienstunfall legt ihr euch doch auf die faule Haut.«

Polizeihauptmeister Krüger atmete kurz durch. »Martin, kennst du Voltaire?«

»Französischer Wein, oder was? Ich bleib lieber beim Bier.«

»Französischer Philosoph. Du warst dicht dran. Der soll mal gesagt haben: ›Vorurteile sind die Vernunft der Narren.‹«

»Versteh ich nicht.«

»Zurück zum Thema. Brauner Sportwagen, Mercedes 280 SL.«

Jetzt nickte Martin. »Der stand gestern oder vorgestern am Leuchtturm.«

»Geht das genauer?«

»In der Zufahrt.«

»Woher weißt du das?«

»Hunderunde.«

»Also wann, abends, morgens?«

»Gestern Morgen.«

»Geht doch. Fahrer?«

»Keine Sau weit und breit. Wobei …« Martin schaukelte mit dem Kopf hin und her. »Außer vielleicht, aber da bin ich mir nicht sicher, könnte sein, dass Franky auf dem Leuchtturm war. Gesehen habe ich nix. Aber der singt ja immer so vor sich hin, und ich glaube, dass ich ihn gehört habe.«

»Den einzig wahren Franky?«

Martin nickte.

»Auf dem Leuchtturm. Was soll er da gemacht haben?«

»Kleiner Job. Geländer streichen.«

Krüger machte sich eine kurze Notiz. »Und Mommsen, Frankie Mommsen, unser Schlagerstar?«

»Habe ich schon eine ganze Weile nicht mehr gesehen.«

Benedikt, der Hafenmeister, hatte von Martin zu Krüger und von Krüger zu Martin geschaut. Er konnte nicht mehr folgen. Immer dieses Durcheinander mit Franky und Frankie. »Hier, den Schuh hat WD40 im Hafenbecken gefunden.«

Polizeihauptmeister Krüger zog einen Spurenbeutel aus dem Handschuhfach und hielt ihn aus dem Seitenfenster. »Der Schuh, hätte beinahe vergessen, danach zu fragen.«

»Woher weißt du was von dem Schuh?«

»Grete.«

Benedikt nickte und schob den Schuh in den Beutel. »Gut, dass ich den endlich los bin.«

»Kann ich jetzt mal wieder arbeiten? Im Gegensatz zu euch kriege ich kein Geld fürs Rumstehen.« Martin griff nach einer Motorsäge.

»Martin«, urteilte Polizeihauptmeister Krüger, »jeder, wie er kann. Ich glaube, du bist hier genau richtig.« Er nickte. »Männer, schönen Tag noch. Moin.« Er startete den Streifenwagen und fuhr los.

»Dienstunfall, nee, is klar. Vom Blinker abgerutscht und den kleinen Finger verstaucht. Mann, Mann, Mann. Beamter müsste man sein.« Martin sah, dass er Öl gekleckert hatte, und fluchte. Umweltbewegt war er nicht. Aber Verunreinigungen auf dem Garagenboden waren ihm ein Dorn im Auge.

»Hätte mich Krüger nicht zugelabert, wäre das nicht passiert. Mist, verfluchter.« Ein Griff ins Regal, dessen Böden beschriftet waren und auch über die Produkte oder Werkzeuge Auskunft gaben, die möglicherweise verdeckt standen, und Martin hatte das Ein-Kilo-Gebinde des von ihm favorisierten Ölbindemittels zur Hand.

Gleich neben dem Bindemittel stand eine Dose Ölfleckentferner. Er war vorbereitet. Seitdem in der Welt eine Krise die andere jagte, bat ihn mancher Freund sogar um Rat. Martin war schon lange und aus Überzeugung Prepper. Viele Spötter waren verstummt.

Kurz vor dem Abzweig nach links ließ Polizeihauptmeister Krüger den Streifenwagen erneut sanft ausrollen. Im Physikunterricht hatte er von der Energie der Lage und der Energie der Bewegung gehört. Er hatte sich mit dem Energieerhaltungssatz beschäftigt und seine Begeisterung für physikalische Phänomene nie verloren. Wann immer möglich, ließ er Autos ausrollen. Bewegungsenergie durch Bremsen in Wärmeenergie umzuwandeln, widerstrebte ihm. Er fotografierte aus dem Seitenfenster heraus den Leuchtturm, zoomte auf das Geländer, das noch nicht fertig gestrichen war. Den einzig wahren Franky konnte er nicht entdecken. Vielleicht war der ja tatsächlich draußen bei seinen Reusen.

Wegen seiner Knieverletzung konnte Krüger die letzten Meter zum Fuß des Leuchtturms nicht gehen. So fuhr er auf das Gelände und hielt gegenüber dem kleinen Spielplatz. Er schaute sich um und stellte fest, dass er allein war. Vorsichtig stieg er aus und fühlte, dass der Mickymaus-Arzt richtiggelegen hatte. Die Hochlagerung des Beins wäre wohl die geeignete Maßnahme. Zum Schmerz hatte sich eine gewisse Steifigkeit gesellt.

Krüger blickte sich sicherheitshalber noch einmal um, dann öffnete er den Kofferraum und entnahm zwei Krücken. An ihnen zu gehen, verlernte man ebenso wenig wie Fahrradfahren. Er hatte vor zwanzig Jahren beim Fußball einen Bänderriss im rechten Sprunggelenk erlitten und damals sogar Spaß daran gehabt, auf den Krücken zu balancieren, ohne den Boden mit den Füßen zu berühren. Aus seiner Position zwischen Leuchtturm und Café erkannte er nun, dass Franky noch ein Drittel des Geländers vor sich hatte. Vor der Tür zum Turm standen allerlei Malerwerkzeuge und zwei Eimer mit roter Farbe.

In der Polizeischule hatte Krüger gelernt, Orte systematisch abzusuchen. Ein Prinzip, das ihm eingeleuchtet und sich in all den Jahren bewährt hatte. So teilte er den Rasen vor seinem geistigen Auge in Quadrate ein und begann, diese langsam abzugehen. Schon im dritten Quadrat wurde er fündig.

Er bückte sich mit durchgestreckten Beinen und hob einen knapp sechs Zentimeter breiten und etwas mehr als zehn Zentimeter langen Streifen Papier auf, drehte ihn um und sah, dass es der typische Ausdruck eines Kartenlesegerätes war. Jemand hatte vor zwei Tagen in einem Supermarkt in Selent eingekauft und drei Euro neunundvierzig bezahlt. Herauszufinden, wer dort was gekauft hatte, war keine Raketenwissenschaft.

Etwa zwei Meter weiter Richtung Turm wuchsen die Halme des Rasens an einigen Stellen nicht so aufrecht wie ihre Nachbarn. In die Hocke oder auf die Knie gehen konnte Krüger nicht. Er sah sich um. Er war noch immer allein, beugte das rechte Bein, stützte sich mit der rechten Hand ab, mit dem Ellbogen, dann berührte seine rechte Hüfte den Boden. Wie bedeutsam die Funktion einzelner Körperteile war, merkte man immer erst dann, wenn sie nicht funktionierten. Nun lag er bäuchlings auf dem gepflegten Grün.

Die Grasnarbe war hier und da leicht eingedrückt. Nicht ungewöhnlich, wenn zwischen Turm und Spielplatz Menschen entlanggingen. Aber die Fläche war wegen der Arbeiten oben am Leuchtturm gesperrt. Aus den Abdrücken konnte Krüger nicht ableiten, wodurch sie verursacht worden waren. Was er aber auch sah, waren deutliche Fußabdrücke und eine etwa zehn Zentimeter breite, nicht unterbrochene Spur, die hinüber zum Weg führte. Dann entdeckte er zunächst an einem, schließlich an mehreren Halmen bräunliche Verfärbungen. Für einen Moment dachte er an Farbe, die vom Turm herabgetropft sein könnte. Aber die für das Geländer gewählte Farbe war Rot.

Polizeihauptmeister Krüger war »on fire«, soweit das sein kaltblütiges Gemüt zuließ. Er bewegte sich – am Gehen auf den Krücken hatte er richtig Spaß – zum Kofferraum und kam mit einer Sprühflasche zurück, die Luminol enthielt. Chemolumineszenz hieß das Phänomen, das für ein blaues Leuchten sorgte, wenn Eisen im Blut reagierte. Allerdings galt es, keine vorschnellen Schlüsse zu ziehen, bevor Spuren nicht im Labor

untersucht worden waren, denn auch bestimmte Reinigungsmittel reagierten mit einem Leuchten.

Zurück am Ort der verfärbten Halme beugte Krüger den
Oberkörper so weit vor, wie es die verkürzte Oberschenkel-
muskulatur zuließ. Er sprühte, schaute und freute sich. Dass
hier jemand Blut verloren hatte, war nicht unwahrscheinlich.
Vielleicht hatte er einen Tatort gefunden. Endlich mal. Er rief
seinen Chef in Burg an, der Krügers Begeisterung nicht teilte.

»Was trampelst du da rum? Das ist wirklich nicht dein Job.
Außerdem bist du dienstunfähig. Bring mir den EC-Beleg und
aus die Maus.«

»Von Mitarbeiterführung versteht der ja was«, murmelte
Krüger und rief Ines an, die sich im Kaffeegarten am Leuchtturm um alles kümmerte. Er bat sie, die Zufahrt zu sperren, und
fuhr nach Petersdorf. Er musste ein Schmerzmittel einwerfen,
bevor er den Spurenbeutel mit Grashalmen und den EC-Beleg
zur Zentralstation brachte.

In Petersdorf parkte er den ausgemusterten Geländewagen
der Bundespolizei direkt vor dem Eingang. So sparte er ein paar
Meter. Inzwischen war das Knie stärker angeschwollen. Dass
er den Geländewagen gerettet, die Bosse überzeugt hatte, das
Fahrzeug ganz offiziell der Wache in Petersdorf zuzuordnen,
war einer seiner größten Triumphe über die Bürokratie gewesen. Öfter als einmal hatte er Autos abgeschleppt, die sich in
schlammigen Feldwegen festgefahren hatten. Jetzt leistete der
alte Freund gute Dienste, weil der eigentliche Streifenwagen
vermutlich schrottreif war und der Polizeihauptmeister sich
leichter auf den Fahrersitz schwingen konnte, als es bei der
Limousine möglich gewesen wäre.

Am Schreibtisch angekommen, schluckte er zwei Tabletten,
trank Kaffee aus der Thermoskanne, die er bei der Fahrt zum
Campingplatz vergessen hatte, und rief den Einzelhändler in
Selent an. Diesen bat er wegen des Zahlungsbelegs um Rückruf,
konnte ja jeder komische Fragen stellen.

Nachdem er die Situation erklärt hatte, übermittelte der
Händler die neunzehnstellige PAN-Nummer, die nur auf den

Händlerbelegen ausgedruckt wurde. Über diese Nummer konnten die Karte, mit der bezahlt wurde, und das Geldinstitut ermittelt werden. Die Primary Account Number führte Polizeihauptmeister Krüger zu einer Bank, die auch seine Bank war. Ziemlich praktisch. So konnte er eine ihm gut bekannte Filialleiterin anrufen, die nicht müde wurde, darauf hinzuweisen, dass sie nicht berechtigt sei, Auskünfte über den Kunden zu geben, wenn nicht die Staatsanwaltschaft, ein Richter und so weiter …

»Monika, du bist wirklich eine gute Staatsbürgerin, aber nach dem Unfall tut mein Knie weh, und ich möchte das Bein gern wieder hochlegen, damit das Knie nicht punktiert werden muss. Vorher muss ich allerdings den Menschen anrufen, der mit dieser Karte gezahlt hat. Das verstehst du doch, oder?«

Monika verstand das nicht, sie war nicht blöd. Aber nachdem er hoch und heilig versprochen hatte, dass ihre Auskunft ihr nicht das Genick brechen würde, rückte sie den Namen des Kunden raus. »Ronnie Blischcke«, sagte sie, »mit ck, das sieht ganz komisch aus.«

»Die Adresse bitte noch, liebe Monika.« Krüger notierte. »Kontostand?«

»Jetzt reicht's aber. Ist das ›Versteckte Kamera‹ hier? Ich hab Kundschaft, und wehe, ich kriege Ärger. Tschüss.«

Monika legte auf, und Krüger freute sich. Sein Auftritt in der Zentralstation wäre ein triumphaler, doch er würde sich nichts anmerken lassen.

Dass der Mercedes Ronnie Blischcke gehörte, wussten sie ja schon. Dass er sich aber vermutlich am Leuchtturm aufgehalten hatte, dass er dort sehr vielleicht Blut verloren hatte, das waren schon Neuigkeiten, die sich sehen lassen konnten.

Nyx [6] – Travemünde calling

Den Rückflug zurück von Sylt hatte sie sehr genossen. Das Wattenmeer, der Schleswiger Dom, die Schlei, der Rundspeicher in Eckernförde, der Anflug auf Kiel, der Blick über die Förde bis hinaus nach Laboe. Sie mochte ihr Land, und sie mochte die Landeshauptstadt. Manche empfanden sie im Vergleich zu den politischen Zentren anderer Bundesländer als unscheinbar. Nyx genoss, dass Kiel direkten Zugang zum Meer hatte.

Der Pilot hatte geschwiegen. Auch das war angenehm gewesen und hatte dazu beigetragen, dass sie sich entspannen konnte. Nach der Landung ein kurzes Danke. »Mein Job«, hatte er geantwortet. Ein Mann ganz nach ihrem Geschmack.

Den Job auf Sylt hatte sie erledigt. Nun konnte sie sich abschließend um Mäkinen kümmern, der in der Kühlkammer auf sie wartete. So jedenfalls war der Plan, denn schon morgen hatte sie einen Termin in Kiel, den sie nicht verpassen wollte. Sie stieg ins Auto, verließ das Flughafengelände und fuhr wenig später über die Holtenauer Hochbrücke, als sich ihr Smartphone mit der Titelmelodie aus »Spiel mir das Lied vom Tod« meldete. Ein alberner Spaß, den sie überdachte, wann immer das Lied erklang. Sie sollte vielleicht einen der Ernsthaftigkeit ihres Tuns angemesseneren Klingelton wählen.

Am Telefon meldete sich ein Kooperationspartner aus Travemünde und fragte, wann sie eintreffe, um das Subjekt aus Helsinki zu übernehmen.

Nyx war sprachlos. Dass erneut ein Subjekt aus Finnland kommen würde, hatte sie nicht gewusst. Sie war sicher, dass sie nicht informiert worden war. Mühsam kämpfte sie ihre Verärgerung nieder, bis sie jener Professionalität wich, die Voraussetzung für ihr Tun war.

Es vergingen etwa dreißig Minuten, bis sie vermittels eines Transponders das neue Tor zum Gelände öffnete, das auch ob seiner Dimensionen ein hohes Maß an Sicherheit gewährleistete. Zügig durchquerte sie das Gebäude, betrat das an ihren Arbeitsraum angrenzende Büro, prüfte den Inhalt der Tasche, die sie bei Erstkontakt mitführte, stellte sicher, dass die Werte im Kühlraum optimal waren, und zog sich um. Jede Stufe des Prozesses erforderte eine andere Art der Kleidung. Beim Erstkontakt trug sie stets eine ballistische Schutzweste mit Stichschutz.

In der Hoffnung, dass sie die Kreation Mäkinen am Abend zu Ende führen könnte, verließ sie das Gebäude und bestieg ein Fahrzeug, das über die nötigen Transportmöglichkeiten für das neue Subjekt verfügte. Allein die Fahrt würde jeweils anderthalb Stunden ihrer kostbaren Zeit beanspruchen. Nicht auszuschließen, dass sie bald Ausschau nach einem Assistenten halten musste. Die Nachfrage überstieg ihre Möglichkeiten deutlich. Damit hatte sie nicht gerechnet, als sie die Kreation in ihrer Community erstmals vorgestellt hatte.

Auf der Fahrt verzichtete sie auf jedwede Ablenkung. Keine Musik. Auch das Smartphone hatte sie in den Flugmodus geschaltet. Kurz bevor sie den Anleger von Finnlines in Travemünde erreichte, huschte ein Lächeln über ihr Gesicht. Endlich wusste sie, wie sie Mäkinens Wunsch würde nachkommen können.

»Meine als Selbst empfundene innere Einheit ist multipel, ist Orient und Okzident, ist Eva, Adam, ist analog und digital«, hatte sie im Lastenheft der Kreationen gelesen, das sie für ihre Auftraggeber anlegte. In der Umsetzung würde sie sich konzeptionell am Universum orientieren. Am allumfassenden Kosmos. Schon heute Abend hätte sie Gelegenheit, ein geeignetes Motiv im Glücksburger Menke-Planetarium auszuwählen. Sie kannte Rainer, der die Geschicke des Planetariums lenkte, und sie wäre sowieso in der Nähe. Bisweilen antwortete das Universum auf Fragen, die man ihm nicht gestellt hatte. Auf die Unendlichkeit war Verlass.

Ein Sonderausweis ermöglichte ihr die Zufahrt zu den Containern. Gegenüber die Idylle der Halbinsel Priwall. In einem der Container das Subjekt, dessen letzte Reise kurz bevorstand. Der Kooperationspartner gab sich durch das vereinbarte Passwort zu erkennen und öffnete einen der Container. Im Inneren erinnerte nichts an die Nüchternheit international normierter Transporte: Der schmale Raum war eingerichtet wie das Boudoir im Winterpalast in der Eremitage. Die Farben Rot, Weiß und Gold dominierten. Jemand hatte einen großen Aufwand betrieben, um dem Subjekt für wenige Stunden die Umgebung seiner Wahl zu schaffen.

Das Subjekt war allein. Eine schlanke Frau. Beinahe alterslos. Sie trug ein Kleid, das Nyx dem ausgehenden 19. Jahrhundert zuordnen konnte. Sie lag in aufreizender Pose auf einem mit rotem Stoff bezogenen Chaiselongue. Der Kooperationspartner übergab die Kladde mit Aufzeichnungen, die Nyx Orientierung bei der Kreation geben würden. Subjekt und Chaiselongue verbrachte der Kooperationspartner in das Fahrzeug, mit dem Nyx hergekommen war. Der Container war vorsorglich zwischen zwei anderen eingerückt worden, sodass sie unbeobachtet an die geöffneten Türen hatte heranfahren können. Sie scannte einen QR-Code, den ihr der Kooperationspartner auf dem Display eines Notebooks zeigte, bestätigte den Empfang des Subjekts und fuhr los.

Krüger, der Supercop

In Burg war Stau. Stau in Burg war selten. Aber Polizeihauptmeister Krüger kam nicht umhin, Beobachtungen wie diese beim Namen zu nennen. »Scheißstau«, entfuhr es ihm, und er rechtfertigte seine verbale Entgleisung mit dem Schmerz, den die Prellung in seinem Knie verursachte.

Der Stau aus zwei Personenkraftwagen mit auswärtigen Kennzeichen und einem Traktor, dessen Fahrer aussah, als wäre er gerade zwölf geworden, löste sich auf, und für Krüger war der Weg endlich wieder frei. Er parkte gleich neben dem Auto seines Chefs, wappnete sich mit beiden Krücken für den Aufstieg, denn es führten sieben Stufen zum Eingang der Zentralstation. Er durchschritt den Wachraum, so würdevoll es ging.

»Moin, bist du nicht krankgeschrieben?«

»Die Gerechtigkeit ruht nie.«

»Vielleicht hat nicht nur dein Knie was abbekommen«, mutmaßte der Kollege.

Krüger ließ sich nicht beirren und betrat das Allerheiligste. »Chef, ich hab da was.«

Er legte seine Karten beziehungsweise die Spurenbeutel auf den Tisch, berichtete von seinen Ermittlungen unterm Leuchtturm, deren Ergebnis und schloss: »Ich hätte so gern einen Kaffee. Ich komm ja gerade zu nichts.«

Der Chef stand auf, bot Krüger einen Stuhl an und verließ sein Büro. »Milch, Zucker?«, rief er aus der kleinen Küche. Das war noch nie passiert.

So saßen sie einander gegenüber. Der Chef und sein bester Ermittler.

»Ronnie Blischcke. Ist das also bestätigt. Woll'n mal sehen, ob wir nicht doch was über ihn haben«, verlieh der Chef seiner vagen Hoffnung Ausdruck und konsultierte behördliche Datenbanken, während Krüger, zurückgelehnt im Besucherstuhl, den Kaffee trank.

Wenige Minuten später ließ ihn der Chef seine Enttäuschung spüren. »Nichts, immer noch nichts, ein unbeschriebenes Blatt. Dass er hier war, können wir auch nicht sicher sagen. Wir haben den Schuh, das Auto, den Beleg, die Zeugenaussage aus dem Hotel.«

Krüger zeigte auf den Spurenbeutel und die darin enthaltenen Grashalme mit anhaftendem Blut.

»Jochen«, rief der Chef den Kollegen. »Bring das mal ins Labor.« Jochen kam, würdigte Krüger keines Blickes und verschwand wieder. »Die sollen das prioritär behandeln«, rief er Jochen noch hinterher.

»Prioritär. Ob Jochen das versteht?«, ulkte Krüger. Er konkurrierte mit Jochen um den Posten des stellvertretenden Dienstgruppenleiters. Die Männer lachten. Krüger wähnte sich am Etappenziel seiner Karriereplanung. »Darf ich?«, fragte er und legte gleichzeitig sein linkes Bein auf der obersten Etage eines Aktenwagens ab.

Der Chef bewegte seine Gesichtsmuskulatur so, dass es im Ergebnis nach großzügig freundschaftlicher Zustimmung aussah.

»Hat sich Sandro Hackmann noch mal bei dir gemeldet, wegen Frankie Flügge, oder besser: Mommsen?«, fragte Krüger.

»Nö. Der taucht schon wieder auf. Wie soll ich sagen? In deren Szene ist das ja nicht so unüblich, wenn sich der eine Kerl mit einem anderen davonmacht. Paar Tage Halligalli auf St. Pauli, würde ich mal tippen.«

Krüger hob warnend eine Hand. »Chef, da wäre ich vorsichtig. Sind meiner Erfahrung nach alles Menschen wie du und ich. Da gibt es sone und solche. Und außerdem hast du den Personalrat schneller am Arsch, als dir lieb ist.«

Beschwichtigende Geräusche von hinter dem Monitor. »Wolltest du nicht mal Ausschau halten auf dem Campingplatz, bevor dir der Trecker reingerauscht ist?«

»Habe ich doch. Martin, der Platzwart, sagt, er hat Frankie seit einer ganzen Weile nicht mehr gesehen.«

»Eine ganze Weile. Schön, dass wir solch präzise Aussagen auf dem Tisch haben. Damit können wir doch arbeiten. Ach, stell dir vor, wir könnten jetzt einfach mal eine Funkzellenabfrage starten.«

Zwei Polizisten schauten auf ihre Hände. Eine Fliege landete auf dem Schreibtisch. Die Erde drehte sich um sich selbst und um die Sonne herum. Dann passierte, was das Leben so unkalkulierbar machte. Der Zufall betrat die Bühne.

Das Telefon des Chefs klingelte, und am anderen Ende meldete sich eine Kollegin aus Laboe. Sie teilte mit, dass seit Tagen, jedenfalls schon eine ganze Weile, ein sehr bunter Ford Transit ohne Nummernschilder gegenüber dem Friedhof stand. War niemand drin, soweit sie das beurteilen könne. Aber auf der Seite der Schrottkarre stehe: »Frankie Flügge – Schlager für den Norden«. Da habe sie gesuchmaschint und sei auf Fehmarn gelandet. »Und jetzt du«, sagte sie.

»Das Auto, so wie du es beschreibst, kenne ich. Damit ist Frankie Mommsen schon lange auf Tour. Kennst du ›Heu Joe‹ nicht?«

Kannte sie nicht. Der Chef war ein bisschen beleidigt.

»Egal, Frankie Mommsen wurde uns als vermisst gemeldet. Müsstest du auch auf dem Tisch haben.«

»Und?«

»Macht den Transit auf. Vielleicht hat er sich ja aufs Ohr gelegt.« Der Chef lachte, die Kollegin nicht.

»Dass die Nummernschilder fehlen, ist schon komisch. Okay, wir gucken mal rein und fragen in der Nachbarschaft rum. Gute alte Polizeiarbeit.«

»Dafür ist Laboe bekannt. Viel Erfolg.«

Die Kollegin legte auf.

Polizeihauptmeister Krüger nahm sein Bein vom Aktenwagen, sagte: »Läuft«, und ging.

»Jetzt muss ich schon den Kaffeebecher vom Fußvolk wegräumen«, brummelte der Chef. »Es geht bergab.«

In der Nacht kam eine E-Mail aus dem Labor der KTU. Der Laborleiter war kurz vor der Pensionierung, hatte gute Beziehungen und herausgefunden, dass Ronnie Blischcke regelmäßig Blut spendete und als Stammzellenspender registriert war. Das an den Grashalmen sichergestellte Blut war das Blut von Ronnie Blischcke.

Auf Frankies Spuren

Sandro Hackmann mochte Brücken. Diese mochte er besonders. Vielleicht auch, weil er auf Fehmarn unbeschwerte Stunden mit Frankie verbracht hatte.

Jetzt hatte er die Stelle erreicht, an der die Stahlbögen der eleganten Konstruktion dem Himmel am nächsten kamen. Schon oft hatte er darüber nachgedacht, die Fehmarnsundbrücke, den Kleiderbügel, wie die Brücke auch genannt wurde, ins Zentrum einer Ausstellung zu rücken. Nach dem Vorbild des »Stillleben«, einer Kunstaktion im Rahmen von »RUHR.2010 – Kulturhauptstadt Europas«, würde man die Brücke dazu einen Tag lang sperren und für das Zusammenkommen von Menschen nutzen. Im Ruhrgebiet waren sechzig Kilometer der Autobahn 40 gesperrt worden. Millionen Menschen hatten den Tag genutzt, hatten musiziert, kleine Theaterstücke aufgeführt, gegessen und getrunken, hatten die Lebensader des Reviers mit Leben gefüllt. Die Fehmarnsundbrücke war knapp einen Kilometer lang. Da musste doch was zu machen sein.

Morgen würde Delaila ihn vertreten. Er hätte vierundzwanzig Stunden, um Frankie oder zumindest einen Hinweis auf seinen Verbleib zu finden.

Zuletzt hatte Frankie in einer Mietwohnung neben der Inselschule in Burg gelebt. Sandro hatte geglaubt, dass sich Frankie fangen würde. Die Einnahmen aus seinem Hit hatte er in eine Eigentumswohnung gesteckt. Die hatte er verkaufen müssen, weil er die nächste Tour aus eigener Tasche finanziert hatte. Die Tour war gefloppt, wie auch die Platte zur Tour. Aber dann wurde ihm ein Sparvertrag ausgezahlt, und alles schien wieder ins Lot zu kommen. Das war der Zeitpunkt, als Sandro ihn verlassen hatte. Daran gedacht hatte er schon länger, es aber nicht übers Herz gebracht. Sie hatten gestritten und geheult. Kontaktversuche hatte Sandro abgeblockt. Nichts bereute er mehr.

Die Straße war ihm vertraut, die Kleingärten am Ortseingang, die Gesichter der Häuser. Der Friedhof. Dort hatte er oft allein auf einer Bank gesessen und sich vorgestellt, wie Menschen gelebt hatten, die hier vor Jahrzehnten beweint und beerdigt worden waren. Er hatte gesehen, wie Angehörige vor Gräbern gestanden, die Lippen bewegt, zum Himmel aufgeschaut hatten. Er konnte es nicht wirklich glauben, aber sollte Frankie tot sein, musste er wissen, wo er jetzt war. Ohne einen Ort, an dem er ihn besuchen konnte, war ein Abschied, war ein Neubeginn unter anderen Vorzeichen nicht möglich.

Sandro dachte an all die Soldaten, die in Kriegen verschollen waren, und wurde über den Gedanken an den Schmerz der ratlosen Hinterbliebenen ganz traurig. Dass Grabmale mit Namen von Verschollenen ausreichend Trost spendeten, konnte er sich kaum vorstellen. Das Marine-Ehrenmal in Laboe zu besuchen, nahm er sich vor, um sein Gefühl zu überprüfen. Bisher hatte er stets einen Bogen um das imposante Bauwerk gemacht. Unterbewusst hatte er es mit Militarismus in Verbindung gebracht. Tatsächlich war es eine Gedenkstätte für Menschen aller Nationen, die auf See geblieben waren, und es war ein Mahnmal für eine friedliche Seefahrt auf freien Meeren. Sandro hatte das mal gelesen. Es wurde Zeit, Vorurteile und Halbwissen vor Ort auf die Waage der Realität zu legen.

An der Kirche bog er links ab und parkte wenig später vor den viergeschossigen Mehrfamilienhäusern, in denen Frankie eine gewisse Berühmtheit genossen hatte. Kurz nach seinem Einzug hatten ihn Nachbarn überredet, ein kleines Konzert auf dem Rasen vor den Häusern zu geben. Er hatte sich nicht einen Moment geziert. Das Gefühl, vor Menschen aufzutreten, ihnen eine Freude zu machen, zu helfen, dass sie ihre Sorgen für zwei Stunden vergessen konnten, war Frankie immer wichtig gewesen. »Soll sich die Kulturelite ruhig über unsereins lustig machen«, hatte er mal gesagt, als Sandro aus dem Feuilleton einer großen Wochenzeitung vorgelesen hatte, »ich sehe das Glück in den Augen meiner Fans.«

Eine sommerlich milde Brise bestrich von Osten her die von den Häusern an drei Seiten umschlossene Rasenfläche, die einen kleinen Spielplatz mit Sand, Rutsche und Schaukel zierte. Der Rasen, obgleich Natur, wirkte steril. Kein Blümchen, das sich getraut hätte, das Einheitsgrün zu stören. Sauber ausgerichtet warteten neben den Hauseingängen je zwei Bänke aus pflegeleichtem Metallgeflecht. Der Grünton biss sich mit dem des Rasens.

Je näher Sandro dem Eingang kam, desto weicher wurden seine Knie. Hier hatte er eine kurze, aber intensive Zeit der Annäherung und Distanzierung mit Frankie erlebt. Die Wohnung im zweiten Obergeschoss, kaum sechzig Quadratmeter groß, bot, was das Leben erforderte. Es war jener Sommer, in dem Sandro erstmals von Tiny Houses gehört und geschwärmt hatte.

»Die nächste Kuh, die zum Melken durchs Dorf getrieben wird«, hatte Frankie den Trend kommentiert. »Gibt es alles, schau dich um. Man nennt das Wohnung.« Frankie hatte sich selbst mal als pragmatischen Sozialisten mit Herz beschrieben.

»Moin, lange nicht gesehen.«

Sandro Hackmann zuckte zusammen. Eine Frau Mitte fünfzig war aus der Haustür getreten. Ihr Gesicht kam ihm bekannt vor, aber …

»Silke«, sagte sie, die seine Verunsicherung gespürt hatte, und streckte ihm ihre rechte Hand entgegen.

»Silke«, sagte Sandro und verstummte. Er ergriff die Hand. Silke legte den Kopf schräg. »Alles gut?«

Wie er dieses »Alles gut« hasste.

»Komm, wir setzen uns einen Moment.« Silke dirigierte ihn zur linken der beiden Drahtbänke. Die Kühle des Metalls drang durch den dünnen Stoff der Sommerhose. »Wie geht es dir?«

Was sollte er antworten?

»Alles okay bei Frankie und dir? Frankie habe ich ja auch ewig nicht gesehen. Ist er noch auf der Insel?«

»Das versuche ich gerade herauszufinden.«

Dass sie kein Paar mehr waren, verstand Silke schnell. Dass Frankie ausgezogen war, konnte sie berichten. Wann, wusste sie nicht mehr genau, aber dass sie seine Siebensachen auf einem Anhänger vom Baumarkt zum Campingplatz am Flügger Strand gebracht hatte, das war mal sicher.

»Danke, Silke. Danke, dass du dich um Frankie gekümmert hast. Ich fahr dann mal dahin.«

»Was ist denn los?«

»Ach, nichts weiter. Ich habe einfach keine aktuelle Adresse.«

Silke nickte, und er sah, dass sie enttäuscht war. Sie hatte gleich erkannt, dass er ihr nicht die Wahrheit sagte. Ohne weitere Nachfragen stand sie auf, schloss das kurze Gespräch mit »Na dann« und brachte ihren Müll zur Sammelstelle am Parkplatz.

Sandro Hackmann blieb noch einen Moment sitzen. Er hoffte, dass Silke in ihr Auto steigen würde, dass er ihr nicht noch einmal würde in die Augen schauen müssen. Die Deckel der Tonnen klappten, ein Motor sprang an. Er hatte Glück gehabt, fühlte sich schlecht und freute sich doch über Silkes Hinweis.

Der Campingplatz am Flügger Strand. Das lag tatsächlich

nahe. Camping hatte Frankie immer mit Freiheit verbunden, und die Nähe zum Jimi-Hendrix-Gedenkstein war sicher auch ein Argument für die Wahl des Ortes. Ob er wohl einen Wohnwagen gemietet hatte? Sandro Hackmann stand auf, ging zur Tür, schaute auf die Klingelschilder und sah, dass Frankies Wohnung neu vermietet worden war. Das Namensschild hatten die neuen Mieter über das von Frankie geschoben. Hinter dem Namen Carlsen sah Sandro Hackmann noch das »sen« von Mommsen durchschimmern, sodass man auf den ersten Blick auch »Carlsen sen« lesen konnte. Sandro Hackmann fand den Gedanken an Carlsen senior lustig, wusste allerdings, dass er mit einer Art Nischenhumor gesegnet war.

Den Weg zum Flügger Strand kannte er gut. Oft waren sie dort zu zweit gewesen, hatten im Sand gesessen, Pläne geschmiedet.

Die Sonne kam von links. Immer wieder musste Sandro blinzeln, wenn die Baumreihe der Allee Lichtlücken ließ. Er klappte die Sonnenblende vor das Seitenfenster. Das hatte ihm Frankie gezeigt, nachdem er schon fast zwanzig Jahre einen Führerschein gehabt hatte. Frankie war so praktisch veranlagt.

Das Auto stellte er vor der Zufahrt zum Platz auf der linken Seite ab. Das hatten sie schon früher so gemacht. Oft hatten sie sich dann im Kiosk Eis gekauft. Aus der Tiefkühltruhe. Cornetto Nuss für Frankie und ein Split für ihn. Sandro Hackmann wurde bewusst, dass er Frankie vielleicht in wenigen Minuten zum ersten Mal nach der Trennung wiedersehen würde. Dazu brauchte er Ronnie Blischcke nicht, den Journalisten, der ihm ein wirklich abscheuliches Geschäft vorgeschlagen hatte.

Er überquerte den Weg, ging hinüber zur Rezeption. Unschlüssig stand er vor dem Eingang und spürte, wie ihn der Mut verließ, wenn er ehrlich war, bereits verlassen hatte. Was würde er sagen oder tun, stünde er Frankie gleich gegenüber? »Schön, dass du lebst«?

Seine Hand schwebte für einen Moment über der Türklinke. Sie zitterte. Auf eine halbe Stunde kam es nicht an, sagte sich Sandro und schlug den alten Weg hinüber zum Strand ein. Er war lange nicht hier gewesen. Die Wohnwagen, vor allem die

Wohnmobile, waren der Unschuld entwachsen. Sie waren wie übergewichtige Rentner, die zu enge Shirts trugen. Was schnittig wirken sollte, war vor allem eines: massig. Verspiegelte Fenster. Zugänglich und nahbar wirkten die beweglichen Einfamilienhäuser auch nicht.

Sandro lenkte seine Schritte nach links, dorthin, wo das Wasser der Ostsee Grenzenloses versprach, ohne rot zu werden. Zu Recht, die Illusion von grenzenloser Freiheit entstand in der Phantasie der Betrachter. Das Wasser war und blieb unschuldig. Allein der Himmel konnte halten, wonach die Sehnsucht der Menschen verlangte.

Kaum hatte er den Hauptweg hinter sich gelassen, hörte er die Geräusche der Wellen, die an den Strand rauschten. Sanft und stetig. Die Schuhe aus, den Blick voraus. Sand unter den Füßen, Wasser, das die Knöchel, die Waden umspielte. Gehen, wie gegangen werden. Die Wohnmobile wichen Zelten, die Zelte wichen Strandhafer.

Marie allein

Wenige Stufen führten von der Holtenauer Reede hinauf zum Leuchtturm. Hierher, wo Kieler Förde und der Nord-Ostsee-Kanal einander trafen, zog es Marie immer wieder. Auf der obersten Stufe fiel ihr ein Buch ins Auge. Sie ahnte gleich, dass Hauke Harder einen seiner Leseschätze prominent dort platziert und einen Gruß hinterlassen hatte. Lange konnte der Leseschatz bei all den Passanten noch nicht hier liegen, und tatsächlich sah Marie von ihrem erhöhten Standpunkt aus, wie sich ein Paar auf zwei Fahrrädern langsam entlang des Tiessenkais entfernte. Hatten die beiden Buchhändler aus Friedrichsort wohl einen kleinen Abstecher auf dem Weg in den Feierabend gemacht. Bei nächster Gelegenheit würde sie Sonja und Hauke einen Besuch abstatten, sicher gab es Neuigkeiten auszutauschen und eine Leseempfehlung für Marie.

Sie beugte sich vor und nahm das Buch zur Hand. »Die Wand« von Marlen Haushofer, ein Buch, das Marie wohlbekannt war. Auch die Verfilmung mit Martina Gedeck in der Hauptrolle hatte sie angeschaut. Wenige Stoffe hatten sie so gefesselt. Marlen Haushofer versetzt ihre Protagonistin isoliert in einen Talkessel der Alpen. Eine gläserne Wand umschließt ihren Lebensraum, den sie sich mit Tieren teilt und dem, was wächst in den Alpen. Das Thema, das Marlen Haushofer schon lange mit sich herumgetragen hatte, wie sie einmal zu Protokoll gab, wurde unterschiedlich interpretiert. Für Marie hatte die augenscheinliche Ausweglosigkeit, das Zurückgeworfensein auf sich selbst, immer eine ermutigende Botschaft im Gepäck gehabt. Die Frau in der Isolation hatte sich der neuen Situation angepasst. Sie hatte es geschafft, im Einklang mit der Natur zu leben. Ein Thema, das sich auch auf das Hier und Jetzt übertragen ließ, wie Marie fand.

Sie strich sanft über das Cover. Eine Frau blickt über die Schulter zurück, schaut den Betrachter eindringlich an und wird sich, so stellte Marie es sich vor, im nächsten Augenblick abwenden. Eine Bewegung, die zuvorderst eine Zuwendung ist, eine Entscheidung für die Zukunft.

Sie legte das Buch zurück auf die Stufen und wünschte ihm eine Leserin, die Haukes Wahl zu schätzen wüsste. Lächelnd schaute sie über das Wasser der Kieler Förde hinweg, dorthin, wo sich das Grün der Bäume im Licht verlor. Der Wind hatte auf West gedreht. Die Wasseroberfläche kräuselte sich, und Marie konnte sehen, dass die Ostsee nun anders klang.

Veränderungen waren, wonach sie sich sehnte, was sie gleichermaßen fürchtete. Ihr Selbstbild war nach dem Schusswechsel im Wikingturm, nach dem Tod eines Menschen unscharf geworden. Es hatte die Konfrontation mit dem Ort gebraucht, um neues Vertrauen in die eigene Entscheidungskompetenz zu gewinnen, anzuerkennen, dass sie Fehler machte.

»Nach dem Fehler ist vor der Chance«, hatte ihr Vater mal im Rahmen einer Spielerbesprechung gesagt. Marie hatte dabei stets an die Chance des Gegners nach dem eigenen Fehler gedacht.

Inzwischen hatte sie erkannt, dass ihre eigene Chance gemeint war. Die Vermeidung riskanter Situationen brachte sie jedenfalls nicht weiter. Das hatte sie unlängst erlebt, als sie sich auf dem Podium in Büdelsdorf zur Wirkung der »Hackfresse« geäußert hatte. Zu leben bedeutete, Ungewissheit zu akzeptieren, bereit zu sein, sich erschüttern zu lassen.

Morgen führe sie mit ihrem Vater ins Ruhrgebiet, um das Grab zu besuchen, in dem seine Frau und ihre Mutter begraben lag. Ein Ritual am Todestag. Wie sehr sie sich auf das Karussell der Emotionen freute. So traurig sie und ihr Vater auch waren, so beseelt und erfüllt war die Begegnung. Immer.

Und alle Fragen offen

Ein Brummen, ein kurzer Blick. Ein Bus auf dem Hauptweg. Der Bürgerbus, wie Sandro auf der linken Fahrzeugseite lesen konnte. Das würde Frankie gefallen. Der Gemeinsinn, der in der Idee steckte, würde ihm gefallen.

Rechts, über die niedrige Dünenkette hinweg, das wusste Sandro Hackmann, waren es nur wenige Fußminuten zum Gedenkstein von Jimi Hendrix. Er ging weiter. Auf dem harten Sand, bis die Füße schmerzten, im weichen Sand, bis die Füße sich heiß anfühlten, im flachen Wasser, bis sie abgekühlt waren. Landeinwärts der Aussichtsturm des NASU. Wie sollte er eine Entscheidung treffen, wenn er nicht wusste, nicht einmal ahnte, was ihn erwartete?

Er hätte nicht herkommen sollen. Frankie war Teil seines Lebens – gewesen. Er hatte sich von ihm getrennt. Kein Grund, jetzt melancholisch zu werden. Mehr Mann sollte nun in ihm stecken, mehr von dem, was sein Vater sich gewünscht hatte, noch immer wünschte. Klarheit, Entschlossenheit, Stärke. Er stiege ins Auto, nähme die Fahrt nach Fehmarn als Ausflug, als Abschluss einer Zeit, die jetzt Vergangenheit war.

Sein Vater trank. Die Stärke war eine Rolle, die er spielte, schlecht zudem. Sandro Hackmann setzte sich. Er wusste um den Wert des Innehaltens. Entscheidungen mussten manchmal reifen. Er hatte Zeit. Zur Not die ganze Nacht.

Franky, der einzig wahre Franky, kauerte mit angezogenen Beinen im ungemachten Bett. Er sah, dass er Sand und Blätter an den Füßen hatte. Der Sand trocknete und rieselte auf das Laken. Wenn es schmutzig war in seinem Mobilheim, biss er die Zähne aufeinander, malmte, bis es wehtat, malmte, bis der Schmutz bekämpft war. Normalerweise. Er hatte zwei Männern das Leben genommen. Er hatte beide in der Ostsee versenkt. Jetzt war der Schmutz in ihm. Er hatte sein Leben verpfuscht. In kaum zwei Tagen.

Und am Strand war Sandro Hackmann entlanggegangen. Er hatte ihn gleich erkannt. Ob mit ihm auch Frankie zurückkehren würde? Sandro Hackmann hatte nie Notiz von ihm genommen. Vielleicht wusste er nichts von seiner Bewunderung für Frankie. Ob er ihn suchen und nach Frankie fragen sollte? Soviel er wusste, war es vorbei mit den beiden. Aber warum war er dann hier?

Der einzig wahre Franky rutschte vorsichtig zur Bettkante vor, griff nach dem Akkusauger, entfernte Blätter und Sand von Füßen und Laken, malmte mit den Zähnen und atmete erleichtert auf, als auch im Schein der Stirnlampe alles sauber aussah. Er zog eine Jacke über. Nach Sonnenuntergang war es im T-Shirt zu kalt.

Dunkelheit senkte sich über Zelte, Hütten, Wohnwagen und Mobilheime. Dunkelheit senkte sich auch über Sandro Hackmann. Eine feuchte Kühle breitete sich aus und kroch in die Hosenbeine. Er stand auf, reckte sich, trommelte auf die Brust und war froh, dass der Kiosk jetzt geschlossen war. Er würde den Platzwart heute nicht mehr nach Frankie fragen können. Morgen riefe er ihn aus Flensburg an. Je nach Auskunft könnte er dann im Anschluss an den Kunstsommer Nord erneut hierherkommen. Was ginge es ihn an, wenn Frankie jemandem für die Skulpturen Modell gesessen hatte? Die Polizei war nicht beunruhigt. Kein Anlass für Hysterie also.

Auf dem Weg zum Parkplatz hatte er Druck auf der Blase. Er sah eines der Sanitärgebäude, das er nur ungern ansteuerte, war er doch kein Gast. Dinge, die einem nicht zustehen, nimmt man nicht in Anspruch. So war er erzogen worden. Aber Grundsätze halfen jetzt nicht. Er beschleunigte seinen Schritt, ging links um das Häuschen herum.

Von der anderen Seite passierte der einzig wahre Franky den Eingang zu den Damentoiletten und hielt Ausschau. Vielleicht war ein Gespräch mit Sandro hilfreich. Er würde erfahren, wo sein Idol abgeblieben war, bevor er eine Entscheidung über seine Zukunft traf.

Als er die Tür des Mobilheims abgeschlossen hatte, war ihm der Gedanke gekommen, sich zu stellen. Anstand war, was ihn sein Leben lang begleitet hatte, der Glaube daran, dass Recht und Gerechtigkeit zusammengehörten. Draußen, dort, wo der Horizont nicht mehr zu sehen war, wo die Schwärze des Wassers in die des Himmels überging, reiste eine Sternschnuppe von Ost nach West und verglühte erst, als der einzig wahre Franky seinen Wunsch still formuliert hatte.

Blut lügt nicht

Der Tag war jung, nein, er war blutjung, und Krüger saß nur deshalb schon jetzt in der Wache, weil ihn »das mit dem Knie« nicht hatte schlafen lassen. Die Kaffeemaschine blubberte, brabbelte, kündigte auch durch den besonderen Duft an, was die trägen Geister der Nacht vertreiben sollte.

Kaffee war, was entstand, wenn heißes Wasser durch Kaffeemehl und einen Filter in eine Kanne aus Glas tropfte. Welcher Hype inzwischen um das Zeug aus Vollautomaten, aus Siebträgermaschinen gemacht wurde. Wie viele verschiedene

Bohnensorten am Start waren – Krüger schüttelte innerlich den Kopf. Hatten wohl Langeweile, die Hipster. Wie hießen eigentlich weibliche Hipster? Hipsterinnen? Oder hießen Männlein und Weiblein und all die anderen gleich? Gut, dass niemand in seinen Kopf schauen konnte. Obwohl, man wusste nicht, was heutzutage alles möglich war. An das Gendern hatte er sich gewöhnt. Aber Winnetou ließ er sich nicht wegnehmen, und wenn er die alten VHS-Kassetten heimlich gucken musste.

Ein vorletztes Zischen, dann war es an der Zeit, eine neue Dose Büchsenmilch zu öffnen. In Krügers Kaffee hatten weder fettarme Milch noch irgendein wässriges Zeug aus Soja, geschweige denn Hafer etwas zu suchen. Büchsenmilch mit zehn Prozent Fett und ausschließlich aus der Dose. Um den bevorstehenden Genuss wissend, zog Krüger die oberste rechte Schreibtischschublade auf. An einem hölzernen Griff mit der als Relief ausgeführten Aufschrift »Allgäuer Alpenmilch AG« war ein metallener Dorn befestigt, dessen Durchmesser und Länge ideal geeignet waren, um den Deckel der Büchse sanft und doch kraftvoll durchstoßen zu können. Ein Prozess, der Hauptmeister Krüger dazu veranlasste, kleine Dosen zu kaufen, so sehr schätzte er es, den Dorn tun zu lassen, was des Dorns Aufgabe war. Zwei Löcher, eines zum Atmen.

Dann rollte er mit seinem Bürostuhl hinüber zur Kaffeemaschine. Das hatte er noch nie getan. Er verabscheute den missbräuchlichen Einsatz der Rollen, die früher oder später abbrechen würden, da war er ganz sicher. Aber das Knie schränkte ihn noch immer ein. Den Becher, es war ein schlichter Vertreter seiner Art in gebrochenem Weiß, schenkte er zu drei Vierteln seines Fassungsvermögens voll. So war sichergestellt, dass der Kaffee bis zum letzten Schluck ausreichend heiß war. Zurück am Schreibtisch stellte er verärgert fest, dass er vergessen hatte, die Kaffeemaschine auszuschalten. Der Betrieb der Warmhalteplatte ließ den Kaffee bitter werden. Um eine erneute Fahrt zum halbhohen Aktenschrank kam er also nicht umhin. Doch seinen Mund verließen keine Flüche, nur ein kurzes »Nun gut«.

Die Kondensmilch, seitlich und mit der nötigen Vorsicht in

den Becher gegossen, erzeugte Bilder, die er, der er seit über dreißig Jahren aquarellierte, nicht schöner hätte malen können. Der Rechner hatte inzwischen seine Arbeit aufgenommen, und mehrere »Plings« zeugten vom Eintreffen entsprechend vieler E-Mails. Krüger nahm einen Schluck und warf einen ersten Blick auf den Posteingang.

Trotz Firewall, Spamfilter und Lehrgang beim obersten Datenschützer der schleswig-holsteinischen Polizei fanden noch immer E-Mails ihren Weg, die mindestens fünf Millionen Dollar oder wahlweise übermenschliche Manneskraft versprachen. Er gäbe viel dafür, den Absendern final das virtuelle Maul zu stopfen. Zwischen einer Nachricht des Kollegen Jochen vom gestrigen Tage und den üblichen Nörgeleien wegen Falschparkern vor der Kirche: der Volltreffer, den er sich gewünscht hatte. Das an den von ihm sichergestellten Grashalmen befindliche Blut war Blut von Ronnie Blischcke.

Sein Spürsinn, seine Erfahrung, seine Akribie hatten dazu geführt, dass sie womöglich das erste Gewaltverbrechen seit über siebzehn Jahren entdeckt hatten. Und Polizeihauptmeister Krüger war sicher, dass er es aufklären würde. Er kannte auf dieser Insel Hinz und Kunz, er kannte die Zwistigkeiten der Vergangenheit und die Begehrlichkeiten der Gegenwart. Er setzte die Kaffeetasse ab. Blöd, dass Blischcke kein Insulaner war. Er wusste quasi nichts über ihn. Was sollte er Mutmaßungen über das Motiv anstellen, wenn er das Leben und Wirken des Journalisten nicht kannte? Mist!

Das Telefon klingelte. Eine Weiterleitung aus der Zentralstation. Die Herren schliefen wohl noch.

Es meldete sich eine Kollegin aus Laboe, deren Namen er nicht verstanden hatte. »Im Transit haben wir Barbiturate gefunden. Also Verpackungen. Viele. Da kannst du eine ganze Fußballmannschaft mit einschläfern.«

Bei aller Euphorie wusste sich Polizeihauptmeister Krüger doch zu bremsen. »Dass Frankie Mommsen letzter Fahrer des Fahrzeugs war, steht zweifelsfrei fest?«

»Was willst du von mir? Natürlich nicht. Die Schrottkarre

ist auf ihn gemeldet. Mehr weiß ich nicht. Ist doch euer Sänger, der Typ.«

Krüger lehnte sich zurück und trank in aller Ruhe.

»Hallo, noch da?«

»Allzeit bereit, Frau Kollegin. Ich rege an, dass ihr Spuren sichert. Wir tun das hier. Und dann gleichen wir die Ergebnisse ab. Was meinst du?«

»So machen wir das. Schönen Tag noch.« Aufgelegt.

Die bilateralen Beziehungen zwischen den Polizeidienststellen Laboe und Petersdorf waren ein bisschen unterkühlt. Vielleicht musste Krüger mal eine Dienstreise antreten. Als Versehrter, als einer, der in Ausübung seiner Dienstpflichten einen schweren Verkehrsunfall erlitten hatte, wären ihm Interesse und Zuspruch wohl sicher. In wenigen Tagen wäre er wegen einer Fortbildung sowieso vor Ort. Da könnte er ja ein bisschen auf »schön Wetter« machen.

Polizeihauptmeister Krüger führte den Becher zum Mund, stellte diesen jedoch sogleich wieder auf der Schreibtischplatte ab, deren Patina Geschichten erzählen könnte, könnte sie nur. Der Kaffee war abgekühlt. Krüger rollte zum Waschbecken und leerte den Rest in den Ausguss. Ärgerlich. Ärgerlich war auch, dass er nicht wusste, wo er DNA von Frankie Flügge sicherstellen konnte. Frankie war immer mal wieder umgezogen, und wo er zuletzt gehaust hatte, wusste er nicht.

Würde er wohl mal Platzwart Martin auf den Zahn fühlen. Aber vorher führe er kurz rüber zur Zentralstation, Jochens langes Gesicht betrachten. Den stellvertretenden Dienstgruppenleiter konnte der sich jetzt von der Backe putzen.

Polizeihauptmeister Krüger ließ ausrollen und kam direkt neben Jochen zu stehen, der gerade aus seiner langweiligen Familienkutsche stieg und zusammenschreckte. Jochen hatte rückwärts eingeparkt, Krüger vorwärts.

Durch die erhöhte Sitzposition im alten Allradler der Bundespolizei konnte Krüger nun auf Jochen herabsehen. Ein bisschen jedenfalls. »So schreckhaft. Was angestellt, Herr Kollege?«

»Noch nicht, aber wenn du so weitermachst … Man weiß das nicht.« Jochen drückte die Tür zu. Türenschlagen war nicht. Da könnte ja was beschädigt werden.

Insgeheim missgönnte ihm Krüger seine bürgerliche Existenz. Frau, zwei Kinder, Reihenmittelhaus, Schützenkönig, und ins Fitnessstudio ging er auch. Spießer. Wichtig war, dass er nicht in den mittleren Dienst aufstieg.

Als Krüger die Stufen unter inzwischen geübtem Einsatz der Krücken erklommen hatte, sah er, dass Jochen ihm die Tür aufhielt. Das war erniedrigend. Allerdings sparte sich Jochen hämische Bemerkungen oder schiefe Blicke. Er war einfach nur hilfsbereit. Auch das noch.

Der Chef betrat die Zentralstation. »Krüger, was machst du denn hier?«

»Habe am frühen Morgen die E-Mail-Lage gecheckt. Interessante Neuigkeiten.«

Der Chef machte eine einladende Bewegung, federte in seinen Glaskasten, Krüger folgte. Die Gummipuffer der Krücken machten leicht schmatzende Geräusche auf dem Linoleum. Der Chef setzte sich, rollte an den Schreibtisch heran, legte seinen rechten Zeigefinger auf den Scanner, schaute an Krüger vorbei durch die Glasscheibe nach vorn und rief: »Jochen, du denkst an den Termin im Kindergarten?«

Jochen nickte.

Der Monitor warf ein kaltes Licht auf das Gesicht des Bedieners. Der Chef klickte. Die Lichtstimmung wechselte. Der Chef las und grinste.

»Immer gut, wenn jemand jemanden kennt. Ronnie Blischcke ist Blutspender, und er ist als Stammzellenspender registriert. Das Blut an den Grashalmen ist das Blut von Ronnie Blischcke. Du und ich, Krüger. Kann sein, dass wir es nicht nur mit Autodiebstahl zu tun haben.«

»Die Kriminaltechnik muss ran.« Krüger griff zum Telefon. »Soll ich?«

»Mach mal. Kaffee?«

Krüger lächelte. Die Funkzellenabfrage war so gut wie durch.

Polizeikommissar, dachte er. Ein silberner Stern auf der Schulter. Das hatte er sich schon lange gewünscht. Jochen trug die Handpuppen für den Kindergarten zur Tür.

Nachdem Krüger den Kaffee getrunken, dem Chef vom Telefonat mit der Kollegin aus Laboe berichtet und ihn en passant für seine Kontakte gelobt hatte, rief er Platzwart Martin an.

»Im kleinen Haus hat Frankie zuletzt gewohnt. Seit er raus ist, wird renoviert. Kannst du dir angucken. Ist nicht abgeschlossen. So, ich muss. Der Rasen wächst, da machst du dir kein Bild.«

Krüger informierte den Chef und fuhr zum Campingplatz.

Frühstück bei Frauke und Fröbe

Frauke war geschwommen. Im Einfelder See. Raus aus der Bucht. Am Segelclub vorbei, am Kanuclub vorbei, beim DLRG vorbei, bis ungefähr zur Mitte des Strandes und wieder zurück. Das waren beinahe zwei Kilometer. Viel Puste hatte sie jetzt nicht mehr, und es war erst kurz vor sieben.

»Eines Tages säufst du ab«, sagte Fröbe und reichte ihr den Föhn.

»Keine vierzig Minuten. Vielleicht melde ich mich doch mal zu einem Triathlon an.«

»Streber«, sagte Fröbe und verließ das Badezimmer mit Blick auf den See. Frauke föhnte und schaute. Sie war froh, dass sie hier wohnte. Neumünster war nicht weit. Da gab es, was sie so brauchte, das Kühlhaus in der Boostedter Straße lag optimal. Die Jungs und Mädels im Boostedter Baumarkt waren eine Bank. Fröbe war im letzten Jahr zum LKA gewechselt. Der Regionalexpress brauchte achtzehn Minuten bis Kiel. Dort am Hauptbahnhof hatte er ein Pendlerrad untergestellt. Frauke föhnte und war glücklich. Mit Marie verstand sie sich blind. Die Geschmacksverstärker:innen machten ihr Spaß, der Laden lief. Der mobile Palliativdienst, den sie mit Maries Mann Andreas aufbaute, bereitete allerdings Kopfschmerzen. Die Bürokratie trieb ständig neue Blüten. Dagegen anzukämpfen, schien nicht lohnend, sie würden alsbald jemanden einstellen müssen, der sich um die Organisation kümmerte.

»Frühstück ist fertig«, dröhnte Fröbes Bass den langen Flur entlang. Sie wohnten hier hochherrschaftlich, und nach anfänglichem Fremdeln hatte Frauke sich eingefunden. Die energetische Sanierung der Villa stand bevor. Ein kostspieliges Unterfangen, aber es würde sie mit ihrem ökologischen Gewissen versöhnen.

»Frauke, kommst du, oder soll ich allein anfangen?«

Frauke verzichtete aufs Bürsten der Haare und rannte den Flur entlang. Kurz vor der Tür zur Küche bremste sie ab und rutschte die letzten zwei Meter auf selbst gestrickten Socken. Im Türrahmen dann die Arme hoch, die Mundwinkel hoch und ein fröhliches »Tadaaa«.

Fröbe kaute und starrte auf die Tageszeitung.

»Ey, du hast meinen Auftritt verpasst.«

»Wir haben zu wenig Lehrer.«

»Ach.«

»Wir kümmern uns nicht ausreichend ernsthaft um die wichtigen Themen.«

»Willst du in die Politik?«

»Warum nicht? Muss ja auch jemand machen. Du bist reich, heiratest mich endlich, ich gehe auf halbe Stelle und werde Bürgermeister.«

Frauke ignorierte Fröbes Hinweis auf das Heiraten. Es ging seit Jahren hin und her. Sie wollte nicht, er wollte, beide wollten nicht, Freunde fragten.

Frauke löffelte das von Fröbe kenntnisreich zubereitete Müsli und wischte auf dem Tablet hin und her.

Fröbe blickte von der Zeitung hoch. »Was liest du?«

»ICD-10.«

»Wie bitte?«

»Internationale statistische Klassifikation der Krankheiten und verwandter Gesundheitsprobleme.«

»Ich weiß, was das ist, aber warum tust du das?«

Frauke zeigte, was einem Grinsen näher kam als einem Lächeln. »Ist unterhaltsam.«

»Ach.«

»Glaubst du nicht? Pass auf. ›Kapitel XX, Äußere Ursachen von Morbidität und Mortalität. W94.9! Unfall durch Luftdruckwechsel. Exposition gegenüber (nicht wetterbedingtem) hohem oder niedrigem Luftdruck‹.«

Fröbe stützte den Kopf in die Hände, rieb mit den Fingerkuppen über die Augen. »Tod auf der ISS. Vielleicht sollte ich mal einen Krimi schreiben. Was macht eigentlich Astro-Alex?«

»Weltraumspaziergänge, vermute ich. Die Aussicht ist sicher super. Das Müsli aber auch. Vielleicht denke ich noch mal nach über deinen Heiratsantrag.«

Tat sie nicht. Vielmehr erwischten sie beim Gedanken an die Luftleere jenseits der Erdatmosphäre verstörende Bilder eines Mannes, der unter der Hülle einer roten Abdruckmasse elend erstickte. »Ex ist ex«, hatte ein Kollege nach fehlgeschlagenen Reanimationsversuchen am Bett einer Patientin gesagt, als Frauke noch Assistenzärztin gewesen war. Er hatte recht. Aber Sterben war ein einmaliger Vorgang, der ohne Angst geschehen sollte. Darum war Palliativmedizin zu ihrem Thema geworden.

Frauke schloss das dicke Buch, in dem Krankheiten klassifiziert wurden, und stellte es zurück ins Regal mit all den medizinischen Fachbüchern. Ein Regalbrett hatte Frauke für Texte zu philosophischen und ethischen Themen reserviert. Sie hielt inne und strich über den Rücken eines Buches mit dem Titel »Natürlicher Tod und Ethik«. Ob Mörder im Angesicht der Qualen ihrer Opfer daran dachten, dass auch sie sterben würden?

Krüger und der Müll

Der Orthopäde hatte Schonung empfohlen. Eigentlich hatte Polizeihauptmeister Krüger nur ein Rezept gewollt. Aber dieser Knochenbrecher war unnachgiebig. Das lag in der Familie. Schon sein Vater war an selber Stelle Orthopäde gewesen. Man hatte ihn geschätzt, vor allem hatte man ihn gefürchtet. Er hatte nicht nur in der Praxis ein strenges Regime geführt. Spontane Untersuchungen in aller Öffentlichkeit waren beobachtet oder erlitten worden. In aller Öffentlichkeit, vor den Stufen zum Rathaus, hatte der alte Doktor Krügers Vater mal eine Spritze gegen den Hexenschuss verabreicht. Krügers Vater hatte dazu seine Hose ein Stück herunterlassen müssen. Wenn der Orthopäde auftauchte, war man in Burg noch heute sehr vorsichtig.

Krüger hatte glaubhaft versichert, dass er das Bein hochlegen würde, gleich nachdem er eine wichtige Nachforschung am Flügger Strand angestellt hatte. Konspirativ hatte er sich auf dem Gang zu den Behandlungszimmern umgeschaut und geflüstert: »Es geht um Leben und Tod.«

»Geht es doch immer«, hatte der Orthopäde geantwortet und das Rezept auf Krügers Rücken unterschrieben. Dass die Apotheke gleich nebenan war, erleichterte Krüger die Beschaffung der schmerzlindernden Produkte aus pharmazeutischer Forschung. Als er, krückengestützt, zum Polizeiallradler zurückgegangen war, sich an der Tür stehend zwei Tabletten aus der Blisterpackung drückte, diese in den Mund schob und gerade nach der Wasserflasche in der Türverkleidung griff, stupste ihn Gudrun vom »Hafenkrug« von hinten an.

»Na, na, na. Drogen und Autofahren, das geht ja mal gar nicht.«

Krüger erschreckte sich, er verschluckte sich. Husten und Nach-Luft-Ringen gingen ineinander über. Dass Gudrun ihm fortgesetzt auf den Rücken schlug, half auch nicht, die Blockade im Dunkel des Rachens, wo das Gaumensegel mit den Bruchstücken der Tabletten kämpfte, zu beseitigen. Für einen Moment glaubte Krüger, sein letztes Stündlein in den Armen von Gudrun zu erleben. Dann obsiegte das Zusammenspiel von Zwerchfell und Trachealmuskel. Gudrun war untröstlich, Krüger winkte ab, stieg ein und fuhr los.

Platzwart Martin querte den Hauptweg, als Krüger die Rezeption des Campingplatzes passierte. Er drehte sich um, legte die Heckenschere ab und zog sein Smartphone aus der Jackentasche. »Hier«, er tippte auf den Lageplan des Platzes, »das ist das Haus, in dem Frankie immer wieder mal für ein paar Tage gewohnt hat. Wir warten auf eine Fotovoltaikanlage und renovieren das Bad. Darum steht das Haus gerade leer.«

»Und nach Frankie Mommsen war niemand mehr da drin?«

»Doch, die Handwerker und ich natürlich. Aber keine Gäste.«

»Gut, Martin, ich guck mich da mal um.«

»Mach das. Beim nächsten Mal gerne in Zivil. Was sollen die Leute denn denken? Sieht ja aus, als käme gleich das SEK.«

Martin nahm die Heckenschere auf und drehte ab, Krüger fuhr vor zum Haus, das Martin ihm gezeigt hatte. Wie es sich gehörte, zog er Handschuhe an, wackelte zur Tür, stellte die Krücken am Tisch ab, der vor einem der beiden Fenster stand, und teilte den Raum in Sektoren ein. Systematik war der Schlüssel zum belastbaren Ergebnis einer Durchsuchung.

Krüger mühte sich durch Schränke, eine Schublade unter dem Bett, das Badezimmerschränkchen und die Ablage über der Garderobe. Nichts von Bezug oder gar Belang. Immerhin hatte er eine Haarbürste eingetütet. Erfahrungsgemäß eine sichere Lieferantin für DNA.

Fündig wurde er im doppelten Mülleimer unter der Spüle. Auf dem feuchten Boden des vorderen Eimers sah er Papier. Vorsichtig, weil das Papier am Untergrund haftete, bog er eine Ecke nach oben und zog das A5-große Blatt diagonal nach hinten, bis es sich komplett gelöst hatte. Rückstandsfrei, so wie es aussah. Ein nachlässig abgerissener Zettel, der eine wirklich abstoßende Zeichnung zeigte. Ein dicker, nackter Mann in einem Liegestuhl. An den Rand hatte jemand »für Smilla« gekritzelt.

Was es mit der unästhetischen Zeichnung und der Notiz auf sich hatte, konnte sich Krüger nicht erklären, tütete das Fundstück aber ein. Ein letzter Blick, dann griff er nach den Krücken und trat vor die Tür. Im Innern des Hauses hatte es angenehm nach frischem Holz gerochen. Hier, mit Blick auf Strand und

Ostsee, roch es leicht nach gammelnden Algen. Da stand der Wind nicht ganz günstig.

Vor dem Haus ein schmaler Streifen Rasen. Vorn am Weg ein Briefkasten. Krüger öffnete die Klappe und sah einen Umschlag. Mit Zeige- und Mittelfinger angelte er nach dem Papier, erwischte es aber nicht. Gut, dass er sein geliebtes Multifunktionswerkzeug stets griffbereit hatte. Mit der Zange konnte er den Umschlag leicht packen und zog ihn aus dem Schlitz. »Arztbrief«, stand auf dem Umschlag. Absender war das Universitätsklinikum Schleswig-Holstein. Krüger zögerte nicht, öffnete den Umschlag, überflog die erste Seite, und auch er, der in medizinischen Dingen nicht sehr bewandert war, verstand, dass der Empfänger des Briefes, dass Frank Mommsen an Leukämie erkrankt war.

»Frauke, wir haben ein Problem!«

Delaila saß im Auto vor dem Yachting Heritage Center von Robbe & Berking in Flensburg. Wohl weil sie gerade erst dreißig geworden war, glaubten alle, sie sei ein Digital Native und mit allem vertraut, was Videokonferenz oder PowerPoint hieß. War sie nicht. Gestern Abend hatte sie alle wichtigen Termine des Tages aus ihrer guten alten Kladde in den Kalender von Outlook übertragen, der ungeahnte Möglichkeiten bot, aber für Delaila auch zum Verlaufen einlud. Sie wischte und klickte, und endlich hatte sie die Ansicht von Jahr auf Tag umgestellt. Dass Sandro heute nicht an Bord war, empfand sie als befreiend. Sie mochte ihn, respektierte seine Kompetenz in künstlerischen Fragen; was sie aber störte, war seine Sprunghaftigkeit. Delaila stand auf klare Ansagen. Nicht Sandros Stärke, der auch Abläufe auf den Kopf stellte, die bereits im Gange waren.

Nach einem Rundgang und einer Besprechung mit den Mitarbeiterinnen hier vor Ort führe sie nach Kiel, um dort an einem Sponsorenmeeting teilzunehmen. Dass Sandro sie das machen ließ, fand sie verrückt. Der Sache war es aber vermutlich zuträglich. Die Zuschauerzahlen der ersten Tage hatten über den Prognosen in Szenario drei, der optimistischen Variante, gelegen. Noch nicht ausgewertet war die Berichterstattung der Medien. Was aber schon jetzt feststand, war, dass die erhoffte Zahl der Sendeminuten überschritten werden würde, weil sich der NDR entschlossen hatte, eine Fünfundvierzig-Minuten-Reportage zu drehen.

Gut gelaunt verließ Delaila das Auto. Zu ihrer Überraschung war der Eingang des Yachtsport-Museums noch verschlossen. Sie kramte ihren Ersatzschlüssel aus der Tasche, öffnete die Tür, betrat den Raum, den sie auch wegen der ganz wunderbaren Empore und all der maritimen Kostbarkeiten so mochte. Auf der Theke gleich rechts am Empfang lag ein handgeschriebener Zettel der Mitarbeiterin, die dort Dienst tat. »Komme morgen eine Viertelstunde später, werde aber selbstverständlich pünktlich zur Öffnung da sein. LG, Suse«.

Delaila warf den Zettel in den Papierkorb, stellte ihre Tasche unter die Theke und tat, was sie im Rahmen von Ausstellungen immer tat, wenn der Tag begann, sie startete einen Rundgang. Als sie die im hinteren Bereich quer zum Raum aufgestellten Wände erreichte, spürte sie, dass etwas anders war. Sie drehte sich um, blickte in Richtung Eingang. Was sie irritiert hatte, war, was sie nicht sah. So unerwartet »Der rote Frankie«, wie ihn inzwischen viele nannten, aufgetaucht war, so unerwartet war er jetzt wieder verschwunden. Delaila schüttelte sich. Zuerst das mysteriöse Verschwinden und wenig später die Reinkarnation der »Hackfresse« in Büdelsdorf, jetzt der Flensburger Frankie. Vielleicht tauchte er ja wieder auf, wenn sie kurz zur Toilette ginge.

Sie passierte die Querwände, an die Fotos und Gemälde mit thematischer Nähe gehängt worden waren, bog links in Richtung der Toiletten ab, öffnete die schwere Glastür und bekam nur noch schwer Luft, als sie sich endlich Wasser ins Gesicht warf. Ein Schock, dachte sie, aus heiterem Himmel. Ist doch niemand zu Schaden gekommen. Ganz ruhig.

Sie setzte sich auf den Boden und griff an ihre linke Körperseite, dorthin, wo gewöhnlich die Tasche des Zugriffs harrte. Aber die Tasche hatte sie vorn abgestellt. Delaila zog sich am Waschtisch hoch. Ihr war ein bisschen schummerig. Dass hier ein und aus ging, wer wollte, das konnte doch wirklich nicht sein. Wozu hatte man diesen Wachdienst engagiert? Wo war überhaupt Herr Schmidt, der von Abraham Security für Flensburg abgestellt worden war?

Auf dem Weg nach vorn kam er ihr entgegen, hob beide Hände. »Ich hätte aufgeschlossen. Es ist noch nicht so weit.« Er deutete auf seine Armbanduhr. »Ich bin nicht zu spät.«

»Doch.« Delaila fing sich, spürte die Rückkehr des stabilen Kreislaufs. Womöglich, weil sie wütend war.

»Wie, doch?« Herr Schmidt war gleich beim Empfang stehen geblieben. Delaila blieb auf Höhe des Liegestuhls stehen, der bis gestern dem roten Frankie als Sitzgelegenheit gedient hatte, und zeigte mit ausgestreckten Armen und nach oben gedrehten Handflächen dorthin, wo Frankie eine Lücke hinterlassen hatte.

»Ach du Scheiße!«

»Mehr fällt Ihnen dazu nicht ein, Herr Schmidt?«

Delaila hatte das »Herr« überbetont und ärgerte sich ob der arroganten Dominanz, die mitgeklungen hatte.

Herr Schmidt zerrte einen kleinen Spiralblock aus seiner Dienstjacke. »Mercedes G-Modell AMG 63. Ein Hammer. Schwarz. Das Teil kostet knapp zweihunderttausend Euro. Zweihunderttausend. So viel verdiene ich in acht Jahren. Kennzeichen: NMS. Danach bin ich nicht sicher, ein B oder ein K. Mehr konnte ich nicht erkennen.«

»Wovon sprechen Sie?«

»Ich habe heute in meinem Auto auf dem Parkplatz geschlafen. Hin und zurück sind es für mich nämlich hundertdreiundachtzig Kilometer. Bei sechs Komma zwei Litern auf hundert Kilometer sind das *round about* zweiundzwanzig Euro. Ich verdiene aber nur knapp hundert Euro pro Schicht. Okay, das ist ja nicht Ihr Problem. Ich musste pinkeln. Da war es kurz nach drei. Also bin ich raus, und da fuhr diese Luxuskarre weg. Von wo genau der gekommen ist, weiß ich nicht. Aber es klang, als hätte er den Motor gerade gestartet.«

»Und Sie meinen, er hätte den roten Frankie weggeschafft?«

»Was weiß ich?«

»Die Tür war abgeschlossen.«

Herr Schmidt lachte.

»Gibt es da andere Möglichkeiten, reinzukommen?«

Herr Schmidt lachte erneut.

»Gut, dann machen wir mal weiter. Das Kennzeichen war also eines aus Neumünster?«

»Genau.«

»Und das Auto? AMG, kenn ich nicht.«

Herr Schmidt riss den Zettel vom Spiralblock und reichte ihn Delaila, die sich neben dem Liegestuhl auf den Sockel setzte und ihr Telefon zur Hand nahm.

»Nicht setzen. Da sind vielleicht Spuren.« Herr Schmidt machte große Augen, Delaila stand wieder auf und verließ den Raum, lief hinaus auf den angrenzenden Parkplatz.

»Mist.« Sandro hatte nur eine Ansage aktiviert, sie konnte ihm nicht einmal eine Nachricht hinterlassen. Sie versuchte es bei Marie. Zu ihr hatte sie einen Draht, und sie war wohl mal beim Landeskriminalamt gewesen. Hatte sie jedenfalls so aufgeschnappt. Besetzt. Sie rief Frauke an. Freizeichen.

»Frauke Frisch, moin.«

»Moin, Frauke, Delaila hier. Ich kann Sandro nicht erreichen, Marie auch nicht.«

»Dritte Wahl also. Fühlt sich gut an.« Frauke kicherte.

»Frauke, wir haben ein Problem.« Delaila schilderte, was sie in den zurückliegenden fünfzehn Minuten erlebt hatte.

»Delaila, bitte versteh mich nicht miss. Aber es ist dies ein Problem, das Marie und ich als eure Caterer nicht lösen können. Ohne vorgreifen zu wollen, klingt das für mich nach Einbruch und nach Diebstahl. Jeweils Sache der Polizei.«

»Theoretisch. Aber eingebrochen wurde nicht. Jedenfalls gibt es keine aufgebrochenen Türen oder Fenster. Da hatte jemand einen Schlüssel. Und Diebstahl? Von den inventarisierten Werken wurde nichts entwendet, soweit ich das überblicke. Wie du weißt, tauchte der rote Frankie einfach so auf, und nun ist er wieder weg. Er gehörte uns ja nicht. Aber die Öffentlichkeit wird Fragen stellen. Zu Recht. Man wird uns, da wette ich drauf, unterstellen, dass wir das inszenieren, um Aufmerksamkeit zu erzeugen.«

Frauke kicherte zum zweiten Mal. »Ist doch gut, eine Art sich selbst verstärkende Aufmerksamkeitsspirale.«

»Nein!« Delaila war laut geworden. »Das ist eine Ecke, in die Sandro und ich auf keinen Fall wollen. Innovativ, ja, kreativ, klar. Aber wir sind seriöse Ausstellungsmacher. Ich habe Kunstgeschichte studiert und BWL, ich habe Veranstaltungsmanagement gelernt. Ein Skandal wie dieser wird dafür sorgen, dass wir in der Szene nicht mehr ernst genommen werden. Wir sind dann ruiniert, verstehst du das? Das ist so, als würdet ihr Menschenfleisch servieren, um ins Fernsehen zu kommen.«

»Gut, ich spreche mal mit jemandem, der vielleicht Rat weiß. Ich melde mich dann.«

»Fröbe, wir haben hier ein Problem.«

Frauke hatte das Gespräch mit Delaila beendet, und es ließ sie einigermaßen ratlos zurück. Sie war weder bei der Polizei, noch war sie Juristin.

»Fröbe?« Sie schloss die Tür zu ihrem Arbeitszimmer und rief in die Wohnung hinein, erhielt indes keine Antwort. »Fröbe!«

Vielleicht war er ja zur Toilette gegangen. Dort ertrug er keine Störung. Sein Rucksack, den er auch als Fahrradtasche verwenden konnte, stand noch an der Garderobe.

Sie lauschte. Keine Geräusche aus dem Bad. Sie ging den Flur entlang und sah ihn durch die geöffnete Schlafzimmertür auf dem Balkon stehen, er rauchte. Wie der Blitz rannte Frauke raus, schnippte ihm die Zigarette aus der Hand und stieß ihm mit beiden Armen gegen die breite Brust. »Fröbe, du verlogener Drecksack. Du hast gesagt, dass du aufgehört hast.«

»Hatte ich ja auch. Jetzt habe ich wieder angefangen.«

»Warum?«

»Stress.« Er bückte sich, hob die Zigarette auf und drückte sie in einem Blumenkasten aus, der ohne Bepflanzung war.

»Stress?«

»Ja, nur weil ich Beamter bin, bleibe ich nicht vom Leben verschont.«

»Verzeih. Jetzt komm ich auch noch um die Ecke. Fröbe, wir haben hier ein Problem.«

Frauke bemühte sich um eine Kurzfassung. Dass die roten Frankies plötzlich aufgetaucht waren, hatte sie schon erzählt. Sie beschränkte sich auf Delailas Bericht. »Kein Einbruch, kein Diebstahl, keine Polizei?«

Fröbe setzte sich, kratzte sich unter dem rechten Ohr. Kein gutes Zeichen.

»Das ist so gar nicht mein Fachgebiet. Aber: Obwohl sich niemand gewaltsam Zugang verschafft hat, kann es ein Einbruchdiebstahl sein, wenn ein sogenannter falscher Schlüssel verwendet wurde. Es kommt darauf an, dass der Berechtigte, also zum Beispiel der Eigentümer der verschlossenen Wohnung, nicht will, dass der Schlüssel zur Öffnung verwendet wird.«

Fraukes Blick, der Blick einer Ratlosen.

»Kommen wir zum Diebstahl, also der Wegnahme einer fremden beweglichen Sache. Fremd war er ja, der rote Frankie. Allerdings kennt man den Eigentümer nicht. Jedoch: Er war im Besitz der Veranstalter. Nun ist er im Besitz des Diebes, der durch die Wegnahme jedoch nicht zum Eigentümer geworden ist.«

»Fröbe, hör auf. Dieser Jurakram ist ja furchtbar. Was machen wir denn jetzt?«

Sanft legte er seinen starken Arm um ihre Schulter und antwortete: »Nichts. Nicht dein roter Frankie, nicht deine Ausstellung, niemand wird zu Schaden kommen. Entspann dich.«

Sie machte sich los. »Da steckt ja mehr dahinter. Der Ex des Kurators hat mindestens Modell gesessen für diese Figuren, und aufzufinden ist er auch nicht. Mach doch mal was. Entführung, Verunglimpfung, Diebstahl, vielleicht Mord. Und wir machen uns der Unterlassung schuldig.« Sie nahm das Päckchen Tabak an sich, öffnete es und ließ den Inhalt in den Blumenkasten rieseln.

»Du verstehst es, Menschen zu motivieren. Hut ab. Jetzt bin ich heiß.« Er griff nach Frauke, Frauke entzog sich. »Also gut, ich versuche es mal mit einer Therapie. Eine Kollegin hat es mit einer Kombi aus Gesprächstherapie und Akupunktur geschafft.«

»Ich hatte mal 'ne Fortbildung. Akupunktur könnte ich vielleicht auch noch.«

Fröbe trat einen Schritt zurück. »Ich möchte auf keinen Fall, dass du mich stichst.«

Annäherung durch Frauke, ein zärtliches Streicheln seiner linken Wange. »Und das Abhandenkommen der Figur?«

»Ich höre mich mal um.« Er schaute auf die Uhr. »Der RE 7 wartet nicht.« Ein Kuss, eine Umarmung, dann war er weg. Es blieb eine Duftmelange aus Aftershave und kaltem Rauch. Hoffentlich blies die Fahrt mit dem Rad all diesen Gestank aus Fröbe heraus, bevor sie sich am Abend wiedersähen.

Frauke ging ins Arbeitszimmer und betrachtete ihren Tagesplan. Weil Marie ins Ruhrgebiet unterwegs war, würde sie heute in Kiel und Büdelsdorf gefragt sein. In Kiel fand das Sponsorenmeeting statt. Dort gab es Häppchen, die Marie und sie kichernd unter dem Motto »Belohnung« zusammengestellt hatten. In Büdelsdorf hatten sich mehrere Klassen einer Grundschule angemeldet. Sie würden unterschiedliche Maltechniken ausprobieren können, und zwischendurch hielten die Geschmacksverstärker:innen allerlei Knabbereien bereit, die man auch mit Farbe an den Fingern essen konnte. Morgen träfe die bunte Truppe der Kunstreisenden ein, die sich vor drei Tagen in Kiel auf den Weg nach Flensburg gemacht hatten. Videos vom Schiff, die Frauke gesehen hatte, versprachen Chaos.

Was sollte sie nur unternehmen wegen der verschwundenen Figur? Marie anrufen vielleicht. Nein, Marie war zum Grab ihrer Mutter unterwegs. Da konnte sie ihr nicht mit diesem wirren Zeug kommen. Frauke kam Klara in den Sinn. Klara Mortensen schien eine ehrgeizige Polizistin mit Mumm zu sein.

Sie rief die Wache in Büdelsdorf an und bekam Klara gleich ans Telefon. Wie erwartet, war die junge Frau sofort interessiert. Vielleicht auch, weil der Chef der Security-Firma ihr ehemaliger Freund war. Egal. Wenn das Auge des Gesetzes endlich hinschauen würde, käme sicher alles wieder ins Lot.

Frauke verdrehte die Augen über ihre eigene Naivität. Jetzt musste sie aber auch wirklich mal los.

Kaum hatte sie das Haus verlassen, meldete sich Marie.

»Ich stehe auf der Straße und warte auf meinen Vater. Wenn man früher zum Training zu spät kam, hat er den wilden Mann gemacht. Jetzt verschläft er Verabredungen mit mir.«

»Marie, wir haben hier ein Problem.« Frauke erzählte, Marie lauschte.

»Um ehrlich zu sein, das war nicht direkt mein Fachgebiet.«

»Unglaublich«, quietschte Frauke belustigt ins Telefon. »Das war auch Fröbes Antwort. Beinahe wortwörtlich. Erzähl mir jetzt bitte nichts vom Unterschied zwischen falschen und richtigen Schlüsseln oder Eigentum und Besitz.«

»Frauke, durchatmen. Mein Tipp. Ruf Klara an. Die wird sich gleich festbeißen. Zugegeben, diese ganze Geschichte ist so irre, dass sie mich richtig doll interessiert. Aber ich bin ja auch nur ein Mensch.«

»Ich habe Klara schon angerufen. Sie war tatsächlich ziemlich interessiert.«

Marie unterbrach. »Um der Wahrheit die Ehre zu geben: Ich habe einen Verdacht, und weil ich keine Polizistin mehr bin, kann ich das auch einfach so äußern. Ein befreiendes Gefühl. Ui, Moment mal.«

Frauke hörte Klappern, Rauschen, Schritte.

»Papa, nicht dein Ernst. Du bist noch im Schlafanzug!« Marie klang ziemlich sauer. Dann hörte Frauke leise Maries Vater:

»Oh, Mist. Tut mir leid. Mein Radiowecker. Die Batterien. Ich beeil mich.«

Erneut Schritte, das Knallen einer Autotür.

»Unglaublich, der Schleifer unter den Trainern versetzt mich, weil er verschlafen hat. Steht im Schlafanzug auf dem Balkon und reckt sich genüsslich. Verschlafen. Mein Vater. Der muss tiefenentspannt sein.«

»Marie, komm runter. Dann seid ihr eben eine halbe Stunde später auf dem Friedhof. Was ist denn dein Verdacht?«

»Folge der Spur des Geldes, frage dich, wem es nützt.« Marie legte eine Wirkungspause ein. »Nützt es dem Veranstalter? Nein. Nützt es dem Erschaffer? Vielleicht. Nützt es dem derzeitigen Besitzer? Ganz sicher. Ich wette, dass diese Figur ratzfatz auf irgendeiner Kunsthandelsplattform im Darknet auftaucht. Bleibt noch die Frage, wer um das Geschehen weiß, wer Beziehungen in der Szene und wer einen Haufen Geld hat und immer mehr will.«

Frauke schaute raus auf den Einfelder See, schaute hinunter in den Garten, dorthin, wo sie unlängst die Traditionsparty gefeiert hatten, und dann sah sie ihn vor sich mit Champagner und selbstzufriedenem Lächeln. »Konrad Mahrburg.«

»Das hast du gesagt. Aber gut, wenn du meinst. Dieser Mahrburg ist, als hätte ihn jemand aus dem Baukasten einer richtig schlechten Endlosserie befreit.«

»Aus dem Baukasten einer Endlosserie. Ich staune Bauklötze.« Frauke nickte anerkennend, nur konnte Marie das nicht sehen, blieb aber beim Thema.

»Mal ohne Witz, er ist womöglich einer dieser Archetypen. Prototyp des Fieslings. Hatte ich als Polizistin nicht so oft, aber ich erinnere den ein oder anderen.«

»Nur Männer?«

»Sage ich nicht. Frauke, ich beende das jetzt. Mein Vater kommt. Ich bin in dieser Angelegenheit raus für heute, es sei denn, die Nummer entwickelt sich noch. Ich rufe an, wenn ich wieder zurück in Schleswig bin. Wünsche euch einen ruhigen und erfolgreichen Tag. Tschüss.«

Frauke suchte in ihrer Erinnerung, die eine Suggestion von Erinnerung war, nach dem Mantra, das ihr im ersten Jahr ihrer Arbeit als Notärztin ein Yogalehrer mit auf den Weg gegeben hatte, und sie wurde fündig. Ein Fragment nur, aber immerhin: Om Sat Chit Ananda Parabrahma. Inhaltlich, glaubte Frauke, ging es um den Urklang des Universums. Sicher hatten all die mysteriösen Vorgänge rund um den roten Frankie einen tieferen Sinn.

Als sie wenige Minuten später im FRIMO 1 saß, grüßte sie als Erstes Conny, so hatte sie zwei Kastanienmännchen genannt, die sie gebastelt und auf die Armaturenbretter der beiden FRIMOs geklebt hatte. Conny, abgeleitet vom englischen »concerns«, also »Bedenken«. Die beiden Connys waren Bedenkenträger, denen dicke Bücher auf den Schultern lasteten. Marie und Frauke waren voller Skrupel, Weltmeisterinnen der Selbstreflexion. Stets fragten sie sich, ob sie sich im Rahmen dessen bewegten, was sie moralisch vertreten konnten. Sehr anstrengend. Es waren die »Bedenkenträger«, deren Einwände die Frauen zur Kenntnis nahmen, bis die Argumente der real existierenden Gegenwart siegten. Marie nannte dieses Verhalten »Leben in der Lage«.

»Conny, Schnauze«, wies Frauke das Kastanienmännchen an. Es hielt sich daran. Frauke hörte den von ihr favorisierten regionalen Radiosender. Ein Garant für eine reflexionsarme Fahrt.

Todestag

Während ihr Vater sich immer auf die Bank setzte, die der Friedhofsgärtner neben das Grab gestellt hatte, und auf den Einschnitt im Tal jenseits der Bebauung schaute, kniete sich Marie vor das niedrige Mäuerchen und legte eine Hand auf die Erde. Sofort spürte sie eine physische Verbindung. Sie glaubte fest daran, dass sich Moleküle trafen, einander erkannten und vor Freude hüpften. Gut, dass es diesen Ort gab.

Früher hatte es den Küchentisch gegeben, an dem sie miteinander gelacht, diskutiert, gestritten und gegessen hatten. Seit dem Tod der Mutter war nun das Grab der gemeinsame Treffpunkt. Marie wusste, dass es ihrer Mutter wichtig wäre, ob das Grab gepflegt wirkte. Immer hatte sie Krümel vom Küchentisch gewischt, auch dort, wo kein Adlerauge auch nur ein Stäubchen hätte entdecken können. Aber darüber hatten ihr Vater und sie schon damals hinweggesehen. Heute musste ihre Mutter mit Blättern leben, die auf dem Grab lagen, mit zarten Trieben, die sich aus der Erde wanden. Es gab Wichtigeres.

Marie berichtete von Karl, von Andreas' Engagement als Palliativarzt, von ihrem neuen Job und von dieser komischen roten Figur, in der vielleicht ein Mensch gesteckt hatte, in der vielleicht ein Mensch gestorben war.

»Ich möchte ja verstreut werden«, meldete sich ihr Vater unvermittelt und unterstrich seinen Wunsch mit einer Geste, die der eines säenden Bauern ähnlich war.

Das hörte Marie zum ersten Mal. Sie stand auf und setzte sich neben ihn. »Wo denn?«

»Weiß ich nicht.«

»Und warum keine Erdbestattung bei Mama?«

»Weil ich nicht weiß, wo ich hier wirklich zu Hause bin.«

Das konnte Marie gut verstehen. Sie war ein Kind des schönsten Bundeslandes der Welt, sie konnte ohne Wasser nicht sein, und doch fühlte sie sich im Ruhrtal nicht fremd. Ganz im Gegenteil. Es waren die prägenden Jahre der Pubertät gewesen, die sie hier erlebt hatte. Mit allen Höhen und Tiefen und mit wunderbaren Erinnerungen. Das Altstadtfest in Hattingen, Segeln auf dem Baldeneysee in Essen, eine Grubenfahrt auf Zeche Zollverein, tausend Meter tief unter der Erde war sie gewesen …

»Deine Mutter ist in meinem Herzen, ganz egal, wo ich bin. Aber es ist ja jetzt so, dass ich mich nach der Schlei sehne, wenn ich hier bin, und bin ich an der Ostsee, wünsche ich mich ins Ruhrstadion.«

Marie dachte über eine geografische oder geologische Ver-

bindung zwischen diesen Orten nach. Ihr fiel außer den Auto-
bahnen nichts ein. »Aber ich glaube nicht, dass man die Asche
eines Menschen an verschiedenen Orten verstreuen darf. Verstreuen sowieso nicht, soviel ich weiß. Du brauchst auf jeden
Fall eine Urne und kannst zwischen der Bestattung in der Erde,
in einem Kolumbarium oder im Meer wählen. In der Schweiz
kannst du aus der Asche einen Diamanten machen lassen. Dann
muss die Restasche aber auch in der Schweiz bestattet werden.«

Ihr Vater winkte ab. »Wen geht das eigentlich was an, wo ich
meine letzte Ruhe finde? Hatten die Bürokraten wieder Langeweile und haben sich Vorschriften und Gesetze ausgedacht.«

»Du wirst ja richtig renitent auf deine alten Tage. Es wird
schon Gründe geben.«

Ihr Vater drehte sich zu ihr hin. »Und, fällt dir einer ein?«

Marie zuckte mit den Schultern. Sie wendete sich dem Grab
zu. »Entschuldige, Mama, ich schau mal eben was im Internet
nach.«

Marie zog das Tablet aus ihrer Umhängetasche und suchte
nach »Bestattungsgesetz NRW«, wartete nicht lange, das Netz
war gut, sie scrollte, machte: »Oh«, dann las sie vor:

»›Die Asche darf auf einem vom Friedhofsträger festgelegten
Bereich des Friedhofs verstreut oder ohne Behältnis vergraben werden, wenn dies schriftlich oder elektronisch bestimmt
ist. Soll die Totenasche auf einem Grundstück außerhalb eines
Friedhofs verstreut oder ohne Behältnis vergraben werden, darf
die Behörde dies genehmigen und durchführen, wenn diese Art
der Beisetzung schriftlich oder elektronisch bestimmt und der
Behörde nachgewiesen ist, dass der Beisetzungsort dauerhaft
öffentlich zugänglich ist; der Genehmigung sind Nebenbestim-
mungen beizufügen, die die Achtung der Totenwürde gewährleisten.‹«

Marie schob das Tablet in die Tasche, flüsterte ein »Sorry«
in Richtung Grab und schaute ihren Vater an. Der bewegte den
Kopf kaum sichtbar. Marie wusste, dass der Denkprozess bereits
abgeschlossen war. Die Bewegungen deuteten auf Zustimmung
hin.

»Der Beisetzungsort muss dauerhaft öffentlich zugänglich sein. Das verstehe ich. Das hätte ich nicht bedacht. Einen Ort der Trauer muss es auch für einen Menschen geben, den die engsten Angehörigen vielleicht gar nicht kennen, zu dem der Verstorbene aber in einer Beziehung stand. Dieser Staat, dieser Rechtsstaat. Bei allem, was ich zu meckern habe. Gar nicht so übel.«

Marie legte den Arm auf die Schulter ihres Vaters. »Ich habe Hunger.«

Sie standen auf, sie sprachen mit der, die sie vermissten, sie lachten, weinten, lachten und gingen den steilen Hauptweg entlang, dessen holperiges Kopfsteinpflaster der Friedhofsgärtner gegen Asphalt ausgetauscht hatte. Das war nicht schöner, aber sicherer für alle, die nicht mehr gut zu Fuß waren.

Eine halbe Stunde später leckte sich Marie die letzte Mayonnaise von den Lippen, trank noch einen Schluck Malzbier und verabschiedete sich vom Inhaber der weltbesten Pommesbude im ganzen Revier. Vater und Tochter unternahmen den obligatorischen Verdauungsspaziergang entlang der Ruhr und waren sich einig, dass zwei Heimaten möglich waren.

Nach allem, was Marie über Sandro Hackmanns Ex-Partner Frankie wusste, war dessen Lebensbürde eher eine innere Heimatlosigkeit. Nicht zu wissen, wo die eigene Seele wohnt, musste sich furchtbar anfühlen. Marie dachte an Andreas und Karl, an ihre Mutter, an das Meer und ehemalige Wegbegleiter beim LKA. Ihre Seele war in guter Gesellschaft.

Klara sucht

In Kiel saß Klara auf dem Rücksitz des Streifenwagens und betrachtete die Mindmap, die sie skizziert hatte, nachdem die stellvertretende Kuratorin des Kunstsommers Nord sie angerufen hatte. Hier zu sitzen, war Teil ihres Planes, sich an definierten Orten mit zuvor festgelegten Tätigkeiten zu befassen.

Das schaffte Struktur. Am Steuer des Streifenwagens fühlte sie sich in einer anderen, aktiveren, körperlicheren Rolle.

Ins Zentrum der Mindmap hatte sie ein rotes Männchen gezeichnet. Der rote Frankie, mit dem begonnen hatte, was kein offizieller Fall war, und doch beschäftigte sie sich mit Rückendeckung ihres Dienstgruppenleiters mit dem Thema. An jedem anderen Tag des Jahres war Polizeiarbeit Teamarbeit. Aber gestern, vorgestern und heute – Ausnahmen. Morgen stand eine Fortbildung in der Spurensicherung auf dem Programm. Freute sie sich drauf. Neue Kolleginnen, neue Informationen. Referent war dieser alte Mann, den Marie nach Büdelsdorf gelotst hatte. Informell. Wie hieß der bloß noch mal? Elmar, aber weiter?

Neben dem roten Frankie: Spiegelstriche. Funddatum, Fundorte, Beteiligte. Sandro Hackmann, der Kurator in einem Oval gleich links neben dem Männchen, auf der Verbindungslinie ein kleines Herz. In einem Zickzack-Feld »Sönke Schulz«, ihr Ex und Chef von Abraham Security. Von seinem Namen aus hatte Klara eine fette Linie zu einem Feld gezogen, in dem »Zugang?!« stand. Die Figuren waren ohne Einbruchspuren in die Räume gebracht worden und in Flensburg auch wieder heraus, wie ihr Delaila eben mitgeteilt hatte. Klara schaute auf die Uhr. In fünf Minuten würde sie voraussichtlich die Professorin für Bildhauerei in deren Büro treffen.

Sie wechselte das Fenster und scrollte sich auf der Suche nach dem richtigen Raum noch einmal durch das digitale Vorlesungsverzeichnis der Kunsthochschule, stoppte beim Angebot »Kopf modellieren«. Die Dozentin hieß Sabine Müller. Sie hatte tatsächlich deren Namen vergessen. Klara lächelte. Sie freute sich über den Namen der Frau. So normal. Da musste man nichts buchstabieren. Sabine Müller hatte Glück gehabt.

Sie parkte auf einem der Parkplätze für Dienstfahrzeuge der Polizei in der Blumenstraße. Hier befand sich in unmittelbarer Nachbarschaft zur Muthesius Kunsthochschule die Bezirkskriminalinspektion Kiel. Sie wählte den Weg über die Wilhelminenstraße und erreichte den Innenhof der Kunsthochschule. Der mächtige Baum warf einen Schatten auf eine Installation, und Klara nahm sich nicht zum ersten Mal vor, das Arboretum Ellerhoop zu besuchen. Dort würde sie sicher etwas über Bäume und nicht nur über deren Namen erfahren können. Vielleicht gab es auch anderenorts Baumlehrpfade, von denen sie nichts wusste. Sie war ein Landei, hatte aber vom Land so wenig Ahnung wie vom Ei.

Mit ihr betraten junge Frauen und Männer das Gebäude. Sie spürte die Blicke, die ihr beziehungsweise ihrer Uniform galten. Das war schade, vielleicht könnte es eine Aufgabe für sie sein, ganz allgemein am Image der Polizei zu arbeiten, und sie fing gleich damit an, als sie auf der Treppe stolperte. Die leicht angespannte Stimmung löste sich sofort und wich einer Mischung aus Hilfsbereitschaft und Belustigung.

Eine junge Frau zog sie am linken Arm hoch, ein Student flachste: »Herzlich willkommen, hier gibt es nur Freunde und Helfer.« Gelächter. Die junge Frau roch nach einem scharfen Reinigungsmittel und trug ein Oberteil, auf dem Schmetterlinge und Mohnblumen abgebildet waren. Der Stil erinnerte Klara an einen Maler; an welchen, wusste sie nicht. Auch die Ohrringe der Frau zeigten die Blüten von Klatschmohn.

Die Gruppe der Studierenden wurde kleiner, als drei oder vier im ersten Obergeschoss nach rechts durch eine Tür gingen, Klara folgte ihnen, die anderen, auch die Klatschmohn-Frau, folgten der Treppe weiter nach oben. Zweite Tür links: Prof. Dr. Sabine Müller. Klara klopfte, eine Frauenstimme rief: »Joo.«

Klara öffnete die Tür. Die Frau passte zur Stimme. Eine Norddeutsche, wie sich Touristen eine Norddeutsche vorstellten. Klara schilderte ihr Anliegen, Sabine Müller antwortete. Bairischer Dialekt.

Klara erfuhr, wie man Abgüsse anfertigt, lernte den Unterschied zwischen Plastiken und Skulpturen kennen und musste mit einer klaren Absage leben. Sabine Müller gab keinerlei Auskünfte über ihre Studierenden. Allerdings berichtete die Frau aus den Alpen davon, dass sie Werke wie den roten Frankie, den Klara ihr auf Fotos zeigte, auch in ihren Klassen hatte anfertigen lassen. Dies sei jedoch weniger ein künstlerischer als ein handwerklicher Akt der Schöpfung.

Auf Klaras Frage, wie man den Abguss als Modell überleben könne, gab es statt einer Antwort zunächst nur ein herzliches Lachen. Ob sie noch nie mit Kindern Gipsmasken hergestellt habe, fragte Sabine Müller. »Strohhalme in die Nasenlöcher und fertig.«

»Und fertig, na klar.«

»Frau Mortensen, sollten Sie noch Fragen haben, gerne. Aber nicht jetzt. Ich muss in die Klasse, pfiat Eana. Ich meine, moin. Tut mir leid, habe vorhin mit zu Hause telefoniert.«

Beide Frauen verließen das Büro, und für einen Moment hatte Klara das Gefühl, sie sei so schlau wie zuvor. Allerdings hatte sich Sabine Müller, die keine Auskünfte über Studierende geben wollte, in einem Nebensatz doch zu der Auskunft verleiten lassen, dass überhaupt nur zwei Studierende mit dem Auto einpendeln würden. Das Parkticket, das Elmar am Boden des roten Frankie gefunden hatte, war also nicht zwingend eine Sackgasse.

Auf dem Weg zum Treppenhaus kam sie am Schwarzen Brett vorbei. Ein Relikt der guten alten Zeit, das sich trotz der Digitalisierung in vielen Firmen und Institutionen behaupten konnte. Klara zückte ihren Notizblock und schrieb: »SUCHE Mitfahrgelegenheit für meine leicht sperrige Skulptur (circa 1,20 m hoch). Habe leider kein Auto.« Darunter notierte sie ihre private Handynummer. Einen Versuch war's wert.

Der Innenhof war voller Leben. Studierende mit Lupen, Stiften und Blöcken auf allen vieren. Die knien sich rein, dachte Klara und schmunzelte über den kleinen Wortwitz. Insgeheim glaubte sie, dass Poetry-Slam etwas für sie wäre. Als sie davon unvorsichtigerweise auf der Dienststelle erzählt hatte, waren die Kollegen in Gelächter ausgebrochen. So war das mit der Selbstwahrnehmung, die leicht zur Selbstüberschätzung werden konnte.

Im Streifenwagen griff sie nach ihrem Handy und wählte die Büronummer von Abraham Security. Drei Freizeichen, ein verräterisches Knacken. Rufumleitung, dachte Klara und hörte dann die Stimme von Sönke Schulz, die in ihr noch immer ein wohliges Kribbeln erzeugte. Leider passte die Stimme zum drahtigen Körper.

»Hallo, Sönke Schulz, Abraham Security, hören Sie mich?«

»Sicher«, antwortete Klara. »Ich höre dich, aber ich verstehe dich nicht. Warum hat dein Laden nicht das getan, was euer Job ist: Sicherheit gewährleisten? Warum konnten Menschen ungehindert und ungesehen in den Ausstellungsräumen herumspazieren? Nachlässigkeit oder Vorsatz? Ich frage dich das nicht zum ersten Mal. Aber vielleicht zum letzten Mal.«

Klara hörte Sönke ausatmen. Wenn er ausatmete, entstand ein reibendes Geräusch, das wie ein Schnurren klang.

»Klara, wo bist du? Lass uns mal schnacken.«

»Kiel.«

»In fünfzehn Minuten am alten Platz?«

»Fünfzehn Minuten.« Klara drückte auf das rote Symbol mit dem Hörer und war froh, dass sie saß. Weiche Knie.

Ätzend

Auf diesen Moment, wenn die Kaistraße aus Süden kommend einen leichten Rechtsknick machte, wenn sich die Kieler Förde erstmals zeigte, freute sich Frauke immer wieder, seitdem sie vor über zehn Jahren das erste Mal hier an der Ampel gestanden hatte und zusammengezuckt war. Sie hatte nach rechts geschaut, und quasi unmittelbar vor ihr war der mächtige Bug einer Fähre aufgetaucht. Haushoch. Frauke war das Schiff wie ein anderer Verkehrsteilnehmer vorgekommen. Sie hatte im Stand nach links gelenkt, und es hatte einen Moment gedauert, bis der Schreck der Faszination gewichen war. Inzwischen war sie mit den Schiffen der Schlepp- und Fährgesellschaft Kiel schon oft zwischen Laboe, Strande und Wellingdorf unterwegs gewesen. Am Ende der Saison würden die Geschmacksverstärker:innen ihr »Snack und Schnack«-Angebot an Freitagnachmittagen für

Pendlerinnen anbieten. »Mit Genuss in den Feierabend«, hatten sie die kleine Werbekampagne untertitelt und arbeiteten bereits an einem Konzept für den Montagmorgen.

Die Musikauswahl des Radiosenders bewirkte, dass Frauke wenig später die Stufen zur Kunsthalle Kiel summend und debil lächelnd erklomm. Das Lächeln verging ihr, als sie den großen Ausstellungsraum betrat. Ein beißender Geruch hing in der Luft, den sie aus dem Studium in Erinnerung hatte. Hier war Salzsäure in die Luft gelangt. Sofort schloss Frauke die Tür. Eingeatmete Salzsäure, sie hatte das erlebt, konnte zu einem Lungenödem führen. Einer ihrer Patienten war daran trotz aller Bemühungen gestorben. Frauke alarmierte die Feuerwehr und verließ die Kunsthalle so schnell wie möglich. Wo war der Sicherheitsdienst?

Kaum dass sie wieder an der frischen Luft war, klingelte ihr Handy. Ihre Mitarbeiterin Norma rief an und teilte mit, dass auf den roten Frankie in Büdelsdorf ein Säureanschlag verübt worden sei.

»Verlass sofort die Halle!«, rief Frauke ins Telefon.

»*Keep calm*«, antwortete Norma. »Ich war *firefighter* in Seattle.«

An manchen Tagen glaubte Frauke, Norma sei so eine Art Supergirl. Was sie, so blutjung, schon alles gemacht hatte, war beeindruckend. »Hast du die Feuerwehr gerufen?«

»Frauke …«

»Sorry. Hast du den roten Frankie gesehen?«

»Ich habe gesehen, was von ihm übrig geblieben ist. Ein Häufchen Elend.«

»Norma, woher kennst du diese Redewendung? Du bist erst acht Monate in Deutschland. Du bist mir unheimlich.«

»Du bist rassistisch. Nicht zum ersten Mal. Nicht alle Amerikaner sind Hornochsen.« Norma klang ein klein bisschen genervt.

»Gut. Habe ich verstanden. Empfindest du es als herabwürdigend, wenn ich mit dir durchgehe, wie du all die Leckereien so lagerst, dass sie auch morgen noch lecker sind?«

»Ja. Frauke, verlass dich auf uns. Wir machen das schon. Alles ist abgesperrt. Die Feuerwehr höre ich schon, und um unser Essen kümmere ich mich sofort, und die Polizei ist auch informiert.«

»Danke, Norma.«

»*You're welcome.*«

»Kannst du das Häufchen Elend durch die Scheibe vom Regieraum aus fotografieren und mir das Foto senden, bitte?«

»Schon unterwegs.«

»Hier in Kiel hat es übrigens auch einen Säureanschlag gegeben.«

»Gefährliches Pflaster, dieses Deutschland.«

»Ja, pass gut auf dich auf. Ich werde heute eher nicht nach Büdelsdorf kommen. Hier steht das Sponsorenmeeting an. Mal sehen, wie und wo wir das stattfinden lassen. Hoffentlich kommt Delaila bald. Tschüss.«

Frauke schickte Klara eine Nachricht mit dem Foto, das die Überreste des Kunstwerks zeigte.

Märchenstunde

Ergiebig war das Gespräch mit Sabine Müller nicht gewesen. Klara versuchte, ihre Gedanken zu ordnen. Ersprießlich war das Gespräch auch nicht gewesen. Geschweige denn erhellend.

Das Sortieren der Gedanken gelang ihr bisweilen, wenn sie nach Wörtern ähnlicher Bedeutung mit demselben Anfangsbuchstaben suchte. Zahlenreihen, insbesondere solche auf Digitalanzeigen, halfen auch. Jetzt aber dachte sie nur an Sönke. Sie hatten eine schöne Zeit gehabt, eine sehr schöne Zeit. Beinahe wäre sie dem blauen Bus vor ihr hinten reingefahren. Die Ampel hatte Gelb gezeigt. Der Installateur war aber erst bei Grün losgefahren. Gas, Wasser – Scheiße, dachte Klara. So eine Scheiße. Sie war immer noch nicht über Sönke hinweg.

Die Holtenauer rauf. Wie oft sie hier wohl schon entlanggefahren war. Überall Erinnerungen. Schauspielhaus, Händchenhalten. Metro-Kino, Händchenhalten. Rick's Club, Händchenhalten. Sie hatten sich die ganze Holtenauer rauf und runter geknutscht. Die Typen danach hatten mehr Muskeln gehabt oder mehr Grips oder mehr Geld. Aber immer war es weniger schön gewesen. Die Holtenauer wurde zur Schleusenstraße. Beim Fahrradladen Ecke Schleiweg hatten sie sich oft gestritten. Sönke wollte geradeaus zum Imbiss an der Nordmole, sie hatte immer rechtsrum gewollt. Sie hatte recht behalten. Mit dem Fahrrad war es auf jeden Fall schneller. Sönke aber war stur geblieben, wie ein kleiner Junge.

Sie parkte den Streifenwagen direkt vor dem Fünfziger-Jahre-Museum. Als sie gerade aussteigen wollte, erreichte sie die Nachricht von Frauke. Alles, vom Erscheinen der Plastiken über das Verschwinden des roten Frankie bis hin zu den Anschlägen, wirkte mysteriös. Aber Klara wusste, dass hinter Verbrechen meist handfeste Motive standen. Jemand wollte Sandro Hackmann schaden, jemand bereitete eine Erpressung vor, jemand versuchte, eine öffentliche Bühne für eine Botschaft zu schaffen, die vielleicht noch kam. Oder, am wahrscheinlichsten: Jemand konnte mit der ganzen Sache Geld verdienen. Klara richtete ihre Uniform. Eine schöne Figur machte die Jacke nicht. Sie zog sie aus und ließ sie im Streifenwagen.

Sönke war schon da. Er war immer schon da. Inzwischen fuhr er E-Auto. Leider keine Protzerkarre, einen sehr vernünftigen Kleinwagen. Streber. Er saß, wo sie immer gesessen hatten. Im Schatten unter den Bäumen mit Blick auf die Schleuse. Manche fanden, der Tiessenkai gegenüber sei Kiels heimliches Herz. Klaras Herz schlug hier auf der Südseite des Kanals. Aber es schlug nicht für Sönke. Das jedenfalls nahm sie sich ganz fest vor. Er hatte schon bestellt. Er saß rechts, sie setzte sich links. Auf ihrer Seite des kleinen Tisches dampfte eine heiße Schokolade.

»Vergiss es«, eröffnete sie das Gespräch. »Die Zeiten, in denen ich leicht zu haben war, sind vorbei.«

Sönke Schulz trug eine kurze Hose, die seine muskulösen

Beine zur Geltung kommen ließ. Klara nahm die Sonnenbrille ab und schaute ihm in die Augen. »Sönke, keine Spielchen jetzt. Es ist ernst. Offenbar können Unbefugte in den von deiner Firma gesicherten Objekten ein und aus gehen. Bisher ging es nur um Einbruch, Diebstahl, vielleicht auch nur um Hausfriedensbruch. Aber jetzt können Menschen zu Schaden, vielleicht sogar zu Tode kommen.«

Sönke richtete sich auf und drehte seinen Oberkörper zu Klara. »*What?*«

»Zu Tode kommen. Dass du davon noch nichts weißt, ist kein gutes Zeichen. Es hat in Kiel und Büdelsdorf Säureanschläge gegeben. Heute Morgen, vielleicht auch in der Nacht. Wo sind deine Mitarbeiter?«

Klara wusste, wann Sönke schwamm. Er zuckte dann mit dem linken Auge. Und sie wusste auch, wann er log.

»Säureanschläge. Ich habe keine Ahnung.«

Er log nicht.

»Die Schlüssel, Sönke. Ich habe dich das unlängst schon in Büdelsdorf gefragt. Du musst sie gesichert an deinem Firmensitz verwahren. Tust du das?«

Er schaute sie mit großen Augen und einem Lächeln an, das sagte: »Baby, bin ich Profi, oder bin ich Profi?«

Von links eine Frau mit Kinderwagen, in dem ein Säugling krähte. Vor dem Kinderwagen rannte ein kleines Mädchen her. Klara fragte sich, ob es keinen Kitaplatz bekommen hatte oder ob die Eltern ein anderes Modell lebten. Dazu hatte sie einen heftigen Streit mit ihrer Mutter gehabt, die der Meinung war, dass Kinder unter vier Jahren in die Familie gehörten und nicht in die Obhut von Kindergärtnerinnen mit grünen Haaren und Drogenproblemen.

Das Mädchen stürzte unmittelbar vor Klara und Sönke, die beinahe gleichzeitig nach dem Kind griffen. Letztlich überließ Sönke Klara die Versorgung der blutenden Wunde am Knie, während er das Kind mit Zaubertricks ablenkte. Die junge Mutter hatte den Kinderwagen an die Seite geschoben und sich auf Klaras Stuhl gesetzt. Sie hatte eine Hand im Kinderwagen und beobachtete die Ersthelfer. Ihr Gesichtsausdruck wirkte, als sei sie nicht sehr besorgt.

»Wollen Sie lieber übernehmen?«, fragte Klara.

»Nö, Sie machen das ziemlich gut.«

»Ziemlich gut?« Klara war leicht angefressen.

»Für Laien ziemlich gut. Ja. Ich bin Ärztin in der Notaufnahme und würde das ein bisschen anders angehen. Aber Birte wird es überleben. Danke.«

Klara steckte ihr Mini-Erste-Hilfe-Set in die Balgentasche ihrer Uniformhose. »Ist das Ihr Kind?«

Birte sagte: »Mama«, löste sich von Klara und kuschelte sich auf den Schoß der Frau.

»Korrekt, Birte ist mein Kind. Sie ist gestolpert, hat sich das Knie aufgeschlagen, Sie haben die Wunde super versorgt. Man nennt das: Leben. Locker bleiben, Frau Mortensen.«

Die Frau hatte Klaras Namen auf dem Uniformhemd gelesen. Aus dem Netz des Kinderwagens holte sie zwei Äpfel hervor und legte sie auf den Tisch. »Eigene Ernte. Und Sie wissen ja: *An apple a day keeps the doctor away.* Danke und tschüss.« Sie stand auf schob den Kinderwagen in Richtung Förde. Birte folgte. Hüpfend, als sei nichts gewesen.

»Die war mal lässig«, kommentierte Sönke, machte eine kurze Pause und fügte hinzu: »Wir sind ein gutes Team, du und ich.«

Beide hatten sich wieder gesetzt. »Die Schlüssel, Sönke, wir waren bei den Schlüsseln.«

Er gab einen Klagelaut von sich. »Ach, das ist eine blöde Geschichte. Ich habe vor ein paar Wochen eine Aushilfe eingestellt. Oder sagen wir, teilzeitbeschäftigt.«

»Schwarz.«

Er nickte zerknirscht. »Alleinerziehend, arbeitslos, und ich glaube, dass sie ein klitzekleines Alkoholproblem hatte.«

»Hatte?«

»Ich konnte sie nicht weiter beschäftigen. Sie hat in die Barkasse gegriffen, glaube ich. Aber ich wollte da keine große Sache draus machen. Nicht auszuschließen, dass sie bei der Ausgabe der Schlüssel nicht ganz so sorgfältig war.«

»Name, Telefonnummer?«

»Habe ich im Büro auf der Karteikarte.«

»Karteikarte. Sag mal, für wie blöd hältst du mich?«

Er zuckte mit den Schultern.

»Du schindest Zeit, Sönke. Das ist albern.«

Nochmaliges Schulterzucken. »In welcher Funktion befragst du mich eigentlich? Welche Rolle soll ich dir glauben, die der ermittelnden Polizistin oder die der gekränkten Ex?«

Touché. Sönke hatte es immerhin bis zum ersten Staatsexamen Jura geschafft. Klara blieb die Antwort schuldig, stand auf und ging.

»Schönen Tag«, rief er ihr hinterher.

Ende der Märchenstunde.

»Bavaria« trifft »Perle 1«

Hafenmeister Benedikt saß vor seinem Büro, trank den obligatorischen Halb-zehn-Kaffee und schaute zufrieden auf seinen Hafen. Hier in Orth war die Welt noch in Ordnung, Fehmarn war nicht nur die Sonneninsel, Fehmarn war auch die Friedensinsel. Jedenfalls empfand Benedikt das so.

Er war pensionierter Mitarbeiter des Militärischen Abschirmdienstes und hatte erlebt, dass andere Dienste über Leichen gingen. Er war Sohn eines Grenzsoldaten der DDR, er besaß alle denkbaren Funkzeugnisse, und er war stets auf Empfang. So kam es, dass er eine Information erhalten hatte, die den Verbleib von Ullis »Bavaria« klärte. Sie war dem Fischkutter »Perle 1« mit Heimathafen Sassnitz in die Parade gefahren. Benedikt hatte die Position geprüft und stirnrunzelnd festgestellt, dass der Ort der Kollision gut hundertdreißig Kilometer östlich von Fehmarn lag.

Auf dem Fischkutter waren der Kapitän und sein Helfer gerade dabei gewesen, ein Netz einzuholen, als die »Bavaria« von achtern ins an Steuerbord ausgebrachte Geschirr rauschte und die »Perle 1« gegen den Uhrzeigersinn im Kreis drehte, denn der Fischkutter hatte ob ungünstiger Strömungen Anker geworfen. Nach einer waghalsigen Aktion des Matrosen war es gelungen, den Motor der »Bavaria« abzustellen. An Bord war kein Mensch gewesen.

Benedikt hatte nicht gezögert und Krüger angerufen. Dass der nicht zuständig war, wusste Benedikt selbstverständlich. Aber er war im Thema, und sich den Polizisten warmzuhalten, in dessen Revier der Orther Hafen lag, konnte sicher nicht schaden.

Krüger hatte sein Morgenritual auf der Wache unterbrochen, die Geschwindigkeitskontrolle auf der L 209 abgeblasen und war gleich nach Orth gefahren. Jetzt lehnte er an der Tür des guten alten Allradstreifenwagens und betrachtete die Fotos, die die Wasserschutzpolizeiinspektion Sassnitz übermittelt hatte. Die seitliche Kollision der »Bavaria« mit der »Perle 1« hatte für Schäden an den Bordwänden beider Schiffe gesorgt. Das Deck des Fischkutters lag etwa einen halben Meter höher als das der »Bavaria«. Deren Reling hatte Kratzer an der hellblauen Lackierung hinterlassen.

Was zum Schadensbild nicht passte: Der blaue Schriftzug am Bug der »Bavaria« war verwischt, und Krüger sah rote Streifen. Er griff nach den Krücken und ging vor zur Hafenkante. Der einzig wahre Franky hatte an der »Hallodri 2« vor einer Woche einige unschöne Stellen überpinselt. Mit roter Farbe vom Leuchtturmgeländer. Er musste Franky finden, denn Franky wusste womöglich, wo man nach Ulli suchen könnte.

Krüger fuhr rüber zu Benedikt und gab dem die Kaffeetasse zurück. Kaum dass Krüger sich bei seiner Ankunft über Koffeindefizit beklagt hatte, war Benedikt mit der Tasse um den Tresen rumgekommen. Ob es solche Gesten wohl auch in der Stadt gab? Er würde es nie erfahren.

»Sag mal, unser einzig wahrer Franky, wann hast du den zuletzt gesehen?«

»Na gestern, als er mit der ›Hallodri 2‹ reingekommen ist von den Reusen. Hatte ganz guten Fang und ist gleich los, um Gudrun vom ›Hafenkrug‹ Fisch zu bringen.«

Krüger dachte. Eine seiner Stärken. Was die Pose betraf – auf jeden Fall. In den »Hafenkrug« zu fahren, machte wenig Sinn. Zu früh. Gudrun konnte er anrufen. Franky. Tja, da musste er wohl mal bei dessen Mobilheim vorbeischauen.

Gedacht, getan. Krüger quälte sich ins Auto. Ob ihm der Staat wohl eine Rente zahlen würde, bliebe das Knie steif? Unbewusst, wohl um den vorzugaukelnden Zustand mal zu testen, streckte er das Bein durch und stieß mit dem Fuß ans Bodenblech. Das tat richtig weh. »Kleine Sünden bestraft der liebe Gott sofort«, kam ihm eine häufig geäußerte Gewissheit seiner Mutter in den Sinn.

In der Zufahrt zum Campingplatz stellte Krüger gleich fest, dass der Bürgerbus nicht an seinem Platz stand. Ob Franky eine Tour hatte? Die erste Runde zu den Ärzten drehte er eigentlich früher. Die älteren Herrschaften mussten zum Blutabnehmen in die Praxen der Insel kutschiert werden. Im Anschluss pflegte Franky am Strand ein bisschen Morgengymnastik zu machen. Danach frühstückte er vor seinem Mobilheim. Meist frühstückte er Eggs Benedict. Dazu hatten sie auf der Insel schon manche Zote zulasten des Hafenmeisters gerissen. Kein Bürgerbus also. Auch kein Platzwart weit und breit. Das war gut, musste er sich doch keine Vorhaltungen machen lassen, weil er mit dem Dienstfahrzeug auf den Platz fuhr.

Die Tür zu Frankys Mobilheim war abgeschlossen, die Gardinen zugezogen, aber das rückwärtige Fensterchen zur Nasszelle stand offen. Krüger angelte nach dem Tritt, der immer unter dem Apfelbaum stand, schob den Tritt mit einer Krücke vors Fenster, stützte sich ab und machte einen Schritt hinauf. Wackelige Angelegenheit. Es roch nach Aftershave. Die Vermutung, dass Franky sich vor gar nicht allzu langer Zeit frisch gemacht hatte, lag nahe.

Krüger kletterte vom Tritt, sein Handy klingelte. Die Kollegin aus Laboe, der er gleich das Wort abschnitt. »Bevor wir uns wieder in Unfreundlichkeiten verhakeln: Ich bin Krüger. Wie heißt du?«

»Krüger.«

»Wie bitte?«

»Krüger, ich heiße auch Krüger, Moni Krüger. War mir zu blöd, das zu sagen.« Sie lachte kurz auf.

»Ob wir verwandt sind?«

»Komm, hör auf, ist ja kein so seltener Name. Außerdem komme ich aus Magdeburg.«

»Krüger und Krüger. Frankie und Franky.«

»Kramer gegen Kramer«, ergänzte Moni Krüger.

»Du magst Kino?«

»Ich liebe Kino.«

Pause.

»Okay, warum hast du angerufen?«

»Die Spuren aus dem Transit, die Haare aus der Haarbürste im Ferienhäuschen. Das Labor sagt: DNA-Treffer.«

»So schnell?«

»Moderne Technik. Im LKA können sie bald noch ganz andere Dinge.«

»Nämlich.«

»Geheim.«

Krüger war derweil um das Mobilheim herumgelaufen. Ohne Krücken. Er fühlte sich so leicht.

»Außerdem«, meldete sich Moni Krüger wieder, »der Arztbrief, den du gefunden hast, die Barbiturate im Transit. Ich sage, der ist schwimmen gegangen.«

Krüger gefiel die Umschreibung, die wenig einfühlsame Umschreibung eines möglichen Suizids, nicht. Sofort war sie dahin, die Leichtigkeit. Ansprechen. Sollte er es ansprechen? Er kannte Moni ja gar nicht.

»Krüger, noch dran?«

»Ja, sicher. Danke, dass du mich informiert hast. Ich gebe das hier mal weiter. Muss aber jetzt auch los. Anderer Fall, der mit diesem aber in Verbindung steht. Kannst du dir nicht ausdenken. Tschüss.«

Er legte auf. »Schwimmen gegangen«, hallte es in ihm nach.

In Burg war der Chef am Start, wie Krüger über Funk erfuhr. Zudem setzte ihn der Chef davon in Kenntnis, dass sich die KTU gerade dem Leuchtturm zuwendete. »Kannst ja mal kurz nach dem Rechten sehen. Kommen ja alle vom Festland.«

Kurz bevor er das Gelände verließ, kam in ihm zum Vorschein, was Krüger nicht liebte, aber schätzte. So, wie er Räume in Sektoren einteilte, so sicherte er Ermittlungsergebnisse gern doppelt ab. Er hielt an und ging hinüber zur Rezeption. Mit Krücken.

Martin stand hinter dem Tresen und schwitzte. »Moin, Krüger, einer muss ja arbeiten.« Der Platzwart wischte sich den Schweiß von der Stirn, seine Frau verdrehte die Augen, hob kurz die Hand und verschwand dann nach hinten.

»Angstschweiß, das kann ja auch. Martin, sei so nett und guck in den Computer. Frank Mommsen und das Häuschen. Du weißt schon.«

Martin seufzte, setzte sich und befragte die Buchungssoftware. »Ja, wie gesagt, Frank Mommsen hat dort gewohnt. Bis vor sechs Wochen. Seitdem war das Häuschen nicht mehr belegt. Wir warten auf Handwerker, die eine Fotovoltaikanlage montieren. Da haben wir doch schon drüber gesprochen, oder?«

»Martin, ich bin Amtsträger. Da muss es amtlich sein. Alles mit Durchschlag. Doppelte Buchführung.«

Martin setzte sich den Gehörschutz auf und ging. Rasen mähen wahrscheinlich.

Rund um den Leuchtturm Flügge war großzügig mit Flatterband abgesperrt worden. Ein Beamter hob das Flatterband, so hoch er konnte, als sich Krüger mit dem Allradmonster näherte. Es reichte nicht. Er hielt an.

»Moin, Kollege, ich bin nicht gut zu Fuß.« Er zog eine Krücke vom Beifahrersitz in die Höhe.

»Kein Problem.« Der junge Beamte ging ein paar Schritte zur Seite. Dort war das Flatterband an den Zaun geknotet worden. Er löste den Knoten, das Band segelte zu Boden, Krüger bedankte sich und fuhr bis ganz nach vorn. Er parkte neben einem der weißen KTU-Busse und bedauerte, dass er nicht auf den Turm klettern konnte.

»Krüger, du alter Verbrecher.« Neben ihm blieb einer der in weiße Overalls gehüllten Kriminaltechniker stehen. Krüger schaute fragend.

»Ove, Aus- und Fortbildung in Eutin, das weißt du nicht mehr?«

»Klar weiß ich das noch. Ich wäre fast durchgefallen.«

»Und jetzt Hauptmeister. Das ist doch was. Warum gehst du an Krücken?«

Krüger berichtete.

»Du musst da nicht rauf. Ich kann dir zeigen, wie das von oben aussieht.« Ove holte ein Tablet von einem der Tische, die aufgebaut worden waren. »Ich habe Videos gemacht. Mit der Drohne.« Er zeigte auf das Fluggerät.

Zu Beginn sah man nur Insel, Himmel und Ostsee. Ein Rausch in Gelb, Grün und Blau. Dann schwenkte das Objektiv der Kamera nach unten. Rund um den Leuchtturm die weißen Anzüge der Kriminaltechnikerinnen. Von oben sahen sie wie die weißen Maden aus, die Krüger vor zwei Wochen in der Mülltonne vor der Wache entdeckt hatte. Aus den Resten eines Döners waren sie herausgekrochen, und nach einer ersten Anwandlung von Ekel hatte sich Krüger gefragt, wie Menschen wohl aus der Entfernung wirkten und was Gäste aus dem All über sie denken würden.

Dass es Ronnie Blischckes Blut war, das er am Fuß des Leuchtturms gefunden hatte, war geklärt. Nicht aber, wie es dahingekommen war.

»Sag mal, Ove, habt ihr schon eine Vermutung, warum Ronnie Blischcke hier Blut verloren hat?«

Ove nickte und zeigte auf die Vertiefungen, die auch Krüger schon aufgefallen waren. »Die Tiefe der Dellen konnten wir reproduzieren. Wir haben einen Achtzig-Kilo-Dummy vom Leuchtturm geworfen und nahezu identische Muster und Abdrucktiefen erhalten.«

»Was einem da wohl durch den Kopf geht?«, fragte Krüger halblaut.

»Viel wird es nicht sein. Ich denke, dass er gerade noch bis drei zählen konnte. Kann man ja ausrechnen. Jedenfalls langsamer als neun Komma eins acht Meter pro Sekunde, weil wir ja den Luftwiderstand berücksichtigen müssen, zudem die Form des Körpers.«

»Lass mal, Ove. Mathe macht, dass ich traurig werde.«

Die beiden verabschiedeten sich. Krüger fuhr nach Burg. Er musste dem Chef noch karrierefördernd mitteilen, dass er trotz seiner schmerzhaften Verletzung morgen an der Fortbildung »Spurensichern im ersten Angriff« teilnehmen würde. Amüsant war, dass die Fortbildung in Laboe stattfinden würde. Vielleicht stieße er dort auf seine Namensvetterin, deren Vornamen er schon wieder vergessen hatte.

»Wann war früher?«

Der Bürgerbus stand schräg gegenüber von St. Nikolai. Ein Gottesdienstbesuch? Unwahrscheinlich. Ein Besuch im Heimatmuseum, das gleich neben der Kirche einlud? Unwahrscheinlich. Friedhof, dachte Krüger, bremste, überlegte, ob er dem Chef oder Jochen Bescheid geben sollte. Was, wenn Franky komisch drauf war?

Dass die »Bavaria« Spuren einer Kollision zeigte, war ein verdammt schlechtes Zeichen. Aber wozu die Pferde scheu machen? Wahrscheinlich hatte Franky eine alte Dame zum Friedhof gefahren und begleitete sie gerade zum Grab ihres Mannes. Krüger stieg aus und machte sich auf den Weg. Kaum hatte er das Gräberfeld links der Kirche erreicht, sah er Franky, der ihm den Rücken zugekehrt hatte. Krüger erkannte ihn auch von hinten an seiner imposanten Erscheinung. Das T-Shirt mit seinem Logo auf dem Rücken machte es ihm aber noch ein bisschen leichter.

Krüger näherte sich langsam. Schließlich stand er in der Gräberreihe. Franky bemerkte ihn erst, als er bis auf ein paar Armlängen herangekommen war. Er drehte den Kopf nach rechts. Seine Augen waren gerötet. »Krüger, moin.«

»Moin, Franky. Alles in Ordnung bei dir?«

Franky schnaubte. »Kann man nicht sagen. Wirklich nicht. Ich dachte, deswegen wärest du hier.«

»Und du?«

Krüger und Franky standen jetzt nebeneinander und schauten auf die üppige Bepflanzung der Gruft. Der Findling, der als Grabstein diente, trug keinen Namen, nur die Daten von Geburt und Tod.

»Ich war schon zwei Wochen nicht mehr hier. Sonst komme ich dienstags und samstags. Gießen, zupfen. Was man so macht.«

Die mit Bedacht ausgewählten und sorgfältig gepflegten Pflanzen waren also Frankys Werk. Eine Gruppe fröhlich plappernder Kinder ging zwischen ihnen und der Kirche vorbei.

»Nikolinchen«, erklärte Franky. »Wegen St. Nikolai. Der Kindergarten ist ja gleich nebenan. Die gehen hier oft her. Ich freue mich immer. Das Leben geht ja weiter.«

Krüger sagte: »Das ist wahr«, und nickte der Erzieherin zu. Er war regelmäßig in der Kita zu Gast. Verkehrserziehung. Neues Konzept. Funktionierte gut.

»Ist vielleicht mein letzter Besuch. Sie müssen ja Bescheid wissen.«

»Wer?«

»Meine Mutter und meine Schwester.«

Krüger drehte den Kopf zu Franky. »Schwester?«

»Sind beide bei der Geburt gestorben.«

»Und dein Vater?«

»Abgehauen.«

»Und jetzt wissen die beiden Bescheid?«

»Jo.«

Eine zweite Gruppe von Kindern.

»Manchmal gehen sie in die Kirche, manchmal nur spazieren oder einkaufen. Die kochen neuerdings selber. Gute Sache.« Franky holte eine Tüte mit Bonbons hervor. »Auch?«

Krüger nahm eines mit gelber Glasur. Er lutschte vorsichtig. »Lecker, nicht so süß. Habe ich mir früher öfter mal in die Zunge geschnitten, beim Lutschen.«

»Früher.« Franky fuhr sich durch die Haare. »Wann war

früher? Früher, als meine Mutter noch lebte, früher, als ich Investmentbanker war und Geld gescheffelt hab, früher, als ich Frankie entdeckt habe und in dem, was er darstellte, mich selbst erkannte? Oder ist früher der Tag gewesen, bevor ich zwei Menschen umgebracht habe?«

»Morgen jedenfalls ist heute schon früher. Ich versuche ja, heute einigermaßen anständig über die Bühne zu bringen, damit ich nicht so wehmütig nach hinten gucken muss, wie ältere Männer das manchmal tun. Früher ist früher. Hilft ja nix.«

»Ich würde sie gern wieder lebendig machen. Meine Mutter, meine Schwester, den Journalisten und Ulli.«

Schweigen.

»Wie heißen die Bonbons?«

Franky holte die Tüte aus der Tasche. »Schenk ich dir.«

»Danke. Ist das deine Lieblingssorte?«

Franky nickte.

»Ich bring dir welche. Demnächst. Dienstags und samstags.«

Jetzt lachten die Männer.

»Ich warte im Auto.« Krüger ging zum Streifenwagen. Die Hände taten weh. Vom Abstützen auf den harten Griffen der Krücken vermutlich. Über Funk gab er dem Chef Bescheid, dass er gleich mit Franky komme. Der würde wohl eine Aussage zum Tod von Ronnie Blischcke und Ulli Huber machen.

Auf der anderen Straßenseite sah er den Orthopäden, und es kam, wie es kommen musste. Er überquerte die Straße, und es setzte eine Standpauke. Niemand guckte. So war er eben. Dann kam Franky und stieg ein.

Krüger schob eine Kassette in den Schacht des nachträglich eingebauten Abspielgeräts aus den achtziger Jahren. Die Kassette lief jaulend los. Es war die Stelle, an der Paul McCartney sang: »*Now I need a place to hide away*«, und die Männer stimmten leise ein: »*Oh, I believe in yesterday …*«

Es war nicht weit zur Zentralstation. Krüger fuhr einen Umweg.

»Was ist mit deinem Streifenwagen?«, fragte der einzig wahre Franky.

»Totalschaden.«

Franky senkte den Kopf. Totalschaden. Genau so war's.

Nyx [7] – Finishing

Sie hatte sich im Planetarium, auch wenn es banal war, für die Milchstraße als Symbol entschieden. Mäkinens Wunsch glaubte sie so angemessen nahekommen zu können. Ein Tattoo hatte sie ausgeschlossen. Stattdessen würde sie ein besonderes Verfahren des Bodypaintings wählen, bei dem wasserfeste Farben zum Einsatz kämen. Heute galt es zu vollenden, wozu sie gestern nicht mehr in der Lage gewesen war.

»Thanatos, spiele Playlist ›Creation‹.«

Und wieder erfüllten Klänge den Raum, die an das sanfte Rauschen des Windes erinnerten. Sie ging in Position, orientierte sich dabei wie stets an der Windrose, die sie auf den Boden gezeichnet hatte. Sie richtete ihren Blick nach dem aktuellen Sonnenstand aus, der ihr auf einer Internetseite angezeigt wurde: »143,17°«. Auf die Nachkommastellen kam es nicht an. Sieben Minuten hielt sie die erste Position, die aufrechte Haltung des Balletts, die Körper und Geist einstimmte. Die Uhrzeit spielte heute keine Rolle. Dieses Subjekt befand sich in einer fortgeschrittenen Phase der Kreation. Nur zur ersten Sitzung war es nötig, den Sonnenaufgang als Startzeit zu wählen. Mit klarer Stimme sagte sie: »Die Kreation wird fortgesetzt.«

Vier rote Leuchtdioden signalisierten, dass ihr Tun nun aufgezeichnet wurde. Die Kameras schauten aus den vier Himmelsrichtungen auf sie. Sie griff nach der schwarzen Kladde, auf deren Deckel in goldenen Buchstaben das Wort »Kreationen« geprägt worden war, und ging zwei Schritte nach vorn. Sie vergewisserte sich, stellte fest, dass ihr Plan mit den Vorgaben übereinstimmte, und begann.

Die Position der Sonne wurde ihr mit »141,24°« angezeigt, als sie sagte: »Thanatos. Stille. Die Kreation ist beendet.«

Der weiße Kasack bedurfte der Wäsche. Das musste rasch gehen, denn das Subjekt, das sie in Travemünde übernommen hatte, wartete. Vor einem Jahr hatte sie sich nicht vorstellen können, wie groß das Interesse an ihrer Dienstleistung sein würde.

Sie zog sich um, verließ den Raum, der nur für dieses besondere Ritual vorgesehen war, schlüpfte in ihr Lieblingsshirt und trat hinaus in den Garten, der nach einem Vorbild des Keitaku-Gartens in Osaka angelegt worden war. Ihr Lieblingsort war die Brücke, die aus zwei Bahnschwellen bestand, die sich in der Mitte des Teiches – nebeneinanderliegend – trafen, jeweils aber nicht bis an das gegenüberliegende Ufer reichten. Man musste also den eingeschlagenen Weg ändern, um sein Ziel trockenen Fußes zu erreichen. Ein Kunstwerk voll tiefer Symbolik, die für jeden Menschen unmittelbar erfahrbar war.

Sie betrat die Bahnschwelle auf ihrer Seite des Wassers und ging langsam zur Mitte. Dort konnte sie mit einem seitlichen Schritt auf die andere Bahnschwelle wechseln oder aber ihren Weg noch ein Stück fortsetzen. Gegebenenfalls bis zum Ende der Schwelle. Wie an den meisten Tagen entschied sie sich, weiterzugehen, bis ihr nur noch die Wahl zwischen Neuorientierung oder Badengehen blieb. Auch heute war ihr unbewusstes Ich darauf aus, die Dinge auszuloten, das Glas bis zur Neige zu leeren.

Vor dem Start der nächsten Kreation brauchte sie jetzt eine weltliche Auszeit. Sie setzte sich auf ihr Fahrrad, fuhr nach vorn zum Tor, dessen Kamera ihr Gesicht erkannte. Mit leisem Surren des Elektromotors fuhr es zur Seite und schloss sich hinter ihr, als sie nach rechts abbog, um hinunter zum Hafen zu fahren.

Todmüde

Versprochen ist versprochen. Marie hielt sich an die Weisheiten und Regeln des Volksmunds. Aber heute wäre sie beinahe schwach geworden. Die Rückfahrt von der Ruhr an die Schlei hatte sich gezogen. Neben den üblichen Staus hatte es auch noch eine Vollsperrung wegen Bergungsarbeiten gegeben. Marie hatte sich geschämt, dass sie an die verlorene Zeit und nicht an die womöglich verlorenen Leben gedacht hatte.

Höhe Osnabrück hatte Astrid angerufen, und Marie hatte gleich überlegt, was sie wohl vergessen hatte. Astrid hatte sich mit ihr im LKA die Abteilungsleitung geteilt, und Marie waren Fälle durch den Kopf geschossen, bei denen es bis heute offene Fragen gab. Es hatte einen Moment gedauert, bis sie begriffen hatte, dass der Anruf privater Natur war.

»Ich wollte fragen, ob du mich vielleicht abholen kannst«, fiel Astrid mit der Tür ins Haus. »Ich würde so gern was trinken. Zurück kann Gregor mich dann mitnehmen. Aber hin eben nicht. Er ist in Flensburg.«

Siedend heiß fiel Marie ein, dass sie die Verabredung mit Astrid im Strandrestaurant Karlsminde verschwitzt hatte. Sie gestand ihre Vergesslichkeit sofort, und obwohl sie so unendlich müde war, verabredeten sie den Eckernförder Bahnhof als Treffpunkt. Astrid käme mit dem Regionalexpress aus Kiel und führe mit Marie das letzte Stück an der Eckernförder Bucht entlang ins Restaurant zu Swantje und Michael.

Auf dem abendlichen Programm stand nicht weniger als die Planung von Astrids und Gregors Hochzeit. Marie sollte im Schulterschluss mit Küchenchef Michael für ein Menü sorgen, das, Originalton Astrid, »nicht anfechtbar ist«. Kulinarische Aspekte spielten ebenso eine Rolle wie ökologische, ethische, und auch die Unterhaltung sollte nicht zu kurz kommen. Als Gregor, Maries früherer Kollege beim LKA, das gehört hatte, war er in eine Art Duldungsstarre gefallen. Marie hatte in ihrer Verzweiflung Frauke um Rat gefragt und zur Antwort erhalten, dass sie Astrid und Gregor ja nur vom Sehen her kannte.

Sie setzte ihren Vater ab, und sie versprachen einander, dass sie Fahrten ins Ruhrgebiet künftig mit einer Übernachtung verbinden würden.

Einen Parkplatz in Eckernförde hatte Marie gleich rechts

neben dem Fahrradständer am Bahnhof gefunden, und sie kam gerade noch rechtzeitig. Astrid verließ den Bahnsteig, kaum dass sie gehalten hatte, sah Marie winken, lief, als sei sie noch jung, stieg ein und sagte: »Ich vermisse dich so.«

Sie herzten einander, und dann wurde Astrid dienstlich: »Was ist da eigentlich los bei euch? Diese komischen Figuren, und auf Fehmarn sind zwei Männer verschwunden. Von einem haben sie Blut unterhalb des Leuchtturms gefunden. Die Hypothese ist, dass er vom Turm heruntergestoßen wurde.«

Marie startete FRIMO 2 und fuhr los. »Sag mal, wird es Veganer unter euren Gästen geben?«

»Hast du mir nicht zugehört?«

»Doch, ich hänge an deinen Lippen. Aber ich bin nicht mehr bei der Polizei.«

Marie fuhr am Gericht vorbei, am großen Parkplatz vor dem Rathaus. Astrid hakte nicht nach. Auf Höhe des Hafens sagte sie: »Eckernförde ist aber auch schön.«

Marie bog rechts ab. Siegfried-Werft und Klappbrücke kamen in Sicht. Astrid sagte: »Na gut, ich frage und sage heute Abend nichts mehr dazu. Aber ich schließe nicht aus, dass wir dich und Frauke als Zeuginnen befragen.«

Marie legte ihr die Hand auf den Oberschenkel. »Sehr gern, Frau Kriminalrätin, das LKA ist immer eine Reise wert.«

Dann ging er los, der große Tratsch über Elmar und dass er mal zum Friseur müsse, über Sonja, die einen Neuen hatte, und beide genossen das vertraute Miteinander. Schließlich lenkte Marie FRIMO 2 auf der Kuppe, wo man schon das Großsteingrab von Karlsminde sehen konnte, in Richtung Ostsee.

Im Strandrestaurant Karlsminde angekommen, fiel die Begrüßung knapp aus. Swantje hatte wie immer den Überblick und präsentierte ein ausgefeiltes Konzept. Michael, der über die Küche Herrschende, ergänzte Informationen zu Produktdetails. Marie hatte sich in ihren grünen Lieblingssessel links neben dem Kamin gesetzt.

Als Astrid sie sanft an der Schulter berührte, schreckte sie hoch. Sie hatte geträumt. Ein Segeltörn mit Andreas von Maasholm nach Kappeln. Gregor, der vorhin noch gar nicht da gewesen war, stand an der Theke, unterbrach sein Gespräch mit Michael und begrüßte Marie. »Na, ausgeschlafen?«

Marie schüttelte den Kopf. »Wie weit seid ihr denn?«

»Fertig«, antwortete Swantje. »Ich schick dir den Ablauf und die Liste. Sieh zu, dass du ins Bett kommst. Kannst du überhaupt noch fahren?«

»Ich fahr langsam. Ist ja schlimm mit dem Wildwechsel gerade. Kann ich einen Espresso, bevor ich starte?«

Swantje hatte sie nicht nur hinsichtlich des Programms gerettet, sie machte einen doppelten Espresso. Das half.

Friede, Freude, Dosenmoor

»*What a day!*« Frauke ließ sich rückwärts aufs Sofa fallen. Es staubte.

»Seit wann verwendest du unnötigerweise Anglizismen? ›Welch ein Tag‹ tut es doch auch«, bemerkte Fröbe.

»Seitdem ›welch ein Tag‹ in der Werbung für Altbier verwendet wird. Ich trinke kein Altbier.«

»Du trinkst überhaupt kein Bier.«

»Und?«

Fröbe setzte sich auf und sang: »Ein schöner Tag, die Welt steht still, ein schöner Tag, komm, Welt, lass dich umarmen …«

»Schnauze!«, brüllte Frauke. Heute schon zum zweiten Mal. Sie erinnerte sich an ihr unflätiges Kommando in Richtung des Bedenkenträgers.

Im Wohnzimmer wurde es still. Nur das Rascheln von Papier. Fröbe blätterte in einer Broschüre, die zufällig oben auf dem Stapel jener Druckwerke lag, die er oder Frauke sich zu lesen vorgenommen hatten. Der Stapel wuchs und geriet an die physikalische Grenze seiner Standfähigkeit.

Fröbe räusperte sich und las leise vor. »›Dosenmoor: Spätabends ist das Quorren der Waldschnepfe und das Schnarren des

Feldschwirls unüberhörbar.‹ Ob wir ein abendliches Schlendern in Betracht ziehen? Versöhnlich, Hand in Hand?«

Das Dosenmoor lag gleich jenseits von Straße und Bahnlinie. Ein ökologisches Kleinod.

»Ist doch schon dunkel.«

»Ich beschütze dich. Ich bin Polizist.«

»Na gut.«

Ausgeschlafen

Marie hatte geschlafen wie ein Stein und fühlte sich überraschenderweise frisch und erholt. Vielleicht sollte sie immer erst dann zu Bett gehen, wenn sie eigentlich gar nicht mehr gehen konnte.

»Was blätterst du da?«

Andreas schob Marie einen Prospekt der »MS Stadt Kappeln« über den Küchentisch. »Palliativpflege im Alltag, Frauke und ich laden Pflegekräfte aus der ganzen Region ein. Wir wollen für die Pflege solcher Menschen sensibilisieren, die eine tödliche Diagnose haben, und wir wollen eine regelmäßige Fortbildung anbieten, weil wir Mediziner die Versorgung nicht allein leisten können. Bald werden die Babyboomer zu unseren Patienten. Wenn wir uns da jetzt nicht vorbereiten, wird es zu eigentlich vermeidbaren Situationen kommen, die ich mir nur ungern vorstelle.«

Marie trank vom Pfefferminztee, den Andreas ihr hingestellt hatte. »Der ist lecker, boah, ist der lecker.«

»Sind ja auch Pflanzen aus meinem Kräuterbeet«, betonte Andreas und klang richtig stolz. Das kannte Marie so gar nicht von ihm. »Und der Honig ist von den Bienen, die im Garten meiner Eltern ein Zuhause haben.«

»Die Idee mit der Fortbildung finde ich gut. Was hat die ›MS Stadt Kappeln‹ damit zu tun?«

»Es ist schlicht schön an Bord. Juliane und Ole sind supernette Kapitäne, wir sind da unter uns, und wir können verdeutlichen, dass alles im Fluss, alles in Bewegung ist. Die Pflege bis zum Tod ist nicht statisch.«

Marie dachte an ihren Vater und ihre Schwiegereltern. Ein Thema, dem sie sich früher oder später würde stellen müssen. Es fielen nicht alle Menschen einfach so um. Sie wusste das, und doch verdrängte sie das Thema, wie sie auch verdrängte, was denn zu tun war, wenn das Leben aus ihr gewichen war. Eines hoffentlich fernen Tages.

Dass ihr Vater nicht neben ihrer Mutter begraben werden wollte, hatte sie überrascht, und es hatte wehgetan. Tat es noch. Über den Tod, das Beerdigtwerden nachzudenken, erschien Menschen immer als noch zu früh. Schlau war das nicht.

»Wann kommt Karl heute aus der Schule?«, fragte sie Andreas, der auf den Stundenplan zeigte, während er auf seinem Handy rumfummelte. »Ich schaffe das nicht.«

Andreas schaute hoch. »Kein Ding, ich bin ja nicht mehr allein in der Praxis. Die paar zusätzlichen Patientinnen schafft die Kollegin locker.«

»Andreas, keine Ironie zwischen dir und mir. Das haben wir uns vorgenommen.«

Er legte das Handy zur Seite. »Entschuldige, aber wir sind echt am Anschlag. Heute muss ich mich noch mal mit dem elektronischen Rezept beschäftigen. Eigentlich möchte ich Menschen gesund machen.«

So saßen sie einander gegenüber in ihrer heilen Welt und wussten keinen Rat. Sie hatten es sich doch gut eingerichtet. Es mangelte nicht an den drei großen Gs. Glück, Gesundheit, Geld. Alles da. Sie schauten einander an, schoben gleichzeitig Hände über den Tisch. Beide holten Luft.

»Du zuerst«, sagte Andreas.

»Unsere Prioritäten. Da müssen wir mal ran. Es kann doch nicht sein, dass wir unseren Sohn irgendwie wegorganisieren müssen. Und es kann auch nicht sein, dass wir die Verantwortung zwischen uns hin- und herschieben. Darum: Komme, was wolle, heute sind wir einfach beide um dreizehn Uhr dreißig zurück. Dann kochen wir drei zusammen, spielen eine Runde Cricket im Garten, Karl macht Hausaufgaben, und wir rutschen über den Schreibtisch.«

Andreas stöhnte, seine Mundwinkel wanderten nach oben, er schloss die Augen, lachte in sich hinein, und dann sagte er die drei entscheidenden Worte. »Dreizehn Uhr dreißig.«

Andreas' alter R4 und Maries modernes FRIMO verließen das Carport der Geislers in Schleswig. Andreas lenkte den Franzosen nach Eckernförde. Maries Ziel war Flensburg. Sie würde gemeinsam mit Delaila die Kunststaffel in Empfang nehmen. Die KTU war nach dem Verschwinden des roten Frankie wieder abgezogen, wie sie gehört hatte, und Marie war froh, dass sie mit den Ermittlungen nichts zu tun hatte.

Sie entschied sich, nicht über die Autobahn zu fahren. So konnte sie das FRIMO durch Lürschau und haarscharf am Ochsenweg vorbeisteuern. Hier war auch die Kunststaffel entlanggekommen, die sich nach den wilden Aktionen auf dem Nord-Ostsee-Kanal überraschend bedeckt hielt. Marie war gespannt, was sich die bunte Truppe ausgedacht hatte, um ihre wolkig formulierte Mission mit Leben zu füllen. In wenigen Stunden würde sie es erfahren. In Jarplund kreuzte sie den Ochsenweg, bevor sie Flensburg erreichte.

Krüger, Klara und der Klatschmohn

»Ohne Mampf kein Kampf«, pflegte ihr Großvater zu sagen. Er war der Leuchtturm ihres Lebens mit all seiner Weisheit und Güte. Während ihre Eltern auch jetzt noch mit Mitte fünfzig ein Hippieleben führten, wusste Opa Behrendt stets, wo es langging. So war es gekommen, wie es kommen musste. Sie war irgendwie in sein Unternehmen eingestiegen, und er begleitete ihre neuen Ideen mit einer gewissen Distanz, aber doch wohlwollend. »Der Tod verdient Respekt«, hatte er ihr schon früh mit auf den Weg gegeben. Daran hielt sie sich bei jedem Subjekt.

Jetzt aber brauchte es frische Brötchen. Ihr Lieblingsshirt brauchte eine Wäsche, wie sie feststellte, als sie es über den Kopf zog. Der Klatschmohn roch nach Schweiß. Aber für die Fahrt zu Bäcker Schlüter würde das noch gehen. Dort gab es nach Einschätzung ihrer Familie die besten Brötchen in ganz Laboe. Ihr Liebster teilte diese Meinung nicht und gehörte zum Team Steiskal. So waren die Geschmäcker verschieden.

Gleich nachdem sie das Firmengelände verlassen hatte, ärgerte sie sich, dass sie erneut vergessen hatte, die Fahrradkette zu ölen. Die Geräusche waren unangenehm, und gestern hatte sie gesehen, dass die Kette vor lauter Rost sogar staubte.

Klara war an der wiedereröffneten Polizeistation in Laboe eingetroffen, als ein Kollege mittleren Alters umständlich aus einem Geländewagen ausstieg. Der Mann zog Krücken aus dem Fahrzeug, und es dauerte ewig, bis er endlich vor die Fahrzeugfront gehumpelt war, sodass Klara den Streifenwagen einparken konnte.

»Moin, Kollegin. Bin ein bisschen eingeschränkt. Dienstunfall.«

»Was Schlimmes?«

»Ein Traktor ist mir reingefahren.«

»Oha. Ich bin Klara.«

»Krüger. Auch zur Fortbildung hier?«

Klara bestätigte die naheliegende Vermutung. Gemeinsam betraten sie das renovierte Dienstgebäude und lauschten der kurzen Einführung.

Die Schlange bei Bäcker Schlüter war lang gewesen. Dafür gab es gute Gründe. Dennoch war sie ungeduldig geworden und trat nun in die Pedale, dass es quietschte und staubte. Sicher würde Opa Behrendt schon warten. Die selbst gemachte Quittenmarmelade und der obligatorische Milchkaffee sicher auch. Im Anschluss an das Frühstück konnte sie sich dem Subjekt aus Finnland zuwenden. Vorher würde sie noch die Handynummer vom Schwarzen Brett anrufen. Viele Kommilitonen wohnten in

Kiel und hatten kein Auto. Sich untereinander zu helfen, war üblich. Sie war gespannt, wer sich hinter der Nummer verbarg.

Die wissbegierige Gruppe von Polizeibeamten aus ganz Schleswig-Holstein hatte sich inzwischen zu Fuß auf den Weg zum Objekt der Demonstration gemacht, das Elmar Brockmann spontan vorgeschlagen hatte. Krüger war vom Fußmarsch befreit worden. Er fuhr mit einer umgebauten Golfkarre, die die Beamten in Laboe künftig für regelmäßige Streifenfahrten durch den Ortskern und den Hafen einsetzen wollten. So erreichte er als Erster den Ford Transit von Frankie Flügge, den er gut kannte.

Gestern hatte sich der einzig wahre Franky offenbart, gestanden, dass er für den Tod zweier Menschen verantwortlich war. Der größte Ermittlungserfolg in Krügers Polizeilaufbahn. Einerseits. Andererseits einer der traurigsten, der berührendsten Momente, die er je erlebt hatte. Noch rechtzeitig, bevor die anderen eintrafen, konnte er sich die Augen trocken wischen und seine Fototasche aus dem Golfkarren holen. Er war entschlossen, alles zu dokumentieren und den Kollegen auf Fehmarn einen Einblick in moderne Spurensicherung zu geben, so gut er konnte.

Klara war an der Seite von Elmar den Brodersdorfer Weg hinauf zum Friedhof gelaufen. Vorbei am Kindergarten, vorbei an der Anker-Gottes-Kirche, deren Architektur auch Klaras Blick eingefangen hatte. Der Ford Transit stand, von mobilen Sichtschutzwänden umgeben, auf einem Parkplatz neben der Tankstelle. Hinter ihnen quälte sich ein Fahrradfahrer den Hügel hinauf. Das Rad gab erbarmungswürdige Quietschgeräusche von sich. Dass sich die segensreiche Wirkung von Öl noch nicht überall herumgesprochen hatte, verstand Klara nicht.

Nachdem sich alle Kolleginnen und Kollegen eingefunden hatten, ergriff ein drahtiger Uniformträger mit Bürstenschnitt das Wort. Der goldene Stern auf seinen Schulterklappen glänzte in der Sonne, die aus einem makellos blauen Himmel auf die Zuhörenden schien. Was er betonte, unterstrich er mit statistischem Beiwerk. Zahlen, die erschienen und wieder verschwanden. Dass einer der Umstehenden behalten hatte, worauf der Sprecher abzielte, glaubte Klara nicht. Das hätte sie besser gemacht. Ihrem Durchmarsch auf die Führungsebene der schleswig-holsteinischen Polizei stand nichts im Wege. Davon war sie überzeugt.

Wie sie aber das Kaugummi verschwinden lassen sollte, wusste sie noch nicht. Wie dümmlich sie kauend wirkte, hatte sie auf einem Video gesehen, das im Rahmen des letzten Gildeballs aufgenommen worden war. Sie stellte das Kauen ein, es sammelte sich Speichel, mehr Speichel. Sie kam mit dem Schlucken kaum nach. Aber sie stand in der ersten Reihe. Das Kaugummi aus dem Mund in die Hand? Was, wenn es festklebte?

»Die polizeitaktischen Aspekte wird zu einem späteren Zeitpunkt HK Fröbe beleuchten. Wir beginnen nun mit der Praxis. Dazu übergebe ich an den vielleicht erfahrensten Kriminaltechniker des Nordens. Elmar, deine Kundschaft.« Der Kriminalrat, eigens aus Eutin angereist, trat zurück und überließ Elmar die Bühne.

Das Frühstück mit Opa Behrendt verlief nicht wie erwartet. Beim herzhaften Zubeißen verzog ihr Opa das Gesicht. Eine Plombe hatte sich gelöst. Er pulte sie mit Daumen und Zeigefinger zwischen Brötchenteig, Butter und Quittenmarmelade aus dem Mund heraus und ließ sie geräuschvoll auf den Teller fallen. Ein Zahnarztbesuch war unumgänglich. Sie würde derweil übernehmen müssen, was ihr Opa hätte erledigen sollen.

Zu allem Überfluss rief nun auch noch Minchen Simsen an. Eine alte Freundin der Familie, der ihr Opa zur Hand ging, seitdem ihr Mann das Zeitliche gesegnet hatte. Ihr Opa schaute sie fragend an. Sie nickte. Minchen hatte Probleme beim Onlinebanking. Nicht zum ersten Mal.

»Opa, ich räume gleich den Tisch ab. Fahr du mal zum Zahnarzt. Dat is een Klacks.«

Dann trollte sie sich zu Minchen. Duschen und Klamotten

wechseln konnte sie immer noch. Ganz bestimmt war auch der Besuch bei Minchen nur ein Klacks. Ganz bestimmt. Erneut bestieg sie das Fahrrad und quietschte los.

Ochsentour

Delaila hatte seit einem halben Jahr nicht mehr geraucht. Jetzt war es so weit. Zwei Sponsoren waren gestern abgesprungen. Der Säureanschlag hatte sich herumgesprochen.

»Du rauchst wieder?« Sandro Hackmann war von links kommend an sie herangetreten und setzte sich nun neben sie auf die oberste Stufe vor der Kieler Kunsthalle.

»Du hier?« Delaila war erstaunt.

Sandro Hackmann lächelte schief. »Ich bin unschlüssig, wie ich weiter vorgehe, also wegen Frankie. Bisschen Bedenkzeit kann nicht schaden. Hier alles im Lot?«

Delaila brach in schallendes Gelächter aus und trug vor, was sie schier verrückt machte.

Sandro blieb ruhig. Gar nicht seine Art. »Lass uns nach Flensburg fahren. Die Kunststaffel hat es verdient, dass wir sie gebührend empfangen. Trotz allem. Wenn wir mal von den Vorfällen absehen, läuft der Kunstsommer doch großartig. Der Zuschauerzuspruch ist riesig und die Resonanz in den Medien ausnahmslos positiv.«

»Die meisten haben ihre Berichterstattung mit dem Essen der Geschmacksverstärker:innen begonnen.«

Sandro lachte. »Das ist aber auch alles lecker. Hatte ich wohl den richtigen Riecher.« Zum ersten Mal seit Tagen fühlte er sich wieder frei. Vielleicht sollte er seinem norddeutschen Wesen mehr Raum geben.

»Hilft ja nix. Ich fahre.« Mit dieser wortkargen Ankündigung erhob er sich und ging Richtung Auto. Delaila entsorgte die Kippe im kleinen Blechaschenbecher, den sie seit ihrer Schulzeit in der Tasche mit sich herumtrug, und folgte Sandro. Es schien, als hätte er sich auf Fehmarn einer Therapie unterzogen, so verändert war sein Verhalten.

Als Marie mit FRIMO 2 links auf den Flensburger Harniskai abbog, sah sie schon Fraukes E-Transporter, und sie sah, dass ihre Partnerin mit Delaila und Sandro vor dem Gebäude stand und lebhaft gestikulierte. Sie parkte, stieg aus und war überrascht, dass nicht die Vorgänge rund um den roten Frankie oder das mysteriöse Verschwinden und Wiederauftauchen der »Hackfresse« thematisiert wurden. Vielmehr ging es um die Kunststaffel und Sandros Idee, eine solche Staffel dauerhaft zu installieren. Kunstbotschafter:innen könnten ganzjährig in Schleswig-Holstein unterwegs sein und Ideen und Impulse von einem Etappenziel zum nächsten tragen. Als Relaisstationen schlug Sandro Schulen, Kneipen, Seniorenheime, Unis und Marktplätze vor. Dann tauchten sie auf. Ganz unvermittelt und unangekündigt, die Teilnehmer der Kunststaffel. Delaila lief ihnen entgegen. Die Zeitungsreporterin brachte den Fotoapparat in Stellung, und das »Hallo« war nicht nur groß, es war vor allem warm. Es gab Umarmungen und Stimmengewirr. Als die Teilnehmer endlich am langen Tisch in der Halle saßen, wurden sie von den Journalisten gefragt, welche Kunstwerke sie auf dem Weg geschaffen hätten, ob sie etwas mitgebracht hätten. Die Antwort ließ die Anwesenden verstummen.

Es war Frida, die »Kunststaffel-Mutti«, die das Wort ergriffen hatte: »Unser Weg, das war die Kunst. Erlebt und erinnert. Du kannst sie nicht sehen, und doch hat sie Spuren hinterlassen. Innere Spuren und äußere Spuren.«

Aus dem Schweigen entstand rasch eine angeregte Diskussion, die Marie und Frauke mit Häppchen begleiteten, die sie am Tisch zubereiteten. Das war Fraukes Idee gewesen. Sie hatte vorgeschlagen, die finalen Handgriffe zum Bestandteil der Bewirtung zu machen. Eine Idee, die jetzt voll aufging. Es war, als säße man mit Familie und Freunden zusammen.

Marie saß inzwischen neben Sandro, der widerwillig auf das Blinken seines Smartphones reagierte und es entsperrte.

Er tippte, scrollte, führte eine Hand zur Stirn und sagte: »Das gibt's doch nicht.«

»Was ist passiert?« Marie schaute Sandro fragend an.

»Der rote Frankie wird in einem Forum vorgestellt, und die Kaufinteressenten überbieten einander. Die hässlichste Fratze der Kunstszene.« Er legte das Handy neben seinem Teller ab, stand auf, ging raus, Marie folgte. Vor der Tür: Haare raufen im Sinne des Wortes.

»Ich hatte gerade damit begonnen, meinen Frieden mit der Situation zu machen, zu akzeptieren, dass Frankie Geschichte ist. Ich war bereit, die Wunden heilen zu lassen. Die Vorstellung, dass er, dass sein Abbild nun, auch noch in dieser obszönen Pose, gehandelt wird wie eine x-beliebige Ware, kann ich kaum ertragen. Wie konnte das passieren? Wer hat sich seines Körpers bemächtigt? Wer hat ihn in die Hallen geschmuggelt? Wer hat die Figuren zerstört, geraubt?«

Marie dachte an ihre Mahrburg-Theorie. Delaila kam dazu und führte Sandro weg vom Eingang.

Zurück in der Halle setzte sich Marie auf ihren Platz und konnte nicht widerstehen. Sanft berührte sie das Display von Sandros Handy und sah ein Foto vom roten Frankie und daneben eine sich nach oben bewegende Zahlenkolonne. Hinter den Geboten standen in Klammern die Decknamen der Bieter. Das höchste Gebot lag gerade bei eins Komma drei fünf Millionen Dollar.

Marie gab Frauke ein Zeichen. Gemeinsam gingen sie nach hinten. Marie brachte Frauke auf den neuesten Stand.

»Solange ich jetzt in diesem Geschäft bin«, sagte Frauke, »habe ich eine solche Geschichte noch nicht erlebt. Aber ganz ehrlich – inzwischen sind doch alle Absurditäten vorstellbar. Milliardäre fliegen ins Weltall, Sondereditions-Sneaker kosten so viel wie früher ein Auto. Warum sollen nicht Kunstspekulanten diese ganze Nummer inszeniert haben? Am Ende war es dieser Frank Mommsen höchstpersönlich, der sich das alles ausgedacht hat. Stand nicht ›großer Auftritt‹ auf dem Schild vor der Figur?«

Marie schüttelte den Kopf. »Jetzt geht aber die Phantasie mit dir durch.«

»Wart's ab. Nur Verrückte. Aber du und ich, wir sind ja nicht verrückt. Wir bringen den Job hier jetzt zu Ende und vergessen das Ganze. Was meinst du?«

Marie erinnerte sich an die Vereinbarung mit Andreas. »Okay. Das Catering ist durch. Unsere Mitarbeiter räumen ab, ich fahre zu meiner Familie, und du gehst mit Fröbe Minigolf spielen.«

»Wie bitte?«

»Hat Fröbe mir erzählt. Dass er so gern mal mit dir Minigolf spielen würde. Die Anlage habt ihr ja quasi vor der Haustür. Ich bringe später noch ein paar Sachen nach Neumünster ins Kühlhaus, und am Wochenende sehen wir uns beim Bouleturnier in Sehestedt.«

»So machen wir's.«

Klara trifft Nyx

Wenn sie vom Malheur mit dem Zahn und Minchens Computerproblemen absah, war das Frühstück mit ihrem Opa gewesen, wie es immer war. Sie hatte Tonnen von Informationen über ihm ausgekippt. Ohne Struktur und Zusammenhang, und er konnte sehen, was er daraus machte. Opa Behrendt war es nicht anders gewohnt und schwamm souverän an der Oberfläche des Geschichtenmeeres.

»Weniger Geschäft, mehr Studium und Liebe«, war sein Rat gewesen, als der Redeschwall abgeflossen war. »Du bist jetzt auf dem Höhepunkt deiner Leistungsfähigkeit, Smilla. Was nach dem Höhepunkt kommt, weißt du ja, und dass alles ein Ende hat, weißt du auch.«

Smilla hatte Minchen helfen können. Nun stand das neue Subjekt als TOP 3 auf ihrem Tagesplan. Entgegen ihren Erwartungen, die sich ob des opulenten Auftritts im Seecontainer eingestellt hatten, wünschte das Subjekt am Ende unter denen zu sein, die ihr die Kraft für ein erfülltes Leben gegeben hatten: unter Fischen. Smilla wusste, was zu tun war, um diesem Wunsch gerecht zu werden. Aber vorher würde sie noch in der Sonne sitzen und einen Kaffee trinken. Ganz in Ruhe.

Klara hatte gesehen, was sie gesehen hatte: Klatschmohn. Die Frau auf dem Fahrrad hatte das Shirt getragen, das auch die Frau getragen hatte, die ihr im Treppenhaus der Muthesius Kunsthochschule auf die Beine geholfen hatte. Und diese Frau, die höchstwahrscheinlich in der Klasse der Studierenden war, die Köpfe abformten und Abgüsse herstellten, fuhr mit dem Fahrrad keine zehn Meter an dem Auto vorbei, mit dem der todgeweihte Frank Mommsen hierhergefahren war. Das stank doch zum Himmel.

Klara hatte sich aus der Gruppe der Kollegen gelöst, die nach der Demonstration des ersten Angriffs unter Einbeziehung neuester daktyloskopischer Erkenntnisse den Erläuterungen des Hauptkommissars Fröbe lauschten. Sie hatte aus dem Augenwinkel gesehen, dass die Frau auf dem Fahrrad in die nächste Seitenstraße abgebogen war. Die Seitenstraße, die am Friedhof vorbeiführte.

Neben dem Friedhof lag ein Gewerbebetrieb. Jedenfalls vermittelte die kalte Betonmauer diesen Eindruck. Nach ein paar Schritten erreichte Klara ein Messingschild, auf dem sie las: »Bestattungen Behrendt – Pietät seit 1954«. Daneben ein breites, hochmodernes Tor, eine Klingel, eine Kamera und ein sehr altes, sehr ungepflegtes Fahrrad, das jemand rechts neben dem Tor an die Mauer gelehnt hatte. Es war jenes Fahrrad, mit dem vorhin die junge Frau an ihr vorbeigefahren war. Ein Blick zum Kettenblatt zeigte den Grund für die Quietschgeräusche. Die Kette sah schlimm aus.

Klara ging zurück zu den Fortbildungswilligen, die in der Zwischenzeit rund um einen Tisch mit Thermoskannen und Bechern standen.

»Krüger, komm mal. Hier stimmt was nicht. Ist nur ein Gefühl, aber trotzdem.«

»Das klingt überzeugend«, kommentierte Krüger und stieg in den Golfkarren.

»Was kann ich tun?«, meldete sich nun eine Frauenstimme. Klara und Krüger drehten sich um und schauten der sehr blonden Kollegin fragend in die Augen.

»Du hast Krüger gerufen. Da bin ich gekommen.«

»Moni Krüger?«, fragte Krüger. Moni Krüger nickte. Sie war in Zivil, also auch ohne Namensschild.

»Angenehm«, sagte Klara. Hatte sie je zuvor »angenehm« gesagt, wenn sich ihr jemand vorgestellt hatte? Wohl die Aufregung.

Die drei enterten den Golfkarren. Klara und Krüger vorn. Moni Krüger stellte sich auf das Trittbrett. Der Kriminalrat beobachtete das Geschehen kaffeetrinkend aus dem Augenwinkel. Aber nur kurz. Er wollte wohl nicht verantwortlich sein.

»Hier rechts«, dirigierte Klara. Es ging am Friedhof vorbei. »Stopp.«

Krüger hielt an. Direkt vor dem Tor.

»Ich glaube, dass eine Frau, die ich eben sah und die ich in Kiel getroffen habe, etwas mit dem Verbleib von Frank Mommsen zu tun hat. Dessen Auto hier um die Ecke, die Barbiturate im Auto, der Arztbrief, der Friedhof und ein Bestattungsunternehmen –«

Weiter kam sie nicht. Eine Mundharmonika erklang. Krüger und Krüger erkannten »Spiel mir das Lied vom Tod«, Klara zog ihr Smartphone aus der Uniformjacke.

Smilla saß am Tisch, schaute auf die Reihe von Birken, die die Grenze zum Friedhof markierte. Sie hatte den Kaffeebecher abgestellt und dann die Nummer vom Schwarzen Brett gewählt. Sie hatte mehrere Freizeichen gehört, dann die Titelmelodie des Westernklassikers, die auch ihr Klingelton war. Es dauerte nicht lange, bis sie Freizeichen und Melodie miteinander in Verbindung brachte. Verstehen konnte sie den Zusammenhang nicht.

»Moin, hier ist Klara«, meldete sich eine Frauenstimme.

»Moin, hier ist Smilla. Ich habe deine Nummer vom Schwarzen Brett, du suchst eine Transportmöglichkeit für eine sperrige Skulptur?«

»Genau.«

Klara hatte den Golfkarren verlassen, ihre Uniformjacke ausgezogen. Ihr war heiß.

»Wo bist du denn gerade?« Nichts trieb Smilla stärker an als ihre Neugier.

»In Laboe. Eine Tante wohnt hier.«

»Verrückt. Ich bin auch in Laboe. Ich wohne hier. Wo genau bist du denn?«

»Am Friedhof.«

Es dauerte nicht lange, bis sich leise surrend das Tor öffnete. Dann standen sich die beiden Frauen gegenüber.

»Wo ist Frank Mommsen?« Klara klang ernst.

»Frankie meinst du? Frankie findest du in etwa hundert Metern, diese Richtung.« Smilla zeigte in Richtung der Birken. »Wir haben ihn wunschgemäß kremiert und in einer Urne bestattet.«

»Wunschgemäß?«

Smilla nickte. »Komm mit, ich zeig dir alles.« Sie drehte sich um und ging auf einen lang gestreckten Flachbau zu, an dessen Ende ein Schornstein aus Edelstahl in den Himmel ragte. »Dass du diese Finte mit dem Aushang angewendet hast, schon clever. Aber warum hast du …«, sie blickte über die Schulter und zeigte auf Krüger und Krüger, »warum habt ihr hier vor unserem Tor gestanden?«

»Zufall. Eine Fortbildung, die auch am echten Objekt, an Frank Mommsens Transit abgehalten wird.«

»Du bist Klara, oder? Die Ex von Sönke.«

»Ja.«

»Sönke hat von dir erzählt. Er will mich heiraten.«

Klara bemerkte, dass ihr Herz für einen Schlag aussetzte. Aber nur für einen Schlag!

Sie gelangten an eine breite Glastür mit Milchglaseinsätzen. Alles behindertengerecht, dachte Klara. Die Tür öffnete sich, dann sah sie zwei Transportwagen, auf denen Särge lagen. Der

Tod, fragte sie sich, eine besondere Art der Behinderung oder vielmehr das Ende aller Einschränkungen? Smilla ging den Gang entlang, an dessen Ende Klara eine weitere Glastür erkennen konnte. Sie öffnete automatisch, nachdem Smilla ihren Kopf leicht gedreht hatte, sodass ihr Gesicht von einer Kamera erfasst werden konnte. Zumindest war das Klaras Interpretation. Der Raum, den sie nun betraten, glich einem Operationssaal, unterschied sich aber insofern, als auf dem Boden eine große Windrose aufgezeichnet war.

»Hierher kam Frankie. Er kam zum Sterben. Aber das wusste ich nicht. Wir hatten uns zu einem Beratungsgespräch verabredet. Es ist nicht die Regel, dass Sterbende kommen, um ihre Beerdigung zu planen. Aber es kommt vor. Er hat seinen letzten Willen geäußert. Dazu gibt es ein Video und schriftliche Aufzeichnungen.«

Smilla trat an einen Schreibtisch heran und startete mit wenigen Klicks ein Video, das Frank Mommsen in einer Sitzgruppe zeigte, die sich in einem Nebenraum befand. Klara konnte die Sessel und den Tisch durch eine Scheibe sehen.

Frank Mommsen sah blass aus und aufgedunsen. Er berichtete von der Diagnose Leukämie, er versicherte, dass er nur noch wenige Wochen zu leben habe. Nachdem er ein selbstbestimmtes Leben gegen die Konventionen geführt habe, wolle er auch einen unkonventionellen letzten Weg gehen. »Ein großer Auftritt noch, dann will ich zufrieden sein. Mein Ex ist Kurator. Bald eröffnet er große Ausstellungen. Ich möchte, dass ein Abbild meines Körpers vor den Türen der Hallen steht, wenn er den Kunstsommer Nord eröffnet. Geht das?«

Die Aufnahme zeigte eine nachdenkliche Smilla. »Grundsätzlich geht das. Technisch. Aber das ist öffentlich. Da habe ich ehrlich gesagt Bedenken. Außerdem frage ich mich, wie wir das zeitlich steuern sollen. Sie können Ihren Tod ja nicht vorhersagen.«

Frankie lächelte. »Lange wird es nicht mehr dauern. Ich habe hier alles aufgeschrieben.«

»Wie erfahre ich von Ihrem Tod, und wo hole ich Sie ab?«

»Das habe ich bereits festgelegt. Sie werden von meinem Tod rechtzeitig erfahren und müssen sich um nichts kümmern. Die fragliche Summe begleiche ich selbstverständlich vorher. Meine Asche bitte ich Sie an einem Ort Ihrer Wahl beizusetzen. Das ist für mich nicht wichtig.«

Die Aufnahme brach ab.

»Er hat sich verabschiedet. Am nächsten Morgen saß er draußen am Teich in einem Liegestuhl. Tot. Den Totenschein hatte er auf den Tisch gelegt. Woher der kam, weiß ich nicht. Ich konnte den ausstellenden Arzt nicht erreichen. Es war so viel zu tun. Frankie muss über die Mauer am Friedhof geklettert sein. Am Tor hätten ihn die Kameras erfasst.«

»Und dann hast du den Abguss gemacht.«

»Ja.«

»Wie?«

»Das erzähle ich nicht.«

Es entstand eine Pause. Klara notierte sich innerlich, dass die Kollegen der Frage nach dem Totenschein ebenso wie der nach der Sterbeurkunde nachgehen mussten.

»Warum hat Sönke dich reingelassen in die Hallen?«

Smilla Behrendt lächelte. »Du kennst ihn doch. Hat er dir je etwas abschlagen können?«

Klara dachte nach. Als Zeugin würde sie Smilla auf jeden Fall auf die Wache bringen können. »Na dann, andere haben zu entscheiden, wie es jetzt weitergeht. Was du hier getan hast, was du hier tust. Ich schließe nicht aus, dass das justiziabel ist. Am besten kommst du einfach mit. Wo ist eigentlich das schöne Klatschmohnshirt?«

»In der Wäsche.«

Smilla drehte sich zum Schreibtisch, weckte den Computer mit einem Wischen aus dem Ruhezustand, öffnete ein Textdokument und winkte Klara zu sich heran.

Klara las: »›Strafgesetzbuch (StGB). Paragraf 168: Störung der Totenruhe. (1) Wer unbefugt aus dem Gewahrsam des Berechtigten den Körper oder Teile des Körpers eines verstorbenen Menschen, eine tote Leibesfrucht, Teile einer solchen oder die

Asche eines verstorbenen Menschen wegnimmt oder wer daran beschimpfenden Unfug verübt, wird mit Freiheitsstrafe bis zu drei Jahren oder mit Geldstrafe bestraft.‹«

»Beschimpfender Unfug. Ja, lies ruhig noch mal. ›Beschimpfend‹ meint, dass der Verstorbene höhnend oder herabsetzend behandelt wird. Ich verübe keinen beschimpfenden Unfug. Ganz im Gegenteil. Ich bin doch nicht verrückt.« Smilla Behrendt lachte, schloss den obersten Knopf des weißen Kasacks, den sie übergezogen hatte, und griff nach dem Skalpell. »Krieg ist verrückt! Ich erfülle letzte Wünsche.«

»Nach ewigem Frieden?« Klara trat einen Schritt zurück. Ihre Hand lag auf der Dienstwaffe an ihrer rechten Hüfte.

»Ein Subjekt aus Finnland. Es kann nicht länger warten.«

Polizeihauptmeister Krüger hatte eine Krücke zur Seite gestellt, griff nach Smilla Behrendts Hand und nahm ihr das Skalpell weg.

»Geben Sie mir das Skalpell zurück und verlassen Sie das Gelände. Anderenfalls zeige ich Sie wegen Hausfriedensbruch an.« Krüger war verunsichert.

»Lasst mal«, sagte Klara. »Ich kriege das schon hin.«

»Sicher?« Krüger angelte nach seiner Krücke.

»Sicher ist nur der Tod. Sorry, doofer Spruch, ziehe ich zurück.«

Krüger und Krüger verließen den Raum. Smilla und Klara setzten sich in die Sitzgruppe nebenan, und Smilla berichtete von der Firmengeschichte des Beerdigungsinstituts, erzählte davon, dass sie ihrem Opa schon als Teenager zur Hand gegangen war, und von den immer individueller werdenden Wünschen ihrer Kundschaft.

»Die Leute färben sich die Haare, setzen sich auf Insta in Szene, fahren gepimpte Autos. Das kann man kritisieren. Aber so ist die Gesellschaft. Es war nur eine Frage der Zeit, bis sich der Wunsch, etwas Besonderes zu sein, auch auf die Bestattung übertragen würde. Ja, das ist ein gutes Geschäft. Ja, es befriedigt einige meiner künstlerischen Ambitionen. Aber wer bin ich, über den letzten Willen anderer zu urteilen?«

Wenig später parkten ein Streifenwagen und ein Zivilfahrzeug des Kriminaldauerdienstes auf dem Hof von Bestattungen Behrendt. Klara nahm sich einen neuen Kaugummi aus der Dose. Den anderen hatte sie runtergeschluckt. Hoffentlich ging das gut.

Voll der Hingucker

Auf dem Rückweg nach Schleswig hatte Klara angerufen. Marie war rausgefahren und auf dem Rastplatz Jalmer Moor herumgelaufen. Es sprudelte nur so aus Klara heraus. Sie erzählte von dem, was in Laboe passiert war, von den beiden Krügers, von Smilla Behrendt und ihren eigenen grundsätzlichen Fragen jenseits strafrechtlicher Einordnung dessen, was Smilla getan hatte.

»Wenn ich mir ein Wikinger-Tattoo stechen lassen möchte, um damit ins Grab zu gehen, dann ist das doch mein Bier beziehungsweise Met, oder?« Sie lachte, war aufgedreht. »Ach, ich bin so froh, dass ich bei der Polizei gelandet bin.«

Marie hörte zu. Mehr nicht.

»Marie, halte ich dich eigentlich auf?«

»Ja, ich bin verabredet. Halbe Stunde habe ich noch. Das passt. Aber ich muss vorher noch was einkaufen. Nicht, dass die Läden schließen, wenn doch nun der amerikanische Präsident kommt.«

Klara kicherte und bedankte sich für Maries Zeit.

Marie pustete durch, ging zum FRIMO 2, wollte gerade einsteigen, als Sandro Hackmann neben ihr hielt. »Schleswig-Holstein ist ein Dorf.«

Sandro verstand nicht. »Ich muss mal schnell.« Er zeigte zum Toilettenhäuschen. »Aber lauf nicht weg. Wir müssen noch kurz sprechen.« Er rannte los.

Marie schaute auf die Uhr im Cockpit des E-Transporters und überlegte, ob es wohl auch ohne Einkaufen gehen würde. Sie hatten Flammkuchenteig, Schmand, Zwiebeln und geräucherten Tofu. Tomaten und Basilikum hatten sie auch. Irgendwie brächten sie schon was auf den Tisch.

Sandro kam zurück. »Also, die Sache ist die. Ich fahre jetzt nach Schleswig zu Ui Jui Jui, das ist der uigurische Künstler, der sich die ›Hackfresse‹ ausgedacht hat. Er hat neue Ideen, hat das Konzept auf Speisen aus aller Welt übertragen. Neben der Reflexionsebene, also der Frage, wie ernähren wir uns eigentlich, wird die Frage nach der Rezeption von Nahrungssymbolik in unterschiedlichen Kulturen gestellt. Will sagen, hat der Bananenbauer in Ecuador ähnliche Assoziationen wie der europäische Teenager, wenn er eine Banane sieht.«

Marie nickte. Nur so.

»Wir planen eine Wanderausstellung durch die Großmärkte in Barcelona, München und Hamburg, und ich wünsche mir, dass Frauke und du, dass die Geschmacksverstärker:innen das Food-Konzept machen.« Er strahlte Marie an wie ein kleines Kind, dem sein erster Toilettengang gelungen war. »Und? Sag was.«

»Danke, dass du uns vertraust. Ich spreche mit Frauke, dann sehen wir weiter.«

»Ja, supi. Danke, Marie. Du, ich muss jetzt wirklich. Ui Jui Jui wartet.« Er umarmte Marie und sprang ins Auto.

Marie fragte sich, was wohl passierte, wenn ihm die Polizei von Frankie berichten würde. Der hatte ihn als Alleinerben eingesetzt, wie Klara erzählt hatte.

Das gemeinsame Essen mit Andreas und Karl war eine Freude. Kulinarische Höhepunkte fehlten, aber alle wurden satt, und Karl erzählte Witze. Er erklärte, dass Chinesen über andere Dinge lachen als Afrikaner. Das, was Karl in der Schule besprach, lag erstaunlich nahe an Sandros Kunst-und-Food-Konzept. Dass alle nur mit Wasser kochen, war auch für Marie keine neue Erkenntnis, aber es gefiel ihr immer wieder, daran erinnert zu werden.

Mit der Schreibtischarbeit wurde es nichts. Sie musste noch Lebensmittel ins Kühlhaus bringen und eine Lieferung entgegennehmen.

Pünktlich zur Kaffeezeit fuhr sie auf das Gelände des Baumarktes an der Boostedter Straße. Gordon und Dennis berieten eine Kundin, der das Hochbeet zu hoch war, wie Marie aufschnappte. Sie räumte ein und räumte aus. Dann stand Dennis in der Tür des Kühlhauses. »Er ist da.«

»Wer ist da?

»Benjamin.«

»Soso. Mit oder ohne die Heiligen Drei Könige?«

»Nicht so geringschätzig. Benjamin ist Sprayer-König von Neumünster, und für dich konnte ich ihn für kurze Zeit von seinen wichtigen Engagements loseisen.«

»Danke, Dennis. Was wäre ich ohne deine Connections?«

Benjamin hatte sie sich anders vorgestellt. Irgendwie so streetartmäßig. Tatsächlich trug Benjamin einen blauen Anzug. Marie sagte nichts. Benjamin stand vor dem linken vorderen Kotflügel.

»FRIMO 2? Echt jetzt? Okay, deine Entscheidung.« Benjamin, der stadtbekannte Graffitikünstler, stellte einen Rucksack ab, öffnete den Reißverschluss, wühlte. Es klapperte. Dann förderte er eine Dose mit schwarzer und eine mit goldener Farbe zutage.

»Nö, ne.« Marie war nicht begeistert.

»Zensur oder was?«

»Okay.« Marie atmete schwer. Schwarz und Gold. Das konnte doch nur scheiße aussehen.

Benjamin klebte ab, zog sich einen Overall über den blauen Anzug, setzte eine Maske auf und sprühte. Es dauerte ein bisschen, aber was der Typ aus freier Hand an Typo auf den weißen Lack gesprayt hatte …

»Hammer, du bist ja ein Künstler. Das ist voll der Hingucker.« Marie war wirklich begeistert. »Was kriegst du?« Marie zückte ihr Portemonnaie, Benjamin zog den Overall aus und reichte ihr eine Visitenkarte. Er war Steuerfahnder.

»Nix Schwarzgeld. Aber auch keine Rechnung. Ich mach das für meinen Freund Dennis, Baby.«

Marie war perplex. Die Jungs hatten ihren Spaß.

»Nun fehlt noch Fraukes Karre. Sie kann Benjamin anrufen. Wie ich weiß, wohnen die beiden nur drei Straßen auseinander«, sagte Dennis, klopfte Benjamin auf die Schulter und ging. »Einer muss ja arbeiten«, rief er noch im Weggehen und verschwand hinter einem Palettenstapel, hinter dem beinahe geräuschlos Gordon hoch zu Stapler auftauchte.

»Gordon, dich schickt der Himmel.«

Marie zeigte auf eine Palette. Diese hier und jetzt abzupacken, hatte sie weder Lust noch Zeit.

Gordon nickte und gab eine kurze Kostprobe seiner Staplerfahrerkunst. Anfangs hatte Marie Angst gehabt, wenn sie ihm und seinem Gefährt begegnet war. Inzwischen wusste sie, dass Gordon ein Kandidat für »Wetten, dass …?« war.

Benjamin stand hinter dem FRIMO 2 und telefonierte. Gordon machte den Job, stieg ab und kam zu Marie hinüber. »Ich hab noch was für dich, weil du doch immer Hunger hast.«

Er machte einen Schritt auf die Einstiegsstufe des Transporters und legte Marie ein Kinder Pinguí auf das Armaturenbrett. »Sieht ja niemand. Sind auch bestimmt keine Geschmacksverstärker:innen drin.« Gordon stutzte, schaute auf das Display des Tablets, das durch die Wackelei aktiviert worden war.

»Was guckst du?« Marie hatte sich hinter ihn gestellt.

»Den kenn ich.« Er zeigte auf das Foto des schwarzen Mercedes G und auf den eingeklinkten Text. Dort war zu lesen: »Kennzeichen: NMS, dann ein B oder ein K. Auffällig ist ein Graffiti auf der Reserveradabdeckung am Heck. Es könnte einen Ausschnitt von Michelangelos ›Die Erschaffung Adams‹, genauer: die Hände zeigen.«

»Du kennst das?«

»Du bist doch noch Bulle?«

»Nein, das ist versehentlich bei mir gelandet«, druckste Marie.

Gordon legte den Kopf schief und lachte. »Schlecht gelogen, Marie. Ja, die Karre gehört Konrad Mahrburg. Das Graffiti hat Benjamin gesprüht.«

»Interessant. Ich danke euch. Muss los.« Marie stieg ins

FRIMO 2 und rief Fröbe an, der gleich abnahm. »Bist du schon zu Hause?«

»Gerade am Einfelder Bahnhof angekommen. Was gibt's?«

Marie berichtete von Mahrburg. »Der wohnt ja gleich bei euch um die Ecke. Du könntest mal so als Nachbar bei ihm vorbei. Ich käme dazu. Als Freundin der Familie. Ganz unverfänglich.«

Fröbe war einverstanden. Er lebte seit Jahrzehnten einen Hauch neben den Dienstvorschriften. »Ich bin in zwanzig Minuten da. Sagst du auch Frauke Bescheid?«

Konrad Mahrburg wohnte nicht. Er residierte. Manche Nachbarn nannten sein Anwesen in Anlehnung an das Trump'sche in Florida »Mahr a Lago«.

Fröbe ging vor, Marie und Frauke folgten. Mahrburg hatte auf das Klingeln nicht reagiert. Vielleicht hatte sein Personal frei. Er selbst lag, ähnlich wie der rote Frankie, in einem Liegestuhl und verfolgte die Arbeit des Mähroboters mit wohlgefälligem Blick. Glücklich sein konnte so leicht sein.

Das unangemeldete und plötzliche Auftauchen von Fröbe und Begleitung kommentierte er lächelnd: »Gut, dass der 2012er Dom Pérignon gekühlt ist. Den müsst ihr kosten. Setzt euch doch. Ich lasse euch ein Glas bringen.« Er nahm ein Walkie-Talkie zur Hand und gab die Bestellung auf.

»Herr Mahrburg«, setzte Fröbe an.

»Waren wir nicht beim Du, lieber Nachbar?«

»Ist dienstlich. Lassen Sie uns mal zu Ihrem Auto gehen.«

»Zu welchem? Der Porsche ist zur Wartung. Bleiben der Tesla und der ›Big G‹.«

»Mit ›Big G‹ meinen Sie sicher das G-Modell. Den möchte ich anschauen.«

»Verstehe ich. Eine Augenweide. Willst du mal 'ne Runde drehen?« Er stand auf und ging links um die ausladende Terrasse herum. Fröbe, Marie und Frauke folgten.

Neben dem Haus hatte Mahrburg eine Tiefgarage anlegen lassen. Von außen sah man nur die Zufahrt. Das Rolltor öffnete sich und gab den Blick auf die beiden Autos, eine Harley und eine sehr schön restaurierte Vespa frei, die den Scheinwerfer noch auf dem vorderen Schutzblech trug. Andreas wollte schon lange eine wie diese aus den fünfziger Jahren.

Fröbe ging um das Mercedes G-Modell herum. »Tja, wie erwartet.«

»Klär mich auf, Fröbe. Was willst du von mir? Was wollt ihr von mir?«

Fröbe hatte fotografiert und war wieder nach vorn gekommen. »Die Abdeckung für das Reserverad ist exakt so lackiert, wie es ein Zeuge beschrieben hat, der Sie des Nachts in Flensburg hat wegfahren sehen. Mit der Plastik an Bord. Sie haben den roten Frankie geklaut. Warum?«

Konrad Mahrburg lachte. »Man kann nicht klauen, was einem gehört, junger Freund.« Er verließ die Tiefgarage. »Kommt, ich zeig euch was.«

Auf dem Weg um die Villa herum sprach Konrad Mahrburg erneut in sein Walkie-Talkie. »Frau Schumann, bringen Sie mir doch bitte die Buchhaltung vom Mai auf die Terrasse. Im Original.«

Als sie die Terrasse erreichten, stand ein Sektkühler auf dem Tisch. Dazu vier Gläser. Konrad Mahrburg öffnete die Flasche und schenkte ein. Eine Frau Mitte dreißig mit strenger Frisur, grünem Röhrenrock und einer weißen Bluse klackerte über den Marmorboden und reichte ihrem Chef eine Mappe mit Belegen. Er blätterte und fand rasch, wonach er gesucht hatte. »Fröbe, mein Freund, wenn du mal einen Blick riskieren möchtest?«

Fröbe trat näher, las und nickte.

Konrad Mahrburg erklärte: »Das entspricht den Kosten, die durch Bestattung und das Herstellen der Figuren entstanden sind.«

»Bleibt das Eindringen in die Hallen, und es bleiben die Schäden, die in Kiel und Büdelsdorf durch die Säure entstanden sind.«

»Für die Schäden komme ich selbstverständlich auf. Lasst uns doch einen Schluck nehmen.« Er hob sein Glas. Die anderen Gläser blieben stehen.

»Wie sind Sie reingekommen in die Hallen?«

Konrad Mahrburg lächelte schmal. »Ich habe Sönke Schulz ein Angebot gemacht, das er nicht ablehnen konnte. Ich veranstalte inzwischen über die Hälfte aller Kulturevents in Schleswig-Holstein und benötige stets einen zuverlässigen Sicherheitsdienst. Abraham Security wird in den nächsten fünf Jahren unser Partner sein.« Er drehte sich zu Marie und Frauke. »Catering brauchen wir übrigens auch. Wie wär's?«

Marie wandte sich zum Gehen, drehte sich dann aber doch noch mal zu Konrad Mahrburg um. »Wen lieben Sie eigentlich?«

Mahrburgs Blick, entlarvend. Diese Frage hatte er sich wohl schon lange nicht mehr gestellt.

Marie, Frauke und Fröbe verließen das Gelände. Auf der Straße blieb Fröbe stehen und erklärte: »In seiner Buchhaltung gibt es eine Quittung, die von Frank Mommsen unterschrieben ist. Konrad Mahrburg ist Eigentümer der Figuren. Er hat siebentausendvierhundert Euro bezahlt. Der rote Frankie wird ihm eine oder zwei Millionen bringen. Der Skandal und die Phantasie um die Herstellung haben den Preis getrieben. Dadurch, dass er die beiden anderen Figuren quasi vernichtet hat, steigt der Preis umso stärker. Die Sachbeschädigung steckt der locker weg. Wir werden ihn wohl im See ersäufen müssen.«

Frauke sagte nichts, Marie sagte nichts. Aus dem Garten hörten sie Mahrburg, der Frau Schumann zum Champagner rief.

Gib mir die Kugel

Waldbrände hatte es gegeben, in Brandenburg und auch in Schleswig-Holstein. Zwei Wochen war fast nur über die Dürre gesprochen worden. In den Nachrichten, in den Familien. Die Geschmacksverstärker:innen hatten kleinere Aufträge für das Schulministerium abgewickelt und Spaß gehabt, Grundschulkinder für Pastinaken zu begeistern.

Fröbe hatte kurz versucht, Frauke auf den aktuellen Stand in Sachen roter Frankie zu bringen, aber Frauke hatte dankend abgelehnt. Mit Marie und Sandro hatte sie sich verabredet, die Stelle zu besuchen, an der Frank Mommsen seine letzte Ruhe gefunden hatte. Nun standen sie auf dem Friedhof in Laboe und waren ergriffener, als sie es erwartet hatten.

»Heu Joe«, stand in großen Buchstaben aus rot glänzendem Lack auf dem schlichten Holzkreuz. An dessen Spitze war ein schwarzes Plektron geklebt worden. Der Erde sah man noch an, dass sie erst kürzlich ausgehoben worden war. Grobe Krumen, eine einzelne rote Rose, die Sandro mitgebracht hatte. Eine Urne in einem normalen Reihengrab. So hatte er es gewollt, und da lag er nun.

Wind kam auf. Das Tief hatte Schleswig-Holstein erreicht. Regen ergoss sich aus mächtigen Wolken auf das trockene Land, das jeden Tropfen gierig aufsog. Auch die Erde, die Frankie deckte, saugte sich voll und färbte sich dunkel. Sandros Haare glänzten. Marie und Frauke standen Schulter an Schulter. Sie waren nass geworden. Nass bis auf die Haut. Sie schauten einander an und fühlten sich verbunden.

Von Laboe aus fuhr Frauke mit zu Marie nach Schleswig. Am späten Vormittag sollten sie gemeinsam beim Bouleturnier in Sehestedt antreten. Frauke durfte allerdings nicht bei den Polizisten mitmachen, Marie schon. Neu in der Polizeimannschaft waren Klara und Fröbe.

»Warum sind wir eigentlich nicht direkt nach Sehestedt gefahren?«, fragte Frauke, nachdem die beiden einen schnellen Espresso getrunken hatten und jetzt neben FRIMO 2 mit dem schnieken Graffito standen. Marie murmelte Unverständliches und hantierte mit irgendwas an einem Schrank herum, in dem Straßenbesen und ähnliche Utensilien standen.

»Ich dachte, wir fahren jetzt los.« Frauke klopfte an die Beifahrertür von FRIMO 2.

»Noch nicht. Du und ich verteilen jetzt mal eben die paar Flyer hier.«

Marie drückte Frauke einen ansehnlichen Stapel der Prospekte in die Hand, die über Veranstaltungen im Museum Alte Fischräucherei in Eckernförde informierten. »Nur einmal die Fußgängerzone rauf und runter. Das geht ja ganz schnell.«

Frauke öffnete den Mund, aber Marie war schon losgegangen.

Später – es war nicht ganz schnell gegangen – saßen sie endlich im E-Transporter. Sie würden gerade noch so pünktlich ankommen.

»In welcher Mannschaft spiele ich eigentlich?«, fragte Frauke.

»Das entscheidet Torsten, der Bürgermeister.«

Im Radio lief Musik, belangloses Gedudel. Marie und Frauke konnten auch mal nichts sagen. Aber nicht lange.

»Mahrburg«, sagte Marie. »So einer hat doch alles. Also alles an Besitzkram. Häuser, Boote, Geld. Warum kriegen solche Leute den Rachen nicht voll? Gerade jetzt. Wir müssen doch mal überlegen, ob der Kapitalismus in seiner heutigen Form der Weisheit letzter Schluss ist. Warum wollen wir Menschen immer mehr?«

Frauke machte: »Hä, das weißt du doch. Gier. Dagegen ist kein Kraut gewachsen.«

Marie bremste, sie bremste mit Leidenschaft.

Frauke rutschte in den Gurt. »Rehe? Hier? Jetzt?«

»Kräuter. Mädesüß zum Beispiel. Damit haben schon die Wikinger Met gesüßt.«

Marie sah nicht, wie ratlos Frauke schaute. Sie bremste bis zum Stillstand, ließ den Gegenverkehr aus Richtung Fahrdorf passieren und bog dann links auf den Parkplatz des Restaurants Odins Haithabu ab. Ein Kleinod zwischen dem Wikingerhandelsplatz Haithabu und der Schlei und ein regelmäßiger Einkehrort für Marie, wenn sie mit dem Fahrrad unterwegs war. Der Weincremetorte konnte sie nie widerstehen.

»Bouleturnier. Turnier, Wettbewerb, Frauke! Du hast auch gar keine Ahnung, oder? Wir brauchen einen Preis, einen Pokal, irgendwas. Wer bei uns mitmacht, hat ja schon gewonnen. Eine

Kleinigkeit fürs ganze Team. Also für mein Team.« Sie stupste Frauke in die Seite. »Du kannst ja was für dein Team besorgen. Ich bin sicher, dass wir hier bei Oliver was finden.«

Sie betraten das Restaurant durch den Seiteneingang vom Parkplatz aus. Marie wusste eigentlich schon, was sie wollte. Kräuter. Ein Glas Kümmel von der Schlei.

Frauke blätterte in der aktuellen »Mohltied«, dem Magazin für Essen und Trinken im Norden. »Ich hab die noch gar nicht«, erklärte sie Marie ihr Rumgebummel.

»Du musst sie abonnieren, dann passiert so was nicht«, erklärte Marie. »Ich habe eine Liste mit Kräutern, die schon die Wikinger verwendet haben. Da sollten wir unbedingt was mit machen. Vielleicht frage ich Oliver mal. Der kennt sich mit Kräutern bestens aus. Kümmel wirkt übrigens appetitanregend, krampflösend, entzündungshemmend, antioxidativ, verdauungsfördernd und beruhigend. Wusstest du das?«

»Schon gut, Marie, ich kaufe die restlichen Bestände für mein Team.« Frauke legte die »Mohltied« zur Seite und ging mit Marie zur Kasse.

In der Küche entdeckte Marie Oliver Firla, den Inhaber. Er winkte, zeigte auf die Töpfe und zuckte bedauernd mit den Schultern. Manchmal ließ einen nicht los, was auf dem Herd noch besser werden sollte, als es das sowieso schon war. Frauke und Marie gönnten sich noch eine Limonade mit Mädesüß. Danach fühlten sie sich beschwingt. Angeblich hatte das Kraut berauschende Wirkung, aber das verriet Marie nicht.

In Sehestedt war es laut. Alle riefen durcheinander, hatten sich teils lange nicht gesehen. Imbiss-Chef Holger freute sich über ein Wiedersehen mit Marie, Marie klatschte Gregor ab, der blöde Bemerkungen über die anstehende Hochzeit mit Astrid machte, Frauke begrüßte Sonja Horstmann vom LKA, und erstmals war auch Klara mit dabei.

»Klara hat sich beim LKA beworben«, sagte Astrid. »Und – wir haben sie genommen.«

»Die freche Klara, soso.« Marie schob Klara aus der Bahn.

»Mach mal Platz. Ich muss uns wieder auf die Siegerstraße bringen. Und gib mir endlich die Kugel.«

Im Anschluss an den sportlichen, nicht immer ganz fairen Wettkampf gab es Medaillen und Kümmel. Fest und flüssig.

Neben der Bahn mit Aussicht auf den Nord-Ostsee-Kanal standen Marie und Klara. Marie hatte vom Schusswechsel und vom späteren Tod des Kollegen während ihrer letzten Ermittlung als Polizistin erzählt, hatte deutlich gemacht, dass sie sich eine Teilschuld gab, weil sie ihre Dienstwaffe nicht dabeigehabt hatte. Klara hatte die Lippen gespitzt, den Kopf schräg gelegt und gesagt, dass man besser leben könne, wenn man sich selbst verzieh. Sicher hatte sie recht. Marie dachte an die »Chance nach dem Fehler« und schaute noch für eine kurze Weile auf den Kanal.

Als sie sich verabschiedet hatte und zum Parkplatz gehen wollte, fing Astrid sie ab.

»Bevor du es aus unzuverlässigen Quellen erfährst …« Sie machte große Augen und zeigte mit der Nasenspitze auf Fröbe, der sich sofort die Ohren zuhielt. »Frau Schumann, die persönliche Buchhalterin von Konrad Mahrburg, hat ihren Chef angezeigt. Steuerhinterziehung.« Astrid grinste, Marie ballte eine Faust.

Zuerst der dritte Platz und jetzt das. Es war ein bisschen wie im Himmel.

Arnd Rüskamp
KIELHOLEN
Broschur, 272 Seiten
ISBN 978-3-7408-0207-3

Marie hört Streichquartette, und Marie malt. Die Hauptkommissarin des LKA hat einen Sinn für das Schöne. Einerseits. Andererseits schreckt sie auch vor einer Blutgrätsche nicht zurück. Nicht auf dem Fußballplatz und nicht im Job. Aus dem Ruhrgebiet in ihre Heimat zwischen Schlei und Ostsee zurückgekehrt, bekommt sie es mit einem pikanten Fall zu tun: Bauer und Bordellbetreiber Helge Meermann wird tot auf seinem Acker gefunden. Und Marie stößt auf ein Motiv so alt wie die Menschheit ...

Arnd Rüskamp
AM HAKEN
Broschur, 256 Seiten
ISBN 978-3-7408-0388-9

Schwere Zeiten für LKA-Ermittlerin Marie Geisler: Eine Einbruchserie in leer stehende Villen am Ufer der Kieler Förde hält sie und ihr Team auf Trab. Die Einbrecher sind unkenntlich als Wikinger kostümiert und kommen per Boot. Marie steckt in ihren Ermittlungen fest, zumal sie noch an einem alten Fall knabbert. Doch dann wird bei einem weiteren Einbruch ein Wachmann getötet, und ein Amulett in Form von Thors Hammer liefert ihr endlich eine heiße Spur ...

www.emons-verlag.de

ARND RÜSKAMP

WINDSTÄRKE 10

Küsten Krimi

Arnd Rüskamp
WINDSTÄRKE 10
Broschur, 304 Seiten
ISBN 978-3-7408-0540-1

Der Bundeswirtschaftsminister wird ermordet aufgefunden – auf einhundert Metern Höhe, in der Gondel eines Windrades. So spektakulär der Tatort, so brisant ist der Fall, schließlich zieht der Tod des Politikers die Aufmerksamkeit des ganzen Landes auf sich. War der Mord ein Rachefeldzug im politischen Umfeld, liegt das Motiv im Privatleben des Ministers, oder geht hier jemand aus purer Liebe zur Heimat über Leichen? Hauptkommissarin Marie Geisler und ihr Team wagen sich in gefährliche Gewässer.

www.emons-verlag.de

Arnd Rüskamp
DER LETZTE KÄPT'N
Broschur, 336 Seiten
ISBN 978-3-7408-0816-7

Marie Geisler vom LKA Kiel freut sich auf den Sommerurlaub, da
wird bei einer Routinekontrolle am Hafen ein toter Biker entdeckt.
Der Schwede wurde regelrecht hingerichtet. Ist eine Auseinandersetzung zwischen rivalisierenden Banden eskaliert? Maries neuer
Kollege Gregor Sachse, der alte Kontakte in die Rockerszene Nord-
deutschlands hat, soll als V-Mann eingeschleust werden. Doch
als es einen weiteren Toten gibt, droht die Sache aus dem Ruder
zu laufen ...

www.emons-verlag.de

Arnd Rüskamp
DIE SPROTTENKÖNIGIN
Broschur, 320 Seiten
ISBN 978-3-7408-1147-1

Bei einem Brandanschlag in einem Eckernförder Fitnessstudio kommt ein Mensch ums Leben, eine Frau wird vermisst. Kurze Zeit später wird in einem Ofen der Alten Fischräucherei eine Tote gefunden – geräuchert wie eine Sprotte. Hängen die beiden Verbrechen zusammen? Auf der Suche nach Antworten stößt Kommissarin Marie Geisler auf bedrückende Details und erfährt, wie ein Plan, der eine Reise ins Glück werden sollte, in Eckernförde tödlich endete.

www.emons-verlag.de

Arnd Rüskamp
TOD AN DER SCHLEI
Broschur, 320 Seiten
ISBN 978-3-7408-1581-3

Malte von Rönneby wollte Minister werden. Jetzt liegt er tot auf
dem Misthaufen seines Hofes. Der populäre Ökobauer soll konventionelle Produkte als Bioware verkauft haben. Hatten es über-
motivierte Umweltschützer auf ihn abgesehen? Kommissarin Marie
Geisler stellt Nachforschungen an und gerät in ein gefährliches
Geflecht aus Rache und Gier.

www.emons-verlag.de